JN214356

近松浄瑠璃の成立

大橋正叔 著

八木書店

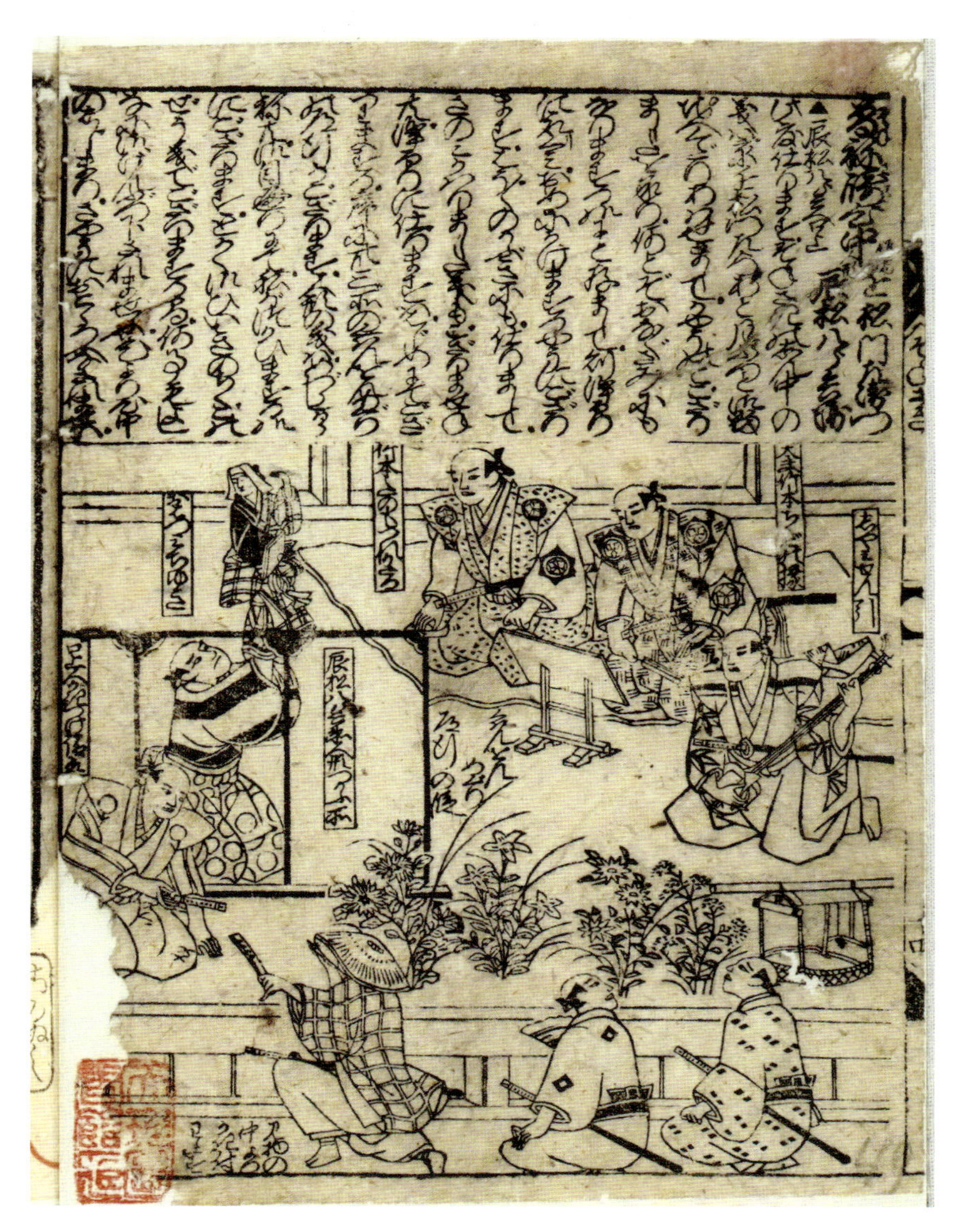

『曾根崎心中』絵入り十四行本（見返し図）

（天理図書館蔵）

『国性爺大明丸』近松序

（著者蔵）

『近松浄瑠璃の成立』　目次

第一部　作者近松

第二部　近松浄瑠璃

資料紹介

第一部　作者近松

作者近松門左衛門の生涯

承応二年（一六五三）北陸の地に生まれ、幼少年期を三百石取りの武士の子として過ごした若者杉森信盛が、繁華の都京都に移住したことによって、武士としての宮仕えを自らの意志で捨て、芝居作者となって生涯を過ごすに至った動機は判然としない。芝居好きが芝居の世界そのものに魅入られていったのに違いないが、しかし、より大切なことは作者となって何をなしえたかであり、作者となった動機ではない。作者近松門左衛門となった彼は、後々までも多大な影響を与えた、百十数点の浄瑠璃と三十数点の歌舞伎作品を残し、七十二歳の生涯を平安のうちに終えたのであった。

「近松門左衛門性（ママ）者（は）杉森字（あざな）者信盛平安堂巣林子之像」（以下、「辞世文」と略記）と題される近松の画像が残されており、上部には自らの生涯に対する感慨が、辞世の和歌とともに、近松が死去（享保九年〈一七二四〉十一月二十二日没）する十日ほど前に自筆で書き記されている。それは、父杉森信義の致仕（寛文四年〈一六六四〉以後）によって、越前吉江（現、福井県鯖江市吉江町）から、京都に出てきた杉森信盛即ち作者近松門左衛門の「芝居ごとで、くちはて」んと、ひたすらに生きた悔いのない人生の幕引きの言葉でもある。

大和宇陀織田藩の『御用部屋日記』寛文九年九月十八日に、近松の弟で侍医平井自安の養子となった伊恒、即ち平井要安（後に浪人し、岡本一抱子と名乗る）の藩主織田長頼への初目見えが記録されている（成瀬睦編『新編和州宇陀松山織田藩関係年表』〈私家版、一九九一・9〉）。杉森一家の京都への移住はこれ以前のことであろう。また、寛文十一年刊、山岡元隣著『宝蔵』所収「追加発句」の中に杉森一家の句が載る。「しら雲や花なき山の恥かくし　杉森信盛」が近松の句である。元隣は医者ながら京都住の貞門俳人。この時期、父信義は浪人の身とはいえ、一家は京都で俳諧を楽しむ余裕ある生活を過ごしていたことが知られる。時に近松十九歳。「辞世文」は「武林を離れ、三槐九卿に仕へ」とあり、また、「杉森家系譜」（『近松全集　第十七巻』岩波書店、一九九四）は一条禅閤恵観に近松は仕えたと記す。しかし、近松への影響という意味では、恵観は寛文十二年に六十八歳で薨去しており、年齢差その他を考えればその後に仕えた公卿正親町公通（一六五三～一七三三）を挙げるべきであろう。公通は正親町流神道を立てた神道家でもあるが、一方において、狂歌集『雅筵酔狂集』（享保十六年〈一七三一〉刊）を出版するなど、文芸面においても造詣の深い趣味多き人であった。しかも、近松とは同じ承応二年の生まれである。この公通が宇治加賀掾に新浄瑠璃を作り与えるに近松を使いとしたことが、近松を作者へと導いた動機であったと、後の資料ながら『翁草』は伝えている。正親町家を始め公家に仕えたことが、近松の古典への知識や文学への興味を深めさせ、その文才の滋養となったと考えることはできよう。[1] 時代は寛文十年刊『増補書籍目録』が記すように内典外典を始め、従来簡単に手にすることのなかった多くの古典や軍書などが出版機構にのって刊行され、読者層の広がりによる新知識層の形成がなされた時期でもあった。

この時代の傾向をいち早く察知し、浄瑠璃に新しい享受層を獲得しようと、古典を自らの語り物に取り入れたのが宇治加賀掾（一六三五～一七一一）である。正親町公通と宇治加賀掾との結びつきも古典と浄瑠璃という媒介を置くことによって理解することができる。加賀掾の語り物をみるに『源氏物語』『徒然草』など従来の浄瑠璃にはない題材が選ばれており、中でも『赤染衛門栄花物語』といった一般には馴染みうすい題名も見られる。浄瑠璃をより上品な音曲とし、謡のように高貴な人たちにも享受されるものとしたいとする加賀掾の意欲は、「浄るりに師匠なし。只謡を親と心得べし」（宇治加賀掾段物集『竹子集』序）とする姿勢にも窺われ、時代を感受した上での浄瑠璃の発展の方向を目指したものであった。

宇治加賀掾は和歌山に生まれ、紙商から浄瑠璃太夫となり、延宝三年（一六七五）京都で伊勢島宮内の名代を借りて、宇治嘉太夫座を創設する。井上播磨掾の風（語り様）を受けていたとも言われるが、その師承系統は判然としない。むしろ「凡そ予一流の浄瑠璃は謡狂言の音勢を父とし、草紙の文勢を母とし、修行する事四十余年」（宇治加賀掾段物集『紫竹集（門弟教訓）』序）と、謡から自身で一流を生み出したことを強調する。謡本にならって節章を入れた大字八行稽古本を刊行したのも加賀掾である。その語り口も「よは〳〵たよ〳〵。うつくしく」、京の見物に大変気に入られた（『今昔操年代記』〈享保十二年正月刊〉）とある。延宝五年十二月十三日、受領して嘉太夫改め宇治加賀掾好澄を名乗る。近松の浄瑠璃作者としての修行はこの加賀掾の元で始まる。

「虚実皮膜論」の名で知られる、近松が晩年に浄瑠璃について語った聞書きが『浄瑠璃文句評註難波土産・発端』（元文三年〈一七三八〉正月刊）に載る。そこで近松は若き時、『源氏物語（末摘花）』の、松が橋に積った雪の払われるのを恨み見て、自身に積る雪を自ら撥ね落としたとある一節を読み、「さながら活て働く心地ならずや。是を手本として我浄るりの精神をいる、事を悟れり。」と語っている。近松もまた古典から学び、それを浄瑠璃に活かそうとしていたのである。習作時代の近松の浄瑠璃についてはいろいろな作が推測されているが、『世継曾我』（天和三年〈一六八三〉九月）は近松作として、また、加賀掾に書いた作として、その年月が確実に知られるものである。『世継曾我』は、『曾我物語』を題材に、亡き曾我兄弟を慕う虎・少将を主人公に、近世的な廓情緒と思慕の情を浄瑠璃に取り込むことに成功した作で、加賀掾の京都における地盤を安定させた曲であったともいわれる。近松氏自身もこの作によって、「芝居事でくちはつべき覚悟」を決めたものと推察する。時に近松三十一歳。

貞享四年（一六八七）正月刊の役者評判記『野郎立役舞台大鏡』には「おかしたいもの（やめさしたいもの）」として「近松が作者付」が載る。浄瑠璃本は言うに及ばず歌舞伎狂言にまで作者の名前を書くのはよほど自分の作を自慢したいからであろう、歌書や物語を書けば「近松作者物語」と題するであろうと揶揄し、非難する記事である。それに対して、近松は「時ぎやう（業）におよびたるゆへ、芝居事でくちはつべき覚悟の上也」と答えたと伝える。この時、近松は、既に京都の歌舞伎の一座都万太夫座に身の置き所を得ていたのである。浄瑠璃から歌舞伎へ、どのような経緯で移ったのか、理由は未詳ながら、確実に芝居作者への道を進んでいたのである。

歌舞伎界にはいたが、この間、近松は、貞享元年（二年か）[2]に大阪道頓堀に竹本座を創設した竹本義太夫のために、『出世景清』『三世相』『佐々木先陣』『薩摩守忠度』『主馬判官盛久』と、次々と作品を提供する。義太夫と近松との提携による浄瑠璃史上新浄瑠璃時代の幕開けであるが、しかし、この関係は近松の歌舞伎への専念という事態によって中断される。

竹本義太夫（一六五一～一七一四）は、大阪天王寺村の百姓出身で、井上播磨掾の播磨風を学んだ清水理兵衛に見出され、清水利（理）太夫と名乗り、その脇語りを勤め、浄瑠璃太夫となる。その後加賀掾の脇などを経て、京四条河原で一座を構える。しかし、興行成績ははかばかしくなく、地方回りの後、取り立てる者があり、竹本義太夫と名乗りを変えて地元大阪に一座を創設する。その出発に当って、義太夫もまた『世継曾我』を上演し評判を得る。さらに『出世景清』始め、新作を近松から得て、一座の安定を確保する。近松もまた義太夫に作品を提供することによって、加賀掾との間では果たせなかった、浄瑠璃本に「作者　近松門左衛門」と作者名を入れることを認めさせ、表に出ることのなかった作者の存在を世間に明示する。[3]

義太夫は播磨風を学んでおり、加賀掾とは違って「われらが一流は、むかしの名人の浄るりを父母として、謡舞等はやしなひ親と定め侍る」（『貞享四年義太夫段物集』序）と、浄瑠璃は独立した音曲であるとの意識の上にたって、浄瑠璃の発展を志向しており、加賀掾よりは現実的な姿勢を持つ。近松が加賀掾から義太夫に近づいたのは、義太夫からの依頼に加えて、義太夫の持つ加賀掾にないこの新鮮な感覚に同調するところがあったからであろう。この時期に義太夫へ与えた『出世景清』や『三世相』には、人間的な弱さからくる現実的な愛憎や苦悩が鋭く表現されており、人の内面に潜む心情を写すことにおいては、古典も浄瑠璃も変わることがないとする近松の捉え方が窺える。

「昔の浄るりは今の祭文（さいもん）同然にて、花も実（み）もなきもの成りしを、某出て加賀掾より筑後掾へうつりて作文せしより、文句に心を用る事昔にかはりて一等高く」（『浄瑠璃文句評註難波土産・発端』）と、往時を振り返っての近松の言説があるが、この時期、近松が作者として努力したのは「文句に心を用る事」、即ち、登場するそれぞれの人物をその人の格にしたがって書き分け、「よむ人のそれ〱の情によくうつらん事」であった。それは、換言すれば、各人の人間性を表現し、聴く人々に深い感興を呼び起こすことである。この努力と、「此人作られける近代の上るり詞花言葉にして内典外典軍書等に通達したる広才のほどあきらけし。その徳おしむべきは此人」（『野郎立役舞台大鏡』）と、世間も認める文才とが合わさって、人の情を捉える浄瑠璃作者が登場したのである。

　こうした評判の中で、近松の活動の基盤は歌舞伎界に置かれる。しかし、『野郎立役舞台大鏡』が非難するような、作者近松の署名が入った貞享期の歌舞伎狂言本は未だ発見されていない。元禄六年（一六九三）二の替り、京都の都万太夫座上演『仏母摩耶山開帳（ぶつもまやさんかいちょう）』（座元、山下半左衛門）が近松作として知られる最初の歌舞伎である。以後、元禄末年まで近松は元禄期を代表する名優坂田藤十郎（一六四七〜一七〇九）の元で、歌舞伎作者を本業に活躍する。近松が歌舞伎で目指したものは、やはり、浄瑠璃と同じく、人間の情の表現であった。歌舞伎は浄瑠璃と違って、歌舞伎自体の発生・発展の経緯からして、役者の姿態を中心とした型に基づく様式美が舞台を作っていく。役者が立役や若女形などの役柄を持つのも、所作事やせりふ事や武道事いった演技の細かな場面の組合せで舞台を構成していくのも、歌舞伎が作り上げてきた様式である。その制約の下にあって、しかも、役者自身の持ち芸を活かす工夫が作者には求められる。自分の書いたとおりの文章をその通り語る浄瑠璃に比べ、作者の苦労は全く違うところにある。

　宝暦七年（一七五七）三月刊『耳塵集（にじんしゅう）』（『役者論語（やくしゃばなし）』所収、安永五年〈一七七六〉刊）に、新狂言を出すに当って、藤十郎は自らが納得するまで説明を求め、立ち稽古まで行なって、作者近松の工夫を理解しようとしたとの逸話が記録されている。そこには、良い役回りでない役者や仕組みを理解できない役者は不機嫌であったとも記されている。浄瑠璃では人形を活かす、歌舞伎では役者を活かす。当然のことながら、全ての役者を満足させ、しかも、見物に喜ばれる芝居をつくることは、藤十郎や近松といえども容易な事ではなかった。

しかし、近松は、坂田藤十郎という最高の理解者を得たことによって、藤十郎のために芝居を作り、藤十郎と共に元禄歌舞伎に新しい流れを作る。無論、他の役者たちとも十分に馴染んで芝居作りに努めていたことは、『耳塵集』の著者でもある道化役者兼作者金子吉左衛門の「金子一高日記」（鳥越文蔵編『歌舞伎の狂言』八木書店、一九九二・7）から窺い知ることができる。近松の歌舞伎は、『仏母摩耶山開帳』『けいせい仏の原』『けいせい壬生大念仏』等三十数点の作品が知られるが、それらを通して近松たちは、お家騒動ものに傾城事を持ち込み、上方歌舞伎の三番続きの第二場を廓場とする。そして、藤十郎の持ち味を活かした「やつし事」を仕組み、当風の芸と評判される元禄歌舞伎の時代を作り上げたのである。それは「写実風な実事」（土田衛著『考証元禄歌舞伎—様式と展開—』八木書店、一九九六・6）と解説されるが、近松にとっては、歌舞伎にあっても、現実の人の情を舞台で見せることを求めたのである。そのことについては藤十郎も積極的であった。廓場や世話場における「愁嘆事」は近松ならではの優れた場面を演出するが、それを歌舞伎という様式の中で見せるのである。こうした藤十郎との二人三脚も、宝永元年（一七〇四）に藤十郎が病に倒れ、舞台から次第に遠ざかるにつれて、近松の歌舞伎作品は書かれなくなる。

　近松が歌舞伎界で活躍していた元禄期、浄瑠璃を執筆しなかったわけではない。頼まれれば執筆し、竹本座を中心に十五点ほどの作が上演されている。それらの作には歌舞伎との関係を指摘されるものが多いが、特に注目されるのは、元禄十六年（一七〇三）五月七日上演の『曾根崎心中』である。歌舞伎で上演されていた世話狂言の影響を受けて、浄瑠璃においても世話浄瑠璃というべき作が元禄十三年頃より上演され始める（信多純一著『近松の世界』平凡社、一九九一・7）が、『曾根崎心中』は近松初作の、歌舞伎の世話狂言を意識して作られた世話浄瑠璃であり、また、世話浄瑠璃というジャンルを確立させた作である。加えて、元禄期の上方浄瑠璃界は、附舞台の創始や手妻人形やからくりの活用等、人形の操法や演出面にさまざまな発展がもたらされた時期でもあった。(4)『曾根崎心中』にあっては、幕開きに女形（おやま）人形遣い辰松八郎兵衛に口上を述べさせ、お初の「観音廻り」の場を附舞台で竹本筑後掾（竹本義太夫は元禄十一年、受領して竹本筑後掾を名乗る）に出語りさせ、綟子手摺（もじてすり）によって辰松の出遣いを見せるという斬新な演出が用いられた。近松も歌舞伎で学び得た趣向や手法を活用し、また、心情を人形の働きに巧みに絡めた名文を寄せたのである（祐田善雄著『浄瑠璃史論考』中央公論社、一九七五・8）。『曾根崎心中』は大当りとなり、これを機に筑後掾が竹本座から引退すると言い出す事態まで生じ、経営を、即ち、座元を竹田出雲（元祖出雲）が引き受け、筑後掾は太夫に専心する新生竹本座の誕生となる。藤十郎の病気や『曾根崎心中』の成功によって浄瑠璃に新しい展望を得たこともあってか、近松は歌舞伎と縁を切り、この一座に座付作者として迎えられる。浄瑠璃作者に専念するため京都から大阪へと移住もする。そして、宝永二年十一月には新生竹本座の顔見世浄瑠璃『用明天王職人鑑』が上演される。時に近松五十三歳。

『用明天王職人鑑』は、座元竹田出雲の家の芸「竹田からくり」の技法が、辰松八郎兵衛の能掛かりの見せ場「鐘入りの段」を始め、随所に駆使されており、物語も謡曲や舞曲の世界を佐渡から播磨、豊後とつないで、変化に富んだ展開を見せる、新一座の顔見世興行にふさわしい作である。この作を契機にして、国家や政権への反逆とその掃討という、金平浄瑠璃時代から浄瑠璃が持っていた縦筋の枠組に、その闘争に巻き込まれた弱い立場の者が、秩序回復のために犠牲となって死ぬ場を横筋に設ける、時代浄瑠璃五段構成の形式が次第に整えられていく。また、各段上演の合間毎に演じられていた間狂言が廃止される方向へと進んでいったとされる（森修著『近松と浄瑠璃』塙書房、一九九〇・2）。この形式と上演形態は近松時代浄瑠璃の代表作『国性爺合戦』（正徳五年〈一七一五〉）において到達点に達する。また、竹本座の座付作者となって発表された作には、古典的な題材を用いながら、当代の世情や事件を持ち込んだ『碁盤太平記』『相撲入道千疋犬』『娥歌かるた』『弘徽殿鵜羽産家』などがある。それらには時代風刺すら窺え、近松の見識を知るとともに、浄瑠璃を通してあるべき政道への思いが伝えられている（内山美樹子著『浄瑠璃史の十八世紀』勉誠社、一九八九・10）。

『国性爺合戦』で近松は、隣国中国の事件を綴った『明清闘記』（寛文元年〈一六六一〉十一月序）を利用し、抗清復明の英雄和唐内即ち国姓爺鄭成功を日本中に喧伝する。(5) 近松は、日本から唐土（中国）へと舞台を展開させ、大掛かりな道具立と異国情緒豊かな衣装などによって華やかな国姓爺の勇姿を描くが、同時に、日本の継母と唐土の娘との義理を立てた死を描き、従来から三段目を構成していた身代りや諫言死といった「三段目の悲劇」に新しい視点を加える。同じように三段目に母と子との恩愛の情を描いた『信州川中島合戦』(6) では、まだ日本に持ち込まれて間もない『三国志演義』の一部を『通俗三国志』によっていち早く換骨奪胎して、歴史上著名な合戦譚の浄瑠璃化に成功している。常に新しい題材と視点を求め、時流への目配りを怠らない作者近松の姿勢がここにも見られる。

　家族や男女の恩愛の情は、『曾根崎心中』以後に上演された世話浄瑠璃の全てにも見られ、近松のいう「うれい」の基底を作っているものである。市井に起こった事件を描きながらも、その事件の暗部にある問題を家族や周囲の目からも捉え、時には社会の制度自体の矛盾すら説く脚色や演出を通して、恩愛の悲しみに劇的な感動「うれい」を呼び起こす。それはまた、見物の心に最も理解しやすい、身近な感情でもある。だが近松は「浄るりは憂が肝要也とて、多くあはれ也なんどいふ文句を書き、又は語るにも文弥節様のごとくに泣くが如くかたる事、我作の生き方にはなき事也。某が憂はみな義理を専らとす。芸の六義が義理につまりてあはれなれば、節も文句もきっとしたる程いよ〳〵あはれなるもの也」（『浄瑠璃文句評註難波土産・発端』）という。この「義理」とはものごとに条理（筋道）を立てることの意であるが、それはまた、正しい人の情の自然と流れて行く道でもある。

晩年の近松の作品には、時代浄瑠璃、世話浄瑠璃の区別なく、また、男女の情、親子の情であれ、そこには恩愛といった、切っても切れない肉親の情が基層をなしてテーマを盛り上げている。政争の間にあって、社会との間にあって、公人として、社会の一員として道理や規範を立てようとしても、こと自身の肉親に関わっての問題や選択には人はそれ相応に迷い苦しむものである。その葛藤をどう表現するか、浄瑠璃操り芝居が視覚的にも豊かな場面を演出できるようになっても、人形の動きを通して見物の琴線に訴えるのは、自身の筆勢にある。作者近松である限り、一生を自らの狂言綺語に精進する。「辞世文」は「一生を囀りちらし、今はの際にいふべく、おもふべき真の一大事は一字半言もなき倒（当）惑」と述べ、辞世の歌「それぞ辞世去ほどに扨もその、ちに残る花しにほはゞ」と、自分の作った浄瑠璃が語り継がれることを願って、結ぶ。

三田村鳶魚は、近松の手紙などの署名が「近松門左衛門信花押」と、作者名の下に実名「信盛」の一字「信」がきて、「花押」まであることや、「近松信盛」「近松平安堂信盛」とあることに疑念をはさむ（「近松門左衛門の真蹟」『日本及日本人・四六〇』一九二四・4）。通常の手紙の署名方式から外れ、「近松門左衛門」を通称にでもしていなければ「怪しからぬことである」という。『金子一高日記』では「信盛」と記されているが、むしろ、鳶魚が言うように近松にとっては、「杉森信盛」より「近松門左衛門」が通称であり、自身の現実を正しく表現するものであったのである。鳶魚の疑念の一つ、「辞世文」の第一行に「近松門左衛門性者杉森字者信盛平安堂巣林子之像」と自ら記したことこそ、それを端的に表わしており、自分の生涯は「作者近松門左衛門の生涯」であったことを象徴的に伝えているのである。

【注】

（1）本書「近松と三槐九卿」参照。
（2）『近世演劇の享受と出版』所収「浄瑠璃史における貞享二年」参照。
（3）本書「作者近松門左衛門推考」参照。
（4）『近世演劇の享受と出版』所収「元禄期の上方浄瑠璃」参照。
（5）『近世演劇の享受と出版』所収「『国性爺合戦』と鄭成功」参照。
（6）本書「『信州川中島合戦』―勘介の母の死―」参照。

芝居作者への歩み

一、作者への道

近松門左衛門（一六五三〜一七二四）は作者の氏神と言われた、江戸時代を代表する浄瑠璃・歌舞伎作者である。近松は自分の生涯について、亡くなる十日程前に自ら辞世文を表し（次頁参照）、次のように語っている。

代々甲冑の家に生まれながら、武林を離れ、三槐九卿（かいけい）に仕へ、咫尺（しせき）し奉りて寸爵なく、市井に漂ひて商買しらず、隠に似て隠にあらず、賢に似て賢ならず、物知りに似て何も知らず。世のまがひもの、唐（から）の大和の教へある道々、妓能・雑芸・滑稽の類まで、知らぬ事なげに口にまかせ、筆にはしらせ、一生を囀（しゃべ）りちらし、今はの際にいふべく、おもふべき、真の一大事は一字半言もなき倒（当）惑、こころに心の恥をおほひて、七十あまりの光陰、おもへばおぼつかなき我世経畢（へをはんぬ）

もし辞世はと問ふ人あらば
それぞ辞世去ほどに扠（さて）もその、ちに

残る桜が花しにほはゞ

享保九年中冬上旬

入寂名　阿耨院穆矣日一具足居士（あのくいんぼくいにちいちぐそくこじ）

不㆑俟㆓終焉期㆒予自記春秋七十二歳　平安堂　信盛之印

残れとは思ふもおろか埋火の

けぬまあたなる朽木（くちき）書きして

言うところは、「武士の生れでありながら武士を捨ててお公家様に仕えたが、何の位をもらうこともなく辞し、町中にこれといった仕事もせずに暮し、ずいぶん物知りぶってあれこれと書きすごしてきたが、いざ死ぬ間際になって、言い残さなければならない大切なこととて、改めて何もなく、ただ当惑するばかりである。しかし、七十二年の自分の人生を振り返ってみれば、頼りないものであったが、もし、辞世はと尋ねる人があれば、

それこそが私の辞世というべきものです。

私が書き綴ってきた浄瑠璃がいつまでも語り続けてもらえたなら。

とは言ったものの、

いつまでも残れと言うのも馬鹿げたことで

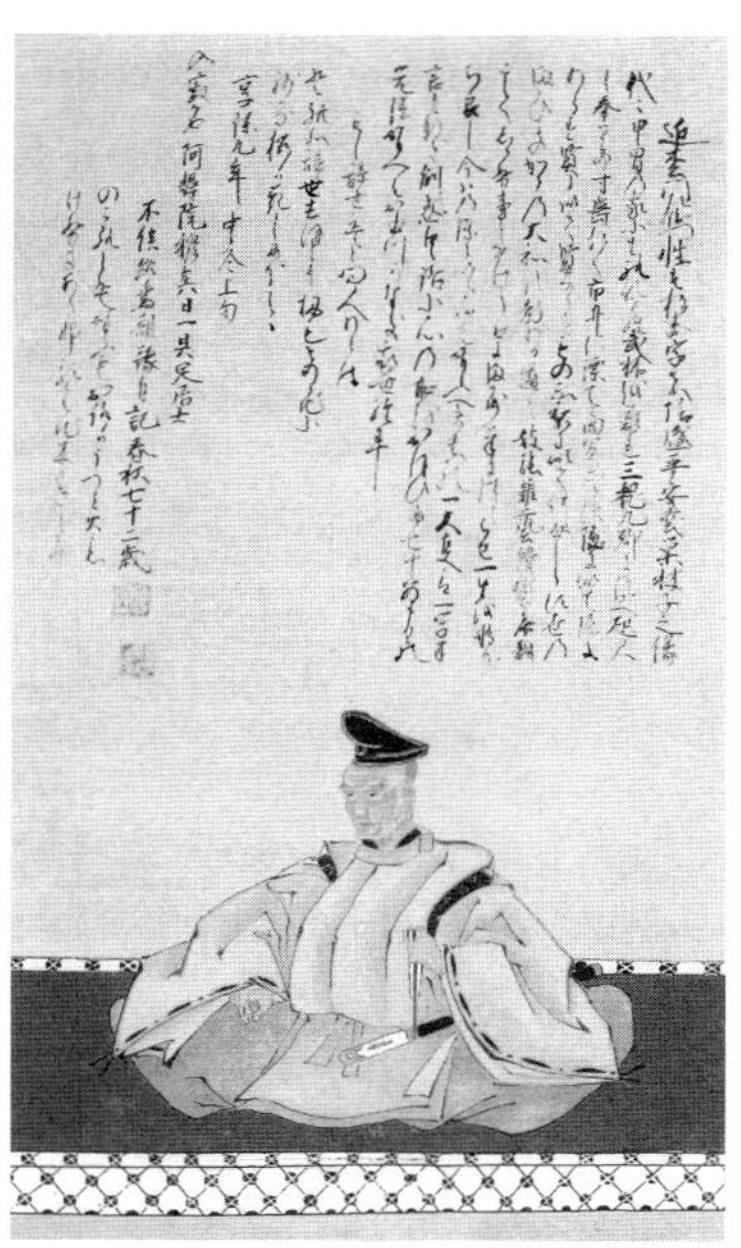

近松画像辞世文（個人蔵）

ある。私の書いた作品など、埋み火がわずかな時間余熱を保つような、とりとめない、消炭で書いたいずれ消え去るようなものであるのに」

この辞世文には、近松が浄瑠璃や歌舞伎の作者として過ごした一生を、悔いのない人生であった、とする安穏な響きが感じられる。自分の作品に対する執着も、恥じるかのように後から打ち消そうとする。自分のすべては、まさに、作品の中にある。それらは言うまでもなく芝居が続く限り演じられいく、という秘かな確信もあったことであろう。しかし、近松がこうした自信を得るまでの道筋は、その出自からして、また、作者として出発した時点からして、平坦なものではなかった。

この辞世文は「近松門左衛門姓者杉森字者信盛平安堂巣林子之像」の標題のように、近松の座像の上に書かれたもので、近松は、烏帽子に布衣を身につけ、脇差を腰に帯び、左手に扇子を持つ、立派な武士の正装姿で描かれている。芝居作者の辞世文としてこの文章を読めば、下の画像との不釣合さが気になる。出自である武士の身分が、たとえ浪人の身であっても、最後に矜持として出てきたのか、あるいは、身分を超えた作者としての誇りがこのような姿を取らせたのか、おそらく、その両方が微妙に交ざり合っているのであろう。

近松は承応二年（一六五三）に越前国吉江（現、福井県鯖江市吉江町）に生れる。父は杉森市左衛門信義、越前宰相松平忠昌に三百石の禄を受け、のち、忠昌の子兵部大輔吉品に従って吉江に入る。母は越前藩医岡本為竹の娘。父は寛文四年（一六六四）、近松十二歳まで仕えていたことは確認できるが（差出候親類書扣）、やがて致仕して上京、浪人となる。

寛文十一年二月刊、山岡元隣著『宝蔵』の「追加発句」には杉森一家の句が載る。近松の句は本名の信盛の名で一句載る。

しら雲や花なき山の恥かくし　　杉森信盛

京都に出た近松は公家の雑掌として一条恵観（杉森家系譜）や正親町公通（『翁草』五五）などに仕えたと伝えられる。公家に仕えたことは、おそらく、浄瑠璃の詞章に見られる近松の該博な教養に資するところ大きかったと思われる。[1]『翁草』は、正親町公通が宇治加賀掾のために浄瑠璃を書き与えており、その使いに近松が加賀掾のもとへ出かけていたことが、作者の道へ入った契機であると伝える。その後、どのような修業の時期を過ごしたか不明であるが、近松が作者として大成するについて、近松を育て、自らも恩恵をうけた三人の演者がいる。浄瑠璃太夫の宇治加賀掾と竹本義太夫に、もう一人は歌舞伎役者の坂田藤十郎である。この三人との連携によって近松は浄瑠璃・歌舞伎界に革新をもたらすのである。

二、近松と三人の演者

(1)宇治加賀掾と『世継曾我』

宇治加賀掾（一六三五～一七一一）は和歌山に生れ、十七歳より芸道に志し、浄瑠璃を学び、我が一流を開き、延宝三年（一六七五）四十一歳の時に京都に宇治座を創設する。初め宇治嘉太夫を名乗るが、延宝五年十二月十三日に受領して宇治加賀掾好澄と改名する。加賀掾が浄瑠璃に目指したのは貴人も楽しめるような品位ある浄瑠璃の育成であった。そのために加賀掾がなしたことは、一つは節章の確立と公開であり、一つ

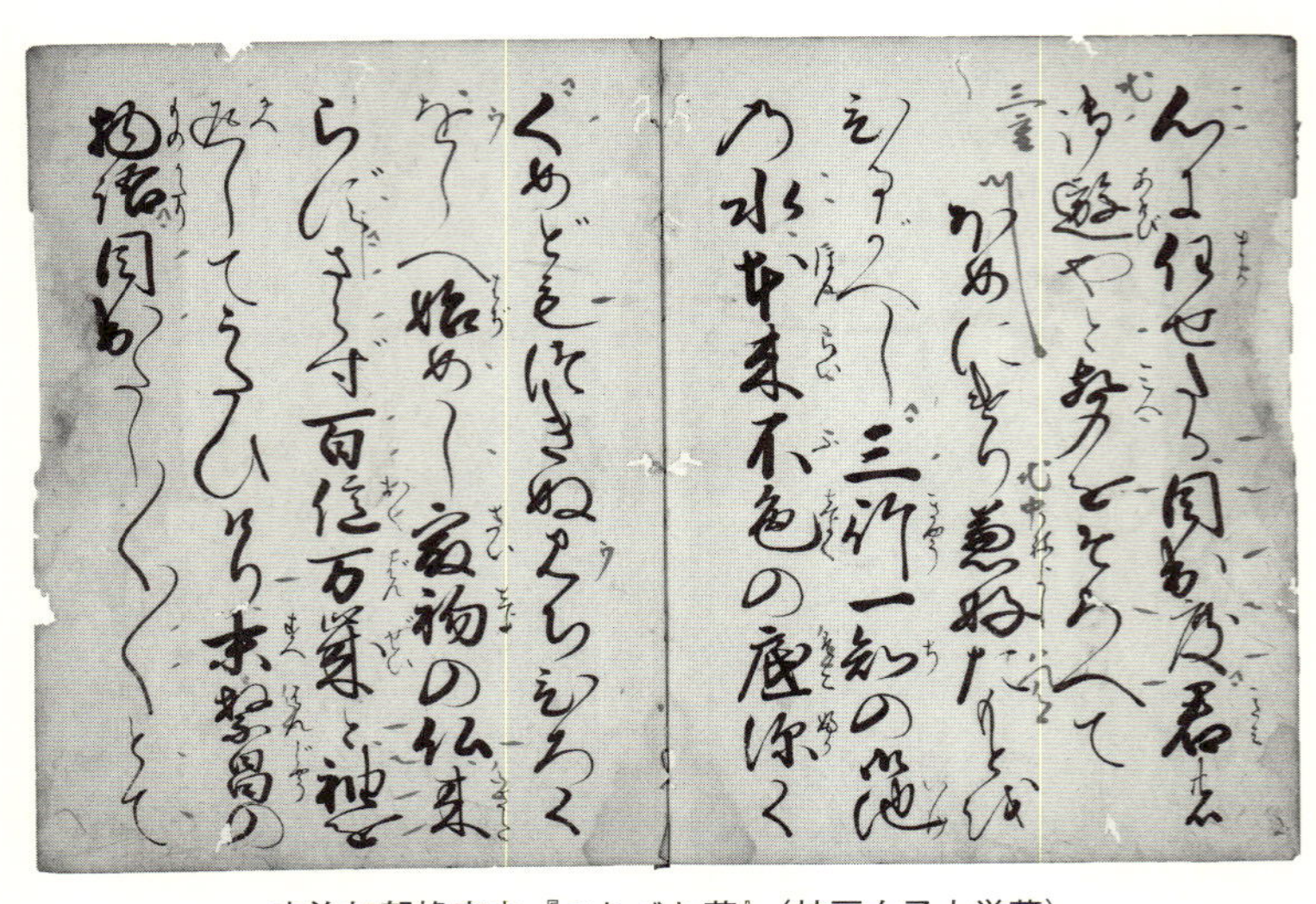

宇治加賀掾床本『つれづれ草』（神戸女子大学蔵）

は浄瑠璃の内容の充実であった。

延宝六年八月に段物集『竹子集』を刊行し、その序で節章の解説をなす。太夫が舞台の床で浄瑠璃を語る時に、床本と称する、自ら節章を指した本文を持つが、その節付は公開されることなく、弟子筋の者たちのみ許されて知ることができるものであった。加賀掾は節付を示す秘密の節章を解説するだけでなく、床本そのものの公開も、八行稽古本を版行することによってなす。節章の公開や稽古本の刊行は、能の伝書『八帖本花伝書』などに倣ったもので、浄瑠璃を貴紳の愛好する能に近付け、その格付を図ろうとしたものである。また、稽古本を求める人々がいたことは、浄瑠璃を芝居小屋で見物するに止まらず、稽古する人々も多く出てきたことを示しており、享受層の広がりが考えられる。しかも、加賀掾の浄瑠璃、加賀節（嘉太夫節）を稽古する人々には上層の人達も多く、井原西鶴も加賀節の愛好者であった。そうした人たちを対象に考えれば、浄瑠璃の内容についてもより鑑賞に堪える作が必要となる。こうした状況が加賀掾に近松の教養と文才を求めさせたのであろう。それが『翁草』が伝えるようなことが契機であったか確証はないが、近松のいた環境からは考え得ることではある。

近松が加賀掾のために書いた作として、現在知られる最も早い作は天和三年（一六八三）九月上演の『世継曾我（よつぎそが）』である。しかし、これ以前に近松は加賀掾に作品を提供していたと考えられており、それは近松二十五歳の延宝五年頃と推定されている。近松作と確定できないのは浄瑠璃本における作者の位置付けという問題が関わっている。

浄瑠璃本のことを正本（しょうほん）とも呼ぶ。正本とは床本通りに太夫が自ら正しく節章を付けた本の意で、太夫の許可のもとに版行出来る本である。太夫にとって正本は自分の床本の分身のようなものであり、正本に対する責任は語る太夫自身が負うものであった。特に、加賀掾は自身で一流を開き、節章の公開の道を作ってきただけに、正本に対する自意識は強く、正本に作者名を入れることを許さなかった。そのため加賀掾の語った浄瑠璃は少数の例外を除いて作者不明であり、若き近松が加賀掾のために作品を書いていても、正本からは近松の名は出てこないのである。延宝五年頃とする右の推定は、正徳四年（一七一四）九月十日以前上演近松作『弘徽殿鵜羽産家（こうきでんうのはうぶや）』（竹本筑後掾正本）と延宝三年三月上演『殿上之うはなり討』（宇治嘉太夫正本）との道行が同文であるため、この頃より近松と加賀掾との関係が推測されるからである（森修『近松門左衛門』三一書房、一九五九・6）。こうした推測を離れれば『世継曾我』が近松作と確認できる第一作であり、加賀掾と近松との関係を知る最初の作でもある。

正本屋西沢九左衛門が享保十二年（一七二七）に著した『今昔操年代記（いまむかしあやつりねんだいき）』という、本人の見聞をもとにした浄瑠璃の歴史を綴った書がある。その記事に次の一節がある。

> 宇治嘉太夫といふは、紀州和歌山宇治といふ所の人也。……日々に繁盛し、程なく受領し、加賀掾宇治好澄とあらためしより、町中いよ〳〵此の流をかたり出し、あまつさへ、稽古本の八行を四条小橋つぼやといへるに板行させ、浄るり本に謡のごとくフシ章をさしはじめしは此の太夫ぞかし。名人は播磨（井上播磨掾）、上手は加太夫（嘉太夫）也。取り分け世継曾我より諸人もてはやしけり。

宇治加賀掾が京都において人気を得てきたのは特に『世継曾我』の上演後からであると伝えている。『世継曾我』は貞享元年[2]（一六八四）に竹本義太夫が大阪の道頓堀に竹本座を設立した時の旗揚げ公演にも語っており、その折にも、

> 浄るりは嘉太夫致されし世継そが、是れ義太夫出世のはじまり。町中の見物此のふし事になづみぬ。

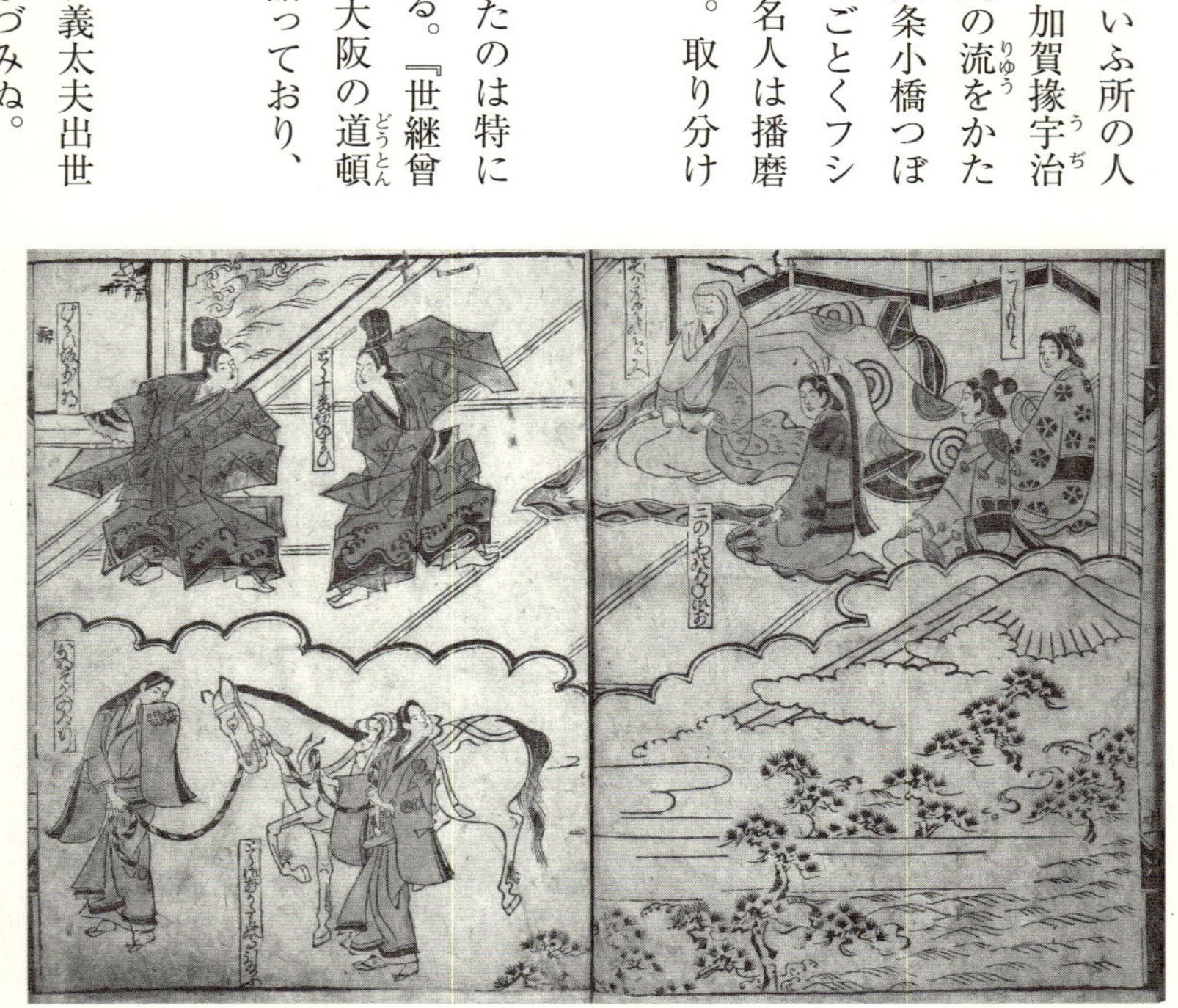

絵入浄瑠璃本『世継曾我』挿絵（早稲田大学図書館蔵）

と、好評のほどが記されている。いずれも太夫の技量のこともあるが、『世継曾我』の浄瑠璃作品としての優秀さが大きく働いていたといえる。

『世継曾我』は、『曾我物語』を題材に、曾我兄弟の仇討ち後の後日譚を描き、曾我十郎・五郎兄弟の恋人に虎・少将を登場させ、近世的な遊里の場や恋慕の情と悲哀を情緒ゆたかな文章に綴った作である。初段には御狩揃え、第二段に待つ夜の恨み、第三段に虎少将道行と十番切り、第五段に風流の舞と、浄瑠璃の聞かせ場・見せ場である節事（ふしごと）・景事（けいごと）も十分に設けられている。そして、『世継曾我』の何よりの新しさは女性を主人公に据え、御狩揃えを除く右の節事・景事を、近世の遊女の姿態と情調のさまを虎・少将に演じさせたことである。特に風流の舞は当代の遊里の様子や遊女の振りを見せるなど、歌舞伎の傾城事（けいせいごと）に倣う廓（くるわ）情緒を十分に楽しませるものであった。義太夫が語った時には、待つ夜の恨みや道行の節事を、立つ子・這う子まで真似せぬ者はなかったと西沢九左衛門は『今昔操年代記（いまむかしあやつりねんだいき）』に書き記している。

この『世継曾我』にも、近松作と明記した正本はない。竹本義太夫の語り物より道行や景事を集めた段物（だんもの）集（しゅう）『鸚鵡ケ杣（おうむがそま）』自序（正徳元年〈一七一一〉七月）の一節に

> 世継曾我の道行に、馬方いやよと踊り歌入れし事相応せず、一番の瑾（きづ）今聞くに汗をながす、と三十年前を後悔ある作者の心、芸道の執心さも有るべきなり。

と、義太夫が書き留めたことによって、義太夫と三十年の親交ある作者、すなわち、近松作であると知ら

れるのである。三十年間数多くの作品を書いてきた近松にとつても、『世継曾我』は忘れることのできない思い出深い作であった。それは、自分と関係深い二人の太夫によって世間に浄瑠璃作者近松の存在を知らせることができただけでなく、自身が作者の道へ進むことを決意した記念する作であったからである。時に近松は三十一歳であった。

(2)竹本義太夫と『出世景清』

貞享四年（一六八七）正月刊の役者評判記『野郎立役舞台大鏡』は「おかしたいもの　近松が作者付」として、近松への非難と弁護が載る。

ひよつとわけもない事をいふた。此のやうな事はいくらも人がいふておゐたにふるい事ばかり。又ある人の曰く、よい事がましう上るり本に作者書くさへほめられぬ事じやに、此の比は狂言までに作者を書く、剰へ、芝居の看板、辻々の札にも作者近松と書きしるす。いかい自慢とみへたり。此の人歌書か物語をつくらば外題を近松作者物語となん書き給ふべきや。

答へて曰く、御不審尤もには候へども、とかく身すぎが大事にて候。古ならば何とてあさ〳〵しく作者近松なども書き給ふべきや。時、業におよびたるゆへ芝居事で朽ち果つべき覚悟の上也。しからば、とてものことに人に知られたがよいはづじや。それゆへ、押し出して万太夫座の道具なをしにも出給ひ、堺のゑびす島で栄宅とくんで、つれ〳〵（草）の講釈もいたされるなり。

双方和睦の評に曰く、此の人作られける近代の上るり、詞花言葉にして内典外典軍書等に通達したる広才のほどあきらけし。その徳おしむべきは此の人と、ほうびあまつて今こゝに云々。

当時の人の考え方からすれば、歌舞伎は無論、浄瑠璃本にも作者名を入れることはとんでもないことであって、よほど自分を自慢したい売名行為であるというのである。この非難に対して、近松の言を受けた人が答えるかたちで、芝居の作者を一生の仕事として生きていく覚悟を決めたからは、近松という者がいるということを知ってもらわなければならない、それほど強い覚悟でこの道に飛び込んだのだ、と伝えているのである。また、この時期には近松は歌舞伎界にいたことが、この記事で知られる。もっとも、近松に対する称賛は歌舞伎に関することではなく、浄瑠璃の作文に対してなされている。ところで、浄瑠璃本に作者名を入れることは、太夫正本を矜恃とする加賀掾のような立場の人のもとではできないことであったが、なぜそうしたことが可能になったのであろうか。

竹本筑後掾像（天理図書館蔵）

現在、浄瑠璃本の内題下に近松の作者署名がある一番古い正本は、貞享三年（一六八六）七月刊の『佐々木大鑑』（内題、佐々木先陣）である。同年五月刊『三世相』の内題下にも「作者近松門左衛門」とあるが、この署名は埋木による後補と見られている(3)。『三世相』も『佐々木大鑑』も竹本義太夫正本である。竹本義太夫が太夫正本に作者署名を認めたことになる。

竹本義太夫（一六五一〜一七一四）は、もとは大坂天王寺村の五郎兵衛と名乗る百姓であったが、播磨風を学び、井上播磨掾の弟子清水理兵衛や宇治加賀掾の脇語りを勤めた後、延宝五年（一六七七）十二月には京都四条河原に清水利太夫の名で一座を構え、『神武天皇』『松浦五郎景近』などを上演する。しかし、半年続かずに仕舞い、地方巡業に出るが、やがて、竹本義太夫と名を改めて、貞享元年[2]大坂道頓堀に竹本座を旗揚げ、前述のように『世継曾我』を語って好評を博し、大坂に地盤を築く。貞享二年には宇治加賀掾が京都より下り、両者が競演するが、その状況を『今昔操年代記』はつぎのように記す。

> 京宇治加賀掾難波に下り、今の京四郎芝居にて、西鶴作の浄瑠璃『暦』といふを語られければ、義太夫方には『賢女手習并新暦』として両家はりあい、ついに義太夫浄るりよく、嘉太夫方止みぬ。其次のかはり『凱陣八島』、これも西鶴作にて、評判よき最中出火して、加賀掾はこれ限にして京へ上られ
> ……

この競演の後、義太夫は近松に縁を求めて『出世景清』を書いてもらう。近松が義太夫に与えた最初の新作である。「出世」には義太夫の成功を祝う意味も込められている。『世継曾我』によって評判を得た義太夫にとって、今後の自分の浄瑠璃を大成していくためには、優れた作を得ることが何よりも大切なことであった。しかし、『世継曾我』に続いて語ってきたのも加賀掾の語り物の借用であった。自分の語り物で自分の技量を発揮したい、そうした思いをかなえてくれる作者は近松しかいないと、義太夫は近松に作品の提供を願ったのであろう。近松も作者業で身を立てる決心をなした頃であり、加賀掾のもとでは作者として自立で

きない思いがあった。さらに、近松は義太夫に加賀掾にはない進取の気風を見て取ったのであろう。二人の提携がここに成立する。

『出世景清』は『世継曾我』とは別の意味で近松にとっても新しい作品であった。舞曲「景清」や古浄瑠璃『かげきよ』、謡曲「景清」「大仏供養」では、平家の落ち武者景清は、ただ一人で源頼朝を狙う孤独な復讐者と、その性格は作られてはいるが、近松は景清に小野の姫と阿古屋（あこや）という二人の女性を配する。そして、景清の剛直な性格が嫉妬から景清を源氏方に訴人した阿古屋の裏切りを許さず、阿古屋を子殺しへと追い詰めていく悲劇を描く。小野の姫が貞節なさまを見せた後に、阿古屋を二人の子供とともに登場させ、景清が繋がれた牢の前で、阿古屋は自らの行為を後悔し、許しを請うが、許されぬ我が身の、押さえきれない感情の昂（たか）ぶりから子を殺し、阿古屋自身も自刃する第三段の愁嘆場のことであるが、そこには人間の複雑な感情が引き起こした悲劇的な状況が浄瑠璃の場面として見事に描かれている。第一段の東大寺柱立て、第三段の小野の姫の拷問の場や第四段の景清牢破りなどの浄瑠璃としての見せ場とは別に、浄瑠璃の詞章が織りなす語りの情緒によって、外形には現れにくい人間の内面の情を伝えるという、近松が浄瑠璃に期待したものをここに見ることができる。

この後、『三世相』（貞享三年〈一六八六〉五月）『佐々木先陣』（同年七月）『薩摩守忠度（さつまのかみただのり）』（同年十月）『主馬判官盛久（しゅめはんがんもりひさ）』（同年十一～十二月）『今川了俊（いまがわりょうしゅん）』（貞享四年一月）と続けざまに、近松は義太夫に作品を提供する。この義太夫と近松の結びつきによって、浄瑠璃界に今までとは違った気運が生じたことにより、浄瑠璃史では、両者の結びつき以降を新浄瑠璃、以前を古浄瑠璃の時代と区別する。近松の浄瑠璃本への作者署名もこの提携によって現れてきていることを考えれば、作品を提供することの条件に作者署名を入れるといった二人の合意が成立していたのであろう。加えて、竹本義太夫にはそれを受け入れるだけの革新さもあった。義太夫は貞享四年に段物集（『貞享四年義太夫段物集』）を刊行し、自序で浄瑠璃への自らの姿勢を著し、加賀掾の「浄るりに師匠なし。只謡を親と心得べし」（『竹子集』）に対して、「われらが一流はむかしの名人の浄るりを父母として、謡、舞（舞曲）はやしない親と定めはべる」と、浄瑠璃は浄瑠璃として自立することを明言する。そして、加賀掾が強調した秘事伝授よりも稽古第一を説く。こうした格式にこだわらない姿勢が、加賀掾のもとにいた近松を引き寄せることができたのであろう。また、加賀掾の語り口は「節配りこまかに、よはくたよくうつくしく」（『今昔操年代記』）といわれ、義太夫は「大音にて甲乙ともにそろひ、俎板に釘かすがいを打つたるごとく」（同右）と、京都と大坂との土地柄の違いもあろうが、両者異なり、義太夫節は大坂に根強い流行をなしていく。しかし、貞享期の義太夫への作品提供にもかかわらず、『野郎立役舞台大鏡』で見たように、近松自身は歌舞伎界に身を置き、歌舞伎作者への道を歩んでいく。

(3)坂田藤十郎と『けいせい仏の原』

歌舞伎は女歌舞伎・若衆歌舞伎の時代を経て、野郎歌舞伎の時代になると、続き狂言と呼ばれる、二番続き・三番続きの狂言が上演されるようになる。一番（一幕）ものに対して、一番を二、三場に分け、それを二番あるいは三番連続させて一狂言を構成するのである。寛文十年（一六七〇）頃には始まっていたといわれる。歌舞伎も当初の舞踊を中心とした役者の容姿を見せるものから、戯曲性を備えた演目が求められる時代に入ったのである。

そのため、歌舞伎にも作者が必要となり、近松以前には福井弥五左衛門（役者兼作者、寛文・延宝期の代表的作者）や富永平兵衛（俳名辰寿、元禄十二年頃没）がいた。特に富永平兵衛は顔見世の役者付けに狂言作者として名を載せたため、人々の憎しみを買ったといわれており（『耳塵集』）、作者の地位を確立しようとした先覚者でもある。近松が歌舞伎界に入ったのは貞享二、三年頃と思われ、無論作者としても活躍していたのであろうが、『野郎立役舞台大鏡』の記事のほかにこの当時の歌舞伎界における近松の様子を知る資料はない。

近松の歌舞伎作品として現在知られるもっとも早い作は、元禄六年（一六九三）に京都の都万太夫座で上演された『仏母摩耶山開帳』（座本　山下半左衛門）である。

『仏母摩耶山開帳』は、坂田藤十郎が扮する六田掃部が室津の傾城異国に馴染み、子供までなし、屋敷に帰らないため、継母とその弟がお家横領を企む、お家騒動物である。

第一　開帳触れ（出端）
　　　六田屋敷
　　　六田下屋敷
第二　室の別当屋敷門前
　　　揚屋お兼座敷
第三　摩耶山開帳場

三番続きで場面は右のように分けられる。第一の六田屋敷で、家に帰らぬ夫掃部を待つ御台は、夫の気を得るため傾城高橋を身請けする。傾城の風（さま）を学ぶためであるが、大名の妻女が傾城のさまを見るのは『世継曾我』第五で頼朝の御台が「けいせいの恋路のしな。いとなつかしく見まほし」と、頼朝に訴訟して「ふうりうの舞」が設けられるのに似る。また、高橋がこの場で傾城の身を「皆いつはりのことのは、あゝおそろしや。けいせいの身程あさましい物はない」と、傾城の勤めを嘆くのは『三世相』で傾城荻野が語った「遊女の誠物語」と同じ趣向である。さらに、第二に設けられた室の別当屋敷門前の場は、異国が年季のことで遊女屋の親方と公事（くじ）（訴訟）するのであるが、その場が舞台で演じられたかどうかは、残存する狂言本からはよくわからない。しかし、遊女が親方相手に公事すること、そして、公事に敗れた異国が年季を勝手に延ばした兄に対して怒るさまは、前の高橋の嘆きにも通じる、遊女ゆえに背負う現実の苦患（くげん）であり、こうした遊女の姿は『世継曾我』の虎・少将、『出世景清』の阿古屋、『三世相』の夕霧、と近松がこれまでの浄瑠璃で描いてきたものである。それまでの歌舞伎の傾城狂言が見せてきた歓楽の花とする遊女の姿は、この後の揚屋お兼座敷に登場する太夫から遣手（やりて）に落された小藤をみても、『仏母摩耶山開帳』には現れない。華やかな歌舞伎の舞台の中にも、現実的な人間の内面を見せるのは浄瑠璃で磨かれてきた近松の表現手法によるものである。この近松の在り方に最も理解を示した役者が坂田藤十郎であった。

坂田藤十郎（一六四七～一七〇九）は『野郎立役舞台大鏡』では位付け中の役者で、

諸芸巧者にして狂言も作らるればまづ文盲にはなさそうな。濡（ぬ）れのやつしの上手にて、半左衛門（山下）京にまかりしときは両輪（わ）の役者……夕霧に名をあげ……山下を世間からもてはやせば、自然（じねん）と坂田の水落ちて中（ちう）の役者とよばるゝなり。京ばかりの評判ならば中にする役者ではないもの、残りおゝゐ事じゃ

一　やつし芸かるく、つくろいのなき仕出しなれば、人ごとに好きまする

一　諸事巧者にして、間合い上手なれば、おのづから狂言がいきてみゆるなり

一　傾城買いの大尽となつては、嵐（三右衛門）と一座してもひけはとらぬぞ
一　芸ぶりこつついて枕詞多く、せりふが長過ぎ、弥生に鰤を食ふこゝちして、しつこいといふ人あり

と評判される。ここに述べられる藤十郎の芸の特色は、より磨かれて晩年の評判にも見られるものであるが、欠点とされる長台詞は、逆に藤十郎ならではの芸として、後年には称賛の対象とさえなっている。無論、位付けはどんどん上がっていき、最高位の上々吉、また、役者評判記の評判の巻頭に据えられる役者と出世していく。宝永元年（一七〇四）に藤十郎は病に倒れ、同四年には得意のやつし芸に用いるを紙衣を大和山甚左衛門に譲り、舞台から離れ、宝永六年十一月一日に没する。享年六十三歳。

近松と藤十郎との結びつきがいつどのようにしてなされたか、はっきりとはしないが、『仏母摩耶山開帳』では、既に指摘したように、藤十郎は六田掃部役で出演している。これを初めとして、現在知られる近松作の歌舞伎三十二点中十九点に藤十郎は出演し、その大半に主役を勤める。近松の歌舞伎執筆は藤十郎が舞台を離れた時点で見られなくなっており、近松は藤十郎のために歌舞伎を書いていたと言っても過言でない。

藤十郎は右に『野郎立役舞台大鏡』での評判を引用して見たように「やつし（大名の若殿や大家の若旦那などが放蕩のため家を勘当され、落ちぶれた身となることをいうが、歌舞伎の芸としては、零落の中に上品さと鷹揚さが求められ、また、おかしさもふくむ）」を得意とし、傾城買いや濡れ事も名人・上手と評判される立役（分別ある成人男子の役柄）であるが、この藤十郎の演じる役柄に対して役者評判記の批評に、

絵入狂言本「けいせい仏の原」挿絵
（大阪府立中之島図書館蔵）

狂言めかず、実に見せる事、いひおしへては、誰
もする事とはいひながら、此人のせらるゝやうに、
しつくりとあんばいよく（元禄十二年刊『役者口三味線』）

と、「実に見せる」ということがしばしば強調される。

藤十郎の「実」についてを語る逸話が、藤十郎と同時代の役者染川十郎兵衛の聞書を綴った『賢外集』に載っている。そこには、密夫の役を演じることとなった藤十郎が、茶屋の女房に恋を仕掛け、情を交さんと座敷へ入り、女房が入口の灯を消した時、藤十郎はその場を逃げ出す。そして、翌朝、その女房のもとへ参り、男相手の稽古ではその情が出ないため稽古にならず、御蔭で次の狂言の稽古ができたと、事情を述べ礼を申した、との話が伝えられている。不倫の男女の微妙な心の動きや仕種の実際の様を知り、それを自分の演技に写さんとする藤十郎の役に対する心がけをいうが、「実」とは写実的な演技をいうことが、この逸話によって知られる。

近松がこの藤十郎のために書いた歌舞伎の代表作として『けいせい仏の原』（元禄十二年一月、京　都座、座本　坂田藤十郎）がある。そこでは、藤十郎は梅永文蔵という、傾城狂いのため、お家乗っ取を企む弟一味に城を追われた若殿に扮する。筋の概略を記す。

――文蔵は城を追われた後、さる大名の下屋敷へ迷い込む。その屋敷に文蔵がかつて馴染み喧嘩別れした遊女奥州が囲われているとも知らず、また、奥州が隠れて聞くとも知らず、文蔵は腰元達に請われるまま、身の上話をする。「仏の原」の長話と後々までも評判され、藤十郎の当り芸ともなった長台詞である。そこへ文蔵の婚約者竹姫が追い来たって、奥州との中を嫉妬し、失神した竹姫の魂が奥州に入り、奥州（竹姫の怨霊）が恋の恨みを訴える場面となる。

正気に戻った竹姫は文蔵を追ってきた弟帯刀（たてわき）に捕えられ、帯刀や一味の乾介太夫（いぬいすけだゆう）は文蔵を襲う。文蔵は奥州の機転で屋根へ逃げのび、竹姫も駆け付けた文蔵の家老望月八郎左衛門に助けられるが、文蔵の父刑部は介太夫に殺される。この介太夫、実はいま文蔵が馴染み、子までなした遊女今川の父である。

場面は三国の揚屋に移り、文蔵は虚無僧にやつして今川に会いにくる。文蔵は今川が他の男と会うことに、今川は文蔵が他の遊女と会うことに、それぞれ嫉妬して口舌（くぜつ）する（これはやつし事の一つのパターンである）。互いの誤解が解けるが、今川が介太夫の娘とわかり、文蔵は今川との縁を切り、子供藤松も今川に預ける。今川は父介太夫の悪事を止めさせせんと、介太夫の屋敷に出かけるが、介太夫は孫とは知らず藤松を傷つける。今川より全ての事情を聞いた介太夫は後悔し、文蔵に味方し、帯刀を討つ。文蔵は介太夫を許し、皆めでたく都（みやこ）東山の沓（くつ）はき如来の開帳に参詣する。

この作では、主人公梅永文蔵は主要な場面に登場し、活躍する個性ある人物として描かれている。すなわち、若殿という育ちが持つ鷹揚さ、やさしさが話の展開の中で一貫しており、その性格が事件展開の中でも生かされ、文蔵の人間性が今川や奥州や竹姫の存在をもなるほどと思わせ、三人の女性の三様の在り方にも強く影響しているのである。役者にとってもこのような役柄を演じるには、その役柄作りに、自分の持つ芸域以上のものを役に即して作っていかなければならなくなる。作者の作意と役者の芸とが活かし、活かされる、望ましい作者と役者との関係とはこうした作を通して作られていくのであろう。『役者口三味線』（元禄十二年三月刊）は『けいせい仏の原』の藤十郎の演技について、先の引用の前に次のような評を与えている。

> けいせい仏の原、尤も仕組出来物にて、よく役配り相応して、立者の衆中、何れも当つたではござれ共、一つは此人（藤十郎）近年になき情の出しやう、所作の外に、手水鉢に身を変化、あるは這ふより、屋根に伝ひて天上し、又は炬燵の姿と現はれ、身心共にもまるゝゆへ、一倍でけたやうにみゆる事、此人の働きにあり。（中略）いかにも大名の惣領めいて、世知なる目には、少し抜けたるやうに見へ侍る所が、成程惣領の大やうに育ちたる態、自然と写り申す。（中略）当座まかないに、執心じやとの云かけ、水（粋）なる傾城のうけつけぬ所を、云まはしにて合点させらるゝ所、尤もかやうに仕組おかるゝゆへとはいひながら、さながら誠らしう、かふもありそふな、是ではいかなる粋の太夫も、合点するはづじやと云やうに、狂言めかず実に見せる事……

藤十郎の芸に深みを添えるのは作者の仕組であるが、しかし、それを受け入れるかどうかは藤十郎次第である。その点、藤十郎は座本としても役者としても作者を大切にしたと伝えられている。文蔵役に本腰を入れて演じる藤十郎の様子がこの評判からも窺える。この藤十郎の目指した芸風が、右の逸話に見られるような人の情の内面まで入り込もうとするものであれば、近松が浄瑠璃で学び得てきたものと合致する。二人の結び付きが長く続き、元禄歌舞伎に写実風の演技が形成されていったのも、こうした目指すべき方向が二人の連携を通して実現されることによって、歌舞伎界全体にも広がっていったからである。無論、藤十郎以外にも近松と関わりのある役者は多い。しかし、二人の関係は、元禄歌舞伎が進んできた写実風な演技の完成にとって、特筆すべきものであることは当時からも伝えられるところである。

三、『曾根崎心中』と『用明天王職人鑑』

近松は歌舞伎の座付作者として活躍していた元禄期にも、数は多くないが浄瑠璃の執筆を続けている。この期の浄瑠璃の特色は歌舞伎からの影響が多く見られることである。また、『曾我物語』から題材をとった曾我物が目立つことである。『曾我五人兄弟』（元禄十二年、竹本座）などは兄弟五人を各段に登場させたことにもよるが、登場人物二十三名と従前の浄瑠璃の十名から十五名に比べればずいぶん多くなっている。この数は当時の歌舞伎の一座の役者の人数と比べてもあまり差はない。さらに、この登場人物を歌舞伎の役柄の立役や敵役といったかたちに振り分けができることは、近松の発想自体に歌舞伎的なものがあったのではないかと思われる。特に、浮世草子『けいせい請状』で同じ近松作の曾我物『団扇曾我（だんせんそが）』（元禄十三年、宇治座。竹本座では外題を『百日曾我』とする）を、その登場人物に扮する役者を決めて振り当てて座敷歌舞伎にして上演しようとする、浄瑠璃を歌舞伎化することに抵抗を感じることのない場面が見られるのは、その現れといえる。

さらに、この時期の近松が歌舞伎の座付作者であるという事情もあるが、歌舞伎が多くの優れた役者を揃えた最盛期でもあったため、歌舞伎のある場面やある役者の当り芸を、そのまま浄瑠璃に取り込んで作られた浄瑠璃が近松の作にも見られてくる。『丹州千年狐（たんしゅうせんねんぎつね）』や『日本西王母（にほんせいおうぼ）』などがそうした作であるが、こうした歌舞伎的な要素を借り物としてではなく、浄瑠璃の中に溶け込ませることに成功したのが『曾根崎心

中』である。なお、元禄期には浄瑠璃も上演形態に変化が見られ、また、舞台や人形の操法でも発展を遂げた時期であった。(4)

当時の浄瑠璃の一日の公演は中入り（間の休憩）を挟んで五段物二曲を前浄瑠璃・後浄瑠璃に分け、それぞれの浄瑠璃五段の各段の間に、間狂言といわれる役者の短い歌舞や道化人形による狂言的な演目、また、太夫や人形遣いの芸見せなどが行われていた。太夫も一人で一段を語り、一座三、四人の太夫で一日の興行を勤めていた。ところが、元禄十年前後から歌舞伎の影響もあり、番組の都合から一段物（元禄十五年か、竹本内匠利太夫正本『道中評判敵討』）や上下二巻物（元禄十二年三月頃、竹本義太夫正本『最明寺殿百人上臈』）、上中下三巻物（元禄十一年秋か、宇治加賀掾正本『南大門秋彼岸』・同年十一月頃か、加賀掾正本『飛騨内匠』）が現れてくる。特に、『道中評判敵討』の正本には「一心五戒魂切上るり」と書かれており、後浄瑠璃を歌舞伎の切狂言（一日の最後に演じられる狂言）に倣って切浄瑠璃と称している。これは前浄瑠璃・後浄瑠璃の二番立ての一日の番組が、上演の時間の関係から長短の組合せになったり、時事的な事件を当て込んだ作を上演するために、素早く対応できる一段物に仕組むことが求められたところなどから発生したのであろう。なお三巻物は歌舞伎に三番続きの先例がある。一段物・三巻物の一段・一巻は段や巻の中がさらに細分され、五段物の一段とは異なり、太夫の持場を分けることがなされたりもした。こうした変化は演出面にも影響を及ぼし、太夫や人形遣いを見せるために附舞台を設けて出語り、出遣いを行い、からくりを大道具や小道具に用い、また、人形にも手妻人形が使われたりした。こうした状況の中で、近松の世話浄瑠璃の第一作『曾根崎心中』が元禄十六年五月七日に竹本座で上演される。

『曾根崎心中』上演の事情については、『牟芸古雅志』（文政九年跋）所載の「観音廻り」の舞台図（なお、この原図を表紙見返しに持つ山本九兵衛版の絵入本『曾根崎心中』も現存(5)）に付された辰松八郎兵衛（たつまつはちろうべえ）の口上が、

此度仕りますそねざきのしん中の儀は、京近松門左衛門あと月ふつと御当地へくだりあはせまして、かやうのことござりましたを承り、何とぞおなぐさみにもなりまする様にと存じまして、則ち浄るりに取くみおめにかけまするやうにござります。はう〳〵のかぶきにも仕りましてさのみかはりました儀もござりませね共浄るりに仕りますははじめにてござりまする…

と、説明している。そして、「竹本仕出しの世話浄るり」（『浄瑠璃連理丸』）といわれるように、竹本義太夫にとっても一段物の世話浄瑠璃の初演であった。しかも、「そねさき心中と外題を出しければ。町中よろこび。入るほどにけるほどに。木戸も芝居もゑいとう〳〵。こしらへに物は入らず。世話事のはじめといひ。浄るりはおもしろう。少しの間（ま）に余程のかねを儲け。諸方のとゞけも笑ひ顔見てすましぬ。」（『今昔操年代記』）と、非常な大当りとなった。『曾根崎心中』がこれほどの評判を呼んだ理由は、その特色を指摘することによっていくつか挙げることができるが、その前に世話浄瑠璃について述べておく。

「世話」という語は今日も用いられるが、その第一義は世間で一般に用いられる言葉の意であり、それより転じて、日常の生活やそのさまをいうようにもなる。世話浄瑠璃はその意味から日常の言葉（当時の俗語）を使って世間のさまを語り聞かせ、見せる浄瑠璃といえる。しかし、世話浄瑠璃の成立は歌舞伎の世話狂言から学び得たものである。

歌舞伎において、世間に起こった出来事を芝居に仕組んだ早い例として、延宝六年（一六七八）春の『吉（よし）

野身受』（一説、延宝八年春）や坂田藤十郎の当り芸で有名な同年二月『夕霧名残の正月』がある。また、心中を取り上げたのは天和三年（一六八三）五月十七日の心中事件を仕組んだ大坂の三芝居があり（『役者三幅対』）、心中芸の始まりと伝えられる。歌舞伎においてある場面的なまとまりを「〜事」というが、その一つに「世話事」がある。町人の生活のさまや廓場も含め市井の人々に関わる事柄を演じる場面に対していわれるが、それがある作の一場面ではなく、作品全体がそうした場面であれば、それは世話狂言とされた。特に、貞享から元禄期には市井の心中や殺人などの犯罪事件を扱った世話狂言が数多く上演されており、これらの狂言はいずれも切狂言として演じられていた。そして、それらは異常な事件を題材とするため、ことさらにそのニュース性を強調して、口上などで事件そのままに仕組んだことを述べるのが通例であった。

この歌舞伎における世話狂言を学んで、浄瑠璃でも市井の事件を取り上げるようになり、『大坂千日寺心中物語』（元禄十三年頃、竹本内匠利太夫正本）や『道中評判敵討』が切浄瑠璃で上演されたりするようになる。『曾根崎心中』もこうした傾向を受けての作であるが、辰松八郎兵衛の口上が伝えるように、既に方々の歌舞伎でも上演したのを、あえて浄瑠璃に仕組んだところにこの作に対する意気込みの強さが窺われる。それは今までの浄瑠璃にない新しさを持った、歌舞伎の世話狂言と対抗できる、世話浄瑠璃の誕生であった。

『曾根崎心中』の新しさは、趣向的なものを別にして、第一に考えられるのは、語りもさることながら、人形を活かす事に最大の配慮がなされていることである。近松が晩年に語った浄瑠璃の芸技論が穂積以貫の聞書で、元文三年（一七三八）正月刊『浄瑠璃文句評註難波土産・発端』に載せられているが、そこで近松は「惣じて浄るりは人形にかかるを第一とすれば、外の草紙と違いて文句みな働きを肝要とする活物なり。殊に歌舞伎の生身の人の芸と芝居の軒をならべてなすわざなるに、正根（性根）なき木偶にさま〴〵の情をもたせて見

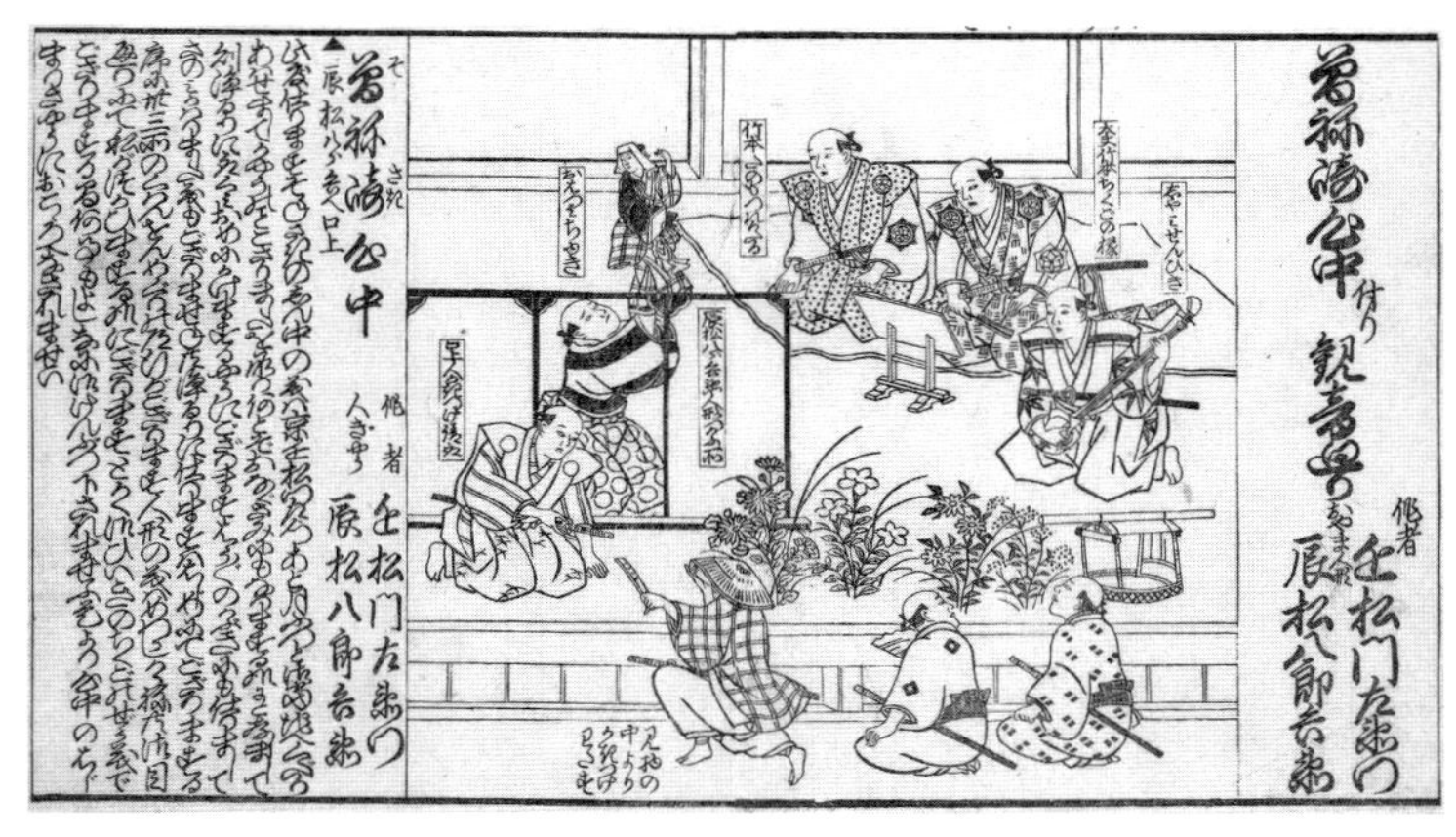

「曾根崎心中　観音廻り」図（天理図書館蔵『牟芸古雅志』より、加工）

物の感をとらんとする事なれば、大形にては妙作といふに至りがたし」と述べている。歌舞伎の人の芸と対抗し得る人形を文句の働きで活かす、それが近松の求めた浄瑠璃であり、『曾根崎心中』は竹本筑後掾（竹本義太夫は元禄十一年頃受領して竹本筑後掾を名乗る）の語りと辰松八郎兵衛と吉田三郎兵衛の操る人形によって、心中したお初・徳兵衛の生前の姿と死に際の情を歌舞伎以上に情緒豊かに見事に再現し、心中した二人を鎮魂したのであった。人形遣いの辰松八郎兵衛に殊更口上を述べさせているのは、人形の働きにそれだけの自信があったからではあるが、近松にとっても、歌舞伎での経験が、語りの詞章を通してであるが、人形に情を持たせるのにいかほど役立ったか、試されるものであった。

「観音廻り」は歌舞伎の出端（芝居の主要な人物が登場するとき、登場を目立たせるために所作などで登場すること）の応用といわれているが、附舞台での竹本筑後掾と竹本頼母の出語りと、捩手摺りを用いた辰松八郎兵衛の、お初と駕籠舁き二人の三体の人形を一人で遣う手妻人形や、所作豊かなお初の道行の出遣いは、大坂三十三所の観音廻りという当時の大坂の風俗を映しながら、この世のお初の時間を再現するものである。「上りつ下りつ谷町筋を、歩み習はず行き習はねば．所体くづをれア、はづかしの．漏りて裳裾がはら〳〵．はつと返るをうちかき合はせ．ゆるみし帯を引き締め．引き締め．締めてまつはれ」と、お初の動きを捉えた近松の詞章は辰松の人形に女の仕種と情を与える。こうした人形の動きを鋭く表現した詞章は、既に『曾我五人兄弟』や『百日曾我』の道行に、「別れの明神伏し拝み．かいつくばへば夏草に．いなごはた〳〵かまきりの．はぎよりもゝにつがもなや．はつと驚き拝みさし．払ふ裳裾のうら風のにくやしんきや吹き返し」（『曾我五人兄弟』とら少将道行）「千鳥鶺鴒足冷やす．清水がもとの柳陰．陰を見付けて走りつき．立やすらへばさら〳〵．さつさしぐれの雨かとて．声にかさきる夏の蟬」（『百日曾我』とらせうしやう道行）と見られ、人の動きを語りの調子に乗せる、すなわち、「木偶にさまざまな情をもたせ」る文句について近松なりの把握ができていたものと思われる。

そして、続く「生玉社内の場」で、徳兵衛に身の上話を長々と話させるのは、『けいせい仏の原』の梅永文蔵の長話の応用であるが、話の内容が一人の男の真剣な生き方の訴えであるところに、情を語る浄瑠璃の特色を見ることができる。心中への原因を作るのに、敵役九平次を用いたのも歌舞伎の世話敵の利用であろうが、徳兵衛の自害の決意が敵役によるとした筋運びは、一本気な性格を表す上でわかりやすい作意である。

続いて、「天満屋の場」でも、縁の下へ徳兵衛を誘い入れ、上がり框に腰掛けたお初が徳兵衛に心中の合意を求める場面や、暗闇の中を下女が火打ち石を打つ音に合せて、お初と徳兵衛が表戸を開け、脱出する場面に、先行する歌舞伎からの趣向取りが指摘されているが、「天満屋の場」自体が登場する人物の会話で進められており、そのことが既に（台詞による劇の進行という意味で）歌舞伎的である。しかし、濡れ場や痴話喧嘩の場ではなく、廓場を追い詰められた男女の人生のぎりぎりの愛の証の場とするのは、浄瑠璃『曾根崎心中』が心中した男女にのみ焦点を合わした、歌舞伎的な場面を持たぬ世話浄瑠璃そのものであることを示している。

その後、天神の森への道行では、見せること・聞かせることが一体化した道行の手本ともいえる見事な近松の妙文が展開する。お初・徳兵衛の死への畏怖、名残りの愁嘆、最後の苦しみを綴る名文は、まさに、心中した男女の代弁者としての、語り物が持つ語りの呪術を感じさせる迫力と哀愁の情緒が混在する。この道行が、辰松八郎兵衛（お初）・吉田三郎兵衛（徳兵衛）によって、どのように演出され、人形が遣われたのか残念ながら記録はない。しかし、心中した男女の生前が再現されることによって死者の冥福が多くの見物客によって祈られる。近松の最初の世話浄瑠璃は演出の斬新さや人形の見事な動きなども加わって、前述のような大好評を得る。

『曾根崎心中』の成功は竹本筑後掾にかえって引退の心を起させる。一座の経営に疲れたのが最大の理由とされるが、まだ五十三歳で引退は早いと、竹本筑後掾は太夫として舞台に専念し、竹本座の経営権は大坂道頓堀の興行界に勢力を得ていた竹田からくり座の竹田近江（たけだおうみ）一族の竹田出雲（いずも）に譲渡される。出雲は座本として竹本座の陣容を揃えることに着手し、京都にあって歌舞伎の座付作者をしていた近松を竹本座の座付作者に呼び迎える。近松は、坂田藤十郎が病身のため舞台から遠退いていたこと、『曾根崎心中』の好評によって浄瑠璃に新しい動きが見られること、歌舞伎で学んだことをも取り入れて、浄瑠璃でもう一度「詞華言葉（しくわげんよう）」と評された自己の文才を発揮したい意欲に駆られたこと、などの理由からこの招聘（しょうへい）を受諾し、宝永二年（一七〇五）冬頃には長年住み慣れた京都から居を大坂に移し、竹本座専属の浄瑠璃作者としてその業に専心する。

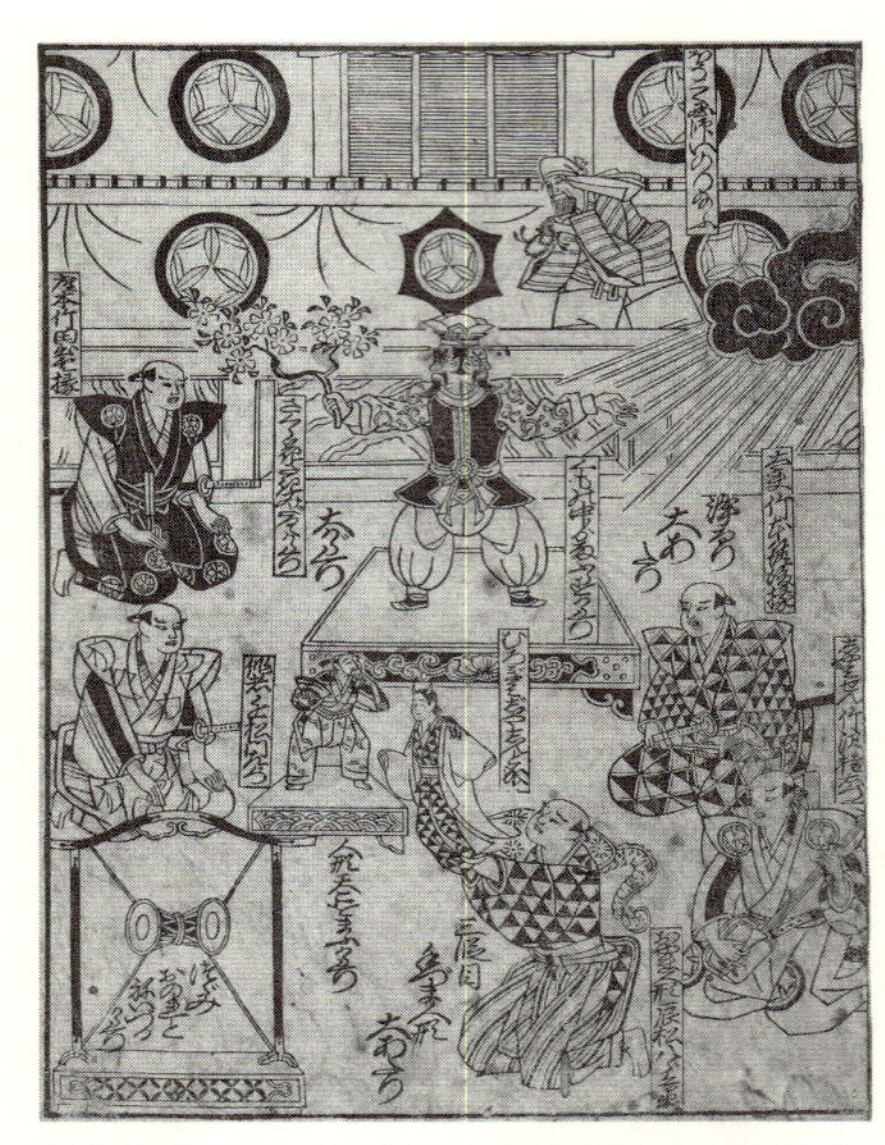

絵入浄瑠璃本『用明天皇職人鑑』上巻見返し
（天理図書館蔵）

そして、宝永二年顔見世（十一月）に近松作『用明天王職人鑑』が上演される。第一段には「今も国名をゆるされて時に近江（竹田近江）や世に出雲（竹田出雲）・其万代も竹の名の・筑後（竹本筑後掾）の後の末ながき御代に・すむ身ぞ・ゆたかなる」と、この新しい竹本座の将来を寿ぐ言葉を綴っている。人形の衣裳や道具立ても立派になり、中でも第三段の「鐘入りの段」と称される景事は、辰松八郎兵衛が出遣いで女体が蛇体に変る手妻人形などを遣い、また、竹田出雲の参画によって竹田からくりの技法が導入され、釣鐘が挿図に見られるような桜の枝を持つ人物に変る大からくりが用いられたりし、新竹本座にふさわしい一座の意気込みを思わせるに十分な演出がなされている。この『用明天王職人鑑』では、それまでの五段浄瑠璃の上演の際、間狂言でなされていた節事や景事などの芸見せは浄瑠璃五段の中に吸収されて、間狂言が行われなかったとされる。それだけ一曲の長さが長くなったことになる。以後、間狂言は次第に行われなくなり、正徳五年（一七一五）十一月上演の『国性爺合戦』からは廃止された（宝暦版『外題年鑑』）。

『用明天王職人鑑』には、もう一点、近松浄瑠璃研究の上で注目すべきことが指摘されている。それは近松の時代浄瑠璃五段の構想の型が、この作を契機として新しく生み出されてきたことである。その型とは、国家的な秩序が反逆や謀反によって乱れ、秩序を保つ側（善側＝正統者）は一旦反逆者（悪側）に追い払われいずこかに身を寄せる（一、二段目）、そして、善側の中心となる人物に生命の危機が迫った時、味方する人物やその縁に繋がる者が、身代りとなり、あるいは、悪に味方する肉親に敵対して、その人物のために死ぬ、といった悲劇的な犠牲死をする（三段目）、そうした犠牲死を機にして、善側は勢いを盛り返し、秩序の回復を果たす（四、五段目）、というものである。『用明天王職人鑑』ではこの悲劇的な死は二段目に置かれているが、その後は三段目に固定され、「三段目の悲劇」と称される時代浄瑠璃の戯曲構成上の眼目となる。『曾根崎心中』以降、当時の庶民の生活や社会に起きた事件を扱う世話物がより一層発展し、世話浄瑠璃というジャンルが作られていくとともに、江戸時代以前の時代や歴史上の事件を題材にする時代物においても、世話物とは異なる戯曲上の特色を明確にすることが意識的になされていったといえよう。この二つの動きに新生竹本座の出発の意義と近松の浄瑠璃作者への復帰の最も大切な意味が見いだされる。

四、近松の世話浄瑠璃

⑴世話浄瑠璃の分類

近松作の世話浄瑠璃は『曾根崎心中』を第一作として『心中宵庚申』（しんじゅうよいごうしん）（享保九年四月）まで二十四編を数える。二十四編の固定は一八九二年に刊行された武蔵屋本『近松世話浄瑠璃』に始まるとされるが、世話浄瑠璃の定義や条件を先のように考える時、これら二十四編の作はそれからあまりずれるものではないため、そのまま容認されてきている。むしろ、二十四編から外れている『けいせい反魂香』（宝永五年）などの三巻物が時代物と世話物との中間的な時代世話となり、それらの扱いに問題は残されている。

ところで、二十四編の世話浄瑠璃はその題材によって四種に分けられる。

一　心中物　十一編
曾根崎心中　心中二枚絵草紙　ひぢりめん卯月の紅葉　心中重井筒
心中刃は氷の朔日　心中万年草　今宮の心中　生玉心中　卯月の潤色　心中天の網島　心中宵庚申
二　姦通物　三編
堀川波鼓　大経師昔暦　鑓の権三重帷子
三　処罰物　五編
五十年忌歌念仏　淀鯉出世滝徳　冥途の飛脚　博多小女郎波枕　女殺油地獄
四　仮構物　五編
丹波与作待夜のこむろぶし　薩摩歌　夕霧阿波鳴渡　長町女腹切　山崎与次兵衛寿の門松

世話物は、心中物や姦通物や処罰物のように、話題となった事件を当て込んで仕組んだ作がその発生からして普通であるが、仮構物のような世の語り種として伝わる説話や歌謡に題材を求めたものもある。浄瑠璃における世話物は近松によって花開き、頂点に達するが、近松が世話物に描いたのは、一言で言えば、人間の真実の思いであるといえよう。

心中物の第一作『曾根崎心中』では、お初・徳兵衛の恋の手本ともいえる一途な心と、それ故に、辱めを受けた徳兵衛の一分を立てたい、立てさせたいとの二人の思いのみを表にしての心中への悲劇を描くが、続く心中物では心中した男女を取り巻く家族や主人などを登場させ、家庭やその人間が所属する社会をも含めて、そのしがらみの中で心中しなければならない男女と周囲の者たちとの葛藤へと話は複雑化していく。さらに恋人同士、夫婦、親と子、主人と奉公人といった人間関係に、場合によっては、縁戚関係などを持ち込み、二人にかかるそれぞれの立場からのしがらみが、心中する男女を一層身動きならぬ苦悩へと追い込む。心中を単に心中した男女のみの悲劇として舞台化するのではなく、その影響をも見つめ、なおかつ、心中しなければならなかった男女の真実の思いを複雑な状況のもとに悲劇化していく、世話悲劇の達成がみられる。

姦通物では、許されない所業に隠された社会的状況や家族環境を女性の立場から捉え、不倫を犯した女の性格や人間的な弱さを描くことによって、所業そのものよりも、人と人との脆い絆と、その絆にすがらなければならない人々の苦悩や葛藤に目を向け、姦通という悪業を悲劇のうちに収めている。

処罰物は、金銭をめぐる犯罪によって処罰された事件を題材とするが、これらも事件のニュース性を追うのではなく、その犯罪を引き起した人間関係やその動機に、人の心のありさまを見つめて舞台化がなされている。それは犯罪者を悪人扱いせず、一人の人間の相手ある行為と見て、その行為に秘められた思いを明らかにさせ、至らない人間の弱さ、瞬時に崩れる人の心を描くことでもある。

仮構物は前三者と現実の事件が題材になっていないという点で異なるが、そこで扱われる恋人を思いやっての必死の行為や親の慈愛や子の親への慕情は、人の心の真実を見つめようとすることにおいて、前三者と変ることはない。虚構された話であるが現実からかけ離れた人間を描いてはいず、むしろ世話物に見る近松の人間への理解を、虚構であるがゆえに一層、窺わせるものがある。

近松が世話浄瑠璃で描こうとしたものを右に簡単に要点のみ述べてはみたが、近松の魅力はこうした人間の心、動きを捉える素晴らしい文章にある。また、浄瑠璃という語り物でありながら、特に、世話物には戯曲的にもまとまっており、現実的な人間の行為が会話によって進められる場合が多い。その会話の端々にまた近松の優れた台詞に出会うことができる。

(2)近松世話浄瑠璃の作劇法(一)

元禄十六年（一七〇二）五月七日上演の『曾根崎心中』を第一作に、近松門左衛門がその晩年までに二十四編の世話浄瑠璃を著作し、それら世話浄瑠璃が基本的には市井の事件を題材としていることについてもふれた。市井の事件が浄瑠璃になり、舞台化されるにあたって、近松は芝居という、人々の心を慰める術（すべ）の中でどのような作意を込めて、それらの作品を描いてきたか、いくつかの作品を取り上げ、現在の研究の方法をも紹介しながら、作品の構成や事件との関係、テーマ、作劇法等について述べてみよう。

『曾根崎心中』の場合、実説と文字通りに言えるかどうかは問題であるが、ほぼ実説に近い形でこの事件を浮世草子風に綴（つづ）った『心中大鑑』（宝永元年〈一七〇四〉五月刊）巻三『曾禰崎の曙内本町ひらのや手代徳兵衛新地天まやお山おはつ』では、次のような内容になっている。

> 新地のおはつと馴染（なじ）んでいた醤油屋（しょうゆや）平野屋の手代徳兵衛は、叔父である主人忠右衛門の養子嫁と結婚して、江戸店に出向くように勧められる。一方、おはつにも豊後（ぶんご）の客への身請け話が進んでおり、ともに別れることを悲しんで、曾根崎の森で心中した。

『曾根崎心中』と、徳兵衛が主人の姪との結婚を勧められているのと、情況は同じであるが、おはつについては、おはつの方にも切羽つまった理由があったことになっている。もし、『心中大鑑』の伝えるところが事実ならば、そのことを捨てた近松の作意は、「恋の手本となりにけり」と結んだ、遊女という境遇を超えたお初の純粋な徳兵衛への愛情に、恋のあるべきさまを見せることにあったのであろう。

既に指摘されているように、『曾根崎心中』の作劇法には、敵役九平次が金銭の上で徳兵衛を追い込むという、それまでの歌舞伎狂言で用いられていた「金銭の葛藤が破滅をもたらす世話狂言の方法」が利用されているが、金銭が直接の破滅の原因となるのではなく、衆人の面前で辱めを受けた徳兵衛の一分を立てたい、立てさせたいとの二人の愛が、心中へと一途に走らせたとしたところに、近松の新しい方法があった（松崎仁「米屋心中の狂言と『曾根崎心中』」『元禄演劇研究』所収。東京大学出版会、一九七九・7）。観音めぐりや心中場面のリアルな表現と演出とをも含めて、心中する男女の愛情を第一に描いた『曾根崎心中』が近松世話物の第一作であった意味は大きい。以後の世話物は『曾根崎心中』との比較において、どのように相違するか、その場合の近松の視点や作劇法にどういった変化が見られるかが問われていくことになる。

『曾根崎心中』に次ぐ世話物は『心中二枚絵草紙』（宝永三年二月十一日以前初演）である。この作品は心中した遊女が、お初と同じ天満屋の遊女であったため、絵入り本の一本の題簽に「そねさき三ねんきてんまやにまた見るゆめ」とあるが、作品の構成や内容の上からは、その後の『卯月紅葉』（同年夏）や十三年忌に上演された『生玉心中』（正徳五年〈一七一五〉五月）の方が、『曾根崎心中』を意識して作られた作となっている。前者は「廿二社めぐり」に続く巫女による生口を借りての与兵衛の身の上話、後者は「社めぐり」に続く嘉平次の身の上話と、『曾根崎心中』の「観音めぐり」に続く徳兵衛の身の上話と同じ構成を採っており、続く敵役による主人公達の破滅まで類似する。ただし、そこではより複雑な人間関係を持ち込み、『曾根崎心中』のように一筋に心中へと歩ませない、近松の作劇法の変化が見られる。

『卯月紅葉』の場合、上之巻でお亀・与兵衛の若い養子婿夫婦が、舅長兵衛の妾ゐまとその弟伝三郎の奸計にかかって、与兵衛が町会所から長兵衛の預けた譲り状を持ち出し、長兵衛の打擲にあう。これは『曾根崎心中』の九平次の騙りと、徳兵衛が打擲にあう型を踏んでの展開であるが、中之巻でお亀の伯母の異見事の場面を設け、一旦の破局を救う機運を作る。そして、再び敵役伝三郎によって蔵破りの罪をきせられ、夫婦心中へと覚悟する。『生玉心中』の場合も、印伝屋長作という敵役によって嘉平次は破滅するが、ここでも親五兵衛の異見と、慈愛の一分金によって、養子嫁おきわとの婚姻という条件はつくが、一旦の危機は免れる情況は作られている。しかし、それも再び敵役長作によって水泡に帰し、おさが・嘉平次の心中への道行となる。

松崎仁氏は「宝永三年の近松」（前出『元禄演劇研究』所収）で、『卯月紅葉』のように敵役の跳梁跋扈によって主人公を破滅させる方法は、『曾根崎心中』の書き替え作『生玉心中』を例外として、宝永四年以後は『五十年忌歌念仏』と『今宮の心中』があるのみで、宝永四年以降には近松の敵役利用の態度と合わさって主人公の造型の姿勢にも変化が現れていることを指摘される。つまり、与兵衛や嘉平次のような主人公自身の中にある、人間的な到らなさ、不誠実さを、敵役によって陥れられたとすることで、近松は常識的倫理感覚から主人公を守ってきたが、そうした注意を捨てて、主人公の人間性をそのままを描くことによって、社会に生きる人間が精一杯生きて、滅んでいく姿を、劇的に捉える方法へと変化してきていると説かれる。

宝永三年（一七〇六）六月七日、鳥取藩の台所役人大蔵彦八郎が京都下立売通堀川で妻の密通の相手宮井伝右衛門を討つという事件が起る。この件を伝える『月堂見聞集』は「因州鳥取住人妻敵打事」として、

「去る酉（宝永二年）六月、主人参府に付き、供仕り、江戸へ罷り下り、当五月十五日鳥取へ下着仕り候。留守之内、女房たね、宮井伝右衛門と申す者と密通仕り候由、家中に風聞仕り、其上、私妹くら並びにたね妹ふう両人相知り候に付き、早速吟味仕り候へば、不義の段委細白状仕り候故、五月廿七日女房儀指殺し、同廿九日組頭迄暇乞いを書置き捨て仕り、罷り上り、同（六月）四日京着仕り候而、右之趣、昨日御断り申し上げ候」と、妻敵討ちへの経緯を本人の届け出書に従って記録する。

この事件を題材にしたのが、近松の姦通物の第一作『堀川波鼓』である。浮世草子『京縫鎖帷子』（宝永三年八月刊）、『熊谷女編笠』（同年九月刊）でもこの事件は取り上げられており、浄瑠璃での上演も事件からそれほど時を経ない宝永三年後半の頃と考えられている。『堀川波鼓』は伝えられる実説に近い形で、役名を付け、人物を登場させる。

〈事件〉		〈堀川波鼓〉
大蔵彦八郎	――	小倉彦九郎
女房たね	――	女房おたね
宮井伝右衛門	――	宮地源右衛門
彦八郎妹くら	――	彦九郎妹ゆら
たね妹ふう	――	おたね妹ふぢ
彦八郎子文七	――	彦九郎養子文六
		磯辺床右衛門

右の中で『堀川波鼓』にのみ名の見える磯辺床右衛門は、参勤交代で留守の夫彦九郎を恋しがるおたねに、

強引に横恋慕をして、おたねと宮地源右衛門との不義を誘因する敵役であり、むろん実説にはその片鱗さえ窺えない人物である。床右衛門は里帰りしているおたねのもとへ、父親の留守を知って訪ねて来て、「御親父に用はなし．そもじ様ゆゑこがれ舟、人目の岩に波せきて．砕くる磯辺床右衛門。今年お江戸を勤むれば．御加増あるは知れたこと。武士の立身振り捨てて．虚病を構へ、願ひを上げ．御国に留まるも、皆君ゆゑと思し召せ．病気も嘘で嘘ならず。恋が病のおたね様．仮の情けのお薬を、ちよつと一服頼みます．拝みますとぞ、抱きしむる」（『新編日本古典文学全集　近松門左衛門集②』より引用〈文字譜省略〉。小学館、一九九八・5）、厚顔無恥な男である。折から、おたねは文六の鼓の師匠宮地源右衛門を接待し、酒に酔っていたこともあり、厳しく拒絶し、床右衛門を辱めて、追い返すが、床右衛門は刀を突き付け、心中して共に恥を曝そうと迫ってくる。おたねはともかくだまして帰そうと、明日の密会をその場逃れに約束するが、なお床右衛門はこの場でと迫る。ところへ、襖の向うから謡が聞えてきたため驚き、逃げ帰る。おたねは今のことを源右衛門に聞かれたと知り、帰ろうとする源右衛門を引き止め、口外せぬ約束と酒を勧めて迫り、その酔いの中で二人は交わりを持つこととなる。酔いから醒めた二人のもとに再び現れた床右衛門は不義の証拠として、二人の袂を切り取って立ち去る。

敵役床右衛門は、おたねを窮地に追い込みはするが、その後の源右衛門との不義については関係はなく、それ故に二人の密通を告発する側にまわる、最初の言動とはまったく異なった、敵役らしい卑怯な役回りを持つ。しかし、主人公を破滅へと直接に導かないという点においては、『曾根崎心中』の九平次や『卯月紅葉』の伝三郎とは違っている。床右衛門を歌舞伎の道化がかった半道敵的な役柄と見られるのも、こうした役回りによるからでもある。

敵役の役回りが弱くなることはそれだけ事件との関わりにおいて、主人公の主体的な行動が強い意味をもつことになる。おたねが思いもしなかった不義をなした因に近松は、おたねの酒好きをその業として仕組む。それは上之巻から描かれるが、中之巻で妹のおふぢがおたねにこのようになった仕儀を口説く場面で、姉の酒好きにくれぐれも注意してくれよとは母の遺言であることが告げられる。おたね自身にも「好みし酒も、今思へば前世の業の毒の酒、無明の酒」と述懐させている。観客（読者）に「思いもしなかった不義」「酒の所為による不義」と思わせる筆運びであり、おたねへの同情を誘うための十分な配慮がなされているといえよう。しかし、近松はおたねの行為は行為としてそのことには

おたねもよほど酔ひはくる。男の手をしかと取り．コレこな様とても、主ある者のつけざしを．参るからは罪は同罪．何事も沙汰することはなるまいぞと、詰めければ．いやはや、かかる迷惑と、飛んで出づるを、抱き付き．エ、あんまり恋知らず．さてもしんきな男やと、両手を回して男の帯．ほどけば解くる人心、酒と色とに気も乱れ．互ひに締めつ締められつ、思はずまことの恋となり．（引用同右）。

と、積極的なおたねの蠱惑的な媚態を描き、その罪のほどには厳しい目を向けている。

このように一方では同情の目を、一方では厳しい目をもって描くことによって、参勤交代で出府中の夫を恋い慕う妻の、孤閨の寂しさの隙に潜む、女の性の禁欲の脆さを、近松は見事に捉えている。それが、酒の酔いという弁解は用意するが、倫理的に許されないことであることも、夫婦の間に子がなく、弟文六を養子にしなければならなかったおたねに、一度の交わりによって懐妊という隠しようのない証拠を与えることで、

近松は示している。懐妊のことが、最も知られたくない夫彦九郎の口から出された時、既に覚悟はできていたとはいえ、おたねにとって、夫との絆を守る唯一の道は「卑怯の未練の死」を見せないことであった。床右衛門の名を出さずに自害したのは、最後まで彦九郎の妻として、死ぬことを望んだ故である。床右衛門が報復を受けずに捨て置かれたのは、おたねの死に床右衛門は意味のない存在となっていたからである。敵役の役割もこのように変化してきている。

近松は、悲しく死んでいった女性のその死の原因を、その女性を取り巻く情況の中に捉え、そこにある社会的な問題をも含めて劇化し、一人の人間として生きた者の、たとえそれが誤った行為であったとしても、それなりの一生懸命な生き方であったことを描く。こうした人間の弱さ、脆さという視点から人間を見つめていく時、実説はどうあれ、そこには一人の人間の悲劇が作られていく。しかも、そうした悲劇はその人間だけではなく、その人間の周囲にいる人達をも巻き込んでいくものである。近松が世話浄瑠璃にもたらした方法は、主人公だけでなく肉親や周囲の者達をも巻き込んで、広末保氏の言われる従属的な悲劇（『近松序説』未来社、一九五七・4）へと進む。

『堀川波鼓』の演出には、謡曲「松風」が効果的に利用されていることを祐田善雄氏は指摘し（「『堀川波鼓』私見」『浄瑠璃史論考』所収。中央公論社、一九七五・8）、上之巻では「松風」の引用に始まる幕開きから、所々に謡や鼓の音を入れて舞台効果を高めており、おたねの心情をも代弁する働きを持つことを説く。そして、鼓の音は活字本では見落し易いが、近松の音楽的な演出に対する周到な用意であると注意を喚起する。

なお、「松風」は、須磨に配流された在原行平が、松風・村雨の海人姉妹を寵愛するが、三年の後に行平は都に上り、程なく亡くなる。その旧跡を訪れた回国の僧の前に、松風・村雨の亡霊が現れて行平を恋い慕って、狂おしく嘆くのを僧が供養する、夢幻能である。「松風」で、行平の形見の装束をつけた松風が、物狂いの状態となって、松を行平と見て寄り添うのを村雨が留める場面が、おたねとおふぢに置き換えて『堀川波鼓』に用いられている。それだけでなく、中之巻でおふぢが彦九郎に付け文をし、姉の打擲(ちょうちゃく)にあうのも、実はそれは姉の命を助けたい妹の似(に)せ恋慕であるのだが、「松風」が元禄歌舞伎などに取り入れられ、作られてきた、近世的な「姉妹が一人の男を争う嫉妬(しっと)のモチーフ」の利用であることも説かれている（松崎仁「『堀川波鼓』小考」『歌舞伎浄瑠璃・ことば』所収。八木書店、一九九四・6）。実説を踏まえながらも、その作劇法には、近松が作者生活の中で身につけたさまざまな方法が、それとなく用いられているが、その方法に対する指摘が作品のテーマとの関わりや場面構成の面から、最近の研究成果として解析されてきている。

(3)近松世話浄瑠璃の作劇法(二)

『冥途の飛脚』（正徳元年〈一七一一〉七月以前上演）の丹波屋八右衛門は中之巻で、亀屋忠兵衛の廓(くるわ)への出入りを止めさせるために、二階で梅川が、外に忠兵衛が立ち聞きするとは知らずに、梅川の朋輩(ほうばい)の前で忠兵衛の内証を披露し、忠兵衛を怒らせ、蔵屋敷へ届ける金の封印切りをさせる因を作る。しかし、上之巻では忠兵衛の養母妙閑の前で、忠兵衛の取り込んだ五十両を、金に似せた鬢水入(びんみずい)れで受け取り、忠兵衛の窮地を救う男気ある友達として振る舞っている。廓での右のことも、その言い分に自慢たらしい嫌味もあるが、忠兵衛の身を案じての行いと見るべきものである。ただ、忠兵衛や梅川が陰で聞いていたのが、八右衛門にとっては思惑違いであった。確かに、八右衛門は忠兵衛に封印切りをさせる契機を作った。しかし、八右衛門は床右衛門のように敵役(かたきやく)に分類される男ではない。つまり、『冥途の飛脚』には敵役は登場しないのである。

遊女狂いから公金横領に走った男の、その短気な性格を追い詰めはしたが、梅川の、『曾根崎心中』のお初を思い起させる、

情けなや、忠兵衛様、なぜそのやうに上らんす．そもや、廓へ来る人の、たとへ持丸長者でも、銀に詰るはある習ひ．こゝの恥は恥ならず。何をあてに人の銀．封を切つて撒き散らし、詮議にあうて牢櫃の．縄かゝるのといふ恥と、この恥とかへらるか．恥かくばかりか、梅川は何となれといふことぞ．とつくと心を落しつけ、八様に詫言し．銀を束ねて、その主へはやう届けてくださんせ．わしを人手にやりともない、それはこの身も同じこと．身一つ捨てると思うたら、みな胸に籠めてゐる．年とてもまあ二年、下、宮島へも身を仕切り．大坂の浜に立つても、こな様一人は養うて．男に憂き目かけまいもの。気を鎮めてくださんせ．あさましい気にならんした。

（引用は前出『近松門左衛門集①』小学館、一九九七・3）

との口説きにも、忠兵衛は「気も有頂天」で、聞き従うことができなかったのである。そして、養子に入った折の持参金と言い逃れはしたものの、ついに身の大事に及ぶ金に手をつけたことを訴えた時、忠兵衛の動揺に引き換えて、梅川は「それ見さんせ。常々言ひしはこゝのこと．なぜに命が惜しいぞ。二人死ぬれば本望．今とても易いこと。分別据ゑてくだんせ、なう．ヤレ命生きようと思うて、この大事がなるものか．生きらるゝだけ、添はるゝだけ、高は死ぬるし覚悟しや」と、かえって忠兵衛を励ます健気さと覚悟を見せる。

そして、二人は罪の重さを背負いながらも、自分達の意志によって「あとは野となれ」と大和路へ出てい

くのである。破滅が待っていることを知りながら、「生きらる、だけ、添はる、だけ」と、精一杯の生き方が描かれる。しかし、観客の目は、むしろ、下之巻の二人が落ち延びた大和新口村での、対面できない親子の情と別れの場面に注目する。

この新口村の場は謡曲「善知鳥」のもどき（先行の作品がもつ趣や風情を似せてつくる作劇法）であると、時松孝文氏は説く（「『冥途の飛脚』演出試行―「時雨」と「笠」の作意―」『近松の三百年』所収。和泉書院、一九九九・6）。時松「善知鳥」は、立山禅定の僧が猟師の亡霊から形見の蓑笠と麻衣とを預かり、それを陸奥の国外の浜の家族のもとに届ける。妻子が形見の品を供養すると、亡霊は現れるが、生前に善知鳥の子鳥やすかたを捉えて殺生した業により、苫屋の内にいる妻子の姿を見ることができず、また、そのことにより地獄の責め苦を受けている様子を伝え、僧に助けを求めて消え失せる、という夢幻能である。『冥途の飛脚』の本文中には「善知鳥」からの引用もなく、それらしい内容を示す文辞もないが、時松氏は、鳥に関わる語にまず注目し、「善知鳥」を引き出す。そして、その後場と新口村の場を対照させ、屋外に立つ忠兵衛の父孫右衛門が屋内にいる忠兵衛と対面できずに苦しむ場の、二人の舞台上の配置や関係、嘆きが、苫屋の外にあって、内にいる妻子の姿を見ることができない猟師の亡霊のさまと一致することなど、両者の構成・展開等が類似することを説明する。

新口村の場面に「善知鳥」のイメージを想起させるものがあることは、『冥途の飛脚』の改作でもある菅専助と若竹笛躬との合作『けいせい恋飛脚』（安永二年〈一七七三〉十二月）の「新口村の段」で、孫右衛門が逃げた梅川・忠兵衛を気遣う場面を、「届かぬ声も子を思ふ。平沙の善知鳥血の涙。長ヵき親子の別れには。安かたならで安き気も涙。々の。〵浮世也」（引用は『菅専助全集第三巻』勉誠社、一九九二・3）と、「善知鳥」

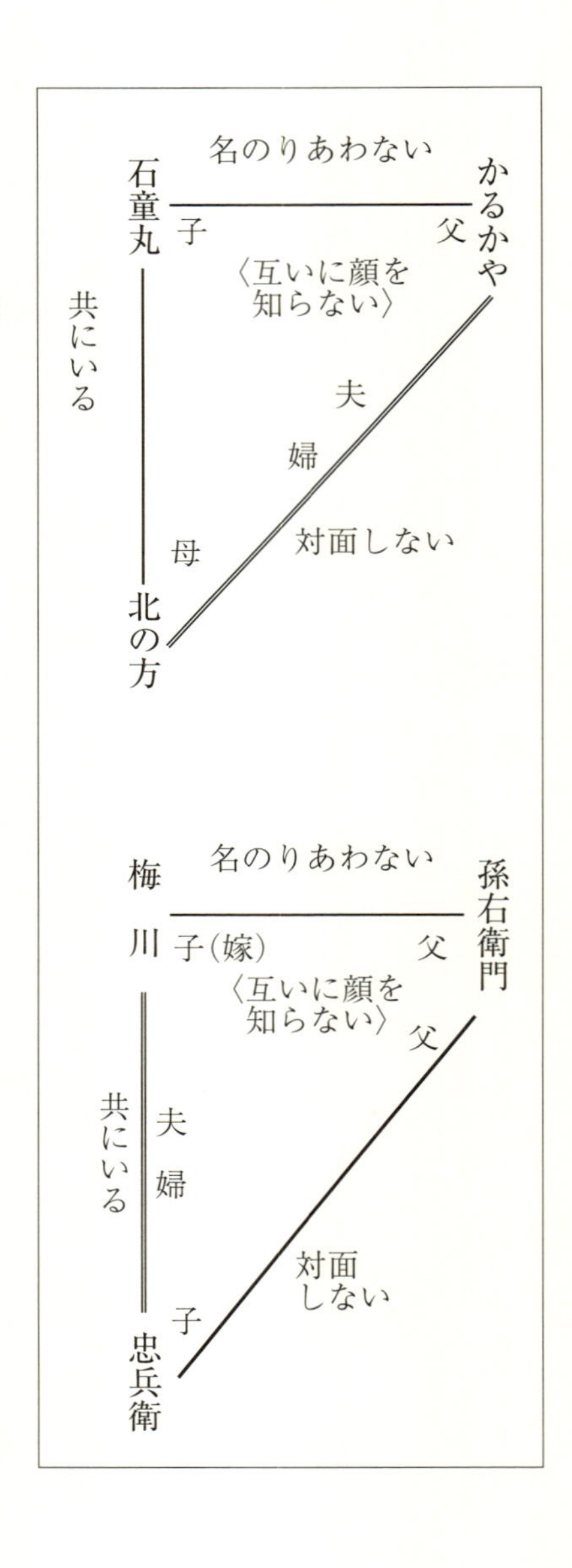

の親子鳥の別れに譬（たと）えて描いていることからも、時松氏の指摘は的を射たものと言えよう。近松の文辞の上からは出てこない作劇法の解明である。

ただ、観点を変えれば、この場面は、名乗り合えない親子の出会いの型として、説経浄瑠璃『かるかや』の、石童丸が母を麓の宿に残し、高野山に顔も知らぬ父の道心を尋ね登り、父と出会うが、父は石童丸に尋ねる道心は亡くなったと告げ、名乗ることなく帰す場面のもどきとも言える。対応を図示すれば右のようになる。

互いに顔を知らぬ親子の関係、知る者同士は顔を合わせられない情況に置かれている点、それぞれが親子・夫婦の関係で繋がっている点など、両者の一致が見られる。近松の発想が、こうした先行の作品との対照を頭に描きながら生み出されるのか、あるいは、長年の作者としての経験や知識が血肉となって蓄積されており、さほど意識することなく自ずから出てくるのかは明らかにできないが、近松の作劇法の解明は、近松の作品を読み解く上で、より深いその鑑賞を導くものとなる。

さらに、こうした近松の作劇法に加えて、その手法の中に微妙に隠されたイメージというか、信号というか、そうしたものがあり、それを読み解く必要を示されたのが、信多純一氏の「近松作品解釈の問題点『心中天の網島』」（『近松の世界』所収。平凡社、一九九一・7）である。信多氏は『心中天の網島』の中で「かみ」（紙・髪・神）がキーワードとして重要な働きをなして、作品の基調を作っていると指摘する。そして、

紙・神・髪、そして紙の縁語で綴ったこの要約から、本作の世界が見えてくる。私が恣意に描くのではない。すべて近松の表現に即して追うてみたにすぎない。こうしてみると、本作を覆うのは罪・罰といった業報観である。それはかみ商でありながら、神（紙）を恐れず敬わず、神無月の女（大橋注、小春）と深く馴れ初め、家業を忘れ、人々の愛を無にし、分別を忘れた男（同注、治兵衛）の、当然受けねばならぬ報いであり、男も最期は十分自覚していた。近松ははじめから醒めた目で、自ら主人公二人の上に定めた運命の糸を自在に操る。

と述べ、これは『心中天の網島』のテーマ「業報観」「因果観」へと繋がっていくことを説く。紙屋治兵衛と紀伊の国屋小春とは、「かみ」という語とその縁語、文＝踏むなどによって、罰（誓紙を破った神仏の罰・女房の罰）から心中の業苦へと辿る道筋が上之巻から下之巻にかけて見事に敷かれている、との新しい読みをその展開に添って示す。『心中重井筒』でも信多氏は「火の女・水の男」というイメージを取り出して、

従来の読みを一新する成果を発表されており（『新潮日本古典集成　近松門左衛門集・解説』新潮社、一九八六・10）、先に紹介した時松氏の『冥途の飛脚』の読みも信多氏の方法の流れに乗るものである。

ところで、『心中天の網島』では、小春と治兵衛の女房おさんとの間にある「女同士の義理」ということがしばしば問題とされる。小春が治兵衛に愛想づかしをして、小春と治兵衛との間に交された誓紙が取り返される時、一通の女文「小春様参る．紙屋内さんより」が、間に入った治兵衛の兄孫右衛門の手元に納められるが、破綻した小春・治兵衛の恋における、それが小春の誠の心を測る文であることを謎めかして、上之巻は終る。そして、中之巻で、小春が治兵衛以外の男に身請けされると知ったおさんによって、その秘密は明かされる。おさんは治兵衛の様子に心中する気配を感じ、小春に「女は相身互ひごと．切られぬところを思ひ切り、夫の命を頼む〳〵」と口説いた文を送ったところ、小春から「身にも命にもかへぬ大事の殿なれど．引かれぬ義理合ひ、思ひ切る」との返事を受けたと、治兵衛に語り、小春は死ぬ覚悟、「この人を殺しては．女同士の義理立たぬ」と、問屋への支払い金や子供の衣類まで引き出して、小春を助けようとする。この小春とおさんの相手への誠意が、「女同士の義理」と表現されて、中之巻の聞かせ場、見せ場を作っている。

そして、夫婦して小春を救おうとするが、夫に小春を身請けして、「そなたはなんとなることぞ」と問われて、おさんは「アツアさうぢや．ハテなんとせう、子供の乳母か．飯炊か．隠居なりともしませう」と答える。女同士の義理から、小春を救いたい思いだけに捉われていた我が身が、その行為によってどのような情況に置かれるかを知った時に、返事に行き当たり、思わず口から出た言葉である。このおさんの苦悩は、上之巻で小春の、表には見せなかったが、心の内にあった苦悩と同じものと言えよう。その間にいる治兵衛は「親の罰、天の罰、仏神の罰は当らずとも、女房の罰一つでも将来はようないはず」（引用は前出『近松門左衛門集②』）と、許しを乞うが、治兵衛は小春にも同様に許しを乞うべき者である。

心中まで約束した小春の偽りの愛想づかしも見抜けなかった治兵衛に、おさんの心を測り知ることなどできないことであるが、そんな治兵衛とは違って、おさんは女同士の心故に、小春の心の内を見抜いていた。それは誠意ある小春からの返事をもらった時点から、おさんの中に一抹の不安として、小春のその後のあり方が気に掛っていたのであろう。「女同士の義理」という語は突然におさんの口から出たのではない。『心中天の網島』の文学的なテーマが「業報観」にあるとしても、芝居が見せるテーマはこの「女同士の義理」にある。

「女同士の義理」と二人の女が、どれほど誠意を尽くそうとしても、所詮、一人は身を縛られた遊女、一人は夫に従って家や子供を守らなければならない家庭の妻である。受け身の形でしか生きることのできない女に、自らも受け身の形で迫った要求が導く結果について、相手の女の誠実さを知れば、ほぼ思い至るところがあったはずである。こんどはおさんが小春の立場になって、小春を救わなければならないとなれば、小春と同じように自らの身を引くことでしかない。中之巻は、社会的に受け身でしか生きることのできない女性が、同じ女性に頼ることによって、ともに自らを犠牲にしなければならなかった、女性故に背負った宿命を描く、悲劇の場である。舅五左衛門によって、小春を救う望みが打ちくだかれ、おさんが治兵衛のもとから連れ戻されていくのも、受け身でしか生きることのできない女の身の哀れさを、さらに強調する場面といえよう。この二人の女の身を切る苦悩に思い至らなかった治兵衛が、いかに後悔しようとも、もはや遅く、厳しい報いを受けるのは当然のことである。

近松の世話浄瑠璃の作劇法がどのように展開していったかを時間的に捉える時、研究者によってその区分の仕方には違いも見られるが、転換期の作品として、『堀川波鼓』『心中重井筒』『冥途の飛脚』『今宮の心中』『大経師昔暦』『心中天の網島』がよく挙げられる。本稿ではそうした時間的に作劇法の変化を追うことはしなかったが、現在、近松の世話浄瑠璃が、どのような視点から読まれているかを、部分的ではあるが、紹介することによって、その作劇法の特質についてふれてみた。

五、近松の時代浄瑠璃

(1)時代浄瑠璃の種類

時代浄瑠璃という呼称は、当時の市井(しせい)で起きた事件や話題を取り上げて脚色した世話浄瑠璃に対して、江戸時代以前の歴史上の事件や当時の出来事であっても、時代設定を江戸期以前にして脚色した浄瑠璃に用いられている。世話浄瑠璃自体は、歌舞伎の世話狂言の影響を受けて、元禄十四、五年頃より上演されてきたもので、近松にしても世話浄瑠璃は元禄十六年（一七〇三）五月上演の『曾根崎心中』が初作であり、著作した約百十点の浄瑠璃のうち世話浄瑠璃とされるのは二十四点と少なく、当時の浄瑠璃の中心は時代浄瑠璃であった。そのため時代浄瑠璃という語は寛政期（一七八九〜一八〇〇）に作られた浄瑠璃の史的解説書『浄瑠璃譜』に見られるが、世話浄瑠璃という語以上に江戸時代には使用例を見出すことができない。むしろ、両者を区別するとすれば、作品の内容からみて、当時の歌舞伎で用いられていた世話事（日常的な庶民生活の場における出来事を見せる演技や場面）に対する時代事（時代を江戸期以前の時代に設定して、武家や公家社会を取り上げて仕組まれた芝居や場面）といった感覚で受け止められていたようであり、宝暦六年（一七五六）刊『竹豊故事』では「色に愛(めで)る世話事、義理に清(すが)る時代事」と両者の特色を指摘している。時代浄瑠璃と世話浄瑠璃を積極的に区別して、それぞれの特色を論じるようになったのは、明治期に近松作の世話浄瑠璃二十四点が定められ、その研究が盛んになるにつれて、世話浄瑠璃に対立するものとして時代浄瑠璃が認識されるようになってからのことである（松崎仁「浄瑠璃における時代と世話」、『歌舞伎・浄瑠璃・ことば』所収。八木書店、一九九四・6）。

時代浄瑠璃というのは、結局のところ、その作品内容の背景となる時代が江戸期以前に設定されている作全般を指す。もっとも、中には『三世相(さんぜそう)』（貞享三年〈一六八六〉五月）のように、延宝六年（一六七八）正月六日に亡くなった大阪新町遊廓の太夫夕霧の九年忌を追善する当代物もあるが、その場合、『三世相』が世話浄瑠璃成立以前の作であることを別にすれば、時代浄瑠璃と世話浄瑠璃とを明確に区別するのは、世話浄瑠璃は一段（その中を上・中・下や一・二・三と三巻に分けてはいる）、時代浄瑠璃は五段で一曲が構成されているという戯曲形式の違いにある。ただし、数は少ないが『けいせい反魂香』（宝永五年〈一七〇八〉）のように時代浄瑠璃であっても三段で構成される作もある。三段のものは『天鼓(てんこ)』（元禄十三年）や『日本西王母(にほんせいおうぼ)』（元禄末年頃）にしても、歌舞伎からの影響が強く、廓場などの世話場が設けられて、時代世話といった中間的な特色を持っている。

近松の世話浄瑠璃二十四点はその作品の内容によって、前述のように、

一、心中物　　一、姦通物　　一、処罰（処刑）物　　一、仮構物

といった分類がなされているが、時代浄瑠璃にはその数の多さと内容の多様性から、近松の作品に限っても、このような作内容に関わった分類はなされてはいない。先に述べた江戸時代以前のいつの時代かによって、

神代（古代）物・王代（王朝）物・源平物・鎌倉物・南北朝物・室町物・戦国物・安土桃山物・当代物といった歴史的な時代区分で分類を行ったとしても、作内容の特色を示さないため、分類としての意味を持たず、得るものがない。また、いま仮に内容や時代を勘案して近松の時代浄瑠璃（岩波版『近松全集』の存偽作を除く六十八点）を分類してみると、

一、神代物　二点　　一、王代物　二十点　　一、源平物　八点
一、義経物　六点　　一、曾我物　十点　　一、太平記物　七点
一、後太平記物　一点　　一、戦国物　二点　　一、国性爺物　三点
一、仏説物　三点　　一、当代物　三点　　一、その他　三点

といった、多様な時代と分類基準の異なる後の芝居用語でいう「世界」（戯曲の背景となる時代や事件および人物像の基本的な枠組み）に分けることができるが、時代浄瑠璃全体の特色がこの分類で明示されるわけではない。つまり、時代浄瑠璃は近松の作品を取り上げてみただけでも、まとめては捉えがたいほどの多彩な作内容を持っているということである。無論、こうした多彩な内容は四十年に及ぶ近松の作者生活の成果ではあるが、しかし、これら多彩な作品を生み出す発想のもとは以前からある物語・謡曲・舞曲・古浄瑠璃等にあることは言うまでもない。ただ、それらの先行作によりながら、近松の浄瑠璃が「近代の上るり」（貞享四年正月刊『野郎立役舞台大鏡（やろうたちやくぶたいおおかがみ）』）として花開いていったのは、「詞花言葉にして、内典外典軍書等に通達したる広才」（同上）と「芝居事で朽ち果つべき覚悟」（同上）とをもって近松が精進していったからである。それは『浄瑠璃文句評註難波土産（なにわみやげ）・発端』（元文三年〈一七三八〉正月刊）に晩年の近松からの聞書として伝える、

〇昔の浄るりは今の祭文（さいもん）同然にて、花も実もなきもの成しを、某（それがし）出て加賀掾より筑後掾へうつりて作文せしより、文句に心を用る事昔にかはりて一等高く、

という、近松の言葉にも窺うことができる。

なお、具体的にそれぞれの作がどのような先行作品から題材を摂取してきたかは、早くは、木谷蓬吟著『大近松全集』（大近松全集刊行会、一九二二～一九二五）解題、および、藤井紫影校註『近松全集』（大阪朝日新聞社、一九二五～一九二八）解題・頭注、あるいは、上田万年・樋口慶千代共著『近松語彙』（冨山房、一九三〇）等の研究によってその大略を知ることが出来るが、個々の作品についてもより細かな検証が以後も諸氏の注釈や論考によってなされてきている。しかし、個々の作品全てに及んでいるわけではなく、今後とも研究の発展が期待されるところである。

(2) 操り浄瑠璃の発展と五段構成

浄瑠璃は太夫の語りに三味線がつき、その語りに合わせて人形が舞台上で操られるという、聴覚・視覚に訴える総合芸能である。近松が浄瑠璃を執筆し始めた時期には既にこの形態は整っていたが、なお、語り、即ち、太夫の芸が優先された時代であった。性根のない人形にいかに人間の情を持たせて見物の感心を得るかが近松にとって最大の苦心であったと、『浄瑠璃文句評註難波土産・発端』の近松聞書は伝えている。このことは浄瑠璃作者近松の生涯を通じて変ることのない課題であったろうが、幸いなことに、近松の浄瑠璃作者としての出発、天和三年（一六八三）九月の『世継曾我』上演では虎・少将を当世風の遊女にして、現実の遊里

の情緒を表現すると共に、恋慕に悩む女性の心情を変化に富んだ展開の中に描き、大変な好評を博した。また、『三世相』では、縦筋はお家騒動に取りながら、山場は現世で華やかな評判の遊女として過ごした夕霧太夫に、その虚飾の恋故に来世で苦患を受ける、原罪的な愛憎の業（ごう）の重さを語らせ、その他『出世景清』等においても、近松は人間の内面の訴えを語るにふさわしい浄瑠璃の特色を十分に活かした作品を続けて提供してきた。この語りのもつ情緒性は、一言で言えば「うれい」となるが、貞享・元禄初期の近松の浄瑠璃は、この語りのもつ情緒性を基底に、宇治加賀掾から竹本義太夫へと活発に展開していったのであった。しかし、元禄期以降は近松の活動の中心は歌舞伎界に移り、浄瑠璃の著作からは少し遠ざかる。ただし、時代の趨勢は近松の関わり如何（いかん）によらず、歌舞伎が発展していったように、浄瑠璃も新しい展開を求めていく時期であった。(4)

元禄初期の浄瑠璃界の様子について元禄五年（一六九二）刊の『好色由来揃（こうしょくゆらいぞろえ）』は次のように伝えている。

> 今新太夫の名人、京に宇治加太夫（宇治加賀掾）、凡そ浄るりの修行四十余年、伊勢中（なか）の地蔵において、はじめて芝居取立てかたりし時は、いまだ一流をもきわめず、播磨ぶしにてありしが、それよりあしき節をはぶき、よきふしを工夫して、我が一流となして、今伊勢島ぶし、古今の出来物なり。山本角太夫（かくだいふ）、年頃文弥（ぶんや）をまなび、よくその奥義を聞きて秘節をくはへ一流となして、人の心をなぐさめり、奇妙の太夫なり。竹本義太夫、もとは清水利兵衛（きよみづりへゑ）が弟子にて、はりまぶしをかたりぬ。中頃都にのぼり、清水利太夫と名のり、一櫓（やぐら）をあげて人をあつめぬ。其の後又竹本義太夫と名をあらため、ふたゝび京にして秘節をつくすといへ共、人さらに耳なきがごとし。それより大坂に帰り一流をかたり出す。難波人是にう

つゝをぬかして、扇をやぶるひまなく、道頓堀に男女山をなしぬ。松本治太夫古今の名人、又此のちにかゝるたゆうも出まじ。千年までもわかうして聞きたし、ふしぎの太夫なり。

さらに、名古屋の『鸚鵡籠中記』、和歌山の『家乗』、奈良の『大和国無足人日記』などの記録には、右に挙げられた太夫だけでなく、流派や系統の判然としない太夫たちをも含めた旅巡業の記録が書き留められており、操り浄瑠璃盛行の様子が伝わる。

左に掲げたのは『松平大和守日記』元禄五年九月五日の記事の抜粋である。当時江戸で人気の高かった浄瑠璃太夫土佐少掾橘正勝が松平大和守（松平直矩、徳川家康の曾孫、元禄五年に陸奥白河城主）の江戸屋敷に招かれた時の上演記録である。当時の上演のあり方が知られる。

所替御加増祝儀ニ子供振舞、操り興行。辰中刻（午前九時頃）ニ始以前ニ土佐少掾、頓通、与惣兵衛、つれ小太夫、長太夫、一人づゝ出で目見、せまく不自由可有之、今度の祝儀の条、可情出候旨直ニ云聞、辰中刻ニ始、戌ノ上刻（午後八時頃）ニ済。

操り番付覚え

三番三、太夫土佐少掾

○上るり　大職冠　六段（筆者注、初段から六段まで、一段演じる毎に間狂言がはいる）

中入り　祝有之

○難波物語　六段（筆者注、初段から六段まで、一段演じる毎に間狂言がはいる。なお、この曲の場合、終演のため、

六段を演じた後にも「祝言　高砂」を上演）

浄るり太夫付

大しよくわん六段の内、初段土佐、二段長太夫、三段土佐小太夫、四段小太夫、五段土佐、六段長太夫

難波物語　初段土佐、二段小太夫、三段土佐小太夫、四段土佐、五段土佐小太夫、六段長太夫

この記事が示すように、当時は一段一段演じられる毎に間狂言がなされていたのである。これは江戸の大名屋敷での上演ではあるが、江戸・京坂ともに芝居小屋で一般の見物客を相手に上演される時も間狂言が演じられた。間狂言には道行等の節事や人形による能狂言や道化人形による笑劇、または、役者による歌舞や寸劇等がなされた。なお、江戸では六段曲が演じられているが、上方では寛文末年（一六七二）頃から五段曲が多くなり、延宝期（一六七三〜一六八二）には五段が定式となる。こうした一段演じる毎に間狂言が入るという上演形態が、浄瑠璃五段の展開にも強く意識されて大きな影響を与えてきている。

近松が浄瑠璃の著作を始めた頃はすで既に一曲五段の形式であったが、この形式は能の一日の演能形式、すなわち、五番立て（脇　神事能・二番目　修羅物・三番目　鬘物（かずらもの）・四番目　現在物〈狂女物〉・切能　鬼畜物）から影響を受けていることが指摘されている（森修『近松門左衛門』三一書房、一九五九・6）。宇治加賀掾が『竹子集』（延宝六年〈一六七八〉八月序）などで自らの浄瑠璃論を立てるに当っても能芸論を流用しており、竹本義太夫が『貞享四年義太夫段物集・浄瑠璃大概』で、「初段　付リ恋・二段目　付リ修羅・三段目　付リ愁嘆・四段目　付リ道行・五段目　付リ問答」と、各段に求めた趣向（演劇的なテーマ）にも、能の五番立てが意識されていることは、その命名からも推察される。

浄瑠璃の上演形態が先に見たように、

第一段　間狂言　第二段　間狂言　第三段　間狂言　第四段　間狂言　第五段

と、一段語られる毎に間狂言が演じられるのも、能のそれを真似たものであった。ただし、能の五番立てでは演じられる五番の能はそれぞれ独立した一曲であり、間狂言がその間に入ってもそれぞれの曲がそのために分断されることはなく、浄瑠璃の一曲五段の各段とは異なるものである。その違いを承知しながら、浄瑠璃が能から学んだものは各段に変化を持たすことである。つまり、浄瑠璃一曲の全体的な筋の統一よりも一段毎の趣の変化に重点を置いた戯曲構成を学んだのである。右の「浄瑠璃大概」では、「初段は絹、二段目は裏ぎぬ、三段目は文様、染色、上絵、縫箔、四段目は糸綿、五段目は仕立也」と、着物の仕立の順序に各段を譬えて、

初段は「いかにもあざやかにみだれたる糸をさばくようにかたる事也」
二段目は「初段の位をはらりとかへて、めいらぬようにかたるかろき位（くらゐ）也」
三段目は「位を付て三段目にしてかたりこなすならひ有。惣じて三段めの位とて別あり」
四段目は「間（ま）を広くもたれぬやうに語るべし。浄るりも大様むすびに成（なり）、人の気も尽る比（ころ）なれば少ももたれてはあし丶」
五段目は「壱番のく丶りなればむつかしき物也。去ながら五段め計（ばかり）は浄るりの趣向次第のもの也。位は祝言也」

と、また、各段における語り様の変化をも述べているが、これも各段の変化に配慮した展開を基本とする考え方である。

そのためか、貞享・元禄初期の近松の作では一段毎のまとまりを図りながら、主人公となる人物を軸に、その人物に関わる事件を挿話的に拡大していって五段を構成するという創作手法が用いられてきた。挿話的というのは、対立した人物関係が引き起こす事件が主筋となって、緊張した劇展開がその対立を最後まで持ち込むことによって導かれるのではなく、主筋から外れたところに適当な人物が配され、主筋の対立をその人物達が受け継ぐような形で筋を運び、次の場面が構成されていくことをいう。そのため、敵役に当たる人物も直接に主人公と抗争することは少なく、後の端敵のような存在で、部分的な狂言回しの役割をなすに止まっている。(6)

この五段の戯曲形式はその後も原則として守られていくが、元禄期に入ると操り浄瑠璃芝居自体にも新しい演出が加わり、より多くの聞かせ場・見せ場を入れ込みながら、さらに新しい変化と統一を求めていく。尾張藩士朝日重章は無類の浄瑠璃好きであるが、その日記『鸚鵡籠中記』元禄八年四月十日に興味ある記事が載る。

児玉へ操り見物に行く。富士の牧狩、太夫は名人といへ共、浄瑠璃古めかしく面白くなし。中入り過て、附舞台へ、竹本義太夫・同新太夫・同喜内。三味線竹沢権右衛門。おやまつかひ小山庄左衛門。皆上下(かみしも)を着し罷出、芝居中へ礼を仕り、則(すなはち)口上に而一々披露在て、師弟つれぶしにて道行一段語る。庄左衛門袴に成り、もじ屏風を立て、道行の人形を廻す。芝居中所望に依て、又ワキを替て一段語る。

同年五月二十八日の記事では、附舞台で碁盤人形が遣われている。先に引用した『松平大和守日記』の記事では中入りに「祝有レ之」とのみでその実態が何であったか不明であるが、ここでは中入りの休憩時間の間に附舞台を設けて出語り出遣いで道行が演じられている。上演された浄瑠璃は古めかしいが、この中入りの芸は聞きごたえ、見ごたえのあるものであったと記している。附舞台は本舞台の前に附けられる移動できる小舞台をいうが、附舞台の使用は、自作の『本海道虎石』上演（元禄六、七年頃上演か）の時から始まったと錦文流が述べている（宝永二年五月刊『棠大門屋敷』）。ほぼその頃に使われ出したもののようである。また、この頃から、御廟が老翁に変る（元禄五年、『雪女』）、水をも使用した大からくり（元禄六年正月以前、『祝言記』）、老僧が化鳥となり、化鳥が観音菩薩となる（元禄九年か、『法隆寺開帳』）といった、からくりの利用も盛んになってくる。右の『鸚鵡籠中記』の記事は、『曾根崎心中』の「観音廻り」での竹本義太夫・竹本頼母の出語り、辰松八郎兵衛の綟手摺を使用した出遣いをそのまま思わせるものであるが、『曾根崎心中』「観音廻り」は、まさに、この中入りの芸見せを浄瑠璃の中に組み込んだものと言える。

こうしたからくりの利用や附舞台を用いての出語り・出遣いは浄瑠璃自体に新しい演出をもたらし、語る太夫と人形遣いとの聞かせ場・見せ場を一層豊かにし、操り浄瑠璃を変化させていく。それは、当然のことながら、一曲の上演時間を長くさせ、その状況に対応するため、一座の太夫や人形遣いの人数も多くなり、従来一段を一人の太夫で語っていたものを二、三人の太夫で分担するようにもなる（祐田善雄「近世浄瑠璃の形成」『浄瑠璃史論考』所収。中央公論社、一九七五・8）。このことは、また、各太夫、および、人形遣いの持ち場を与えるために場面単位の構成がより細かになっていくことにもなり、作者の側からは一曲のまとまりをどのようにつけるべきか、従前に増して大きな課題を与えられることとなる。

元禄期、近松は歌舞伎の座付作者として、坂田藤十郎と共に元禄歌舞伎の芸風の完成を求めて専心しており、それは後世に写実風と批評される芸風を実らせるが、しかし、この時期、近松は浄瑠璃の創作から全く遠のいていたわけではなく、十年程の間に十二点の作品を著している。その中で目立つのは『曾我物語』を題材にした作である。近松の出世作『世継曾我』は『曾我物語』を題材にその後日譚として作られ、浄瑠璃に新しい情緒をもたらしたものであるが、その後も元禄末年までに『曾我物語』を題材として、『大磯虎稚物語（おおいそとらおさなものがたり）』『曾我七以呂波（ななついろは）』『曾我五人兄弟』『百日曾我』と四作が、また、続けて『本領曾我』『加増曾我』『曾我扇八景』『曾我虎が磨（いしうす）』『曾我会稽山』まで十点の曾我物が作られている。

曾我物がこのように好まれて上演されるのは、『曾我物語』自体の流布もあるが、それ以前からの謡曲や舞曲における曾我物の上演、加えて、歌舞伎が好んで曾我物を上演しており、歌舞伎作者であった近松としては取り付きやすい題材であったことにもよろう。しかしながら一方においては、元禄中頃には既に盆狂言には曾我物が上演される慣習が歌舞伎界にはできており、元禄十年七月に京都都万太夫座上演（座本　坂田藤十郎）の近松作『大名なぐさみ曾我』では、藤十郎が扮する鬼王に、「殿様の狂言が御すきと有て、一家中の物が承つて、その物語（曾我物語）をいたしますが、まいねん〳〵いたしますゆへ、五郎十郎が身の上をもいたしつくしまして、さしてかはりましたしゆかうも出ませぬにより」と言わせるほど、繰り返しの上演でその趣向立てに困るほどの扱いにくい題材でもあった。それだけに曾我物における歌舞伎と浄瑠璃との相互の摂取関係は多いが、特に、この時期は歌舞伎から多くの場面や趣向を浄瑠璃は積極的に摂取している。『曾我物語』を題材とする限り、『曾我物語』が持つ基本的な要素は動かないため、いかに新しい趣向を打ち出すか、趣向優先の劇展開になっていかざるを得なくなる。その繰り返しが芝居用語の「世界」[7]を作り出して行くのであるが、「曾我の世界」の場合は、『曾我五人兄弟』を例に取れば、『曾我物語』の基本的な要素として、

一、曾我十郎・五郎兄弟が工藤祐経を父の敵と狙っている。
一、曾我には五人の兄弟がある。
一、五郎（箱王）が寺を抜け出したため、母から勘当される。
一、十郎・五郎の恋人が大磯の虎・化粧坂の少将である。
一、十郎・五郎には忠実な郎党鬼王・団三郎兄弟がいる。

といったことがあがる。そこに源頼朝・朝比奈三郎・二宮の姉・畠山重忠といった『曾我物語』に登場する人物が常連的に加わり、さらに、謡曲や舞曲が作り上げてきた「世界」も加味されて「曾我の世界」は形成されていく。こうした「世界」の成立は義経物、太平記物についても同様なことが言える。『曾我五人兄弟』についても、『曾我物語』や舞曲「元服曾我」「小袖曾我」「夜討曾我」「和田酒盛」等から得ている基本的な枠組みは動かないため、縦筋は、第一は十郎祐成、第二は二宮の姉、第三は五郎（箱王）、第四は禅師坊、第五は小次郎と五人兄弟を各段に配し、それに母や虎や少将、工藤祐経などが絡む形で事件を展開させるが、各段を繋いで行く事件の流れがなく、横筋の広がり、即ち、次のような場面毎の趣向が一曲の聞かせ場・見せ場となっている。

第一　鹿が人（虎、祐成）に化身（狸や狐が人に化ける例は歌舞伎や浄瑠璃に多いが、ここでは、その変化と仕種が見せ場であったか）
第二　景事「小袖もんづくし」
第三　矢立の杉の祈願（『曾我七以呂波』の十郎・五郎を虎・少将に代えての焼き直し）。五郎と朝比奈との打帯曳き（『曾我物語』巻六、舞曲「和田宴」、古浄瑠璃『わだざかもり』等の書き替え）景事「つはものぞろへ」
第四「とら少将道行」禅師坊の虎への偽恋慕（歌舞伎『けいせい浅間嶽』の趣向取り）
第五　夢中劇の敵討ち（『世継曾我』の「虎少将十番斬」の書き直し）

『大名なぐさみ曾我』と『曾我七以呂波』とにおいても言えることであるが、このような歌舞伎色をちらせつかせながら、各段を趣向で楽しませるのが元禄後期の近松浄瑠璃の特色とも言える。しかし、これは近松以外の浄瑠璃にも見られる傾向でもあるので、この時期の歌舞伎の隆盛が浄瑠璃に大きな影響を与えずにはおかなかった故と言うこともできよう。そうした歌舞伎のさまざまな趣向を取り入れて、浄瑠璃としても新しく生み出されたのが、近松最初の世話浄瑠璃『曾根崎心中』[8]であった。

『曾根崎心中』が、歌舞伎の影響を色々な点で受けながらも新しさを打ち出すことが出来たのは、一段浄瑠璃で、しかも、世話物であったため、「世界」の呪縛から逃れ、発想においても自由であり得たことによる。また、一段物は三巻に分割されても間狂言をその間に入れることはなく、間狂言でなされていたようなものはその浄瑠璃の中に吸収されるので、一曲としてもまとまりのよい戯曲性の高いものを生み出すことができるという利点がある。この間狂言を浄瑠璃そのものの中に吸収する傾向は、元禄末の三巻ものの一時的な流行もあり、次第に五段のものにも広がっていく。こうした間狂言の廃止を契機にできあがってきたのが時代浄瑠璃の構想の型とも言うべき劇展開の戯曲手法である。

近松は、坂田藤十郎が病気がちで舞台から遠ざかるに伴い、歌舞伎界を去って、宝永二年（一七〇五）十一月には、竹田出雲が座本となって経営に乗り出し、新しく生れ変った竹本座の座付作者となる。その顔見世上演『用明天王職人鑑』では間狂言が廃止されたと伝えられるが、全般的に間狂言が廃止されたのは正徳元年（一七一五）十一月上演の『国性爺合戦』からである（宝暦版『外題年鑑』）。その初演時の太夫の役割が『浄瑠璃譜』に次のように記されているが、聞かせ場・見せ場が多くなるとともに、一段を二、三人の太夫が受け持つなど一曲の長さも長くなった様子が窺える。

初段	大序	竹本　頼　母
	中	竹本　浪　花
	切	竹本　文太夫
貝尽し		竹本　頼　母
	ツレ	豊竹　万太夫
二段目	口	竹本　頼　母
	切	竹本　政太夫
道行		竹本　文太夫
	ワキ	竹本　浪　花
四段目	口	豊竹　万太夫
	切	竹本　頼　母
久仙山景事	ワキ	内匠　理太夫

切　　竹本　浪花——五段目　　（竹本　政太夫
三段目　口　　内匠　理太夫——

また、それまで間狂言で演じられていた芸見せに当たるのが「貝尽し」や「久（九）仙山景事」になるが、特に、「九仙山」は二段手摺の使用やからくりなども多用されてスケールの大きな場面を作っており、この場面が、それ以後の四段目を大道具や大からくりを用いた夢幻的・超自然的な場とする、演出の一つの型を始めたとも言われる。

間狂言が省かれたことによってより長くなった全段の、変化と統一という矛盾した展開をいかにまとめていくか、特に、趣向中心に流れていた時代浄瑠璃五段の展開については大きな問題となるが、『国性爺合戦』の場合、韃靼の侵攻による明の滅亡を知って、日本より国性爺が中国へ渡り、義兵を挙げて明の復興を果すという縦筋が通っており、横筋に当たる各段の事件も全てその基本的な対立に基づいて起こっているため、戯曲的にも緊張感のある統一のとれた作となっている。このような縦筋を通しながら横筋にも広がりを与える時代浄瑠璃の構想の型というべきものが、『用明天王職人鑑』の上演を契機に見られてくる。その五段の展開を導く基本的な型は、国家的な秩序が反逆や謀反によって乱れ、秩序を保つ側（善側＝正統者）は一旦反逆者（悪側）に追い払われいずこかに身を寄せる（一、二段目）、そして、善側の中心となる人物に生命の危機が迫った時、味方する人物やその縁に繋がる者が身代りとなり、あるいは悪に味方する肉親に敵対してその人物のために死ぬ、といった悲劇的な犠牲死が求められる（三段目）、そうした犠牲死を機に善側は勢いを盛り返し、秩序の回復を果たす（四、五段目）。特に、道行は三段目（もとは四段目）に置かれる、というもので

ある。（松崎仁「近松による浄瑠璃戯曲の構成」『歌舞伎・浄瑠璃・ことば』所収。八木書店、一九九四・6）

『用明天王職人鑑』の場合、敵味方に分かれる二人の子兵藤太と佐用姫の兄妹、その兄の命を助け、妹の望みをかなえるための、母の尼公の子を思うが故の犠牲死は二段目の切におかれるが、『国性爺合戦』では、錦祥女の自害、それを受けて和藤内の母が「日本の国の恥」と自害する犠牲死は三段目におかれ、以後三段目はそうした山場をなす段となるため「三段目の悲劇」と言われ、近松時代浄瑠璃の眼目として捉えられている。この三段目におかれた善者の側の犠牲死が善悪対立の秩序回復の契機となるのは、善悪の対立という構造のもとでこそ有効であるが、しかし、近松晩年の作品においてはそうした主筋の秩序回復のための押し付けられた犠牲死とは異なる、人として道義や背信といった人間の内面的な葛藤からくる死も多く描かれてきており、近松の善悪の捉え方が一面的ではなく、人間の本質そのものへと向けられてきていることが窺える。

(3)近松時代浄瑠璃の作劇法——近松の「善」と「悪」——

時代浄瑠璃の発端を導く事件は「調和的世界秩序の危機」（同右、松崎論文）に始まるのであるが、それは善悪の対立抗争という形で作られる。しかし、善悪はその基準をどこに置くかで揺れ動くものである。善人・悪人の基準も同じである。

近松が描く悪人には、『用明天王職人鑑』の山彦王子のような、皇位継承を狙って継承者の花人親王を襲って追い出す者が登場する。山彦王子は自身にも皇位継承の資格があるため、自らの行為には心の迷い、即ち、葛藤がなく、無論、悪をなすといった意識もない。これを善悪という観点から見て悪とするのは、本人の横暴な性格は別問題とすれば、秩序維持を善とする側に立った考え方となる。特に『国性爺合戦』のように国家レベルで対立する二つの体制があり、いずれの側につくかということであれば、立場の相違による問題であって、善悪の規範はそこに入れることはできない。『国性爺合戦』三段目は、和藤内（国性爺）達の味方に甘輝を引き入れんがために錦祥女が自ら自害し、その目的を果たすのであるが、甘輝自身その時は韃靼の将軍に任官されているので、韃靼の側からは甘輝が和藤内に味方するのは裏切りにあたる。それが非難されないのは、明の遺臣である甘輝が明復興に立ち上がるという義（理）にかなうからとすることによる。つまり、善悪ではなくて義理が人間の行為の規範として考えられているのである。なお、近松の使用する「義理」は人として守るべき道理の意をこめて、広く条理をもさして用いられていることが指摘されている（森修「実と虚の皮膜論」『近松と浄瑠璃』所収。塙書房、一九九〇・2）。

『相模入道千疋犬』（正徳四年秋以前）は『太平記』を題材に仕組まれているが、その内容には、闘犬に耽る相模入道に生類憐れみ令を出した徳川五代将軍綱吉を、敵役五大院宗繁は生類憐れみ令を勧めた護持院隆光と貨幣改鋳を行った勘定奉行荻原重秀とを重ねて、さらに、新井白石を想起させる白石という犬が登場し、お犬様を殺し犬責めにあう脇屋義助を助けるという、当時の政道批判がありありと見られる作である。このように時代は全く異なった時代のこととしながら、当時の事件を取り上げた作には、島原の乱を扱った『傾城島原蛙合戦』、大奥の江島生島事件を取り上げた『娥歌かるた』、大坂新町の傾城屋茨木屋幸斎の欠所事件を仕組んだ『傾城酒呑童子』、忠臣蔵事件を伝える『碁盤太平記』などがあり、当代物と見ることもできる。

この『相模入道千疋犬』に安東左衛門入道聖秀が登場する。この北条方の武将は『太平記』巻十「安東入道自害事付漢王陵事」で、新田軍に敗れ、自害せんと鎌倉に帰ったところ、姪である新田義貞の北の方より義貞に味方するようにと手紙が届く。それを見た聖秀は、漢の王陵の故事を引き、姪であれ義貞であれ、いずれの心から出たにしても義貞は信頼できぬと言って、使者の眼前で切腹する剛直な勇士である。この聖秀を近松は、娘絵合を五大院宗繁の嫡子の嫁にせよとの主君相摸入道の命令に逆らい、娘を勘当して娘が慕う脇屋義助と夫婦にしたことから、自ら蟄居（ちっきょ）する一徹な慈父として登場させる。そして、三段目に、その娘夫婦が新田軍へ聖秀を勧誘するための使者としてやって来る。聖秀はその申し出に対して、北条家の滅亡は目前のことと悟った上で、主家を裏切り、長年の忠義を水の泡となすことはできぬ、また、大事の使者を仕損じさせ、一生の不覚を取らせるのもいたわしいと、忠義と子への恩愛に「二君につかへぬ」武士の本意を貫いて自害する。

子への慈愛を内に包んだ父親は世話物にもよく登場し、慈父の一つの型を作っているが、聖秀のこの古武士的な生き方は犠牲死ではなく、いわば、武士としての義理を通したことになり、聖秀の死が北条・新田の興亡に深く関わるといった役割をここでは持たせていない。善悪を離れ、人間の倫理、言い換えれば、義理をいかに全うするか、その人間性の中に善の問題を置いて描いている。秩序を成り立たせているものの根底にあるものを問うているのである。

一方、それでは悪を取り上げた場合はどうなるのであろうか。

(4)近松時代浄瑠璃の作劇法——「背信」——

『双生隅田川（ふたごすみだがわ）』（享保五年〈一七二〇〉八月）三段目に猿島惣太という人買いが登場する。主人の金一万両を掠め取った罪を悔い、その金を返却するために人買いとなって金を貯めているが、あと十両で一万両になるという時、都から攫われてきた子を十両の代金で売る。ところが、その子供が返されてくる。そこで、惣太は子供に言うことを聞かせるため、棒で折檻し、打ち所悪く殺してしまう。その直後、惣太の主家吉田家の執権武国が惣太を尋ねてくる。実は惣太は淡路七郎という吉田家の家臣で、先に述べた理由から、流れて来て武蔵国隅田川畔で人買い稼業しているのである。武国は吉田家の若君梅若を捜し歩いていることを告げ梅若の特徴を伝える。惣太はそれを聞き、先程自分が殺した子が若君であったと知る。惣太はそのことを武国に白状し、貯めた金を積み上げて、横領した金を返すために十年間貯めた金が九千九百九十両、あと十両で願が成就との思いに逸り、返されてきた子を脅しで打った杖で若君とも知らず殺してしまった。自分のしてきたことは語るも武士の恥さらし、金を貯めると思っていたのも、忠でも孝でもなく地獄廻りの路銭を貯めていたのであったと、泣いて述懐する。そして、惣太即ち淡路七郎は切腹し、武国と妻に主の敵と一太刀ずつ斬らせて、五臓六腑を掻き出し、いま一人の若君、天狗に攫われた松若を探すために魔道へと落ちていく。

　この七郎は悪人に違いなく、また、自らも自分の所業が非道なことであるとの自覚もしている。その七郎を支えていたのは、主家への罪を雪ぎ武士の義理を果すという、自己満足ともいえるひたすらな思いであった。しかし、義理は道義である。人として守るべき道から外れた行為が正しい道に繋がるはずはない。その結果が本人の思いとは全く正反対なこととなったのも当然である。この場合、七郎に生じた悪は、自己中心的な思いこみが非情という人間性の喪失となって出たものである。心の内にあるのは過去への後悔であり、そこから立ち直ろうとする思いであるが、それが悪と表裏一体であることに気付かなかった、いや、気付こうとしなかったのであろう。

『津国女夫池』（享保六年二月）に登場する冷泉文次兵衛も妻から一太刀浴びせられる。文次兵衛には造酒之進という足利家の浅川藤孝に仕える息子がいる。その造酒之進が、三好長慶の反逆から逃げ延びた足利家の御台所を、清滝という侍女と共に、浪人して隠棲する文次兵衛のもとに連れてくる。文次兵衛は御台所を進んで匿うが、清滝が敵方の娘であると知ると、造酒之進に清滝を殺すことを命じる。実は清滝と造酒之進とは御台所も許した夫婦仲であるため、造酒之進は悩むが、清滝が身の上を語るうちに、清滝は文次兵衛夫婦が乳呑み子の時に捨てた造酒之進の妹と判明する。清滝を殺さずに済み、ほっと思ったのも束の間、造酒之進と清滝は兄妹夫婦であることとなり、より一層の苦しみを背負うこととなる。二人は死に場所を求めて家を出る。

御台所から二人の仲を聞き知った文次兵衛達は後を追って女夫池に着く。二人が身を隠しているとは知らず、二人の着物を見つけた文次兵衛は、二人が既に死んだものと思い、死後の妄執を晴らすためと、二人は実は血の繋がった兄妹でないと語り始める。造酒之進の父は文次兵衛の友人駒形一学という者であり、妻が造酒之進を産むとすぐ亡くなったため、後添えに今の母が入るが、その一学が闇討ちにあったため、造酒之進が十五歳になれば敵を討たさせる約束で、文次兵衛がその妻を娶り、誕生したのが清滝であった。そして、そのことを早く聞かせなかったのが過ちであったと述懐し、池に飛び入る。驚き飛び出す兄妹。父の敵があると知って逸る造酒之進に、文次兵衛は、一学を討ったのは一学に意中の女性を横取りされた自分であると、二十年来孤児の養育を感謝する妻にも、懺悔するのである。造酒之進は「討たれしも親、討つたるも親。親の恩を弁へ知つて武士が立たずば立たぬ迄」と大小を投げ出すが、母は「夫の敵」と一太刀斬り付け、半年馴染んだ夫より二十二年馴染んだ夫を斬らねばならない、武士の娘に生れた因果を嘆き、文次兵衛に詫び、貞女の道に背き、神仏に憎み捨てられた身と、切っ先を銜えて池に飛び込む。

救いようのない夫婦の因果である。こうした作意を呼び起す先行の歌舞伎や浄瑠璃はあるが、これほど人間の愛憎と罪業とを鋭く抉(えぐ)ったものはない。文次兵衛は二十二年間妻を欺(あざむ)いてきたのであり、この背信は許し難いものであるが、妻が知らされた時点ではあまりにも重苦しい長い時間が過ぎており、お互いの感情を衝突させる言葉を失わせる。文次兵衛と妻の場合は結果として絶望しか残されていない。

秩序の危機という形で始まる善悪の対立は、それを支える人間の義理でどのように守られているか。場合によっては善悪も表裏一体である。義理（道義）と背信とが同じ人間の中に同居さえする。そうした人間の最も奥深い所に隠れているものを抉り出す手段として、善悪を作り上げ、その根底に潜む人の心の危うさへと筆を進めて、近松は語りと人形に託して見せる。完成した戯曲手法がここにある。

【注】

（1）本書所収「近松と「三槐九卿」」参照。
（2）『近世演劇の享受と出版』所収「浄瑠璃史における貞享二年」で大橋は竹本座創設について貞享二年説を提示。
（3）本書所収「「作者 近松門左衛門」推考」参照。
（4）『近世演劇の享受と出版』所収「元禄期の上方浄瑠璃界」参照。
（5）本書所収「『曾根崎心中』絵入り十四行本」参照。
（6）本書所収「近松の後悔　一、『世継曾我』と近松」参照。
（7）本書所収「近松門左衛門と『世界』」参照。
（8）祐田善雄「『曾根崎心中』の歌舞伎的基盤」（『浄瑠璃史論考』所収。中央公論社、一九七五・8）

近松と「三槐九卿(さんかいきゅうけい)」

一

「代々甲冑の家に生れながら、武林を離れ、三槐九卿に仕へ、咫尺(しせき)し奉りて寸爵なく」は、「近松門左衛門性(ママ)者杉森字者信盛平安堂巣林子之像」に記された、近松自筆の「辞世文」冒頭の一節である。この箇所は芝居作者以前の近松の出自と経歴を語るものであるが、「武林」とある出自についての判然となった研究に比べて、「三槐九卿に仕へ、咫尺し奉りて寸爵なく」については、種々の伝聞や推測が早くからなされるが、具体的なことは未詳というのが現時点での近松伝記研究の実状である。しかし、この伝記の空白にこそ、芝居作者近松を生み出した原動力が秘められていると考えれば、少なくとも従前の伝聞や推測をもとに、近松との関係が取り沙汰されている「三槐九卿」について、どのような関係が考えられるのかを、近松研究に関わる者としてそれなりの整理をしておくことが求められる。そのためのこれは研究ノートである。

近松が「武林」即ち武士の出であることは、田辺密蔵氏・木谷蓬吟氏や森修氏の研究等[1]によって「杉森家系譜」[2]（「系譜」と以下略称、なお、系譜には甲・乙・丙がある。）が紹介され、明白となった。それによって、近松は、越前宰相松平忠昌に仕えた三百石取りの藩士杉森市左衛門信義の次男杉森信盛として、没年から逆算して、父三十三歳の承応二年（一六五三）に福井で出生したことが知られる。父信義は、正保二年（一六四五）に忠昌が没した後、忠昌の五男松平兵部大輔昌親に扈従（こじゅう）する。昌親が同年に吉江藩二万五千石を福井藩から分知拝領し、明暦元年（一六五五）に吉江藩へ入部するに随って、吉江（現、福井県鯖江市）に移住（『越藩史略・六』[3]）、その地で近松は幼名治郎吉の幼年時代を過す。しかし、信義はその後吉江藩を致仕し、牢人となって家族と共に上京する。信義の京都への移転は、杉森家に伝えられる親類書の一つ「前々より差出候親類書之覚」の「寛文四辰年三代目八郎太夫差出候扣」に、「伯父　二人　父方　松平兵部大輔殿御内　杉森市左衛門」が見えるので、寛文四年（一六六四）以後のこととなるが、致仕の理由もその年時も未詳である。なお、「系譜（甲）（乙）（丙）」には、近松の兄杉森智義が大和宇陀松山藩織田長頼に仕えたが、江戸にて享年三十四歳で亡くなり（没年時は不明）、「後無」（「系譜（丙）」）とも記されている。宇陀松山藩との関係では、近松の一歳下の弟伊恒も同藩の侍医平井自安の養子となり、平井要安を名乗って、十六歳の寛文九年九月十八日（織田藩『御用部屋日記』[4]）に長頼へ初目見得をなしている。宇陀の平井家と杉森家とは、「系譜（乙）」に「何茂（筆者注、智義・信盛・伊恒）母、岡本為竹法眼女、為竹者宰相忠昌公侍医平井通仙院」（ただし、系譜（丙）には半井通仙院）とあり、平井の同姓から母方の縁戚に当たるかと推察する。なお、この寛文九年四月十五日には越前福井で大火があり、城内では天守閣を初め城郭の大半を焼失し、残ったのは三の丸と乾櫓だけであった。家中では侍屋敷三百十五軒、与力百二軒、足軽舎四百五十一軒、その他徒（かち）、諸役人、坊主、足軽等の災害は数えるにいとまなく、城下でも町家五十九町二千六百七十六軒、仏寺三十七宇が焼失している（『越藩史略・五』『徳川実紀』『福井県史　通史編4近世二』）。こうした惨禍が越前における伊恒の奉職を断念させ、大和宇陀への養子が勧められたのであろうか。
周知の如く、貞門の俳諧宗匠山岡元隣著『宝蔵』（寛文十一年二月刊）の「追加発句」に父信義の五句入集の他、杉森信盛の本名で近松自身の句も掲載されており、これによって一家の京都移住がこの時点ではなされていたと考えられている。しかし、杉森信親、即ち、近松の曾祖父の名も掲げられており、信親は「杉森家系譜」では「仕浅井氏浅井家没落後牢浪」とあり、近江浅井家の織田信長の攻撃による没落は天正元年（一五七三）なので、寛文十一年（一六七一）での健在は考えにくく、信親については別の事情を考慮すべきであろう。いずれにしても、信義は三人の息子の落着き先を決めることのできた時点で、致仕し京都への移転を図ったかと推測する。とすれば、近松（この時点では杉森信盛の名で書くべきではあるが、便宜上近松の呼称を用いる）が上京した時期は、元服の年齢も考慮すれば、十五、六歳の寛文七、八年（一六六七、八）以後の頃であろう。それから芝居の世界に入り込む契機となった『世継曾我』上演の天和三年（一六八三）の間が「三槐九卿に仕へ、咫尺し奉りて寸爵」のなかった期間と考えていいのではなかろうか。

ただ、吉江藩は、四代福井藩主松平光通の逝去によって、昌親が延宝二年（一六七四）に五代藩主となり本家相続をしたため、廃藩となる。廃藩を機に致仕したとも考えられるが、『宝蔵』所収の発句には京都以外の作者にはその在地名が付されているが、信義には記されていないため、寛文十一年の時点では京都に居住していたとみてもよいであろう。なお、昌親について、元禄三年に書かれた『土芥寇讎記』[5]は「昌親生得奸智有テ、手口労多シ。猿利根ニテ、先走リ、底意地悪ク、上部柔和無欲ニ拵へ、内心悋嗇也。民間ヲ愛スル躰ニテ、貢物等ヲシボリ取ル。士ヲ憐ムニ似テ奪フ事多シ。故ニ浪人スル者多シ」と批判する。

二

上京した近松が仕えたと伝えられる公卿は次の四人である。いずれも朝廷では三位・参議以上の高位にあった文字通りの「三槐九卿」である。

(イ) 一条禅閤恵観
(ロ) 阿野実藤
(ハ) 正親町公通
(ニ) 町尻兼量

それぞれの公卿と近松との関係を次に探ってみる。

(イ) 一条禅閤恵観

「系譜」は近松が「一条禅閤恵観公」に仕えたとする。一条禅閤恵観は一条昭良（一六〇五～一六七二）で、後陽成天皇第九皇子、母は中和門院前子。前関白一条内基の養子に入る。一条家は摂家で石高千七百石。初名は兼遐、慶長十七年（一六一二）従三位、同十八年権中納言、同十九年権大納言、元和五年（一六一九）内大臣、元和七年右大臣、寛永六年（一六二九）八月関白、九月左大臣従一位、（以上、後水尾天皇治世）同年十一月関白から摂政に任じられる。寛永九年十二月には左大臣を辞し、同十二年九月昭良と改名、同月摂政を退任（以上、明正天皇治世）。正保四年（一六四七）三月再び摂政に就任、七月関白となり、慶安四年（一六五一）九月まで在任する（以上、後光明天皇治世）。関白辞退の翌承応元年（一六五二）八月に四十八歳で落髪して恵観と号する。寛文十二年二月六十八歳で薨去。禅閤は摂政・関白であった人が仏門に入ったときの称。

右の恵観の経歴からすれば、恵観が朝務の中枢にあった頃は、

元和元年　七月　幕府、禁中並公家諸法度を制定。
　九年　八月　幕府、皇室御料一万石を献上、計二万石。
寛永二年十一月　徳川秀忠娘和子、後水尾天皇の中宮となる。
　三年　九月　六月の秀忠上京に続いて、八月三代将軍家光も上京。後水尾帝、二条城に行幸。
　六年十一月　後水尾帝、紫衣事件などへの不満から興子内親王（明正天皇）へ譲位。
正保二年十一月　朝廷、日光東照社に宮号を与える。

など、後水尾天皇の譲位事件を始め、幕閣と朝廷の間で種々の事件や確執があった時期ではあったが、若き日の近松、杉森信盛が一条家に使えたのは、当然ながら、昭良が一条家の当主を退いて、恵観と改名した隠棲後のことでなくてはならない。どのような縁によって一条家に入ったか不明であるが、仮に寛文七年に出仕したとすれば近松十五歳、恵観六十三歳となる。恵観没後も一条家は連綿として家系が続くが、近松が何時まで一条家に勤めていたか明らかでない。恵観没後に一条家を離れたとすると五年余の奉職である。一条家における近松の職分は供奉や雑務についた近習もしくはより軽輩の青侍であったと思われる。もし、恵観

に近侍する機会があったとしても、最高位の殿上人と地下侍の若者という、その身分の決定的な相違、また、年齢差からして、恵観と直接に会話を交わすことなどはほとんどなかったであろう。恵観にとって近松は数多い奉公人の単に一人に過ぎないということであれば、恵観、および、後述するその孫一条冬経の側から近松に関する記述を期待することはできないであろう。

(ロ)　阿野実藤

年齢差という点から見て、近松が仕えた公卿として『茶話雑談・巻之三』[6]に「浄るり文作者近松門左衛門、これは杉森氏にて京都阿野家に仕へ雑掌たり」と伝える、阿野実藤（一六三四〜一六九三）が次に考えられる。また、近松の墓のある兵庫県尼崎市久々知の廣済寺には、享保元年九月九日に亡くなった母の追善のために、近松が奉納した阿野実藤自筆の「法華経和歌」二巻が什物として残されている。[7]この和歌は元禄六年（一六九三）六月に書かれたもので、同年九月二十一日に実藤が六十歳で薨去しているので、その三ヶ月ほど前に書かれたことになる。元禄六年には、現存する近松作の歌舞伎狂言本としては最も古い、『仏母摩耶山開帳』(ぶつもまやさんかいちょう)が刊行されており、歌舞伎作者としての近松の名が高まっていた時期でもある。近松が実藤筆「法華経和歌」をどうした経路で入手したものか不明であるが、実藤生前に近松が得たものであるならば、近松と実藤との直接的な関係を示唆するものと言えよう。

阿野家は石高四百七十八石。実藤は初名季信、寛文六年（一六六六）に三十三歳で正三位に叙され、同年十二月二十三日に参議に任じられる。寛文十二年には権中納言、延宝二年（一六七四）に従二位、元禄五年十二月十三日に正二位権大納言に昇任するが、同月二十一日辞し季信を実藤と改名する。近松が仕えたとすればいつ頃のことになるのであろうか。一条恵観薨去後の寛文十二年以後としても、次の正親町公通との関係をも考慮すると、仮に公通が正四位下参議となった延宝五年までとすれば、五年間ほどの勤仕となる。

近松が仕えた雑掌とは『故実拾要・巻第十』[8]に「是諸大夫ノ家司ニ召仕玉フ、親王摂家清花家并門跡等ニ召仕玉フ也。但親王摂家ニハ殿上人アリ、此殿上人、多クハ名家の息也。自余ノ諸家中、諸大夫ヲ召仕フ事、曾テ以不レ能義也。仍於二諸家一者、雑掌トテ重代ノ侍ヲ撰テ召仕フ也。然レドモ是無位無官ノ者也」とあり、また、他の箇所では「雑掌、俗家ニ云家老也尤無位無官者也」（同巻第九）ともあるが、貞享二年（一六八五）刊の『京羽二重』巻五「官位輔略」をみるに、執事に当たる諸大夫を置くのは摂家、また、ここで「家老」とされる雑掌に当たる家司を置くのは清華家と比丘尼御所のみである。この当時の近松の年齢からして諸家の家司に当たる雑掌ではなく、近習もしくは青侍とすべきであろう。この当時の公家に仕えた雑掌や近習、青侍の具体的な役務については記録されたものを寡聞にして知らないが、幕末の安政五年（一八五八）に十七歳で烏丸家に仕えた尾崎三良の自伝には、[9]「烏丸家は禄高九五〇石にして、平堂上の最も内にては上等の家なり。（中略）雑掌二人、用人二人（雑掌は今の家令、用人は今の家扶の如し）、近習五人、中番一人、中間四人、其他官女、下婢凡そ七、八人。予は即ち近習の一人にして、その俸給は一ヶ年米三石五斗なり」とあり、「而して其用向は毎朝玄関書院等の戸を開け、掃除をなし、継上下を着し、玄関の取次をなし、各方の使者に応対し、各方へ使し、又は主人大納言及び息大夫光徳参内他行の節は其供をなし、日夜奔走殆んど暇あることなし。所謂三石士なるものなり」と述べている。右に引用した『故実拾要』「雑掌」の後には「或青侍等、著二布衣一役送ヲ勤ル事也」とあり、その職務は近松謹仕の頃とそれほど変らなかったかと思われる。なお、この自伝では尾崎三良は烏丸家に三年余、次いで冷泉家に半年、次には三条家へと渡り三石士（京都の下級の公家侍の俸禄が三近松の過去の縁に繋がるものと見ることはできるが、それ以上のものではなかったのではなかろうか。

阿野家もただの奉公先に過ぎなかったものといえよう。実藤自筆の「法華経和歌」の入手も、著名となった

して、近松は阿野家にあっても主人実藤と親しく接することはまずなかったものと思われ、近松にとっては

いたと取るべき書きぶりも、そうした渡り奉公の身であったことをいうのであろう。こうした勤めぶりから

石であったことからその称）を勤めている。近松の「三槐九卿に仕へ」たと、一家だけでなく数家に奉公して

（八）正親町公通

正親町公通と近松の関係を伝えるのは神沢杜口（一七一〇～一七九五）著『翁草・五十五』[10]の「近松が素性は岡本以筑にて、其頃名有る町医の弟にて、若き時は正親町家に仕へぬ。正親町一位殿は、名におふ狂歌の達人なるが、（中略）彼卿若冠の頃、戯に宇治加太夫が、新浄るりを作られしを、近松其使をして加太夫方へ常に往反して、其身も筆才有に任せて、此作の事手伝ひ、次第に是に遊て、加太夫が高弟義太夫をそゝのかして、新たに義太夫節といふ一流を語り出させ、己も竟に其作者とは成ぬ。」という記事にのみであるが、信憑性のあるものと研究者の間では捉えられている。

正親町家は三百石であるが、羽林家で格式は高い。公家社会にあっては裕福さよりも家の格式が大切にされることを、『尾崎三良自叙略伝』では清家の三条家四百五十石と前述の裕福な烏丸家との比較を通して、三条家の方が諸大夫や雑掌など多くの奉公人を抱えていることを挙げて、語り伝えている。公通は近松と同年の承応二年生まれで、寛文五年正月十六日、十三歳で元服し、正五位下となり昇殿。同七年十二月十七日近衛右少将、同十年十一月二十一日、従四位上近衛右中将を経て、延宝五年（一六七七）、二十五歳の時に正

四位下、参議に補任。延宝八年には山崎闇斎の門に入り、垂加神道を学び、天和二年（一六八二）に闇斎より垂加神道の根本となる『中臣祓風水草』を託されて、神道許可の権限を与えられる。闇斎没後は垂加神道の道統後継者としてその発展に努め、『持授抄』など垂加神道の奥秘の整理編纂をなしている。延宝九年十一月二十一日に任権中納言、元禄六年八月から十三年二月まで武家伝奏を勤め、この間元禄八年（一六九五）には権大納言、正徳二年（一七一二）には従一位に叙せられ、享保十八年（一七三三）七月十二日に八十一歳で薨去。

右の公通の略歴から見て、『翁草』の記事、特に公通の浄瑠璃著作については吟味が必要であろう。というのは、昇殿後の順調な昇進と後述するような学問への態度からみて、また、朱子学（崎門学）ではなく垂加神道での闇斎入門であっても、厳格な闇斎のもとで学びながら、浄瑠璃の著作に筆を染めるというのは相容れないものを感じるからである。闇斎の崎門学について云々する能力はないが、その特質については、「闇斎学の特徴はその厳厲な性格から、常に物事の本始へときし〳〵と迫め寄り肝腎要めの根源へひし〳〵とせり寄って、本始を堅く操守し、本末先後の序次の純粋性を首尾の全過程にわたって徹上徹下せしめようとし、それを妨げ害し汚す一切の夾雑を排除するにある。従って敬義を標榜し、居敬窮理の兼綜を期することに変りはないが、敬に第一の重点を置き、内直ければ外必ず方、体立つときは用自ら行わるの傾向が極めて濃厚となるのは必然である。」と説かれ、また、「大義名分を明かにし、之を厳粛に遵守すること」が学風の大黒柱と述べられる[11]ように、それぞれの人の立場に即したあり方が求められている。神儒一致の垂加神道を学ぶにあってもこの根本的な教えは変らないはずである。また、闇斎は其の著『大和小学』序（万治三年〈一六六〇〉刊）で厳格な道徳的な立場から世の人たはふれ往てかへる道しらずなりぬるは、源氏伊勢物語あればにや。げむじは男女のいましめにつくれりといふ。たはふれていましめとやいとあやし。清原宣賢が伊勢物語は好色のことをしるせれど礼をふくむものあり、義をふくむものあり。孔孟業平地をかへばみなしからんといふ、かゝるひがことよしあしいはんも口おし

と、公家の教養として、古典として、注釈や講釈の対象であった『源氏物語』『伊勢物語』をも道徳を「妨げ害し汚す」読書に耐えぬものとしており、本文中でも「大学、論孟、中庸は程子の発明にて是を四書とは朱子の名づけられし」（敬身第三）と、朱熹註による四書を読むべきと随所で推薦している。闇斎門下として『大和小学』にも目を通したであろう公通が、男女の好色が常に一つの聞かせ場・見せ場となる浄瑠璃を著作するのは、垂加神道を学ぶ立場にあっても、闇斎の教えに反することとなり、難しいことではなかろうか。闇斎は門下生に対して身分の上下に関係なく厳しく接したと伝えられている。

延宝三年に宇治座を創設し、同五年十二月に加賀掾宇治好澄を受領した加賀掾に、仮に、公通が浄瑠璃を書き与え、近松が使いをしていたとすれば、延宝八年の闇斎入門以前のことになるはずであるが、それは公通二十三歳から二十八歳の間となる。しかし、延宝五年には公通は正四位下参議に任じられており、とてもそうしたことのできる環境にあったとは後述するように考え難く、ならば、近松がその使いで加賀掾のもとへ出向いていたとする『翁草』の記事にどれほどの信憑性があるのか、改めて検討すべき問題となる。

『公通記（きんみちき）』と題する公通の日記が東京大学史料編纂所に所蔵されている。『八角御記（はつかくぎよき）』『八角記（はつかくき）』とも称さ

れるが、残存するのは寛文十三年（前年十二月の記事を半丁分含む。なお、九月二十一日に延宝元年に改元）、貞享五年（ただし、正月のみ。なお、九月三十日に元禄に改元）、元禄六年（八月から十二月）から元禄十三年・十四年（七月欠）までの各年分、他に元禄八年の下書きが、それぞれ分量に多寡が見られるのが、各一冊計十一冊に整理されている。近松の作者生活への契機となる、公通との繋がりを知りたい年時分は多く欠けており、伝える記事があるとすれば寛文十三年、貞享五年の日記であるが、そこからは杉森信盛の名前を見出すことはできない。それどころか、寛文、貞享の日記だけでなく全冊を通して、公通が浄瑠璃や歌舞伎芝居に近付いた気配すら感じ取ることが出来ない。むしろ、公通という公家は、闇斎門下に入り、垂加神道の奥秘を極め、皇統の無窮を根本とする教えを継いだ、その素質が示すかのように、謹厳誠実に朝廷へ謹仕する青年公卿と日記からは見える。二十歳、右中将であった寛文十二年十二月二十九日の『公通記』には「参番昼夜」の後に

一　凡居官職者可勤奉公之覚悟専要也。若不勘之事於有之者可為遺失事
一　階級者無隠者乎然者守其限分且以不可乱礼節事
一　進退言語之慎不可有怠慢事
　　此書付従法皇禁中へ出也。今宵於番所被見写者也

と、謹仕の心得を書き写す勤勉さである。寛文十三年は二十一歳、従四位上、右中将として参内に励み、詩歌会や蹴鞠に連なり、また、『左伝』や『中庸』の講釈を受講するといった日常である。元禄期の日記に見

られる細かな朝廷や自身の日常の記録からも、芝居との縁をたどることはできず、『翁草』の伝えるところを証するものはない。杜口の記録『翁草』は京都町奉行所与力を辞した四十歳過ぎ頃から、見聞したことや古文書の珍しい記述をつれづれに書き集めたと言うが、公通と近松とのこの話が何に拠ったかは明らかにしていない。「近松が素性は岡本以筑にて、其頃名有る町医の弟にて」（以筑は為竹。宇陀松山藩織田家侍医平井自案の養子となった近松の弟伊恒、即ち平井要安。要安は元禄八年五月織田家が丹波柏原へ移封後に致仕し、京都に移住し、岡本為竹一抱子を名乗る。[12]）と誤謬があるなど、単なる風聞を書き留めたに過ぎないのではないかと思われる。もし、これが単に噂に過ぎないとすれば、そうした噂を導いた因に、公通が風水軒白玉翁の号で狂歌集『雅筵酔狂集』[13]八冊を七十九歳の享保十六年に刊行し、「狂歌の達人」と評判されていることが深く関係したものと推測する。つまり、風雅人、遊び心のある人物として公通が理解されて、こうした噂にまで広がっていったのではなかろうか。確かに、『雅筵酔狂集』にはそうした趣のある狂歌も多く見られるが、「正親町公通卿宣ひしは、卜養（筆者注、『卜養狂歌集』の著者半井卜養）は落首風なり。真の狂歌は、何ぞふまえたることありて詠出すと宣ふ」（『異説まちまち・巻之一』[14]）と伝えられるように、それ以上に自身の狂歌が踏まえた漢籍、古典、古歌への講釈に見せる博識ぶりと、垂加神道や朱子学に引きつけての説明は、廷臣、道徳的な教育家としての公通を際立たせている。これは『雅筵酔狂集』序者松岡文雄も述べるところである。単なる狂歌集を越えた自己の生活と知識の集積集とも言うべき面が表に出ているのである。また、『雅筵酔狂集』にも雅楽や謡が詠まれ、説明に引用されることはあるが、浄瑠璃・歌舞伎芝居に関わるものは詠まれてはおらず、説明にも取り上げられてはいない。こうした資料を通して捉えられる公通の生涯からみて、とても若い時に浄瑠璃の著作に手を染めたとは考えることはできないのである。『雅筵酔狂集』に歌われた狂歌にしても官を辞した後の耳順以降の作が大半と思われ（四百三十八番歌に正徳二年弥生とあり、詠歌の年時がわかる集中では最も古い歌となる。なお、正徳二年は公通六十歳）、特に享保五年以降の作が目立つ。『雅筵酔狂集』をもって若き日の公通を「風雅人、遊び心のある人物」と見ることはできないのではなかろうか。また、浄瑠璃の著作と結び付くようなことも見出せない。

『浄瑠璃文句評註難波土産・発端』に見られる近松の「昔の浄るりは今の祭文同然にて、花も実もなきもの成りしを、某出て加賀掾より筑後掾へうつりて作文せしより、文句に心を用る事昔にかはりて一等高く」という言説は、後年のこととはいえ、公通が宇治加賀掾に浄瑠璃を書き与えて、近松がその使いをしていたとするならば、遠慮すべき言辞であったろう。かつての主人へ非礼となるからである。正親町公通と近松との主従関係についてもより確かな証左が得たいものである。

（二）町尻兼量

廣濟寺に伝わる百十二代後西天皇七歳の勅筆色紙に、町尻宰相兼量（一六六二〜一七四二）よりの賜り物を近松が寄付したとあることから、近松と町尻兼量との関係も取り上げられている。寺伝によると、前述の阿野実藤卿自筆の「法華経和歌」とともに、享保元年九月九日に没した母智法院貞松日喜大姉の菩提供養のために奉納したものと言われる。兼量は、近松より九歳下の寛文二年生まれであり、延宝四年正月二十八日、元服して昇殿。同六年十二月十九日従五位上（十七歳）、天和三年正月五日に正五位下、といった経歴からは近松が青年期に兼量に直接仕えたとは考えにくいが、町尻家を起こした兼量の父具英（一六二三〜一六七二）、兼量が養子に入った水無瀬兼豊（一六五三〜一七〇五）との間には時間的には関係があったと見ることもできよう。しかし、それとても、右に見た、恵観、実藤、公通との間を近松がどのように渡り歩いたのかが不明なため、その時期や関係を推定することはできない。むしろ、両者の年令からすれば芝居作者として評判を得た後に兼量との近付きが何らかの形であったと見ておきたく思う。

三

正親町公通と同世代の公卿の日記、『兼輝公記（かねてるこうき）』『基量卿記（もとかずきようき）』が、東京大学史料編纂所に『公通記』と共に、所蔵されている。

兼輝は一条兼輝（一六五二〜一七〇五）、初名内房、延宝八年に冬経と改め、元禄十一年に兼輝と再度改名。近松が仕えた一条恵観の孫に当たり、近松より一歳年長。延宝五年に右大臣、天和二年関白、貞享四年摂政と摂家の要職を歴任した公卿である。その日記の延宝七年正月から元禄十二年八月までが謄写本三十三冊（内、別記三冊）で残る。『公通記』に欠けた時期の朝廷の動きや公家の動静を補うものでもあるが、天和三年までのものを一覧するに、ここにも当時の若い公卿の宮仕えや学問への勤勉な姿勢が窺え、しかも、摂家の立場にある者の朝廷への忠勤が矜持と共に読み取ることができる。また、上卿ということもあるが、公通とは年齢も近く、考え方にも近いものがあったのか（兼輝も延宝七年十一月四日に度会延佳門の松下見林を招き、中臣祓の講義を受けている。）、公通の訪問も多く、その交流の程も伝えている。

基量は東園基量（一六五三〜一七一〇）、公通に遅れること一年、寛文十一年従四位上左中将に任じられ、延宝七年参議、元禄十年権大納言、宝永元年正二位に進んだ公卿であり、公通、近松とは同年の誕生である。その日記『基量卿記』は寛文十一年九月から延宝七年までが影写本七冊、延宝八年正月から宝永元年十二月までの間が謄写本二十八冊に写されている。これも『公通記』の空白を満たす時期を備えている。『基量卿記』も天和三年までの分を一覧するに、公通や兼輝と変わることのない若い公卿の朝廷への勤勉な日常を克明に記している。ただ、『基量卿記』の場合、『公通記』『兼輝公記』に比べてはまだしも身辺関係の記事が多いように感じられる。なお、基量の姉は松平大和守の正室であり、大和守との交流も細やかに記されている（寛文十一年九月五日には大和守から書籍十三部が送られてきたことに対して、その感激を「為後世珍宝為悦不能筆舌」と記す。）が、『松平大和守日記』のような歌舞伎・浄瑠璃といった芸能に関わるような記事は『兼輝公記』とともに見出すことは出来ない。むしろ、慶長・寛永期の公家日記にしばしば芸能に関する記録が見られるのが異様に思えるほどであり、御所や仙洞でそうした催しはこの時期には見られない。女院御所の対屋での舞（少女舞）を催すについても、先例を鑑みての判断を求める記事が貞享五年には記されており、時代の変化を物語っている。公家の風紀面における厳しい自己規制は、当時の公家と幕府との関係からくる緊張感によるものと思われるが、「大樹」の名で将軍家の動向を書き留めた記事の多いことも、また、京都所司代との緊密な連絡事項なども、武家伝奏といった役目に関係なく細かに記録されるのは、そうしたことを示すものであろう。

『兼輝公記』『基量卿記』ともに、公務や蹴鞠、雅楽等での同席、また、個人的な会合に正親町公通の名もしばしば記載されるが、公通の身辺に関する記述はない。こうした公家日記がそれぞれの家が果す朝廷行事での職務の忠実な記録であることは、平安期の早い時期に残された日記の特色とも通じるものであるが、青年期には勉学の様子や自作の和歌や漢詩なども書きとめられて、自身の成長の記録の役割をも果しており、若き公家の生活の場も垣間見ることができる。しかし、家臣のことは『兼輝公記』や『基量卿記』（冬経〈兼輝の前名〉の諸大夫難波内蔵に基量が養子の世話をしたため、その礼に内蔵訪れる〉にわずか、しかも『京羽二重』にその名が挙げられるような前述の諸大夫に限って見られるだけで、それ以下の者については全く記されることはない。『公通記』の空白の年時分についても、おそらく、『兼輝公記』『基量卿記』と同じように、公務中心の日常が書き留められており、近習か三石士であったと思われる近松に関わる記事などは見出すことはできないであろう。むしろ、それが近松と「三槐九卿」との関係を明確に示しており、「咫尺し奉りて寸爵なく」はそうした近松の奉公のあり様を伝えた、そのままの表現ではなかったか。こうした公家日記から近松が記した「三槐九卿」を特定するのは無理なことに思われる。しかし、「三槐九卿」に仕えたことは、その後の作者生活に決して無駄ではなかったと思われる。それは『尾崎三良自叙略伝』で尾崎三良が烏丸家に仕える身を、「終身三石士を以て終ることを屑(いさぎよし)とせず、何とかして一度世に出で天下に事を為さんことを欲する志あり。此を以て只管(ひたすら)読書を為さんと欲すれども、前文の如く昼間は主家の用向にて其暇なく、夜に入り人休息する時に当り、独り燈火の下に在つて書を繙くことを得たり。之に依り屢々同僚の厭ふ嫌ふ所となり、充分なる勉強を為すことを得ざりし。然れども此時漸く四書集註の全部、五経集註の半ばを卒業し、日本政記、日本外史、日本書紀、史記、漢書、古事記、太平記、太閤記、十二朝軍談、漢楚軍談、三国志、其他野史通俗書史類を多く渉猟す」と記したように、公家の持つ文化的環境に親しんだことが、近松に学ぶ志を発奮させ、『野郎立役舞台大鏡』で「内典外典軍書等に通達したる広才」と評価された基礎を作らしめたものと考えるからである。青年公卿の向学的な姿勢や邸内の雰囲気は、そうした要求をもたらし、満たす環境であり、一条家、正親町家はそのような家であったことを残された日記が伝えているからである。阿野家もおそらくそうであったろう。

結局のところ、従来指摘されてきた以上のことは何も明らかにはできなかったが、近松の青年時代にいた環境がどのようなものであったかについては、少しは知り得たかと思われる。しかし、そうした環境の中にあって、近松が芝居の世界に何故、どのようにして近付いていったかは、やはり不明のままである。

【注】

（1）田辺密蔵「近松門左衛門の所出に就て」（『国語と国文学』一九二五・8）
木谷蓬吟「近松門左衛門の系譜に就て」（『大阪人』一九二九・9）
森　修「近松門左衛門と杉森家系譜について」（『国語国文』一九五八・10）
森　修「近松門左衛門の幼少年時代について」（『人文研究』一九六一・7）
（森氏の二点は『近松と浄瑠璃』一九九〇・2、塙書房刊に再録）
（2）系譜関係は『近松全集　第十七巻』（岩波書店、一九九四・4）所収より以下引用。
（3）東京大学史料編纂所所蔵写本による。
（4）広瀬　睦編『新編和州宇陀松山織田藩関係年表』（私家版、一九九一・9）
大宇陀町史編集委員会編『新訂大宇陀町史　史料編』第一巻、（二〇〇一・3）
（5）金井圓校注、史料叢書『土芥寇讎記』（新人物往来社刊、一九八五・7）より引用。
（6）早稲田大学中央図書館所蔵写本による。
（7）多田莎平著『近松門左衛門と尼崎廣濟寺』（一九三六・11）。『近松全集　第十七巻』（同前）。
（8）『増訂故実叢書』（一九二九・1）所収本による。
（9）『尾崎三良自叙略伝（上）』（中公文庫、一九八〇・1）。なお、三石士については、洒落本に『風俗三石士』（天保十二年春刊）があり、彼らの生活の様子を伝えている。

(10)　吉川弘文館刊『日本随筆大成20』（第三期）所収本による。
(11)　阿部隆一「崎門学派諸家の略伝と学風」（日本思想大系31『山崎闇斎学派』解説、岩波書店、一九八〇）
(12)　岡本為竹一抱子については既に次の二論考がある。
長友千代治「近松弟岡本為竹」（『国語国文』一九七五・9）
土井順一「岡本一抱子年譜」（『日本医史学雑誌』一九七七・10）なお、長友氏は『近世上方作家・書肆研究』東京堂出版（一九九四・8）に右論考を再録されるに当たり「岡本為竹著作年表」を付載する。
(13)　狂歌大観刊行会編『狂歌大観　本編』（一九八三・1）所収。なお、公通には『机の塵・廿三』（西尾市岩瀬文庫蔵）に書き留められた次のような戯文もあるが、これも晩年の文章と見られる。

白玉翁豆腐之記

夫豆腐ハ我形（わかかたち）四角四面にして威義を正しく生れ柔（やはら）かに／して人の交り（まじハ）にきらハれず其身ハ精進潔斎なれとも／和光同塵の花鰹にまじわり諸社の神前にてハ田楽を／奏し神慮を勧め奉りまつ春ハ桜とふふに祇園の／花にいさませ二軒茶屋にかんばしき匂ひをしめ曙（あけほの）の／朧（おぼろ）豆腐に歌人の心をいさめ雉子焼（きじやき）の妻恋其珍客の／舌鼓（したつゞみ）をほろ〳〵とうたせ和歌連歌俳（はい）の席（せき）に月花の／心をよせ一興（けう）の味（あじ）に豆腐のいたらぬ処なし其かみ／六弥といへる武士も岡部と名乗風味にやわらかき寒／夜にはうとんどうふ瓢箪酒に一座を動かし唐土にてハ／曹子建まめがらをたき豆（まめ）を煎（ニ）たる間に四句の詩を作（つく）／られ兄弟の不和を直し朝夕貴家高僧の列（れつ）につらなり／経文読誦（どくじゆ）の声を夜日ことに聴聞（ちやうもん）し身を油になして／斉非時（とき）の馳走を催ふし南禅に入てハ禅楽（せんがく）をして葛（くず）／たまりの衣を着し旅人を教化（けうけ）し仏縁に引導せしむ／あら悲（かな）しき哉世くだり時移りかゝる重宝の知識を／還俗（げんぞく）させて奴豆腐とハ扨々むけなる浮世かな

正親町従一位前大納言公通卿戯作

(14)　吉川弘文館刊『日本随筆大成17』（第一期）所収本による。
取り上げた公卿の位階・補任は『新訂増補国史大系　公卿補任』（吉川弘文館刊）、『改正増補諸家知譜拙記』（続群書類従完成会刊『公卿諸家系図』所収）等を参照した。

「作者 近松門左衛門」推考

はじめに

貞享三年（一六八六）には、人々が異様な感を持ち、すぐさま反発するであろうことを知りながら、近松門左衛門は浄瑠璃や歌舞伎狂言の自作に「作者 近松門左衛門」と積極的に作者名を書き入れようとしていた。その頃の歌舞伎狂言本は現在知られていないが、浄瑠璃本には本来太夫名が書かれるべき内題下に「作者 近松門左衛門」とその名を明記した正本が存在する。これは、浄瑠璃本は太夫が秘密の節章を加えて稽古用に開版した太夫正本という常識でしか見ない者にとっては、「ほめられぬ事」であったが、しかし近松自身にとってこの行為は「時、ぎやうにおよびたるゆへ、芝居事でくちはつべき覚悟の上」でなしたことであった。「作者としての自立」（森修『近松門左衛門』三一書房、一九五九・6）の第一歩である。時に近松三十四歳、当時の年令からみれば遅い転身であるが、それだけに芝居の世界へ飛び込むことの迷いも深かったことと思われる。

では、なぜこの時期に近松が作者名を入れることを求めたのか、また、どうして作者のままならぬ芝居の世界で作者署名を入れることが可能となったのか、そしてそのことが近松研究の上でどのような意味を持つのか、こうした問題について私なりの検討と考察を述べ、ご批判を得たく思う。

一

近松門左衛門が浄瑠璃正本の内題下に「作者 近松門左衛門」と署名した作として、竹本義太夫正本『佐々木先陣』（外題「佐々木大鑑」）が現存本では最も早いとされ、その奥書は次のようになっている。

右此本者依小子之懇望附秘密
音節自遂校合令開版者也
　竹本義太夫［教博］
貞享三年丙寅七月吉日
　京二条通寺町西へ入町北側
　大坂高麗橋堺筋かと出見世
　山本九兵衛板行［治重］

この奥書と同じ形式を持ち、しかも、その日付が「貞享三年丙寅五月吉日」と『佐々木先陣』よりも二ケ月早い、竹本義太夫正本『三世相』（左図〈太夫印、版元印は不鮮明であるが押印あり〉参照）にも内題下に「作者 近松門左衛門」とあるが、その署名は近松が名声を得た後の埋木による増訂とみられて取り上げられず、

『佐々木先陣』を作者署名の先例とするのが通説である[1]。確かに『三世相』の内題下の作者名は『佐々木先陣』のそれと比べて、内題や本文の版下の筆跡（『三世相』と『佐々木先陣』の版下は同筆）と異なり、いかにも後から埋木によって増訂されたように、墨ののり具合の悪い、全体の調子を破った不自然な版面を呈している。一方、二本の奥書を丹念に比較して調べてみると、二本の奥書箇所は同版で、『三世相』の「五月」の「五」が「七」に埋木されて『佐々木先陣』に流用されていることが知られる。従来、この二本の奥書は共に浄瑠璃本文の最後の詞章が二行分奥書の丁へはみ出しており（次頁参照）、その本文が二作では当然異なることから、本文と合わせて奥書も新たに彫られ刷ったと思われ、二本の奥書が同版であると考えられることはなかった。しかも、山本九兵衛から宇治加賀掾の八行正本が刊行され始めた、延宝末年から貞享期の奥書は本文末尾に続いて奥書が記されており、そうした例からみても異例なことではなかった。しかし、元禄期以降は浄瑠璃本の奥書の形式も定ってきているため、奥書の版木は本文と別に彫られ、同じ太夫の正本にくり返し利用されるのが通例である。この二本の場合、同じ竹本義太夫正本であり、時期的にも貞享三年五月と七月と近接しているだけに、その流用は十分考えられることである[2]。むしろ、計画的に流用された最も早い例でないかと、次のことより推断する。

『三世相』早稲田大学図書館蔵

『佐々木先陣』大阪大学図書館蔵

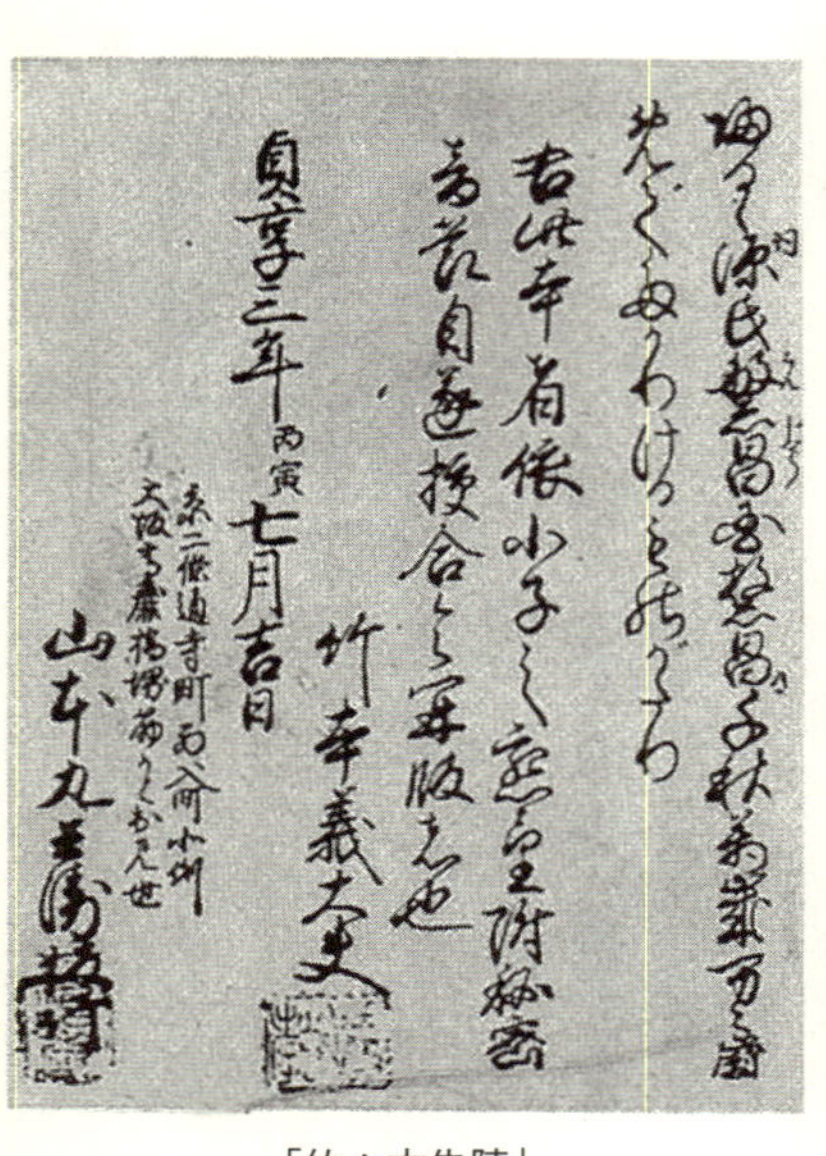

「佐々木先陣」

「三　世　相」

即ち、『佐々木先陣』の末尾数丁の一丁分の字配りをみるに、五十六丁三百三十字（句点は数えない）、五十七丁三百十七字、五十八丁（最終丁）二百九十九字と、漢字使用を増すことによって一丁に書かれる字数が減少していくという、他の正本にはない現象が見られる。これは奥書部分へはみ出している二行分の字数が二十九字であることを考えれば、敢えて二行分のはみ出しを計った字配りであることに気付く。『佐々木先陣』の正本自体の中にそうしなければならない理由がないことから、この二行のはみ出しは『三世相』の奥書の版木を『佐々木先陣』にも利用するためになされた調整であると推察される。無論、『三世相』の本文が奥書の丁へ二行はみ出しているからであり、こうした細工が出来るのは二本共に山本九兵衛版であることによるのは言うまでもない。『佐々木先陣』のはみ出した最終二行分は奥書の版木に埋木をして彫り加えられたとみる。

この二書の奥書が同版であることは、『三世相』の内題下の作者名がいつ埋木されたかという問題に、一つの興味ある答えを与えてくれる。それは『佐々木先陣』に本文、奥書共に同版ながら、原題簽に「竹本義太夫直伝」(大阪大学図書館蔵)とある正本と、竹本義太夫が筑後掾を受領した元禄十一年以降の「竹本筑後掾直伝」(早稲田大学図書館蔵)とある後刷本とが存在することによる。この二本の奥書が共に「貞享三年丙寅七月吉日」とあることは、阪大本『佐々木先陣』を刊行した後、早大本が刊行されるまでこの奥書の版木に埋木等による改訂がなされなかったことを示している。このことは『三世相』の奥書「貞享三年丙寅五月吉日」に戻しての奥書利用がなかった、すなわち、『三世相』が増刷されることがなかったこととなり、その内題下の作者署名の埋木も、この奥書が『佐々木先陣』に利用された「七月吉日」以前になされていたこととなる。五月から七月、この二ヶ月の間に「作者 近松門左衛門」が埋木されたとすれば、その機会として、本文と作者名とが別人の筆跡であることから、版下書きの手を離れた後の初版刊行までか、あるいは、『三世相』が評判を博して、本の売れ行きもよく二ヶ月の間に再版が刊行され、再版時になされたかといったことが考えられる。そのいずれか決め難い点もあるが、『三世相』について当時の評判を聞かないこと、現存本『三世相』の中の早大本については、版面が初版かと思える程鮮明で良好なこと、また、内題下の署名の形式(右肩によせて「作者」を入れる)が山本版の七・八行本では数少なく、『佐々木先陣』を除けば後年の作にしか見られないことから、初版刊行時からこの作者署名がなされていたのではないかと思われる。(3)

『佐々木先陣』を近松の最初の内題下署名ある竹本義太夫正本とする立場から、従来その間の事情を、竹本義太夫は作者近松門左衛門の力量を十二分に認めていたので、竹本座創設後、近松を自分の側に引き寄せるためもあり、浄瑠璃正本の内題下に書き記されることのなかった作者名を著わすことを許可したと説明されてきたが、それは『佐々木先陣』をその最初とする限りでは妥当な説と思われる。しかし、通説に反し『三世相』を近松の浄瑠璃正本における内題下作者署名の最も早いものとする右の結論からすれば、改めてなぜこの時点で埋木までして作者名を著わさなければならなかったかを問わなければならないであろう。なぜなら、『三世相』に版下原稿の段階で作者名が入っていなかったということは、竹本義太夫にその時点で作者名を入れるつもりがなかったということを示しているからである。とすれば、誰が作者名を内題下に埋木までして著わすことを求めたのか。当事者である近松が主張しない限り、そのような状況が起りそうもないのが、当時の芝居の世界における太夫や役者と作者との関係であった筈である。「芝居事でくちはつべき覚悟」をした近松の側から考えてみたい。

二

「近松が作者付」を止めさせたいものとして掲げた『野郎立役舞台大鏡(やろうたちやくぶたいおおかがみ)』（貞享四年正月）の記述を、周知の資料ながら引用する。(4)

ある人の曰(いはく)、よい事がましう上るり本に作者かくさへほめられぬ事じやに、此比はきやうげんまでに作者を書。剰(あまつさへ)芝居のかんばん辻〴〵の札にも作者近松と書しるす。いかいじまんとみへたり。此人歌書か物語をつくらば外題を近松作者物語となん書給ふべきや。

答て曰、御ふしん尤には候へども、とかく身すぎが大事にて候。古(いにしへ)ならば何とてあさ〴〵しく作者近松など丶書給ふべきや。時ぎやうにおよびたるゆへ、芝居事でくちはつべき覚悟の上也。しからば、とてもの事に人にしられたがよいはづじや。それゆへおしだして万太夫座の道具なをしにも出給い、堺のゑびす島で栄宅とくんでつれ〴〵のこうしやくもいたされけるなり。双方わぼくの評に、此人作られける近代の上るり、詞花言葉にして内典外典軍書等に通達したる広才のほどあきらけし。その徳おしむべきは此人と、ほうびあまつて今こゝに云々

この記事は批難、弁解、取りまとめと三鉄輪で展開する評判記の定法を取っている。それ故、この近松の返答を近松自身の口から出た言葉とするのは危険な点もあるが、右のようにきっぱりと言い切った表現には、近松の言辞が背後にあってのこととみられる。

役者や太夫等の芸に慰む芝居で作者が表面にせり出ようとしていることが批難される。浄瑠璃本に書いているだけでもけしからぬ事と思っていたのに、歌舞伎狂言にまで作者名を入れるのは自慢もいい所だと、事実を伝えて作者近松へ悪口を言う。近松の代弁者はまず「古ならば何とてあさ〳〵しく作者近松などゝ書給ふべきや」と、作者名を入れることは「あさ〳〵し」い行為であることを認める。と同時に、この語句から近松は「身すぎ」となる以前には作者名を書くこともなく執筆していたことをも教えてくれる。しかし、今では作者が本業となり、しかも一生の仕事として選んだのだから、この道で成功する為には人に知られるのが大事だと思い、作者名を入れているのだと伝える。言う所、作者署名は近松の強い意志で、職業としての作者を確立させるために、敢えて世間の批難をも甘受する覚悟だということになる。続く「万太夫座の道具なをし」「堺ゑびす島で栄宅とくんでつれ〴〵のこうしやく」は文脈からそれ程涙ぐましい努力をなしていると読めるが、道具を仕舞いに舞台へ飛び出したところで作者名が上るわけでもなく、徒然草の講釈にして

も、京大坂なら知らず堺まで出張してなしたところで、また、栄宅が京で高名な太平記読みであったとしても、当時の街頭での講釈師が多く糊口の業以上のものでなかった[5]ことを知れば、いずれも作者業とはつながらない。「それゆへ」以下は上文に続かず、その意味するところは、評判記が得意とする楽屋落ちとも思える。和睦の評で近松の浄瑠璃を「近代の上るり」とする点が注目されるが、結局のところ「おかしいもの……　近松が作者付」の主意は動かない。

近松の才能や作者としての技量は認めるが、作者名を載せることは好ましいことではないとするのが時代の立場であったと考えて間違いはなかろう。しかし、近松にも、晩年の聞書ながら、「昔の浄るりは今の祭文同然にて花も実もなきもの成しを、某出て加賀掾より筑後掾へうつりて作文せしより、文句に心を用る事昔にかはりて一等高く」（『浄瑠璃文句評註難波土産・発端』）と自負する所があり、それが「近代の上るり」と評価されているなら、自らの才能を「作者近松」という形で標榜することも許されてよいとする客気もあったし、それ位は覚悟をしての芝居作者への道であった、と評判記の記事は読める。

『野郎立役舞台大鏡』が役者評判記という中で、作の内容でなく作者自身についてこれだけの記事を掲げたのは異例としなければならない。評判記に評判されること自体が宣伝になり、逆な意味ではそれなりの好意を得たと受け取ってよいと思われる。そして、この記事のもとには人目を驚かせた近松の活躍があったこと言を俟たないが、それが単なる作者署名ということではなく、職業としての作者を自ら確立しようとする、過去の文芸界で誰もが公言しなかったことだけに、この評判が表わすところの意義は大きい。

三

近松が『野郎立役舞台大鏡』で話題にされた貞享三年頃は、まさに大言ともいうべき語を吐いても不思議のない、近松が自信に満ち溢れた時であった。

貞享元年、[6] 大坂道頓堀に竹本座を旗上げした竹本義太夫は、宇治加賀掾の語り物『世継曾我』（近松門左衛門作）を借用し

> 世継そが。是義太夫出世のはじまり。町中の見物此ふし事になづみぬ
> 　げにうけがたき人のたいを受ながらと　二段目待ッ夜の恨
> 　さりとては恋はくせ物皆人のと　三段目道行
> 立子這子。此二所のふし事口まねせぬ者なし。
> （『今昔操年代記』）

と評判され、『藍染川』『以呂波物語』と続いて、翌二年正月には『賢女手習并新暦』、二の替り『出世景清』を上演する。この時、西鶴作の『暦』『凱陣八島』を得て、京より道頓堀に下った宇治加賀掾と競演するが、出火のため宇治座が退散したことも重なって、大坂に義太夫節の名を高め、当流の地盤を築く。その『世継曾我』は「世継曾我の道行に馬かたいやよとおどり歌入し事相応せず。一番の瑾今聞に汗をながすと三十年前を後悔」（『鸚鵡ケ杣』）すると後に語られるほど、近松自身にとって執心ある作品であったことは、同時に記念すべき自信作の一つであったと考えられ、それを成功させた義太夫に対し、近松も注目したものと思われる。いや、それ以上に義太夫には近松のような作者を身近に得たい置きたいという思いは強かったと思われ、続いて上演した加賀掾の語り物『藍染川』『以呂波物語』も存疑作ながら近松色の強い作である。そし

て、義太夫の出世をも懸けた近松の新作『出世景清』によって二人の提携が表に現れ、以後の新浄瑠璃を導いて行ったことは浄瑠璃史に早くから説かれているところである。一度、表面化した二人の結び付きは一年近くの空白を明けて、

貞享三年五月　　三世相
　　　　七月　佐々木先陣
　　　　十月　薩摩守忠度
貞享四年正月　　今川了俊

と、二三ヶ月毎に近松は義太夫に新作を与えるまでになる。右四作の中、『薩摩守忠度』を除いた三作には内題下に作者署名のある当時の正本が確認されている。[7] 書き上げた作品が舞台で語られる、これこそ作者の本道であり、これ以上に「人に知られ」る方法があろうか。

近松が若い頃から自作を提供してきた宇治加賀掾は「浄るり本に謡のごとくフシ章をさし」（『今昔操年代記』）た八行稽古本を初めて刊行しただけでなく、『竹子集』（延宝六年八月刊）等の節事を集めた段物集をも編み、そこで節章の口伝を公開するなど、斯道の先駆者の役割を果たした太夫であった。しかし、彼の目的は卑しいものと見下げられていた浄瑠璃を、謡のように「人のなぐさむ」（『小竹集・序』）「世にもて興ずる」（『新小竹集・序』）音曲へと引き上げることにあった。それだけに我一流に対する思いは強く、作者を表面に出すような配慮はなく、音曲である浄瑠璃では作者はあくまで従の存在であった。数多くの加賀掾正本には

相当数の近松作が含まれている筈であるが、わずかな例外、しかも後のものを除いて、作者近松と署名されたものはない。「作者としての自立」をめざす近松にとって、加賀掾のこの姿勢が変わらない限り、そのもとで著作を続けることはできない。二人の中は離れていくのは然るべきことである。現に近松は加賀掾のもとから去った。その年次は貞享元年三月の『以呂波物語』の後、宇治座から近松の新作は途絶えるのでそれ以降かと思われる。「万太夫座の道具なをし」も「堺のゑびす島で」の徒然草講釈もそうした頃の逸話でなかったか。義太夫が「近松に縁をもとめ」(『今昔操年代記』)加賀掾と対抗するための作『出世景清』を得ることが出来たのも、背後にこうした事情が絡んでいたからこそと考えられる。『出世景清』の初演当時の八行正本は現在知られていない。その内題下に作者名が書かれていたかどうか不明であるが、『出世景清』の時点ではまだ記されるところまで二人の中は親密ではなかったと思う。それは『出世景清』が成功を納めたにもかかわらず、『三世相』までほぼ一年の空白が二人の間にあることや、『三世相』以後の義太夫と近松との提携作には近松の内題下署名が見られるのに、『出世景清』に続く『三世相』には前述のような埋木による増訂という状況しかみられないことから考える。そして、何よりも『出世景清』の時は義太夫自身が自分の足場を固めることに必死であったことを思うべきであろう。この成功で自信を得たのは義太夫ばかりではなく、『出世景清』に従前にない新しさを盛り込んだ近松も同然であった筈である。自分の歩み出した作者への道がいよいよ現実のものとなってきたことを近松は意識したことであろう。やがて再び義太夫から新作を求められ『三世相』を書くが、そこに一つの賭を求めたのが、内題下に作者署名を入れることでなかったろうか。その意味でも『三世相』は近松にとって重要な意味を持つ作である。

四

『三世相』は「傾城の鏡」（『好色一代男』六ノ二）とまで評判された大坂新町の太夫夕霧の九年忌を当て込んだ追善劇である。しかし、三世相と題するごとく、現世に遊女であった故に三途に迷い、来世で苦患を受ける夕霧の因果を語ることに主題がおかれている。縦筋は南都楽人の狛野左京と一門の近藤兵庫守との、兵庫と左京の北の方との不義を絡めた争いにあるが、むしろ、左京と夕霧の忘れ形見春姫が亡き母を慕って、新町、浄国寺（夕霧の墓所）と母の縁りの地を訪ね、母の亡霊を呼び寄せるという横筋に中心がある。登場人物も目立って動くことなく、事件や事柄が賑やかに舞台に展開する作ではない。嵯峨残秋庵における、もと遣手であった二人の尼静三、知貞の懺悔話（第二）や、夕霧の妹女郎荻野の「けいせいに誠なしと世の人の申せども。それは皆ひがことわけしらずの詞ぞや」で始まる遊女の誠（第三）など、遊女という限定はあっても、現世の人間の苦悩をそのまま訴えた哀愁の深い場面が多い。さらに梓巫女に寄せられ（第三　新町扇屋）、また浄国寺で春姫の前に夕霧を再び登場させ、遊女であったが故に来世で受ける宿業を

いるいゐぎやうの男の形。其執着の眼は青く、恋にこがれてみへたるは身の毛も。よだつてをそろしし。あるひはしゆくんのふけうをうけたちをもすててものゝふよ。ものゝあはれにおちぶれて非人と成しかたちもあり。おやのかんだうかずしらず又はちごなるほうしなる。おゐの名たつも恋ゆへにさいしをすてしものもあり。かげうをわすれゐいぐはにふけり。月にもゆくやみにもゆく。あめの夜も風の夜も身をくるしめしそのむくひ。なんぢがいろなんぢをせめ我がおもひ我をせむ。おもひしらずやおもひしれ。

うらめしのこゝろやあらうらめしのすがたやと一度にばつととりまはす（第三　浄国寺、節章省略。）

などと語らせるのは、華やかな遊女の裏側を余りにも現実的にストレートに表現したものといえる。西鶴は『好色一代女』の「夜発の付声」（六ノ三）で「蓮の葉笠を着るやうな子供の面影。腰より下は血に染て」と、奔放に生きた一代女の零落に重ねて女の性の蔭の悲しい一面をわずかに描くが、それより一ト月前近松は遊女の業の哀れさ自体を正面から見詰めて『三世相』を表わしている。

夕霧劇は、『耳塵集』が伝えるに、夕霧の没した延宝六年（一六七八）正月六日の翌月に上演された世話狂言「夕霧名残の正月」に始まる。その時、夕霧の買手藤屋伊左衛門役を坂田藤十郎が勤めるが、その伊左衛門が坂田藤十郎の持ち芸となったように、夕霧・伊左衛門の形で夕霧劇は展開していく。諏訪春雄氏は貞享元年に上演された「夕霧七年忌」までに組み入れられてきた夕霧劇の要素を七項目掲げられ、その中の四項目が『三世相』に取り上げられていると指摘される。[8] その点では従前の夕霧劇を無視したものでないと言えるが、「皆が伊左衛門を男主人公として描いてゐるに拘はらず、本編『三世相』ばかりが例外になつてゐる、のみならず其他の類作とは余程異つた脚色に出来上つてゐる」という木谷蓬吟氏の言は、[9] 右に述べた点からも素直な感想であろう。何よりも夕霧劇であって傾城買いの場面がないのは夕霧劇から外れたものと言わねばなるまい。近松はむしろ意識的に浄瑠璃のもつ叙情的な語りを活かして、歌舞伎では脚色できない浄瑠璃の夕霧劇をと、大きく発想を転じたのかも知れない。『三世相』の構想が何によってなされたか不明であるが、現実の遊女、一人の人間として夕霧を見ようとしたことは、後の心中浄瑠璃等で描く遊女達と同じ視座に近松の筆があったことを知る。この時期にこうした視点を持つことは評価すべきであろう。近松自身にも新しい夕霧劇に対する自負があったことは、二十年程後の『卯月紅葉』（宝永三年）上巻に巫女の口寄せの趣向を再び使い、『冥途の飛脚』（正徳元年）に夕霧の妹女郎荻野が語る遊女の誠物語をそのまま利用していることから窺い知ることができる。しかし、近松の思いほどに『三世相』が当時評判されなかったことは、『今昔操年代記』が旗上げ時の義太夫の語り物を列記する中に、この作の名が見えないことより知る。それは森修氏の説かれるごとく[10]当時の見物が濡れ場や滑稽味を主とした場面を好んだことにもあるが、それ以上に、近松がこの作に現実的な苦悩を持ち込んだことによろう。気を晴らすために芝居を見物する者にとって、いかに馴染みの夕霧のこととはいえ、それは耐え難いことではなかったろうか。言うなれば、それだけに後の世話物的傾向の強い作であったことになる。上演後の評判は別にして、『出世景清』の成功の後、一年程の空白を経て、義太夫に与えた新作『三世相』には右のような近松の試みがあった。こうした試みをなすことが、「時、ぎやうにおよびたるゆへ、芝居事でくちはつべき覚悟」を導くことであったと思われ、それを表明するために近松が作者名を正本に著わすことを求めても、作者への道にかけた執心からすれば然るべきことであったと思われる。しかし、義太夫がすぐさまそれを受け入れなかったことは既述の埋木による作者署名が語っている。

五

竹本義太夫の竹本座創設に注目し、積極的に支援した人物に正本屋山本九兵衛信重がいる。山本九兵衛は正保頃[11]よりその名が知られる京老舗の正本屋で信重は二代目か。宇治加賀掾の最初の八行正本『牛若千人切』（延宝七年五月刊）を版行したのも山本で、以後引き続き加賀掾の正本を刊行しており、また義太夫との関係も清水理太夫時代の正本『空也正人御由来』（延宝六～八年頃カ）[12]の版行など早くからあった。大坂への出見世は『貞享四年義太夫段物集』に自ら記した跋から、義太夫旗上げ直後の貞享二年前後となる。この出見世が竹本座専属の正本屋としての地盤を作る目的でなされたとしても、義太夫が今後どれ程の成功をみるかなお不測の時期であった。無論、大坂では義太夫等が輩出したように、井上播磨掾の活躍があって浄瑠璃は楽しまれていたが、正本屋が店を構えるところ迄は到っていなかった。それだけ義太夫に期待をかけていたことになるが、しかし、期待するだけでは本屋は成り立たない。売るべき正本を次々と刊行していくためには太夫の活躍を積極的に応援することが必要である。まして義太夫は旗上げしたばかりで義太夫正本というべき正本もない。義太夫を盛り立てるためにも、自らのためにもと思う山本九兵衛にも加賀掾のもとを離れつつある近松の存在が考えられたことであろう。加賀掾の正本を刊行し続けた山本は義太夫以上に近松との付き会いは深かったことと思われる（後の資料ながら、近松の旦那寺廣濟寺に残る種々の遺品や記録は正本屋山本と近松との結び付きが、単なる本屋と作者以上のものであったことを伝えている）。

独立して一座を創った義太夫と作者としての自立を目指した近松とが結び付くのは歴史の必然のように説かれているが、二人の個性や意志が強ければ強いほど却って結び付くことはむずかしいものである。二人の思惑を測りながら相互の利益を一致させる役割がその間には必要となる。その人物として山本九兵衛ほど適当な人物はない。両者を十分に知り、両者からの信頼もあり、両者を結び付けることによって自らも利益を得る人物である。しかも、本に作者名を入れるという感覚や理解は太夫など比ではない。とすれば『三世相』に作者名を入れたいという近松の希望を義太夫に取り持ったのは『三世相』を版行した山本九兵衛自身ではなかったか。それならば『三世相』の内題下作者署名が版下の手を離れた後に埋木で入れられたことも理解できる。そして、そうすることによって得た黙約が続く『佐々木先陣』『薩摩守忠度』『今川了俊』の義太夫への提供ではなかったか。既に浄瑠璃正本の刊行に際し、本屋の働きがいか程大きいものであるか、いくつかの例を見てきている。(13)

おわりに

山根為雄氏は加賀掾の『千載集』『盛久』が義太夫の『薩摩守忠度』『主馬判官盛久』に先行するという従前の説に疑義を出され、『千載集』『盛久』こそ加賀掾による改訂作であると、両者の精緻な比較の上で結論を出された。(14) これは加賀掾から義太夫へという定説化していた浄瑠璃史の流れに逆らうことでもあるが、しかし、流れは義太夫や近松の意志によって着実に変わりつつあったことは否定できない。それを『三世相』の内題下の埋木による作者署名を手掛かりに、近松の側から見たのが本稿であるが、いささか推論を重ねたところがあるかも知れない。だが、近松が都万太夫座の座付作者となったのは貞享三年から九年後の元禄八年（一六九五）と言われる。それまで近松は作者としての道を自分の意志でしたたかに踏み固めようと努力を重ねていたものと思われる。その出発に当たって気負いがあるのも自然であり、それが辞世の文章に読みとれる平安な心と全く異なるのは、スタートとゴールとの違いであろう。

【注】

（1）例えば、昭和60年11月刊の『近松全集　第一巻』（岩波書店）所収『佐々木先陣』も通説に従う。

（2）この場合の流用は、『三世相』の本文（二行分）と『佐々木先陣』の本文（二行分）が異なるので、同じ板木に彫られていた奥書のみ切り取って利用する場合も考えられる。しかし、その場合、最後の二行のために新たな版木を彫り起こさなければならないこととなる。

（3）従来、『三世相』の八行本（山本版）は早稲田大学図書館蔵の一本しか知られていなかったが、細川景正氏旧蔵本が甲南女子大学図書館に納められたことによって二本目が公開された。早大本のみで内題下の作者署名を見ている時、この増訂は埋木でなく、捺印によるものではないかという疑いが私自身にあったが、松平進氏の御好意により甲南女子大本と比べることができ、その疑いは消え、埋木によるものであると確認し得た。他に内題下に「近松門左衛門作」（大阪府立中ノ島図書館蔵『夕霧三世相』十行本・山本六兵衛版）、「作者近松門左衛門」（所在不明『夕霧追善物語』絵入十六行本・版元不明）とする二本が刊行されている。

（4）引用は『歌舞伎評判記集成　第一巻』（岩波書店、一九七二・9）所収の本文によるが、私に句読点を施し、漢字・ルビ等も適宜処置している。

（5）拙稿「太平記読と近世初期文芸について」（『待兼山論叢』第5号、昭47・3。拙著『近世演劇の享受と出版』に所収予定。）。栄宅については加美宏「形成期の太平記読み―『家乗』の記事を中心に―」（『国語と国文学』、昭60・11）参照。

（6）『近世演劇の享受と出版』所収「浄瑠璃史における貞享二年」で大橋は竹本座創設について貞享二年説を提示するが、本論時点では従前の説によっている。

（7）「今川了俊」の原本未見。昭和48年の『古典籍展観目録』（東京古典会）掲載の写真によれば、内題下の署名は「近松門左衛門作」で、奥書も『三世相』とは異なり、『近松浄瑠璃本奥書集成』（大阪府立図書館、一九六〇）では「奥書二十一」、『正本近松全集　別巻一―近松浄瑠璃本奥書集覧―』（勉誠社、一九八〇・11）では〔八一〕に当る。

（8）諏訪春雄「夕霧阿波鳴渡の成立―夕霧劇の展開―」（『文学・語学』23号、昭37・3）。

（9）『大近松全集　第十巻』（大正11～12）所収『三世相』解説。

(10) 森　修「近松作『佐々木大鑑』の意義—竹本座創立当時の義太夫浄瑠璃の問題—」、『大阪の歴史』12号、昭59・3)。

(11) 正保五年（一六四八）三月刊の佐渡七太夫正本「せつきやうしんとく丸」に「二条通　九兵衛」の名が見える。

(12) 信多純一「松浦五郎景近について」(版本文庫7『松浦五郎』解題、国書刊行会、昭49・11)。

(13) 拙稿「茨木屋幸斎一件と海音・近松—『山桝太夫葭原雀』と『傾城酒呑童子』の上演をめぐって—」(『近世文芸』27・28号、昭52・5)。拙稿「『日本西王母』をめぐる問題」(『山辺道』26号、昭57・3。同27号、昭58・3）共に本書所収。

(14) 山根為雄「『薩摩守忠度』等の諸問題—加賀掾と義太夫をめぐって—」(『女子大国文』91号、昭57・7)。

近松の後悔

―一番の瑾今聞くに汗をながす―

一、『世継曾我』と近松

(一)『世継曾我』道行

竹本筑後掾は自ら語った浄瑠璃の道行・景事を集大成した段物集『鸚鵡ケ杣』(上中下三冊、山本九兵衛・九右衛門版)を編集し、自序を正徳元年(一七一一)七月に記すが、その一節に、

…僕が門弟には浄瑠璃の文句の中ならば、謡も歌もうたふとはおもふべからず、語るといふべしとこそをしへ侍れ。いはんや、時々のはやり歌・木やり音頭のたぐひ、面かげはさもありなん浄瑠璃の正体に眼をはづすべからず。世のはやり歌とて半年はやるはまれ成事にて、上方のはやりごと遠国にしらず、いなかのはやり物都路にしらず、上京の事下京に聞えず、天満の噂難波にしらぬ事のみおほし。異国には大きなる御殿ひとつの内にさへ、一日の間気候ひとしからずといへり。はやり事さのみ好ずともあらまほし。世間のはやり事聞出し、浄るりに入んより、手前の浄瑠璃世間にはやる様に稽古有たきものな

り。世継曾我の道行に、馬かたいやよとおどり歌入し事相応せず、一番の瑾今聞に汗をながす、と三十年前を後悔ある作者の心、芸道の執心さも有べきなり。……（濁点・句読点は私に付す。以下、引用文右に同じ）

と、浄瑠璃に対する自らの姿勢と共に、三十年前を後悔する作者の芸道への執心を紹介する。この作者が近松門左衛門であることは筑後掾との三十年に渉る交友から十分に推理されることであり、また『世継曾我』が近松の作であることも定説となっている。

ところで、「世継曾我の道行に、馬かたいやよとおどり歌入し事相応せず、一番の瑾今聞に汗をながす」という近松の後悔とは、具体的にはどういうことを指すのであろうか、また、そのことが近松の三十年に及ぶ作者生活に対して、どのような意味を持つのであろうか、少し立ち入って考えてみたく思う。

天和三年（一六八三）九月に京都の宇治加賀掾が初演し、さらに貞享元年（一六八四）に大坂の竹本義太夫が語った『世継曾我』が、両太夫にとっても記念すべき曲であったことは、『今昔操年代記』（享保十二年刊）に次のように記録されている。

…名人は播磨。上手は加太夫（宇治嘉太夫、受領して加賀掾）也。取分世継曾我より諸人もてはやしけり。（中略）天王寺五郎兵衛といふ名をかへ、竹本義太夫と改め、やぐら幕、まりばさみの内に笹の丸をもん所、今につたへ此まく也。其比は貞享三年、丑の年（貞享二年）にてぞありけり。浄るりは嘉太夫到されし世継そが、是義太夫出世のはじまり。町中の見物此ふし事になづみぬ。

げにうけがたき人のたいを受ながらと　二段目待ッ夜の恨
さりとては恋はくせ物皆人のと　　　　三段目道行
立子這子、此二所のふし事口まねせぬ者なし。（括弧内は私注）

この両太夫の好評は『世継曾我』の作者近松にとっても名誉なことであり、特に、作者への道を歩まんと計る近松には大きな自信となったことと思われる。「馬かたいやよとおどり歌」を入れた三段目の虎少将道行は「口まねせぬ者なし」とまで伝えられている。しかし、近松は後悔の種を残したと言う。その後悔の具体的な検討のため、先ず、『世継曾我』三段目虎少将道行の問題の箇所を左に記す。

…まつ人もたぬかちゞのたび。すゞのしのはらまくずがはら小すげ。よもぎふ玉かづら。をしわけ。かきわけしどろ。もどろに。しるべなく。ぬしなきこまの。馬かたいやよほゝん〱ほ。ほんに〱〱ほにいでゝ。あふ夜もあり〱。まりこ川。…

前段（二段目）は、一向に訪れて来ない曾我十郎・五郎兄弟の不実を恨み、慕い口説く兄弟の恋人虎・少将の「待夜の恨み」で始まり、やがて、富士の裾野での曾我兄弟の敵討の成就と最後が、兄弟の郎党鬼王によって知らされる。そして、鬼王に代って虎・少将は兄弟の形見の品々と馬一頭を、曾我の里の兄弟の母に届けることとなる。この場面は三段目の冒頭のその道行の途次である。張り詰めていた虎・少将の恋慕の情は一転して悲嘆に沈み、辿る道筋の目にふれるもの、身の側にある品々、全てが兄弟への追慕の縁となり、歩みはかどらぬ道行である。

自分達を待ってくれる人もいないのに、ただ歩み行く旅の道は、篠の小竹が生え、葛の葉や菅や蓬草（よもぎぐさ）やかづらが一面に生い繁り、歩み難い道である。それらを押し分け、掻き分けながら、あちらへ迷い、こちらへ迷いして、道しるべもない道なき道を進み行くが、引き連れる馬もその主人十郎を失ってしまっている。主のいない馬を引くのはいやだ。ほゝんくほ。ほんにくく、稲の穂が表れ出るように恋しさが増して、睦まじく逢う夜もあったことが思い出される。ありくと鞠子川の…と募る思いと悲しみが、夢と現実とが交叉するような道行の中で綴られていき、そこに「おどり歌」の一節「馬かたいやよほゝんくほ」が挿入されるのである。

この踊り歌自体は、『世継曾我』の一年前に上演された山本角太夫の『弁才天利生物語（べんざいてんりしょうものがたり）』の五段にも用いられている。その正本には本文中ではなく、挿絵に接待の場の情景として、「とうせひをとり」の

千両とるともしいく　むまかたいやよ　ほゝんくほ　むまかたいやよ　よいくよい　こしにはまびしやく　やつとまかしたしやう　つぼくくくしつちよんく　てにはまたくつはどうくや　月のみやこをふらねばないよさ　どうした　しんていしほがない　とまりじやこざらぬか　ありはゑびすつつたの　めでたやくおめでたや

の歌詞と共に、四人ずつ向い会った若衆達の軽かに足拍子を踏み、踊る姿（「おどりかた」）を描いている。正にそのままの当世踊りの流行（はやり）歌の挿入である。とすれば、前引の筑後掾の自序「はやり事さのみ好ずともあ

らまほし。世間のはやり事聞出し、浄るりに入んより、手前の浄瑠璃世間にはやる様に稽古有たきものなり」の文脈を承けた当該の近松の後悔は、『弁才天利生物語』の例とは異なり、つい流行歌の一部を入れてしまったことに対する反省の言葉とみることもできる。しかし、「おどり歌入し事相応せず、一番の瑾今聞に汗をながす」と言った、「相応せず」の説明にはそれでは不十分である。また、「三十年前を後悔ある作者の心、芸道の執心さも有べきなり」からは、三十年の作者生活の上に立って、過去の作品を振り返り、真正面から捉え直した近松の浄瑠璃に対する執心を指摘することができ、その場限りの単なる反省でなかったと推察される。改めて、「相応」しない「一番の瑾」の内容と、この「後悔」がいつの時点でなされたかを問い直してみたい。

浄瑠璃の曲節からはこの場の小歌の挿入をどのように解釈することができるか、私見を述べてみる。「ま（ウ）くずがはら小すげ（小ヲクリ）。よもぎふ玉（ウ）かづら。をしわけ（ウヲクリ）」と足元おぼつかない道の運びを、「ウ」で少し浮かせて、「小ヲクリ」で「小すげ」を低くゆるやかに語り、また、「ウ」と「ウヲクリ」で高めるという、派手さが目立たぬ程度に旋律に変化を持せながら語り、「しどろ（フシ）。もどろ（ハル）。しるべなく（フシ）。」で「フシ…ハル…フシ」の節付と句点とによって、頼りなく歩む姿に強調を与え、虎・少将の恋人を亡くした心の揺れを、この歩みの節付に託す。その悲しみが恋しい男の愛馬に向けられた時、「ぬ（中）しなきこま（ハル）の」と「なき」が「ハル」で一層強められ、二人の思いが残された馬に集中される。この悲嘆が「馬かた（ハル）いやよ…」の小歌の挿入によって、この歌の持つ踊り歌の特色からして(1)、一転して「あふ夜（ハツミ）もあり〱」と弾んだ情緒へと向う。この展開は沈んだ気持を次の虎・少将と十郎・五郎の楽しかった逢瀬の思い出を点出させる場へ導く、意図的な変化を計ってのものと思われ、それなりの理由を伴ったものとみることができる。『世継曾我』を最初に語った宇治加賀掾は自らの浄瑠璃に歌謡を多く取り入れていることは、既に高野正巳氏が指摘されている(2)。加賀掾も「浄るりの中へ外の音曲入るとても。それへうつる所。又それより浄るりへうつる音。木にたけをつぎたるやうにてはせんなし。とかくうつりをよく〳〵工夫稽古有べし」（『竹子集（たけのこしゆう）』・序）と、語り方の工夫を説いて他の音曲を取り入れることを否定しない。

加賀掾正本『因果物語（いんがものがたり）』道行（延宝六年刊『竹子集（たけのこしゆう）』所収。正本未見）では

　ハルかゝるせいじん。けんじんも。中はたとまよふは。子かのウタ〳〵かのこ〳〵こかの〳〵こ。わらはゞ。ウヲクリわらへ

と子に迷う夫婦の悲しみの中に小歌の一節を入れる。さらに少し後の曲（元禄初年頃上演）であるが、脇方簽に「作者近松門左衛門」とある竹本義太夫正本『日親上人徳行記』(3)第三の「法の駒虎菊丸道行」にも、

　…ゆん手にしげるまきひばらめてに。ハツミこだかきまつかしは。キンハルほだいじゅたらじゅと。フシをしわけていや引かへす。ウあしげのこまウしだりおの。しだれもまれてはら。ハル〳〵。はつときへたるともし火にけしとむウたづな引とめて。ハルなきかとみればありフシ〳〵と…

と、虎菊丸が仏道修行の為、野飼の馬に乗り、牧童に引かれ中山寺へ向う道行に、「虎少将道行」と同じように釈迦入山の故事を引用した後、道を押し分け掻き分け進み行く悄然とした気分を転換させるのに、『世

継曾我』でも使用する、「あり〳〵（フシ）」と気の弾みを導く語を近松は再び取り入れている。引用の二曲と「虎少将道行」の話題の場面とは内容は少し異なるが、加賀掾の曲節のあり方からは、「馬方いやよ」の流行歌の挿入は特異な例とみることはできないであろう。殊に節付については語る太夫の好みもあり、『世継曾我』上演の天和三年の時点で、加賀掾が自ら語る浄瑠璃に対して、どれ程の注文を作者近松に付けたかは不明であるが、少なくとも曲節の上では問題はなかったと思われる。むしろ、この道行に踊り歌を入れたのは、後悔の言から近松の発案と考えられ、加賀掾の同意も得た上でのことであったろう。『弁才天利生物語』の例からも、時流にうまく乗ったとも言え、近松も内心誇るところがあり、その得意が反って後年の深い後悔を導くことになったのではないかとさえ推測させる。とすれば、「おどり歌入し事相応せず」と言った後悔は、曲節面でのことではなく、作品の内容の問題として検討しなければならないこととなる。

「虎少将道行」の主題は虎・少将の亡き十郎・五郎への追慕と悲嘆にある。この愁いの情緒が語り続けられる中で、「馬方」の小歌の箇所のみが騒がしい雰囲気を一瞬醸し出す。虎・少将の心情の統一という点からは破調であり、悲しみは後退させられる。「一番の瑾」として作品の内容からは先ずこの点が考えられる。しかし、道行の面白さが曲節の変化や言葉の移りの調子の好さにあることを思えば、また、当時の加賀掾が歌謡を利用する傾向にあったことを知れば、内容もさることながら、この箇所にあっては流行歌を取り入れた曲節の変化に近松の目があったとみるべきであろう。しかも、結果として、この道行を初め『世継曾我』は好評を得ている。この破調も当時の近松が気に止める程の内容上の瑾ではなかったであろう。後悔の深さは自ら気付かなかった度合が強ければ強い程深くなるものである。当初より気付くような誤りであれば三十年後に改めて後悔することはない。そこを三十年後に敢えて後悔するのは、近松の浄瑠璃に対する考え方が

『世継曾我』の時代と大きく変化していることを示唆するものではなかろうか。

『世継曾我』が浄瑠璃史上画期的な作であることは既に諸氏の指摘がある。内容・詞章共に優秀なこと改めて述べるまでもないが、初段の御狩揃え、第二段の待夜の恨み、第三段の虎少将道行及び十番切、第五段の風流の舞、と各段に節事・景事を配した趣向豊かな構成は、戦闘場面こそ欠くが、朝比奈三郎の活躍にみる金平浄瑠璃的要素も加わって、当時の浄瑠璃が持つ様式の全てをも備えている。そして何よりの特色は、歌舞伎の傾城事に倣う「当代の遊里生活及びその情調を曾我物にとり入れた」と高野正巳氏が指摘される[4]、新しい曾我物の誕生にある。この廓情緒と朝比奈の起用によって『世継曾我』は、覇者頼朝の寛仁慈悲の心を欠く、苛酷な伊東一族への報復とそれに対する兄弟の対決という、『曾我物語』やそれを真面目に継承した古浄瑠璃『曾我物語』の構図を、「しゃれた喜劇、傾城曾我物語」へと転換させ、「歌舞伎狂言作者の作った浄瑠璃」へ変貌させたと説かれたのは和辻哲郎氏であった[5]。近松が『世継曾我』を創作するに当って、初段は『曾我物語』に依拠しながら、『曾我物語』や古浄瑠璃から離れることを意図していたことは、虎・少将を語りの中心に用い、二人の曾我兄弟への恋慕と悲しみを、兄弟の新たな敵新開荒四郎・荒井藤太を討つという縦筋以上に拡大し、女性の側からみた曾我物語後日譚に仕上げた点からも十分に察知することができる。そのために近松の取った手法が、歌舞伎の廓場やその所作の利用であったことは、高野・和辻両氏の評釈の通りであるが、その利用が浄瑠璃の一場面を構成する迄に到らず、情緒的な雰囲気を虎・少将の思いや所作事を通して語り操られるのに止まっているのも、また、その通りである。ここに当時の近松の浄瑠璃作者としての技量を、歌舞伎との関わりにおいて、どのように位置づけるかという課題が生じてくる。

貞享四年（一六八七）刊の『野郎立役舞台大鏡（やろうたちやくぶたいおおかがみ）』に近松の評判が載ることは周知のことである。役者評判記に作者が評判されること自体不思議な現象であるが、まして、その内容が浄瑠璃作者としての近松の技量を称えるにあっては、役者評判記の内容を逸脱すること甚だしいといえよう。もっとも、当時の近松が浄瑠璃作者兼歌舞伎作者であったが故の記事であるが、この記事によって近松の生活の中心が歌舞伎にあったことが教えられる。しかし、作者としての存在を知られるために「万太夫座の道具なをしにも出」るのは、近松の歌舞伎作者生活がまだ日浅いことを物語っていると考えられる。なぜなら、『世継曾我』執筆から貞享四年までの近松の活動は、後述するように、浄瑠璃作者としてのみ記録されているからである。近松の歌舞伎に対する知識はむしろこれから大いに吸収され実っていくものであり、『世継曾我』に見られる傾城狂言の要素が前述のような傾城事の情調の取り込みに終っているのも、この事情を示すものと思われる。「昔の浄るりは今の祭文同然にて、花も実もなきもの成しを、某出て加賀掾より筑後掾へうつりて作文せしより、文句に心を用る事、昔にかはりて一等高く」（『浄瑠璃評註難波土産・発端』）と往年を回想する近松の言説は、「此人の作られける近代の上るり、詞花言葉にして、内典外典軍書等に通達したる広才のほどあきらけし」（『野郎立役舞台大鏡』）によって確認し得るが、これがこの当時の近松の精励の方向であった。『野郎立役舞台大鏡』の批評も歌舞伎作者としてではなく、浄瑠璃作者近松を念頭においたその文才と博識への賞讃である。この近松の立場からは、『世継曾我』を「歌舞伎狂言作者の作った浄瑠璃」と言うのは贔屓の引き倒しになろう。近松が詞章に求めた方向は、浄瑠璃の格式を高めようと積極的に努力した宇治加賀掾のそれと同じであり、この二人が協力して成った『世継曾我』の歌舞伎的な遊里の情緒の面のみを強調するのは控えなければならない。確かに、第五の「風流の舞」など歌舞伎的な華やかさが目立つ。この「風流の舞」を同じ加賀掾の『東山殿子日遊』（延宝九年正月）の第五「風流の舞」と比べれば、『世継曾我』のそれが全段の筋展開の上で位置するのに対し、『東山殿子日遊』の場合は、それ以前の浄瑠璃のとった嵌め込みの手法であり、一曲の祝言としての付け物的見せ場でしかない。『世継曾我』はそこに舞う虎・少将の心情が筋全体との絡まりによって伝わり、景事が作品に膨らみを与えるという効果を持ち、一曲の結びとしても納まっている。しかも、この「風流の舞」が歌舞伎の廓情緒を髣髴とさせるものであることを思えば、浄瑠璃の中に歌舞伎的情緒を融和させた早い成功例であったといえる。しかし、あくまでもそこにあるのは、遊客と遊女との手管や口説の生臭い遊女買いの場面ではなく、虎・少将二人の歌舞による遊里の情景である。言うならば、遊里の外側のみの利用である。語り物の人形浄瑠璃に生身の人の芸の歌舞伎を取り入れるための工夫として、その感覚的情緒のみを浄瑠璃と異なる雰囲気を醸し出すために利用したといえよう。作劇の技法として、これと同じことが「馬方」の踊り歌の挿入にもいえる。『弁才天利生物語』での利用は単なる嵌め込みの付け物であるが、『世継曾我』は道行の中へ一部分のみを入れ込むことによって、前述のように雰囲気を変える繋ぎとして、その音曲的な効果を利用している。自らの浄瑠璃に異質な歌舞伎や歌謡を利用するに当って、それをそのままの形で用いず、その異質性を際立たせながら、都合好い形でそれらの特色の一面を取り出し利用するという両者に共通の手法が窺える。これは利用するものに対して十分な理解がなければ「木にたけをつぎたる」ような恐れがある方法でもある。一時的にそれが成功しても、後に悔みを感じるのはこの理解が不十分であったことになる。しかし、当時の近松は『世継曾我』のこれらの箇所について、そこ迄考える必要もないことであった。世評高い『世継曾我』の瑣細な歌謡の挿入が近松に反省を強いるような状況も理由もなかったからである。「時ぎやうにおよびたるゆへ、芝居事でくちはつべき覚悟也。しからば、とてもの事に人にしられたがよいはづじや」（『野郎立役舞台大鏡』）と宣言し、ひたすら前進しようとする近松が示す覇気と自信の様子からは、なおのこと、この道行に対する後悔など全く入る余地は無かったことと思われる。

(二)『世継曾我』以後

『世継曾我』以後の近松の作者としての活動は、宇治加賀掾から次第に遠ざかり、新進の竹本義太夫のために浄瑠璃を作ることに励む。義太夫への書下し第一作『出世景清』（貞享二年）に続いて、『三世相』（貞享三年五月）、『佐々木先陣』（貞享三年七月）、『薩摩守忠度』（貞享三年十月）、『主馬判官盛久』（貞享三年十月から十二月までの間）、『今川了俊』（貞享四年正月）、『津戸三郎』（元禄二年）、『烏帽子折』（元禄三年正月）と二人の提携は進む。『三世相』を除き、いずれも『平家物語』や謡曲・舞曲等の古典的な素材を利用し、その創作手法も、演劇用語でいう「世界」[6]に登場する中心的な人物（主人公）を軸に、その人物に関係した事件を挿話的に拡大して、五段を構成するという方法がとられている。挿話的というのは、対立した人物関係が引き起こす事件が主筋となって、緊張した劇展開が最後までその対立によって導かれるのではなく、主筋から外れたところに適当な人物が配され、主筋の対立をその人物達が受け継ぐような形で筋を運び、次の場が構成されていることをいう。そのため、敵役に当る人物も直接主人公と抗争することは少なく、後の端敵のような存在で、部分的な狂言廻しの役割をなすに止まっている。例示すれば、『佐々木先陣』の場合

　佐々木盛綱と敵対するのは次兄広綱であるが、二人が直接争うことによって筋は展開しない。むしろ、第二に盛綱と塩焼藤太夫の妻と娘達（待宵・時雨）との恩讐が設けられ、それは一旦解決される。しかし、第三で広綱の奸計によって再び待宵・時雨と盛綱との対立を生むが、それによる両者の葛藤は用意され

ず、北脇文太や次弟高綱によって広綱は破滅し、事件は終局となる。その間、第三の待宵・時雨の男の姿にやつしての道行や第四の芦刈や萩の前の忍びの段など節事や滑稽な場があるが、それらはむしろ横筋的な展開になる。

また、『薩摩守忠度』の場合、

忠度と敵対するのは当初道善であるが、忠度に代って六弥太が道善と対立し、両人の対立が話の展開を導くことになる。特に前半は忠度の文武両道の名誉ある振舞と第三の忠度をめぐる男女の契り（忠度・菊の前）、恩義の契り（忠度・三日月、忠度・六弥太）に加えて、衆道の契り（弥五郎・盛俊）の場で、忠度の最後となり忠度に関連した話は終る。第四、第五は六弥太と道善の高名争いという別筋に発展し、菊の前の道行・出産（滑稽）、銘尽しの節事と横筋での拡がりで繋ぎ、寂蓮等の登場によって争いの結末をつける。

これら北脇文太の活躍、待宵・時雨と萩の前の恋路、六弥太と道善の高名争い、寂蓮の活躍等を挿話的といい、広綱や道善を狂言廻し的な端敵とみるのである。こうした筋の展開の中に「浄瑠璃大概」（『貞享四年義太夫段物集』）にいう五段の付り、恋・修羅・愁嘆・道行・問答が適宜嵌め込まれて、一曲の変化が計られているのである（一二九頁附図参照）。これらは『世継曾我』の方法と異なることなく、朝比奈や荒四郎・藤太の役割も同種のものである。ただ、『世継曾我』と比較すれば、これらの作品は、題材の問題もあるが、『世継曾我』の持つ当世風のしゃれた華かさ（廓的、歌舞伎的な情調）を、詞章からも舞台面からも出来る限り捨て、題材の主題を外さない程度に、横筋への拡がりを計りながら、浄瑠璃としての新鮮さを恋・修羅・愁嘆・道行・問答の形で受け止めてまとめようとしている。この傾向をより鮮明に出しているのが、大坂新町の太夫夕霧の九年忌を扱った追善浄瑠璃『三世相』である。歌舞伎での夕霧狂言が夕霧と相手の大尽藤屋伊左衛門との廓場が重要な場面となっているのに対して、『三世相』は歌舞伎的な廓場を設けず、お家騒動を一応縦筋に置きながら、現世での華やかな遊女夕霧が、それ故に来世で苦患を受け、愛憎の業の重さを語る、という殊更(ことさら)人間の内面を描き、夕霧への追善をなす。『世継曾我』に持ち込んだ「当代の遊里生活及びその情調」自体が舞台となるべき話ながら、敢えてその展開や拡大を避けた創作であった。『三世相』の扱う情愛が北の方の密通であったり、遊女の恋物語であったり、そこに原罪的な暗さを潜めるだけに、一層華やかな場があってもよいと思われるが、それは第四の尼静三・知貞を男と取り違える滑稽や第五の祝言的な場で済まされている。語った竹本義太夫の嗜好がどこ迄入れられているかは不明ながら、近松の浄瑠璃が『世継曾我』の時に比べて、より一層詞章の味わい、情緒の統一に向っていると思わせる作風である。このことは『世継曾我』の延長線上を歩みながら、技法的にも浄瑠璃をどのように構成すべきかという点に対して、近松の姿勢がはっきりと固まってきていることを現している。ただ、こうした図式で近松の浄瑠璃の傾向を把握すると、『出世景清』はこの図式に嵌まらない異色作と思われそうであるが、『世継曾我』と『三世相』以後の作品との間に『出世景清』をも位置づけることができる。確かに、『出世景清』のように各段を通じて景清が登場し、その一段一段が時・処・景清に対する人物が入れ代わることによって独立した場を作りながら、景清と景清をめぐる人々との葛藤が連続する緊密な五段構成は他の作にはない。しかし、景清と頼朝との対立という縦筋の二者の対決ではなく、横筋の景清をめぐる小野の姫、阿古屋との二人の女性の話に発展させていくのは、『世継曾我』で虎・少将を登場させたことと同じであり、この二人の女性の一人の男性をめぐる葛藤は後の『佐々木先陣』における待宵・時雨、『主馬判官盛久』での常夜の前・あけぼのへと受け継がれていくものである。ただ、景清をめぐる人々の葛藤が直接に景清をも巻き込む、第四の阿古屋の後悔とそれに続く子殺しのような場は、他の作にはなく、『出世景清』を異色な作とする。それも、女性の愛情の一つ嫉妬を、自分自身で抑制しきれない心として語らせているのは、女性の持つ愛憎の業を取り上げた『三世相』への道筋を思わせる。人間の内面の深さの表現はなお浄瑠璃の方が優れていて、歌舞伎ではまだ求められないものを近松は浄瑠璃に得ていたといえよう。つまり浄瑠璃の持つ特色は詞章の織りなす語りの情緒にあり、それは外形の上に表われない人間の内面の情を伝えることができるという近松の自覚がこれらの作品を著したと思われるのである。

こうした自覚のもとで浄瑠璃を創作するに当って、見物の感を取らんと、作劇法として、舞台面の華やかさを出すために歌舞伎的な場や他の音曲を用いても、それらは異質なものであり、その利用の評価はその異質性がその場面でどれ程際立っているかによって決まると、当時の近松は認めていたように思われる。無論、それは筋や場面展開の上で不自然さを持たせない範囲であるが、この視点から改めて『世継曾我』のそうした場面を省みると、それらは前述のように成功している例と言うことができる。貞享期の近松の浄瑠璃に対する活動と認識のあり方を右のように解釈する限り、『世継曾我』三段目虎少将道行に不足を言い立てる理由は何も無い。近松の言う後悔を見出す兆しはこれ以後の近松の作者生活二十余年間の中から探さなくてはなるまい。

（附図）天和・貞享期の近松作浄瑠璃の構成

	第一	第二	第三
世継曾我 天和3・9	曾我兄弟の最後 御狩揃え 荒四郎・藤太、新たな敵となる	鬼王・団三郎の意地立て 虎・少将待夜の恨み〈恋〉	虎・少将道行 虎・少将十番切〈修羅〉 母の嘆き、祐若の登場 〈愁嘆〉
出世景清 貞享2	景清の紹介・奈良へ出発 手斧初めの儀式 景清の奮戦・逃亡〈修羅〉	景清、阿古屋のもとへ 阿古屋の嫉妬、十蔵の訴人〈恋〉 景清、清水寺で奮戦〈修羅〉	小野の姫道行 小野の姫拷問 景清の捕縛
三世相 貞享3・5	左京の東下り 兵庫、北の方と不義〈恋〉 六郎左衛門の奮戦、春姫逃げる〈修羅〉	静三・知貞の懺悔物語 夕霧の思い出話 兵庫の襲撃〈修羅〉	遊女の恋物語〈恋〉 神子の口寄せ 夕霧の亡霊〈修羅〉
佐々木先陣 貞享3・7	盛綱・広綱の手柄争い。 盛綱、待宵・時雨と出会う〈恋〉 盛綱、藤太夫殺害 盛綱、先陣の手柄〈修羅〉	藤太夫後家・待宵・時雨の愁嘆〈愁嘆〉 盛綱、恩讐を解決	広綱、盛綱を陥し入れ、後家を捕える 待宵・時雨道行
薩摩守忠度 貞享3・10	忠度、撰集への望み。 忠度、六弥太と約束。道善の邪魔 忠度、菊の前と口舌〈恋〉	一の谷名所尽し 三日月・あけぼの、忠度からの恩義に密命を明かす	忠度の最後〈愁嘆〉 衆道の契り 男女の契り 恩義の契り
主馬判官盛久 貞享3・10〜12	盛久、常夜の前を誤解、あけぼのと夫婦約束 常夜の前の貞節〈恋〉 盛久、常夜の前に代わり、弥太郎に捕わる	あけぼの馬子唄 あけぼのと常夜の前、夫を争う〈恋〉 常夜の前、身代りに死ぬ〈愁嘆〉	宗重、弥太郎等を讒言 菊の前・法性覚の登場 蓮生、宗重を追払う
今川了俊 貞享4・1	了俊、青砥を執権にする 青砥、貞広に辱めらる	了俊の死、貞広の謀叛 大導寺、貞広の勧誘を断る	仲秋、千鳥の前と口説〈恋〉 荒川・大導寺・青砥、貞広を討つことを誓う

	第四	第五	縦筋の対立	横筋の慕情	筋の運び手	敵役
	鬼王・団三郎和解 虎・少将・朝比奈、荒四郎・藤太を討つ	風流の舞	鬼王・団三郎↔荒四郎・藤太	（十郎・五郎）＝虎・少将	朝比奈	荒四郎・藤太
	小野の姫の貞節 阿古屋の後悔と子殺し〈愁嘆〉 景清の牢破り	景清の首実検（観音の霊験） 景清の助命 錣引き	景清（平家）↔頼朝（源氏）	景清＝小野の姫・阿古屋	景清	十蔵
	春姫道行 文車〈恋〉 兵庫捕縛	夕霧の顕賞 夕霧の供養	左京↔兵庫	春姫＝夕霧	春姫	兵庫
	芦刈 萩の前の忍び 盛綱、誤解を解く	文太の活躍 広綱、討たれる	盛綱↔広綱	盛綱＝待宵・時雨	文太	広綱
〈恋・修羅〉	六弥太・道善の高名争い 菊の前道行 寂蓮介抱し、菊の前出産	道善、偽上使を派遣 銘尽し 道善、討たれる	（忠度）六弥太↔道善	忠度＝菊の前・三日月	寂蓮	道善
	蓮生、弥太郎に報告 法性覚・菊の前道行 比丘尼地獄の絵解き	盛久の処刑（観音の霊験） 宗重、悪事露見 源氏大系図	（盛久）弥太郎↔宗重	盛久＝常夜の前・あけぼの	蓮生	宗重
	千鳥の前道行 結城、貞広の追手を追払う	荒川等三人再会 仲秋が挙兵、貞広滅ぶ	仲秋↔貞広	仲秋＝千鳥の前	青砥	貞広

（注）——は道行・景事などの節事を示す。

（補記）大橋は『近世演劇の享受と出版』所収「浄瑠璃史における貞享二年」で竹本座創設について貞享二年説、『出世景清』貞享三年上演説を提示するが、本論時点では従前の説によっている。

二、歌舞伎作者近松

(一)『一心二河白道』

貞享期に竹本義太夫へ浄瑠璃の新作を次々と書き与えていた近松門左衛門は、その理由は不明であるが、[7]歌舞伎界へ作者として身を置く。「時ぎやうにおよびたるゆへ、芝居事でくちはつべき覚悟也。しからば、とても事に人にしられたがよいはづじや」(『野郎立役舞台大鏡』)はこの時の覚悟を述べたものであろうが、同じ芝居事とはいえ、浄瑠璃と歌舞伎とでは作者の立場からしてもその差違は大きい。しかし、近松が歌舞伎界に迎えられたのは浄瑠璃作者としての実績と文才を認められてのことであろう。それだけに、浄瑠璃で発揮された才能が、歌舞伎の中でどのように開花するか、自他共に期待するところがあったと思われる。

近松の歌舞伎界での活動を具体的に知るには、その著作する現存の狂言本によるのが一番であるが、近時紹介[8]された道化役者兼作者金子吉左衛門の『金子一高日記』によって、「作者近松門左衛門」と署名ある狂言本も近松の単独作とするには問題であるとされる。[9]歌舞伎のこと故、その上演までには座本を始め、金子吉左衛門のような役者兼作者が同座しておれば、それらの人の手がかなり加えられていることは既に知られるところである。作者の仕事はそうした人達の意見を聞き、まとめあげ、台帳を作ることであり、元禄期の絵入り狂言本がその筋書き程度のものであっても、狂言本の内容に関しては作者署名をした者が執筆の責任を持たなければなるまい。問題は近松の作者署名のある狂言本を通して、近松らしさをいかに見出していくかにあろう。そのために近松の作者としての出発点であった浄瑠璃の影響が、彼自身の歌舞伎作品に、どのように現れているかを見るのも一つの方法と考える。

現在知られる近松の歌舞伎作品の初作は元禄六年（一六九三）春上演の『仏母摩耶山開帳』（京都座　座本山下半左衛門）であり、狂言本も残る。その荒筋は省略するが、この作には、場面として、また、人物の描き方に、近松が著した浄瑠璃との関係を指摘することができる。

第一「六田家下屋敷」[10]の場で、六田家の御台（玉川三弥）が傾城高橋（霧浪千寿）を身請し、傾城の風や恋の様子を学ばんとする。これは御台が傾城に心を奪われている夫六田掃部（坂田藤十郎）の気を引くためであるが、こうした大名家の妻女の遊女への関心は、『世継曾我』第五で頼朝の御台が「けいせいの恋路のしないとなつかしく見まほし」と頼朝に訴訟し、「ふうりうの舞」へと舞台を繋ぐ場と類似する。また、この場で高橋が「皆いつはりのことのは、あゝおそろしや。けいせいの身程あさましい物はない」と傾城の勤めについて語るのは、狂言本の簡略な記述の中でかなりのせりふが書き留められており、近松の文辞を思わせると共に、『三世相』で夕霧の妹女郎荻野が語った「傾城の誠物語」と同じ趣向である。さらに、第二「室津の別当屋敷門前」の場で、掃部と馴染み、子までなした室津の遊女異国（岩井半次郎）が、遊女屋の親方と奉公の年季が明いた、明かないで公事（訴訟）をしていると話される場面がある。これは幇間の源兵衛（天井又右衛門）から掃部へ説明として語られるだけで、公事の場が舞台で演じられているのではないが、この一件に対する狂言本の説明は丁寧である。苦界に身を沈めた遊女がやっと勤めの年季が明いて自由な身となり、子まで設けた恋しい男と一緒になれると喜んでいたところ、なお、五年の年季があるという。自身には全く憶えのないこと故、親方との間で公事に持ち込む。しかし、母親が病気の時、兄五郎介（金子吉左衛門）が、五年の年季を自分の知らない間に増して、借金したことが判明し、公事に破れる。異国の再度の勤めは『仏母摩耶山開帳』の筋展開の上で、次の掃部と異国との口説の場として廓場を置く上には重要ではあるが、公事そのものは後の筋に全く関係しない。しかし、見物（読者）はこの一件によって、自分の立場を積極的に主張する異国という遊女の性格と、その背負っている現実（芝居の中ではあるが）とについて、強い印象を与えられる。

敗訴の後の異国の怒りと行動を狂言本は「ゐこくはゐゝ口おしや、はら立となげきかなしむ。兄のあはう（五郎介）もかなしや、と取付をつきたをしかへれば」と簡明に記す。この異国の姿は、『出世景清』第二で、小野姫から景清に届けられた手紙「かねく〳〵聞しあこやといへるゆう女に御したしみ候か。みらいをかけし我ちぎり、いかゞわすれ給ふか」を読んだ阿古屋が「うらめしや、はら立や、口おしや、ねたましや。恋にへだてはなきものをゆう女とは何事ぞ」と、嫉妬と共に遊女故に疎外される人間性を知り、それに対してぶっつけた怒りの姿と同質のものと言えよう。この公事の場で登場する異国は歓楽の座の花としてもてはやされる遊女ではなく、現実を背負った一人の女である。歌舞伎の中で演じられてきたこれまでの遊女とはこの点大きく違っている。これは近松がそれまでに浄瑠璃で書き続けてきた遊女、即ち、遊女という境遇にあっても一人の女として誠や意地を通した虎・少将（『世継曾我』）、阿古屋（『出世景清』）の投影であると見ることができよう。歌舞伎の華かな舞台であっても、そこに現実的な人間の一面を見せる、それは浄瑠璃の持つ特色「人間の内面の情」の表現を、「人の芸」に置き換える有効な方法であったと思われる。異国のこうした性格が登場の最初に印象づけられてこそ、その後の掃部の浮気（異国の誤解であるが）への嫉妬と掃部の冷たい仕打ちに対する悲憤から、我が子に喉を突かせて倒れる烈しい気性も理解されるのである。浄瑠璃で培った近松の人間の内面の情の表現が、狂言本を通して見る歌舞伎の舞台ではあるが、そこでも活かされていたと見ることができよう。浄瑠璃作者近松の作った歌舞伎の特色をこのように見た時、それがどこまで有効に働くことができるのか、役者との絡みから考えなくてはなるまい。

役者の役柄や芸の持ち味を考慮せずに狂言を作っても歌舞伎は成り立たない。歌舞伎作者の狂言作りには一座の役者をいかに使うかということが第一となる。そうした近松における作者と役者遣いとの関係を、当面の浄瑠璃と歌舞伎との問題をも含めて考えるために、古浄瑠璃『一心二かびやく道』(11)（伊藤出羽掾正本　寛文十三年）を歌舞伎化した『一心二河白道』（京　都座　座本　坂田藤十郎　元禄十一年四月九日初演）(12)を例に取り上げる。この『一心二河白道』が上演された元禄十一年四月は、都座と櫓を並べる早雲座（座本　山下半左衛門）では『けいせい浅間嶽』が正月二十二日以来の上演を続けており、江戸下りの中村七三郎の人気上昇とともに大評判を得ていた。『一心二河白道』の評判は残されていないが、「浅間嶽」に対抗して一ヶ月半強の上演を保った実績からみて、また、狂言の内容からして、『一心二河白道』はよくできた作と言える。『金子一高日記』によれば、三月十六日より金子吉左衛門と近松との間で狂言の相談が始まり、度々の相談に加えて、座本坂田藤十郎や大和屋甚兵衛等の一座の中心的な役者達の意見をも入られ、まとめられたのがこの狂言である。現存の狂言本には「作者　近松門左衛門」とあって、金子の名は表に出ていない。古浄瑠璃『一心二かびやく道』は近松作ではないが、浄瑠璃に精通した近松が、その知識と経験を活用して、役者達の意見を聞き入れながら、座付作者として歌舞技への改作をまとめあげたことに違いはあるまい。浄瑠璃と歌舞伎との二作を比較するために、それぞれの梗概と荒筋を記す。

『一心二かびやく道』梗概

丹波国さいきの郡司秋高の娘桜姫（清水観音の申し子）に清水寺の若僧清玄が恋慕する。その一心が京より姫の元に通い、婿入りしようとする桑田藤次や執権さゝめの大夫が勧める二番目の婿園部兵衛を襲い、婚姻の邪魔をなす。三番目の婿田辺三木之丞吉長は障碍をなす因が清玄にあると知り、清水寺へ向う（第一）。三木之丞は桜姫は亡くなったと告げて清玄を欺き、桜姫との結婚を成就する。清玄は姫の冥福を祈るため丹波を訪れ、姫の無事と結婚を知り、折から氏神へ参詣していた三木之丞・桜姫を襲う。三木之丞は清玄を討つが、自らも深傷を負う（第二）。有馬の湯に入り、三木之丞の傷は癒え、桜姫の有馬薬師への祈願が叶う。その御礼に桜姫は湯屋と上り屋を建立し、諸病人に湯施行をする。願主に背中を流してもらいたいと言う業病者の申し出を桜姫は受けるが、その病者は薬師如来であって、僧を悪趣に落した我が罪を救うための示現であると知る。薬師如来の導きによって姫は剃髪し、懐胎の身ながら、その場より仏門に入るため都へ向って旅立つ。道行（第三）。池田の呉羽宮に姫は宿り、行旅の苦しみを休める。姫を追って来た三木之丞も同じ宮に宿るが、堂の表と裏とで会うことができず、翌朝出発する。お産の迫った姫は清水観音が姿を変えた老僧の勧めで、近くの老夫婦の家へ入り、そこで子を産み、名を名乗って死ぬ。引き返して来た三木之丞は老夫婦を尋ね、姫の死と子の誕生を知り、二人を貰い受けて、悲しみの中に丹波へ帰る（第四）。帰った三木之丞は自害しようとして、秋高夫婦に諫められ、思いを改め、姫の菩提を弔うための流れ灌頂を行う。姫は中有をさ迷い、畜生道に落ちた清玄と出会う。蛇身となって姫を責め追う清玄に追い詰められ、姫は二河白道に到る。対岸の観世音の導きによって、姫は弥陀の名号を唱えながら彼岸へ向う。名号は弥陀の利剣と変じて清玄の首を刎ね、体をば地獄へ落とす。姫は白道を渡り、極楽に迎えられ、やがて人々の平産を守るため姿婆に示現し、丹波国をいの坂の子安地蔵として崇められる（第五）。

『一心二河白道』荒筋

第一　清水寺舞台前

園部兵衛は、婚約者さいきの郡司秋高の娘桜姫の館に住む、兵衛の悪心を知る古狸を追って清水寺に来り、山狩りを申し出る。一方、桜姫は腰元達と清水の舞台を訪れ、音羽の滝の下を通る若衆三木之丞吉長と下人弥太郎を見て、互いにほめ詞を応酬する。桜姫は三年以前より三木之丞を慕っており、恋の起請を三木之丞から得ようとするが、三木之丞は弥太郎の機転でその場を逃れる。姫は恋の成就を滝詣して観音に祈誓する。清水寺の若僧清玄は三木之丞と衆道の関係にありながら、かねて桜姫に思いを寄せている。清玄に出会った弥太郎は清玄の桜姫への恋慕を知り、清玄を俗人に仕立て会わせる故、桜姫に心を打ち明けた後、滝で身を清め、出家の道を立てるようにと勧める。桜姫は清玄の煩悩の思いを振り切りながらも、清玄の申し出を受けて、兵衛との縁を切らしてくれるなら、心を満足させる程のことはすると返事する。折から兵衛が来て、姫を捕えようとするが、清玄は駆け付けて来た三木之丞と弥太郎に姫を預ける。腹を立てた兵衛は清玄の不義を訴え、責める所へ、狸が見つかったとの知らせで兵衛は行く。女に化け逃げて来た狸を清玄は助け、狸を打たんとする兵衛から鉄砲を取り上げ、逆に兵衛を脅迫し、桜姫への去り状を書かせ、狸の女に姫に届けるようにと渡す。清玄は寺を立ち退く。

さいきの郡司秋高下屋敷

秋高は桑田藤太・笹目大夫仲平の両家老を呼び、都から戻った桜姫の気分の悪いことについて問う。仲平は姫付きの妹まがきに様子を問い、姫の煩いを恢復させるために京上りを言うが、藤太は兵衛との祝言を急ぐようにと言う。仲平は兵衛の悪心を告げ、一味する藤太を批難する。言い争う二人を秋高は止め、祝言を延期させる。仲平は姫に恋した男があることを知り、その男三木之丞と夫婦にすることを姫に約束するが、姫の煩いの原因は別に清玄の一心が夜毎に通い来て、姫を悩ます故と聞く。所へ、座頭となって清玄の一心が訪れ、姫に迫るが、仲平が切り付けると一心は消える。仲平は丹波に来ている三木之丞を呼びに行く。そこへ兵衛が現れ、姫に祝言の盃を強いる。清玄の一心が座頭となって再び現れ出て、舞って邪魔し、さらに切り付けてくる兵衛を蛇身となって苦しめる。そこへ藤太が秋高を捕え来て、兵衛に従わぬと父を殺すと脅す。弥太郎が駆け付けて秋高を助け、姫を守る。仲平・三木之丞も共に戻り、争う。秋高が姫の婿は三木之丞と言う場へ、誠の清玄が来たって、自分が婿だと名乗るが、姫の相手が懇ろの若衆三木之丞と知って思い切る。怒る兵衛の前に以前の去り状が出され、善悪相方の争いとなり、清玄等はそれぞれに立ち退く。

第二　山崎の浄雲宅

仲平の女房お竹は藤太の妹故に離縁され、姉娘小藤を連れ、山崎の浄雲宅で飯炊き奉公している。浄雲の入婿源五は晩に忍ばんとお竹を口説く。浄雲宅の客人の子供が病気となり、お竹が乳を飲ませんとすると、我が子清松であり、客は桜姫と夫仲平と知る。桜姫は仲平とお竹を会わす。火を取りに出たお竹を待って、仲平が一人蚊帳に居ると、忍んで来た源五はお竹と思い、自分の裏切りを明かし、姫への追手として藤太が来ることを話し、自分の女房になれと言う。源五の女房が現れ、源五を連れ去った後、仲平は姫と共に逃れ出るが、戻ったお竹には藤太か源五の首を取って、一味でないことを示せば夫婦であると告げて、清松をもお竹に預ける。藤太等は到着するが、既に姫等は逃げて居らず、浄雲や家人達を捕える。妹お竹が居ると聞いた藤太を源五が案内する隙に、下人徳蔵が浄雲等の縄を解き逃がす。お竹は縁の下に忍んで、縁に腰掛けた源五の足を切る。源五は逃げ去る。なおもお竹は手負いになりながら、子供に助けられ兄藤太を討ち取り、徳蔵に藤太の首桶を担(かた)げさせて立ち退く。

呉羽の宮

お竹の妹花鳥は姉を尋ねて呉羽の宮に到り、後堂で休む。傷ついたお竹は車に乗せられて徳蔵に引かれ、子供二人と共に有馬の湯へと向う。途中、徳蔵は旅費を稼ぐため、子供達に銭乞いをさせようと勧めるが、お竹は侍の子に乞食の真似はさせられぬと、徳蔵が湯を貰いに出た隙に自害を計る。折から戻った徳蔵はお竹を諫め、自らお竹の車を引いて銭を乞いに伊丹へ向う。子供達は呉羽の宮近くで姉が唄い、弟が踊って銭を得る。雨に姉弟は母の跡を追い、道に迷う。戻った徳蔵が姉弟を探す所へ清玄・三木之丞・弥太郎が来る。徳蔵はなおも子供達を尋ね行く。呉羽の宮に着いた清玄等は花鳥と出会い、また、徳蔵が宮の下に隠した首桶を見付ける。驚く所へ、堂の下より桜姫も現れ出る。清玄は皆を伊丹へ行かせ、仲平を待って一人残る所へ、源五が姉弟を捕え来る。徳蔵も来て、清玄に仲平の子供だと助けを求める。清玄は源五を欺き、子供を預り、桜姫を連れに行かせる。清玄は徳蔵に仲平の味方であると告げ、子供を伊丹へ連れて行かせる。所へ藤太の弟軍平が駆け付け、兄の首を見て敵は誰かと問う。清玄は源五であると騙す。戻って来た源五に軍平は切りかかる。そこへ、徳蔵に引かれたお竹が車に乗って現れ、軍平と源五とを相手に立廻りを演じ、二人を討つ。仲平も来り、お竹の働きを褒め、夫婦であると悦ぶ。桜姫・三木之丞等も来り、再び捕えられた姉弟も清玄が奪い返して来て、喜びの中に皆その場を退く。

第三　二河白道

駕籠舁き二人が藤太の幽霊を乗せ、六波羅六道に下し去る。出家が出て来て、閻魔大王に変じ、場面は二河白道となる。源五の幽霊も現れ、二人共に大王の前に畏まる。桜姫も引き立てられ来るが、清玄を迷わせし罪はあるが、観音を信仰する故に赦され、娑婆に返される。

清水寺

秋高・桜姫・三木之丞等は清水寺に参詣する。桜姫は頓死するが、皆が呼び掛けると蘇生し、地獄でのあり様を語る。所へ園部兵衛が来て、姫を奪おうとするが、三木之丞・弥太郎が兵衛を討ち取る。

二作を比較するに、桜姫・清玄物として最も古い浄瑠璃を歌舞伎に仕組み替えるに当たって、登場人物はそのままに利用し、桜姫の発心譚を省き、清玄の恋慕の一心をお家騒動物の中に加える形で構想がなされたことが知られる。そして、ほぼ構想がまとまったところで一座の役者達への役の振り分けがなされる。浄瑠璃でも働きのある桜姫（若女形　霧波千寿）・清玄（立役　大和屋甚兵衛）・三木之丞（若衆形　大和川甚之介）には一座の中心的な役者や人気役者が配される。しかし、浄瑠璃の登場人物と一座の役者の人数や役柄とは一致するものでないから、当然のことながら、それぞれの役者に相応の役が回るように登場人物を増やしたり、また、その役柄を変えたりする。姫の最初の婿桑田藤次（敵役　萩野折右衛門）は婿から家の悪家老に、第二の婿園部兵衛（敵役　松永六郎右衛門）[13]も婚約者ながら敵役とする。執権さゝめの大夫仲平（立役　坂田藤十郎）に座本を持ってきて、実事を見せる場を作る。ただし、この時期、藤十郎は病気がちであったためか[14]、藤十郎の役としては不足に思われる。さらに、仲平の妻お竹（若女形　水木辰之助）や芥川源五（敵役　三笠城右衛門）、下人徳蔵（金子吉左衛門）を新たに登場させ、桜姫・清玄物から離れた、お家騒動物に特有の家臣又はその家族の苦難の場を第二に設け、お竹を演じた水木辰之助の見せ場を作る。こうして個々の役者の役柄に応じて配された役は、それぞれの役者の持ち味（芸）を活かすために、浄瑠璃が持っていた個々の人物の性格（人物像）をも大きく変えていく。その中で最も大きく変わったのは桜姫と清玄とである。浄瑠璃では三木之丞と結婚した後の桜姫は、三木之丞への献身と、薬師如来の導きによる発心へと、両者の選択に悩みながら純粋に生きていく。清玄の一方的な執心とはいえ、僧侶を堕落させた業を人間の背負った業（善悪にかかわらず、存在そのものが他人を傷つけ、自らも傷ついていく）として受け入れ、仏心にすがり仏果を得んと夫も捨てて仏門に走る。その強い意志と違って、弱い肉体は現世での苦難に耐えきることができず死ぬが、その苦患故に姫は世の妊婦の安産を守る子安地蔵として示現する。「丹波おいの坂子安地蔵□□（御伝）記」と副題される、本地物の古浄瑠璃『一心二かびやく道』の主人公桜姫も歌舞伎の主人公に移った途端、あるのは恋の悩みだけの現世謳歌型の桜姫となる。

桜姫を演じた霧浪千寿は器量よく「諸げいの仕出ししつとりとしておもひ入ふかく、せかずさわかず、ぬれ事よくうつりて身ぶりよければ」（元禄十一年十一月『三国役者舞台鏡』）[15]と評判される女形であり、この芸風は第一清水舞台前の桜姫の華かさを飾ったことと思われる。一方、浄瑠璃の桜姫で語られた夫への献身と強い意志は新たに登場させたお竹の方に振り向けられたようである。ただし、お竹は浄瑠璃の桜姫のように夫を捨てて行くのではなく、夫と再び添わんがために、その意向に叶うように生きるのである。妻としての自分の存在を貫こうとする積極さに、『出世景清』の阿古屋や『仏母摩耶山開帳』の異国以上のものを持つのは、遊女と武士の妻との相違が考えられているのであろうが、浄瑠璃の桜姫の投影がやはりある故と思われる。お竹の兄をも殺すこの意志の強さは余りにもきつく感じられるためか、呉羽の宮で芸達者な道化形金子吉左衛門と子役とを絡ませて愁嘆の場が置かれるのは巧妙な演出である。また、傷つき、乞食に等しいあり様で車に乗っての演技も、水木辰之助が若女形でありながらやつし事の名人（元禄十二年三月『役者口三味線』）

と評される芸風を十分知った上での脚色であろう。浄瑠璃の桜姫はこの一座を支える二人の若女形の持ち味を活かすために、その恋と夫への献身が取り出され、霧浪千寿の桜姫と水木辰之助のお竹に分身されたと理解される。浄瑠璃が根本に持っていた人間の業と仏心への帰依は、歌舞伎の舞台には無縁のものと退けられている。

清玄は破戒僧から善の立役へと変心させられるが、これも大和屋甚兵衛を清玄役としたところからなされたものであろう。浄瑠璃における清玄は恋の亡者として一貫した性格を持つ存在であるが、歌舞伎の清玄は舞台廻しの役割を負った、人格のない役になっている。この清玄は恋に狂い、舞（拍子事）や武道事に働き、詰開きも勤めるといった八面六臂の大活躍をするにもかかわらず現実味のない人物である。立役大和屋甚兵衛は大坂を中心に活躍していた役者で、この時は京上りして都座に迎えられていた。藤十郎と同座しても「坂田藤十郎をみてをいた目ずいしやうどもなれば、あまりくふ人あらじとおもへば、これは又ほめる人おほし」（『三国役者舞台鏡』）と評判高く、藤十郎が苦手とした拍子事も上手であった（同上）。『一心二河白道』では藤十郎と甚兵衛が共に舞台で競演するような場が避けられる程、この時、甚兵衛は都座の一方の立役として重要な位置にあった。敵役である浄瑠璃の清玄が、甚兵衛の役柄からして、そのまま甚兵衛の役になることはあり得ないことである。そのために出来上がったのが、女若二道に心を掛け、一心を桜姫に執着するが、諦めもよく、都合よく現れては悪人の邪魔をして善人を助ける立役の清玄である。特にこの場合、病気がちだったと見られるもう一方の立役藤十郎の分まで、甚兵衛に要となって舞台を引っ張って行ってもらわなければならない一座の事情も加わっていたことを考える必要もあろう。

この桜姫・清玄の人物像が変えられたことは、浄瑠璃が主題としたものは捨てられ、歌舞伎は歌舞伎としての主題を選んだということである。それは、恋の様子と善悪の対立の中にある人間の思惑を役者の芸に応じた見せ場〳〵を作ることによって、単純な役柄の型で見せることであった。恋の様子に若女形と若衆形の褒め詞の場と、清玄の一心という形だけの『一心二かびやく道』の場を持ち込むが、それらが華やかで大らかな歌舞伎の恋の場面であることは荒筋に見る通りである。また、善悪の対立もその内容が意味を持つというよりは、役柄によって演じる役者の芸が「ここちよし」「にくし」「なみだながす」等といった評判記の評語に見られるような共感を、見物に訴える程度にしか伝わらないものである。所詮、歌舞伎は歌舞伎であって、題材を浄瑠璃から取ろうが、歌舞伎として楽しませるのが座付作者の手腕であるということの見本のような『一心二河白道』の出来映えである。強いて『一心二河白道』の中に近松らしさを見出すならば、一座の若女形の役の配分という事情があったとしても、桜姫とお竹とに浄瑠璃の桜姫を分身させ、自分の意志を通させた女性を描いた点がそれと言えよう。

近松が浄瑠璃で表現した人間の内面の情は歌舞伎の中でどのように表現されるのか。『一心二河白道』の検討から得た答えは、歌舞伎も深く人の情と関わってはいるが、それは役者の芸に全て集約されて表現されるということであった。後年に近松は

> 惣じて浄るりは人形にかゝるを第一とすれば、外の草紙と違ひて、文句みな働きを肝要とする活物なり。殊に歌舞妓の生身の人の芸と芝居の軒をならべてなすわざなるに、正根（性根）なき木偶にさま〳〵の情をもたせて、見物の感をとらんとする事なれば、大形にては妙作といふに至りがたし、
>
> （『浄瑠璃文句評註難波土産・発端』）

と語ったと伝えられる。これは歌舞伎と浄瑠璃との相違に対する近松の見解の要点である。そして、歌舞伎の側に立って、この言を考えれば、「歌舞伎の生身の人の芸」とは、近松自身が直接関わった坂田藤十郎・山下半左衛門・芳沢あやめ・水木辰之助・金子吉左衛門等の、元禄歌舞伎の担い手であった役者達の個性ある芸を思慮に入れての言であろう。これらの「人の芸」に対抗するために人形に「情をもたせ」ることを強調するが、これは「人の芸」には「情」があるという前提に立っている。無論、「情」は単に「生身の人」であるが故に生じるのではなく、「人の芸」即ち役者が役柄によって演じる人間を通して感じられるものであることは言うまでもあるまい。作者の働きは、歌舞伎であれ浄瑠璃であれ、この「情」をどう表現し、演者の芸に生きた人間を見せるかにある、と近松は言っている。作者の作意を役者の芸が活かす、そこに至芸が生まれてくるが、そのためには作者と役者との人間関係も含めて、作意と芸とが馴致（じゅんち）していくことが求められる。この理想的なあり方として近松門左衛門と坂田藤十郎との関係が見られる。近松が歌舞伎に求めていたものを、藤十郎は近松以上に或いは敏感に、自らの歌舞伎が目指すべきものと心得て試みてきた役者であった。

(二)「生身の人の芸」

坂田藤十郎は自らの役作りのために相手方の役の心理まで知ろうとするほどの研究熱心な役者であり、そうした逸話は『耳塵集（にじんしゅう）』(16)等に多く記録されている。また、作者に対する配慮もあり、作者と役者の協力によって、より見物に喜ばれる芝居をと心掛けた役者でもある。近松との関係も深く、近松作の歌舞伎三十二点中、十九作に主要な役で出演して、近松の技量向上は藤十郎の芸向上と不可分であった。その完成が元禄期の写実風の演技であるが、その根底には人の情の表現があり、作者の作意を十分に推量した上での「人の芸」であった。この藤十郎の当り芸は近松の代表作『けいせい仏の原』（元禄十二年一月　京　都座　座本　坂田藤十郎）の梅永文蔵役である。両者の協同によって成った『けいせい仏の原』を検討することによって、近松と藤十郎の連携がどのような「人の芸」を生み出していったかを述べてみる。

『けいせい仏の原』の特徴を鳥越文蔵氏は「構成においてお家騒動の主謀者に主人公の弟を配し、主人公が勘当されるところから見せることによって、三番続の各節（中略）に登場させえたということ、演出面では坂田藤十郎の扮する梅永文蔵に前節で引用したように思いきり長い台詞で身の上を語らせ、主人公のイメージを明らかにしたという二つの大きな点が挙げられよう」と指摘する。[17] さらに付言すれば、

㈠　冒頭で主筋を乾介太夫に説明させ、これから始まる芝居の大筋を観客に摑ませた。

㈡　筋の展開が散漫にならないように、梅永文蔵を中心に話を展開させている。

㈢　文蔵をめぐる今川・奥州・竹姫に三様の女心を演じさせ、その間に善悪の男達の争いを絡ませて、舞台に隙をおかない。

といった点が戯曲としてもまとまったものにしている。このように文蔵が主要な場にいつも登場し、しかも各場での役割を持つとあれば、一般的には『一心二河白道』の清玄のような狂言廻し的な役であることが多い。ところが文蔵の場合は、若殿という育ちが持つ鷹揚さ、やさしさが事件の展開の中で一貫して働いてお

り、その性格の統一が戯曲的な統一をも導くという結果となっている。つまり、文蔵の人間的な存在が他の人物にも影響を与え、今川や奥州や竹姫の行動にも無理が感じられず、筋展開の上で必要な存在と見ることができるのである。敵役乾介太夫が娘今川の夫文蔵を陥れ、その父をも殺害したことを恥じて切腹して果てようとするのを文蔵が許すのも、文蔵のやさしさに応じたものであり、介太夫も悪人である単なる敵役以上の存在として位置づけられる。介太夫自体、第一の発端「北国街道筋」で娘今川と再会し、親子の情愛の場にしっとりとした情緒を見せる役を担っており、敵役という役柄以上の複雑な心情を持った役である。歌舞伎の敵役にも人間の内面にある情の表現が求められているのである。

次に引用するのは『役者一挺鼓』（元禄十五年）の「上々吉　坂田藤十郎」の贔屓人の評の抜萃である。

　此人の芸、花をかくして実をあらはす仕出し、是を世間の素人、花すくなしと見るは大きにあやまれり。（中略）此人は常住不断、何をせられても見あく事なし。是花なれ共表へあらはさず、実を専にして、折節花をあしらはるゝ故に、千日千夜見ても、見あく事さらになし。（中略）仏の原の□（長）咄は、打きいたる所は、実のやうなれ共皆花なり。難波にて嵐三右の此所の長物語を、此人より大きに出来たるやうにいひしは、花を専にせられし故に、おもしろ過たり。此人のは尤らしう実めきて聞え侍る。扨此度二の替り傾城壬生大念仏に、高遠民弥になられ糟買のやつし、近年の出来物、それ故に大あたり。（中略）そなたのやうな粋顔する素人がいふには、此度の糟買の島原狂ひの長咄と仏原の咄とがおなじやうにいへど、天地黒白のちがひ也。仏原の咄は酔ずして実に誠を語れり。今度の糟買は酔て夢中のごとく、しかも空なる事をいへり。しかれば仏原の咄よりは、此度の咄が大きにむつかしく、実めきたる所有ては、末々迄の狂言のわけたゝぬ所、いひなづけのかつ姫にあふて咄にしこり、備後の国をあかし、起請の文段を咄すとて、我名をいはるゝあたり、さなから夢中のことし。こゝらに少にても狂言らしき所あれは、見物のいかう請取ぬ芸じや。お見やる通少も狂言体にあらず、其儘の酒の酔なり。次に酔醒て、我と我名をあかせし事を後悔して、口をつめりなどせらるゝ所、始真の酔らしう見えし故に、此所一倍はつきりと聞え侍る。

この記事は「花をかくして実をあらはす仕出し」の藤十郎の芸風を説明するのに『けいせい仏の原』の梅永文蔵と『けいせい壬生大念仏』（元禄十五年二の替り　京　都座　座本　古今新左衛門）の高遠民弥との共に長咄の場面を取り上げ、藤十郎の芸の深奥を誉め称えようとするものである。なお、『けいせい壬生大念仏』の作者も近松である。「仏の原」の文蔵の長咄には「打きいたる所は、実のやうなれ共皆花なり」と、また、「尤らしう実めきて聞え侍る」・「実に誠を語れり」と相矛盾するような言い方が見える。文蔵はさる大名の下屋敷に紛れ込み、そこで問われるままに身の上の長咄をする。その時、文蔵は酒に酔ってはいない。文蔵の咄は話すにつれて興にのり、長咄となる。藤十郎の演じる文蔵が「実のやう（実めきて・実に）」というのは、藤十郎が文蔵になりきっていて、文蔵の本心を感じさせるような芸（演技）のさまをいうのであろう。いかにも芝居と感じさせるようなわざとらしさがないこと、即ち、演技を演技と思わせず、役の本心が自然なさまで現れていることが「実」の意味である。そのような藤十郎の芸が見物に魅力を感じさせ、評判を取るのは、芝居としての見所がその芸の中に隠された花として備っているというのが「皆花なり」の意であろう。「実」と「花」とが矛盾したような内実を持ちながら共存できるのは、それが花七分実三分などと言われるように、個人の中にその両面が具有されているからである。そして、藤十郎は「実」に重きを置いて演技することを心掛けた役者だと言う。また、『壬生大念仏』の民弥の長咄は「実めきたる所有ては、末々迄の狂言のわけたゝぬ」役とされる。酔夢の中で身の上咄をする民弥に、『仏の原』の文蔵のように「実めきたる所」、即ち、民弥の本心が見えては、酔いが醒めた後で、勝姫とのやりとりが嘘になり、芝居の筋が通らなくなる。そうならないように藤十郎は見事な正真の酔っ払いを演じている。その反対の意で用いられる「狂言らしき所」とは、演じている役者が感じられる、つまり、酔夢を真似た演技であることを言うのであろう。このように、藤十郎の芸を説明するのに、狂言を分析し、演技する人物の心理に立ち入ってまで説明しなければならないことは、狂言自体が複雑な内容を持つというよりも、藤十郎の芸が人間の情の内面をも表現することにあったことを示している。この「花をかくして実をあらはす仕出し」が全ての見物衆に歓迎されたものでないことは、『役者一挺鼓』の右の評に対する悪口組の鋭い舌峰が答えている。特に、田舎の見物が藤十郎の芝居を見て、「芸はせられずして、舞台て何やら談合計しておゐやつた。あの談合事はがくやでして、芸をして見せられたらよからふに」といった話を持ち出す痛烈な皮肉は、藤十郎の芸の歌舞伎らしからぬ様子を伝えている。この藤十郎の評判からして、藤十郎の芸は、虚構された場であるが、舞台を一つの現実もしくは現実に近いものと見て、そこに登場する人物はその現実の中で生身の人間として喜怒哀楽を表わし、見物と同質な人間を舞台に見せることにあったものと思われる。

　そして、「坂田藤十郎といふ人、まづ男ぶりよし、実方、やつしごとよく、口上さつはりとして、是はむつかしきつめひらき成べしと思ふ場をも、あぢにいひまはしたる所、もちろんしぐみにていゝふとは思ひながら、中々狂言とは存じられぬ」（元禄十三年三月『役者談合衝』）とあるように、藤十郎の芸に深みを添えるのは作者の仕組みにあった。現実に生きている者が共感できるような人間を舞台に登場させようとした写実風な藤十郎の実事は、その仕組みにあって人間の情が表現されていなければ、内実のない見かけだけの芸となってしまう。近松は浄瑠璃で学び得た人間の内面の情の表現を、当初から歌舞伎でも試みようとしたと見る目から、ここに藤十郎と近松との必然的な連携を感じないわけにはいかない。芝居事は人間を肥大化させ、極端に強い人間或いは弱い人間を作るが、また、それが芝居の面白さを支える面でもあるが、見物が共感できる範囲での自然な人間を舞台に見せることを求めたのが二人の歌舞伎の方向であった。君臣の義理、親子・夫婦の恩愛、男女の情愛等を一面では華々しく見せながら、廓場や世話場においては人間の弱さを歌舞伎的な情緒で演出する「狂言めかず、実(じつ)に見せる」（元禄十二年正月『役者口三味線』）藤十郎の芸は、「尤かやうにしぐみおかるゝゆへ」（同上）と作者近松がその完成に大きく貢献したことと思われる。近松の言う「歌舞伎の生身の人の芸」とはこうした内容を持つものであろう。

この歌舞伎作者として活躍する時期、近松は浄瑠璃の創作を捨てたわけではなく、十五、六点の作品を作っている。逆に、歌舞伎作者の目が加わることによって、浄瑠璃に何らかの変化が見られるかを、改めて考えることが必要となろう。

㈢浄瑠璃の曾我物

近松が歌舞伎界に身を投じたのは『野良立役舞台大鏡』に歌舞伎作者の「作者付」が批難の対象となった貞享三年（一六八六）から、さほど遡ることはないと考えるが、現存の歌舞伎狂言本から確認できる近松の歌舞伎の初作は元禄六年（一六九三）上演『仏母摩耶山開帳(ぶつもまやさんかいちょう)』であり、この間の近松の歌舞伎界における活動は不明である。この『仏母摩耶山開帳』には、それまでに近松が浄瑠璃で登場させてきた人物の投影が見られることを指摘したが、以後、宝永二年（一七〇五）十一月に大坂の新生竹本座に座付作者として迎えられるまで、近松は坂田藤十郎との緊密な交りの中で、元禄歌舞伎の「生身の人の芸」の完成に、作者の立場から努め、専心したことも前節で述べた。そうした中にあっても、求められれば浄瑠璃も著しており、この時期の作として、次に掲げるような作が知られている。

元禄七年二月以前	蟬丸	竹本座
〃　七年七月十五日以前	大磯虎稚物語	竹本座
〃　十年七月十六日以前	吉野忠信	竹本座
〃　十一年正月以前	十二段	竹本座
〃　〃　〃	曾我七以呂波[18]	宇治座
〃　〃　〃	本朝用文章	竹本座
〃　十二年三月頃	最明寺殿百人上臈	竹本座
〃　十二年	曾我五人兄弟	竹本座
〃　十三年	百日曾我[19]	竹本座
〃　十四年	天鼓[20]	竹本座
〃　十六年五月七日	曾根崎心中	竹本座
元禄末年頃	日本西王母[21]	竹本座

十年程の間に十二点とは、宝永二年以降の著作数からすれば少ないが、それだけ近松が歌舞伎に精進していたと言えよう。『金子一高日記』元禄十一年四月二十一日には「四ツ時分ニ信盛（近松）来リテ　大坂儀太夫上留利ノ相談」と記されており、『出世景清』以後の竹本義太夫との提携は保持されてはいたが、積極的に作品を提供する立場ではなかったことが、右の著作数から、また、この記事から窺うことができる。しかし、近松の世話浄瑠璃の初作『曾根崎心中』の好評、加えて、坂田藤十郎の役者としての体力的な限界といった歌舞伎界の事情も重なり、近松は再び竹本座の座付作者となり、浄瑠璃作者へ復帰する。浄瑠璃への復帰は、心情的なものは別にして、歌舞伎に専心していても浄瑠璃を書き続けていたこと、『曾根崎心中』の成功によって、時流に適う新しい浄瑠璃を書く自信を得たこと、また、これらのことが歌舞伎作者の経験を活かすことによって成り立っているということから、近松にとっては大胆な転出ではなかったと思われる。それは、とりもなおさず、歌舞伎作者の立場からも近松はずっと浄瑠璃を見詰め、浄瑠璃のあるべき方向を考え続けていたと言えよう。その方向を探っていく。

元禄期の近松の浄瑠璃には特に歌舞伎からの影響が多く見られることは既に指摘されている。近松はむしろ歌舞伎作者であることを利用し、浄瑠璃に歌舞伎で使われた趣向や役者の評判の当り芸を取り入れ、人形に演じさせて、見せ場を設けさえしている。その代表的な作品として『天鼓（てんこ）』や『日本西王母（にっぽんせいおうぼ）』を掲げることができるが、これらは縦筋を謡曲や説話的なものなどによって作るが、後述するように、かなりの箇所に歌舞伎の狂言取り・趣向取りを用いている。また、曾我物を通して見られる、先（一二二頁）に採り上げた高野正巳氏の「近松曾我物考」が指摘する、歌舞伎の傾城事に倣う「近世的遊女化した虎・少将」、「歌舞伎劇に於ける曾我兄弟と少しも異るところの無い元禄時代児化してゐる」十郎・五郎といった人物像の形象も歌舞伎の影響である。そして、人物像だけではなく、浄瑠璃自体が歌舞伎的な脚色によっていることを、祐田善雄氏は『百日曾我』を取り上げ論証されている。[22]歌舞伎作者の立場から創作された浄瑠璃として、十点の中四点が元禄期に、しかも、近松が歌舞伎作者として最も活躍していた元禄十一年から十三年にかけて三点を数える、曾我物に注目することは当然のことに思われる。ここでは『曾我五人兄弟』を近松の浄瑠璃における歌舞伎的な試みという視点から捉え、この時期の特色を考えてみる。『曾我五人兄弟』（以下、「五人兄弟」と略称）を取り上げた第一の理由は主要登場人物の多さである。これ以前の浄瑠璃では十名から十五名程度であるが、この作は二十三名と突出して多くなっており、この頃の歌舞伎狂言本に載る役人替名の数（二十五名から三十名前後）と比べても差がなく（役人替名には番付ほどではないが、[23]一座の役者ということで端役であってもその名を載せる）、それだけの人物を働かせるにはこれまでの浄瑠璃とは異なった構成や脚色が求められるであろうことが予測されるからである。「五人兄弟」の梗概を記しておく。

『曾我五人兄弟』

第一　鶴岡八幡宮拝殿　源頼家の十一歳の祝儀が行なわれ、頼家の執権に畠山重忠と工藤祐経とが任じられる。重忠は頼家への教育のため、部屋の障子に古今武勇の士を描くことを申し出る。祐経は七匹の白鹿の毛で作った筆で描いた絵はもの言うと伝えられるので、その筆で描くことを言い出す。朝比奈三郎は祐経の言を俗談と嘲い、祐経に絡んでいく。頼朝は重忠の意見を取り上げ、祐経には白鹿の筆で描き、もの言わせてみせよと命じる。

鹿狩りの仮屋　祐経は子の犬坊丸に近江・八幡二人の家来を付け、白鹿を求めさせる。犬坊丸のもとに猟師鷲丸が、大磯の虎の足駄で作った鹿笛で呼び寄せ、生捕った白鹿の子を運び込む。犬坊丸は虎に想いを抱く。そこへ、子鹿を助けようと母鹿が虎に化けて仮屋の前に現れる。犬坊丸は虎を呼び入れ、虎に言い寄る。虎は子鹿を逃がしてくれればお心に従うと言う。その様子を通りかかった曾我十郎祐成が見ており、やがて逃げ出してきた虎と子鹿を庇い逃がす。

松林　犬坊丸達は祐成を追うが、父鹿が祐成に化け、追手を追払い、恩を返す。祐成は追手達の落した刀などを取り集め、曾我の里へ帰る。

第二　**曾我館**　二宮太郎に嫁入りした祐成の姉が、五日帰りで里へ帰り、明後日の一門衆との対面の時、嫁入り衣装の披露をしなければならないのに、その衣装がないことを母に訴え、嘆く。祐成は大名から贈られた遊女達の衣装を借りて届ける。

二宮館　披露の当日、祐経は衣装が諸大名の定紋付きで、寸法が揃わないことから、傾城からの借衣装であろうと辱める。祐成は「小袖もんづくし」を語り、その場をとりつくろう。折から、二宮館に石が投げ打たれる。祐経が祐成を討たんと放った者達の仕業であるが、祐成の弟箱王（五郎）が現れ、曲者達を踏み殺す。母は寺を抜け出てきた箱王を怒り、勘当する。嘆く箱王を二宮の姉は慰め、団三郎に箱根山へ送らせ帰す。

第三　**相州八幡宮矢立の杉**　虎と少将は矢立の杉に願掛けに出かけ、虎は祐成の仇討の成就を、少将は恋人を得ることを願い、矢を射る。そこへ鬼王が通り掛り、祐経の訴えで箱王が捕えられようとしていることを箱王へ知らせんがため、箱根へ急ぎ行くと告げ去る。

化粧坂の廓　和田・北条一門が遊里の奥座敷で酒宴をしている。箱王は寺を逃げのびて来て、少将の部屋に入り、匿まってくれるよう頼む。少将は出家を遁れるには元服し、妻を持てばよいと口説く。箱王は少将の意見に従う。奥座敷より朝比奈が少将を呼びに来て、少将を打帯で背負い行こうとするが、少将と入れ代った箱王は踏んばり、二人の力比べとなる。物音に驚き、和田・北条の侍達が飛び出して来るが、箱王の素姓を知り、北条時政が烏帽子親となり、元服させ、曾我五郎時宗と名を与える。

鎌倉御所　頼家の部屋の障子絵が出来上り、重忠によって披露される（つはものぞろへ）。続いて、祐経の描かせた河津三郎が股野五郎に投げつけられている絵が披露され、絵の股野が喋り、曾我兄弟が頼朝を狙っていると告げる。朝比奈は屏風に隠れて喋っている八幡三郎を引き出す。祐経を責めんとするが、祐経はす早くその場を逃げ出す。

第四　**富士の裾野**　頼朝の富士の御狩の時に祐経を討取らんため、狩場に入り込もうとする曾我兄弟、鬼王・団三郎の側近くを母の輿が通り行く。勘当の五郎を案山子にして隠す。母は兄弟の弟禅師坊が鳳来寺で新談義をするというので、その聴聞に出かけるところであり、禅師坊に比べて、出家を捨てた五郎を不孝者と嘆く。母の去った後、兄弟達も虎・少将に禅師坊の談義を知らさせ、鳳来寺へと急ぐ。

虎少将道行　虎・少将も鳳来寺へ向う

鳳来寺　禅師坊は談義の席で虎を見て、談義を止めて虎への恋に狂う。母はそのさまに怒り、鬼王・団三郎も兄の恋人に濡れかかるは主でも無しと、禅師坊を踏みつける。母は禅師坊よりは五郎の万が善人であると、五郎の勘当を許す。それを聞き、禅師坊は涙を流し、五郎の勘当を許してもらうため、悪行に及んだが、破戒の罪は死を覚悟と、衣の下にまとった経帷子を示し、心の中を打ちあける。

第五　富士の御狩場　富士の御狩場に商人達が店を張るが、中に曾我物語を講釈する牢人が、十郎・五郎の零落（おちぶ）れた様子まで語っている。通り掛った鬼王・団三郎は牢人を責めるが、牢人は十郎・五郎の父違いの兄、京の小次郎と名乗る。鬼王・団三郎は兄弟への加勢を頼むが、小次郎は祐経に一味して果報を得るが望みと逃げ去る。

大磯の廓　十郎・五郎は最期の逢瀬と虎・少将のもとに来る。所へ出家姿の小次郎が訪ね来る。二人は小次郎に形見の品を託す。小次郎は内心、二人を欺き得たことを喜び、帰る。鬼王・団三郎が訪れ、小次郎の心変りのことを告げ、小次郎のことは我々に任せて、兄弟に休息をするように促す。折から揚屋の座敷に大名の寝道具を入れた葛籠が運び込まれる。寝入った兄弟は祐経を討取る夢を見る。目覚めると、運び込まれた葛籠が切り散され、兄弟の刀にも血がついており、葛籠に隠れ忍んでいた小次郎が斬り殺されていた。そこへ、鬼王・団三郎が近江・八幡の二人を捕え来り、小次郎と謀り、兄弟を討たんとした企みが知られ、二人の首をも刎る。

右の梗概に記した登場人物は、鹿が化身した虎や祐成をも数に入れると、二十三名となる。また、各段各場の人物の配置も附表2のように、端場に当たる第三の矢立の杉・第五の御狩場や道行の箇所を除けば、まんべんなくなされていて、舞台の上も騒かである。各場面の内容は既に高野正巳氏が指摘されているように、『曾我物語』や舞曲「元服曾我」「小袖曾我」「夜討曾我」「和田酒盛」等に基いて脚色されたものであるが、しかし、この作には縦筋というべきものがない。題名のように「五人兄弟」を、第一は十郎祐成、第二は二宮の姉、第三は五郎（箱王）、第四は禅師坊、第五は小次郎と各段に配し、それに母や虎や少将、工藤祐経などが絡む形で事件を展開させるが、各段を繋いでいく事件の流れがない。曾我兄弟の敵討ちの余談を逸話的

に展開させ、それぞれの場面での面白さを持ち出しただけの作となっている。それぞれの場面の趣向は、

第一　鹿が人（虎、祐成）に化身（狸が人間の女に化けた例は『一心二河白道』に見られ、また、狐が人間に化身する例は歌舞伎・浄瑠璃に多い）。その仕種が見せ場となったのであろう。

第二　景事「小袖もんづくし」。

第三　矢立の杉の祈願（『曾我七以呂波』の曾我兄弟を虎・少将に代えての焼直し）。五郎と朝比奈との打帯曳き（『曾我物語』巻六、舞曲「和田宴」、古浄瑠璃『わだざかもり』等の書き替え）。景事「つはものぞろへ」。

第四「とら少将道行」。禅師坊の虎への濡れかけによる破戒（『けいせい浅間嶽』の小笹巴之丞の草履打ちの場の狂言取り）。

第五　夢中劇の敵討ち（『世継曾我』の「虎少将十番斬」の初めの部分の書き直し）。

と、各段に見せ場・聞かせ場を並べるが、全段を貫く縦筋が欠如するため、山場とすべき場が見られない。

『曾我五人兄弟』を一曲の浄瑠璃として支えるのは、

一、曾我十郎・五郎兄弟が工藤祐経を父の敵と狙っていること。

一、曾我には五人の兄弟があること。

一、五郎（箱王）が寺を抜け出たため、母から勘当されること。

一、十郎・五郎の恋人が大磯の虎、化粧坂の少将であること。
一、十郎・五郎には忠実な郎党鬼王・団三郎兄弟がいること。

といった、『曾我物語』から成長していった「曾我物」の世界を成り立たせている要素でしかない。芝居における「曾我物」がこうした傾向をたどっていることは、近松自身が『曾我五人兄弟』上演の前々年、元禄十年七月に京都都万太夫座で上演された『大名なぐさみ曾我』（座本　坂田藤十郎）の中で、「殿様の狂言が御すきと有て、一家中の物が承つて、その物語をいたしますが、まいねん〳〵いたしますゆへ、五郎十郎が身の上をもいたしつくしまして、さしてかはりましたしゆかうも出ませぬにより…」と、藤十郎に言わせてお(24)り、盆興行における曾我狂言の慣習化が狂言の内容を行き詰らせ、趣向を優先させた趣向倒れの劇となっていく状況を説明している。また、『大名なぐさみ曾我』自体もそうした作となっている。

浄瑠璃における近松の曾我物の出発点『世継曾我』にあって、近松は趣向豊かな構成の中に、虎・少将を中心に、二人の曾我兄弟への恋慕と悲しみを、曾我物語後日譚に仕上げたことは既に触れた。そして、そこには浄瑠璃の持つ特色、詞章の織りなす語りの情緒が外形に表われない人間の内面の情を伝える、という近松の浄瑠璃に対する自覚の表われを見た。しかし、『大磯虎稚物語（おおいそとらおさなものがたり）』『曾我七以呂波』と続く曾我物の展開は、近松が歌舞伎界にあったことが最大の原因と思われるが、縦筋自体がいくつかの話題に分かれ、個々の場面性を重視する、歌舞伎と同じような趣向中心の浄瑠璃へと移っている。『曾我五人兄弟』の場合は、そうした傾向に加えて、より一層、歌舞伎作者近松が浄瑠璃に試みた歌舞伎的発想を見て取ることができる。

その一つは既に述べた主要登場人物の多さである。この登場人物達を歌舞伎の役柄に割り当てていけば附

表2（二一二頁）の最下欄に記したようになろう。役柄は『役者口三味線』（元禄十二年三月刊）の名称を用い、『大名なぐさみ曾我』の役人替名をも参考にした。朝比奈三郎は立役で考えるべきであろうが、『大名なぐさみ曾我』で敵役藤川武左衛門が演じているのは、粗暴さを一段と現した役によるからであろうか。その他は附表2に記した役柄で勤めることにそれ程不都合はないと思っている。こうした役割ができること自体、歌舞伎で曾我物となれば役柄での受持ちがほぼ決まっていることを示しており、逆に、浄瑠璃に描いても、その役柄でそれぞれの人物を捉えようとする気持が歌舞伎作者の立場から暗に働くことが考えられる。

「五人兄弟」を各段に配したため登場人物が他の浄瑠璃より多くなるのは当然とも言えるが、各場に登場するのは附表2のように最高九人であり、必ずしも特別に多くする必要はない。むしろ、歌舞伎的発想が歌舞伎の一座に近い人数を登場させることになったのではないかと推測させる。

箱王（五郎）は若衆形の初な若者（『曾我物語』では敵討ちの時、五郎は二十一歳）で、それに恋を仕掛ける手管の遊女少将とのやりとりの場（第三）は、若女形が濡れかかる歌舞伎の濡れ場そのままである。そうした役柄的発想は本来浄瑠璃とは異なる発想であり、当時の浄瑠璃操芝居の一座の人形遣いが二十名前後[25]であっても、人形遣いの人数から登場人物の数を揃えたとは他の浄瑠璃の登場人物の数との関係から考えにくいことである。そして、多くの登場人物にそれなりの働きの場を持たせるのは、やはり、歌舞伎の一座での役者使いの発想が大きく作用しているものと考えられる。

その二つは、歌舞伎は役者の演技（芸）で見せるが、それに対抗するかのように、人形の動きを表わす詞章が丁寧に書かれていることである。右に述べた箱王の、少将に濡れかけられた折の様子はげんぶくしてもきはわらんべ箱王わな〳〵ふるひ出し。さもしいことばつかりと。小ゆびを口にさしうつふきたゝみにいろはをかきゐたり
（引用は岩波書店版『近松全集　第三巻』所収本文による）

と、いかにも初な若者の仕種が描かれており、人形もそのような振りをしたことを思わせる。こうした場面だけでなく、次に引用するのは、第一の鶴岡八幡宮拝殿に源頼朝等が集い揃う場面である。

…つるがをかのはいでんにて十一歳のはつもとゆひ。よろひはじめの御しうぎさだまり。右大将殿しとねにちやくざし給へば…あさひなは御ゑびら。あまのおもてにふしどをき。ぬりごめのひらねの廿四立。もりのごとくにおひなしてゆらり〳〵とちやくざする。ゆふきの七郎御はたのやく人。八幡殿よりつたはつたる源氏の白はた。にしきのふくろにこめながらくびにかけて伺公する。ぐそくおやは北条ノ四郎時政。ひをどしのにしきげをあげまきだかにきせまいらせ。御さきに立ければこうげんはちゝぶの重忠。同工藤左衛門の尉祐経。左右をしゆごし奉り。御ほんしやのふたうをはつてろうもんよりくはいらうを。ふるまひあゆみ御親子のれいぎたゝしく。…しやうぎにつかせ給ひしは。げにせんだんのふたばぞとあつと。かんずるばかりなり。
（右同。ただし、文字譜一部傍線に重なる所は省略）

二重傍線の人物が下の傍線の行動をとることを文章によってきちんと説明してあり、この場で人形がどのように動くのかが知られる。これは、たとえば、『曾我七以呂波』第二の冒頭

右大将頼朝卿四海太平に治め給ひ。賞罰正しくましませ共梶原源太景末が嫡子。同く平五景早とて、父にをとらぬねいしんの近習に有こそうたてけれ。

（岩波書店版『近松全集　第二巻』）

の頼朝御前の場やそれに続く「大藤内といつし者工藤祐経が取次にて。御前に伺公しふしぎの事を言上す」などと比べれば、一段と人形の動きに配慮された表現と言うことができる。人形遣いの技術がこの頃より非常に発達し、人形の操法だけでなく、からくりの使用も含めて、視覚的な面での舞台効果をあげていることは、附舞台を使っての出遣い[26]などからも窺われる。そうした面への配慮もあろうが、人の心の動きに即した体の動きは、歌舞伎役者の動きが芸という名のもとで常に演じられており、その世界にいる近松にとって、それを人形の動きに合わせ描写することは、歌舞伎的な発想で人物を作り出していけば、自然と備ってくるものであったろう。

その三は、浄瑠璃の展開が、叙事的な語りではなく、役者のせりふに当たる、登場人物のことば（会話）によってなされていることである。文字譜における「詞」を取り出しただけでも、『大磯虎稚物語』（八行五十九丁本）六十六ケ所、『曾我七以呂波』（八行四十七丁本）四十三ケ所、「五人兄弟」（八行六十一丁本）百三ケ所と、本文の丁数の多いことを考慮（ただし、「五人兄弟」の場合、「小袖もんづくし」「つはものぞろへ」「虎少将道行」の三つの節事が入るため、「詞」を数える場合、『大磯虎稚物語』よりむしろ丁数は少なくなる）しても、「五人兄弟」は圧倒的にその使用が多い。さらに、「詞」の節にのらないがせりふに当たる箇所もあり、今、試みにそうした箇所を括弧で繰り、全文（ただし、右の三つの節事は除く）に対する比率を見れば約五十四パーセントに当たる。これは登場人物を役者に振り当てて、ト書とせりふに分けて台帳に書き替えることが容易になる数値と言うことができる。

『曾我五人兄弟』が歌舞伎的な発想によって作られた浄瑠璃であることを述べてきたが、この時期の近松の浄瑠璃が歌舞伎的傾向を強く帯びていたことは、浮世草子『けいせい請状』（元禄十四年刊）に『団扇曾我』の評判を取り上げて、

> 大和屋甚兵衛すゝみ出て。今洛中是ざたの団扇曾我。并にけいせい請状。是は何とござらふ。こゝもとにては。宇治嘉太夫が上るりにかたれり。作者近松門左衛門。世継そが以来の大出来。是を座敷かぶきにとりくみましたらば。よいおなぐさみでござりませふが、いかゞあらふといへば　（京之巻）

と、座敷歌舞伎にして、それぞれの役に

> さて役人かへ名の次第　源のよりとも公に。此御家の御亭主楽右衛門（注・坂田藤十郎を想定）。新田の四郎忠常に沢村長十郎。しんがいの荒四郎に三笠城右衛門。うんのゝ小太郎にふち川武左衛門。朝比奈の三郎に中村四郎五郎。大藤内に金沢五平次。工藤左衛門祐経に篠塚二郎右衛門。曾我の十郎に大和屋甚兵衛。同五郎に生嶋新五郎　（右同）

と歌舞伎役者を引き当てて上演しようとしているところに端的に表われている。それは祐田善雄氏の説か

[22]れるように仕組においてもそうであるが、登場人物自体も既に役者の役柄にそって構想されていることにもよる。この傾向はさらに直接的な歌舞伎の摂取となって、『天鼓』（『丹州千年狐』）に見られる、[27]

第一。釣狐の場　元禄十二年秋　京早雲座「しのだづま」　大和屋甚兵衛・同年秋　大坂嵐座「しのだづま後日」　嵐三右衛門・同年冬　京布袋座「稲荷塚」　中村七三郎

第二。関東小六の出端　元禄十一年五月カ　京早雲座「関東小六今様姿」　中村七三郎（関東小六）

。槍踊　元禄十一年　京都座「傾城江戸桜」　水木辰之助（槍踊）

第三。呉服の中将身の上咄　元禄十二年一月「けいせい仏の原」　坂田藤十郎（梅永文蔵の長咄）

や『日本西王母』（『南大門秋彼岸』）に見られる、

第二。京の辻駕籠舁のやつし　元禄十一年一月　京早雲座「けいせい浅間嶽」　中村七三郎と山下半左衛門（駕籠舁のやつし）

第四。偽恋慕と草履打ち　同右（偽恋慕と草履打ち）

といった、当り狂言の一場面をそのまま嵌め込むまでになる。これは無論、見物を喜ばす当て込みとして興行的な意味合もあろうが、人形によって「歌舞妓の生身の人の芸」を再現することであるため、筋の展開の上から、また、歌舞伎の人の芸と人形遣いが演じる人形との動きの違いが、どこまで無理なく取り入れられ

ているかが問題となる。しかし、『けいせい請状』刊行やそこに伝えられる『団扇曾我』・『百日曾我』の評判や、『天鼓』『日本西王母』が宇治座上演後に竹本座で再演されていることからして、好評であったと思われ、演じる側も見る側にも抵抗や異和感がなかったようである。その理由の一つは、おそらく、この時期の元禄歌舞伎がその最盛期にあり、『けいせい浅間嶽』や『けいせい仏の原』といった代表的な作の上演、加えて、役者達も最も顔ぶれが揃い、しかも、芸の面においても最も充実した時期に当っていたため、その評判に浄瑠璃の方が圧倒されて、人気の面からして受け入れざるを得ない状況にあったことが考えられる。無論、その場合は歌舞伎と浄瑠璃との異質性は十分に意識されており、歌舞伎で演じたことを人形がどこまで演じるかといった鑑賞のあり方となる。しかし、作者近松にとっては、この両者の異質性はその発想において、また、たとえば『日本西王母』の主人公豊舟の人物造型に、人柄よく、周囲の動きや働きに流される若殿であるといった、歌舞伎のお家騒動物の主人公と同じような立役像を取り込んでいることによって、さほど抵抗を感じることもなかったのであろう。もっとも、近松は歌舞伎の役者が演じるほど人間の表現を人形が演じると思っていなかったことは、

> 惣じて浄るりは人形にかゝるを第一とすれば、外の草紙と違ひて、文句みな働（はたらき）を肝要とする活物（いきもの）なり。殊に歌舞妓の生身（しやうじん）の人の芸と芝居の軒をならべてなすわざなるに、正根（性根）なき木偶（にんげう）にさま〴〵の情（じやう）をもたせて、見物の感をとらんとする事なれば、大形（おゝかた）にては妙作といふに至りがたし

といった反省の言葉から窺われる。しかし、右の引用に続いて、

某わかき時、大内の草紙を見侍る中に、節会の折ふし雪いたうふりつもりけるに、衛士にあふせて橘の雪はらはせられければ、傍なる松の枝もたはゝなるが、うらめしげにはね返りて、とかけり。是心なき草木を開眼したる筆勢也。その故は橘の雪をはらはせらるゝを、松がうらやみておのれと枝をはねかへして、たはゝなる雪を刎おとして恨たるけしき、さながら活て働く心地ならずや。是を手本として我浄るりの精根をいるゝ事を悟れり。されば地文句せりふ事はいふに及ばず、道行なんどの風景をのぶる文句も情をこむるを肝要とせざれば、かならず感心のうすきもの也

（『浄瑠璃文句評註難波土産・発端』）

と、「心なき草木を開眼したる筆勢」（『源氏物語』末摘花の一節）があるように、「正根なき木偶」も文句の働きによって情をもたせることが可能であり、そのためには「情をこむるを肝要」として作文すべきことを説く。「情」とは相手やこと・ものに応じて動く人間の本性、即ち、人間の心そのものであり(28)、この「情」を自らの筆勢から生みだすことができれば、歌舞伎と浄瑠璃との違いを超えた、活きて働く人形を見せることができると、悟ったとも近松は述べている。だが、そういった結実がここで取り上げた作に見られるかどうか、『曾我五人兄弟』『百日曾我』ともに第四に「とら少将道行」「とらせうしやう道行」があり、『世継曾我』三段目虎少将道行で提示した当初の問題を考える参考にもなるため、この二つの道行を通して見ておきたい。

『曾我五人兄弟』の第四「とら少将道行」は禅師坊の新談義を聴聞するために鳳来寺へと向う、その道行である。十郎・五郎は健在であり、虎・少将が鳳来寺へ行くべき直接の理由はない。道行では御法のため、

君がために二人の出発を説くが、欲界や鳳来寺の由来によせて恋について述べても、二人の心情に即したものとならず、道行の景物も歌の挿入もことさら付加された感のする「情」の薄いものとなっている。また、『百日曾我』の第四「とらせうしやう道行」は十郎・五郎の死後、母の心を慰めかねた虎・少将が越後の禅師坊に兄弟や母のことを告げんため尋ね行く道行である。この道行は筋展開の上からも無理があり、さらに、虎・少将が扇商人・団扇売りにやつして行くという趣向が凝らされている。詞章も扇や団扇尽しの文句で綴られ、文章としては興味深いものがあるが、「情をこむる」体の文句ではない。『世継曾我』の道行に見られた、二人の悲嘆に焦点を絞って、劇展開の上からも一場面を構成していた緊張や情緒はこの二つの道行にはない。ただ、『世継曾我』にはなかった

わかれの明神ふしおがみ。かいつくばへはなつくさに。いなごはた〱かまきりの。はぎよりもゝにつがもなや。はつとおどろきおがみさし。はらふもすそのうらかぜのにくやしんきやふきかへし…
（『曾我五人兄弟』）

そらのあつさはしのがれぬ。しのゝ石原日にやけててふもつばさを。やすめかね。ちどりせきれいあしひやす。しみづがもとのやなぎかげ。かげを見つけてはしりつき。立やすらへばさら〱〱。さつさしぐれのあめかとて。こゑにかさきるなつのせみ…
（『百日曾我』）

といった、華かな動きは見られる。だが、「歌舞妓の生身の人の芸」を視野に入れての浄瑠璃の創作が、歌舞伎と浄瑠璃との異質な面を超える筆勢に到って、「正根なき木偶にさま〴〵の情をもたせて」、活きて働か

せることのできるのは、次の『曾根崎心中』まで待たなければならないようである。

三、浄瑠璃作者近松

(一)『曾根崎心中』観音廻り

元禄十六年五月七日上演の近松最初の世話浄瑠璃『曾根崎心中』の成立については、既に多くの論考が諸氏によって発表されており、新たな意見を加えるのは屋上屋を架するの感さえある。これ迄述べてきた、歌舞伎作者として培った歌舞伎の手法が、近松の浄瑠璃著作にどれほどの影響を窺うことができるかという視点に絞っても、祐田善雄氏の「『曾根崎心中』の歌舞伎的基盤」(『浄瑠璃史論考』所収、中央公論社、一九七五・3)を始め、多くの論考が備わる。しかし、本稿では、そうした影響の具体的な指摘に加えて、なお近松が浄瑠璃に期待し、目指そうとしたものが何であったかを、改めて考えてみようと思う。

『曾根崎心中』の最大の特色は序に「観音廻り」が置かれ、附舞台で出語り出遣いによって演じられたことにある。山本九兵衛版絵入り十四行本『曾根崎心中』(29)の見返しに描かれた同舞台図(口絵参照)には辰松八郎兵衛の口上があり、上演に至る事情を次のように述べる。

此度仕りますそねざきのしん中の義は。京近松門左衛門あと月ふつと御当地へくだりあわせまして。かやうのことござりましたを承り。何とぞおなぐさみにもなりまする様にと存まして。則浄るりに取くみ。おめにかけまするやうにござります。はう〳〵のかぶきにも。仕りまして。さのみかはりました義もござりませね共。浄るりに仕りますは。はじめにてござりまする。序に卅三所のくはんをんめぐりの道行がござります。人形の義は。めづらしからね共。御目通りにて。私がつかひまする様にござります。とかく御ひいきのちくごのぜう義でござりまする間。何事もよしなに御けんぶつ下されませふ。是より心中のはじまり。さやうにおこゝろへなされませい。

序にいきなり道行を置くというこの演出については、祐田氏は歌舞伎における序開きの出端の応用であると指摘され（前掲論考）、また、それが心中浄瑠璃の戯曲的な展開の上でどのような意味を持つかについても、広末保氏や今尾哲也氏などの論考がある。(30) しかし、ここではむしろ、もう少し単純に問題を絞って、何故序に「卅三所観音廻り」が入れられたのかを、作者近松の立場という視点で考えてみたい。

当時、女巡礼が流行していたことについても祐田氏の指摘があるが、『曾根崎心中』が世話浄瑠璃であれば時代浄瑠璃に比べて、より一層当時の世間の関心事がその中に取り入れられていくことは、ごく普通のあり方である。ただ、それを心中した女お初を登場させて、しかも、序開きに出語り出遣いで演じさせたのは、太夫・人形遣いの芸見せのためであったとしても、そこには計算された別の意味があったと思われるのである。

芸見せのために幕間に道行が出語り出遣いで演じられた例は、『鸚鵡籠中記（おうむろうちゅうき）』の元禄八年（一六九五）四月十日の記事にある。

中入り過て、附舞台へ竹本義太夫・同新太夫・同喜内。三味線竹沢権右衛門。おやまつかひ小山庄左衛門。皆上下を着し罷出、芝居中へ礼を仕り、則口上に而一々披露在て、師弟つれぶしにて道行一段語る。

庄左衛門袴に成り、もじ屛風を立て、道行の人形を廻す。芝居中所望に依て、又ワキを替て一段語る。

演じられている情景は『曾根崎心中』見返しの舞台図を思わせるほど似通っている。この道行が『曾根崎心中』では、辰松の口上にあるように「是より心中のはじまり」と、序開きとなり劇中に組み入れられているのである。『曾根崎心中』には各種の正本が刊行[31]されているが、いずれの正本の内題にも「曾根崎心中付(タ)リ観音廻り」と「付(タ)リ観音廻り」が入っている。前出の絵入り本では「付リ大坂三十三所観音廻り道行」ともなっている。このようにわざわざ書かれているのは、これが見せ場であったことを示している。しかも、人形遣い辰松に口上を述べさせて、「御目通りにて。私がつかいまする様にござりまする」とまで言わせているのは、辰松自身の芸を見せるのが一番の目的であったこととなる。

ところで、辰松八郎兵衛の『曾根崎心中』以前の動静については、元禄十四年以後の上演と推定[32]されている『あつた宮武具揃』の見返しに載る人形役人付（それも端役）にその名を見るのみであり、よく分ってはいない。しかし、『曾根崎心中』出演以後の活躍には、主要な項目のみ挙げれば、

元禄十六年十月か　大坂竹本座　傾城八花形に出遣い出演
宝永二年　京亀屋座　和歌三神影向松に出遣い出演
〃　十一月　大坂竹本座　用明天王職人鑑に出遣い出演
この間江戸に一時下ったか。（鸚鵡籠中記、宝永三年十月朔日）
宝永四年暮　豊竹若太夫と相座元で豊竹座を再興

正徳五年十一月　　　竹本座に復帰（国性爺合戦に出演〈『浄瑠璃譜』〉）

享保四年十一月　　　江戸において辰松座を創設（一説に享保五年十一月とする）

享保十九年五月九日江戸にて没、享年未詳。

と、その芸を高く評価されての出演や、意欲的な行動家としての姿が浮かび上がってくる。没年から数えれば『曾根崎心中』上演の元禄十六年は三十一年前となる。享年未詳ではあるが、晩年迄江戸で活動していた様子から、仮にその年令を六十代とすれば、『曾根崎心中』で「観音廻り」を遣ったのは三十代前半位か、それよりも若い年令であったかと考えられる。つまり、それなりの実績は以前からあったのであろうが、「観音廻り」の辰松の出遣いは現存資料から、また、その年令から突然の抜擢のように思われ、彼自身の顔見せ、売出しの感すらある。「観音廻り」は辰松を売り出すための場であったと言っても過言でないのではないか。近松はそのことを承知の上で『曾根崎心中』の執筆を引き受けたと考えられる。無論、近松にとっても、歌舞伎の世話狂言については経験も豊富であったが、浄瑠璃に世話事を仕組むのは初めての試みであり、加えて、辰松の売出しに一役買うこととなったため、その作意には一段の工夫が求められることとなった。辰松の芸見せとともに、従前の時代物とは異なる作に、どのような目新しさや特色を見せるか、構成や文章その他苦心の結果としての『曾根崎心中』の擱筆であった。その内に込めた自信を「はう〳〵のかぶきにも。仕りまして。さのみかはりました義もござりませね共。浄るりに仕りますは。はじめにてござります る」との口上に窺うことができる。正に、『曾根崎心中』の上演は近松にとっても辰松にとっても新しい出発の場であり、竹本筑後掾にとっても世話浄瑠璃を語るという新しい試みの場であった。そして、その試みは停滞した一座の活路を見い出させるものとなるべく、三者がそれぞれに期するところ大なる新作の発表であった。では、序「観音廻り」において近松が期したものはどのようなことであったのであろうか。

・我かげのあれ〱。はしればはしるこれ〱。とまればとまる
・せみのは。のうすき手のごひ。あつき日に。つらぬくあせの玉つくり
・のほりやすな〱くたりやちよこ〱。のほりつをりつ谷町すぢを。
・しよていくづれをれァ、はづかしの。もりてもすそかはら〱〱。
・はつとかへるを打かきあわせ。ゆるみしおびを引しめ。

右は「観音廻り」からお初の動きを表現した語句を一部分のみ抜き出したものである。「観音廻り」では、お初が廻る札所々々の謂われや寺名、地名を縁語で繋ぎながら、夏の風物を点綴していくが、辰松の手妻人形の働き(33)とは別に、既に指摘されている(34)ことであるが、右の箇所からも近松がいかに人形の動きに配慮して作文しているかがわかるであろう。しかも、その人形の目線を通して景を展開させていくため、太夫の語りと人形の動きに引き付けられている観客も、また、お初と同じ景を眼前の景として、近松の文章を受け入れていくこととなる。そこまで魅惑させるのは辰松の芸の力によるところも大であるが、近松は辰松の人形を活かす作文によって、上演を好評に導き、自らも含めて皆の期待に十分応えたのであった。

評判を得た因の一つは、やはり、心中した当の本人お初をいきなり登場させ、三十三所の観音廻りを、附舞台を置き出語り出遣いで演じさせた意外さであろう。この演出が歌舞伎作者でもあった近松の発案か、人

形遣い辰松の芸を重んじた演者側の発案かは不明ながら、この場面には心中事件を一旦忘れて、人形操り浄瑠璃自体を楽しんでもらおうする情緒的な娯楽性がある。しかも、そこに出てくる地名や寺名は歌枕であるような名所・旧跡ではなく、大坂人の馴染みの地名・寺名であり、観音廻り自体も身近な習俗である。[35]この地縁性だけでも、大坂の観客を魅了する要素は十分にあり、加えての出語り出遣いであった。

『曾根崎心中』以前に上演された、心中事件を扱った世話狂言で狂言本の残存するものは少ない。狂言本は筋書き程度という限界はあるが、例えば、『心中茶屋咄』（元禄十三年正月、京都亀屋座上演）を『曾根崎心中』と比較してみるに、劇の進行は『曾根崎心中』とほぼ一致し、また、心中への道行や最期場での情緒的な場面もあったと推察される。しかし、狂言本による限りでは事件の原因や周囲との関わりを描くことによって、心中事件の現実的な面を伝えようとする姿勢が強く感じられる。無論、芝居としての脚色はされているが実際の事件として扱われた内容になっていると言えよう。ニュース性を持つという世話狂言へのこだわりか、また、役者が演じる故に却って現実離れがしにくいという歌舞伎の限界のようなものがあるのであろうか。役者の姿態が演じる舞台では、既に諏訪春雄氏が指摘[36]するように、役柄による芸域に縛られ、人間把握もその制限をうけるために、自ずから役柄の型に塡め、批評もそれを好しとする。

当春すてお舟の心中には。よしの屋の小柳と成て。三十殿と舟の中の心中。小づくりにこそあれりこうに見へせりふよけれ共。あいきやううすく。所作事はぶ得手なれ共手ばしかく。今難波の若女の上物

（宝永八年三月『役者大福帳（やくしやだいふくちよう）・大坂』葛木常世評）

なども、若女形の型を前提とした批評のみで、演技や「舟の中の心中」という演出への言及はない。その点人形が演じる場合は一面では現実を離れた独自の雰囲気を持つことが許され、それが心中という悲劇的な問題にも情緒豊かな場面を加えることができ、「観音廻り」という辰松の技芸の活用となったのであろう。「はうくのかぶきにも。仕りまして。さのみかはりました義もござりませね共。浄るりに仕りまするは。はじめにてござりまする」と言わせたのも、そうした自由さがもたらした、言わば歌舞伎の「曾根崎心中」ではない、浄瑠璃の『曾根崎心中』の初さがここにはあるということの表明であろう。

お初は浮世、当世女である。それは身近にいる現実の女性として描かれるものである。汗もかき、煙草も吸い、恋の成就を祈念する普通の遊女である。そうした遊女を最も効果的に見せるための工夫の結果が「観音廻り」であった。それは今尾氏が指摘する(30)ごとくに現世のお初の姿を見せることでもあったろう。

次に掲げたのは人形の動きに加えて近松が書き込めたお初の心情の表現である。

・人のねがひも我ごとくたれをか恋のいのりぞと。
・つゆにやつるゝ夏の虫。をのがつまごひ。やさしやすしや。
・いろにこがれてしなふなら。しんぞ此身はなりしだい。
・よそのまつよひきぬぐも。思はでつらきかねのこゑ
・そらにきえては是もまた。ゆくゑもしらぬ。相思ひぐさ。人しのぶぐさ

道行の文章は、道行の目的や理由に相応した、歩み行く人間の内に込められた心情が、眼前に展開する景

や通り過ぎる地名などに絡めて綴られていくのが普通故、「観音廻り」のみに特別な心情表現を見ることはできないという見解もあろう。確かに節付の面でも、他の道行、例えば、先に引用した『曾我五人兄弟』『百日曾我』の虎・少将の道行と比べて、そこに付されている文字譜の数や種類（文字譜の数で節付の違いを云々することは適当ではないが、付された文字譜が多ければ多いほど、その曲節は複雑であり、それに伴う人形の動きにも複雑な所作が加わるであろうことは言えよう）に差はない。語りの具体的な違いを推し量ることはできないが、文字譜から見る限り、語りそのものは他の道行との間に大きな変化はなかったと思われる。しかし、「観音廻り」ではお初の直接的な心情表現は押さえられて、むしろ人形の所作に合わせたものとなっている。華やかな浮いた心持ちの中に、恋する女の所作と心情とがうまく絡み合い、歩み行くお初の心うちを見事に伝えている。辰松の芸を活かすための近松の作意をこうした点にも読み取ることができる。役者の演じたお初（歌舞伎の曾根崎心中でもこの名が使われたかどうか不明であるが）以上に、生き生きとした人形のお初が当世流行の姿で舞台に蘇生したのである。

以前から、人形遣いの使う人形の所作が歌舞伎の芸と競合してくるのではないかという畏れは歌舞伎の側にはあったようである。

諸げいにたつし給ひ。男つききつとしたるにはちがひて。小歌上るりにあはせては。大坂にて山本弥三五郎。京にて大蔵善左衛門。肺肝をなやましくふうしてつかふ。人形もおよびがたし。道行事又は拍子入ての舞ほむるに詞なし。

（元禄十二年三月『役者口三味線・江戸』中村伝九郎評）

といった評判はそうした意識の現れであるが、また既に、子役の役者が人形振りや碁盤人形の振りを真似ることもあった。しかし、辰松が出て、その畏れは現に中村千弥のように

去戌（宝永三年）正月の顔みせ、辰松八郎兵へつかはる、道行人形のまひ大当りして。一年中当り通し（宝永四年三月『役者友吟味・京』）

と、人形の所作を真似る役者を生み出し、観客もそれを好しとして評判するということにまでなったのは、辰松の技芸の素晴らしさによるものであろうが、浄瑠璃がそこまで人形の出場を作るとともに、その技術の向上を計っていったという、当時の浄瑠璃各座の大勢にもよっている。

(二)『曾根崎心中』道行

元禄期の上方浄瑠璃界は、京都に宇治加賀掾座・山本角太夫座、大坂に竹本義太夫座・伊藤出羽掾座・松本治太夫座、また、その他奈良にも小林平太夫の一座があり、活況を呈した時期であった。それら各座の傾向として人形を見せる舞台への工夫を指摘することができる。錦文流は自作『本海道虎石』（上演年時、元禄六、七年頃か）で初めて捩手摺が用いられ、附舞台が創始されたという。本舞台の前に附舞台という張出しの舞台を設けるのは、太夫よりも人形遣いの芸を、より近く観客に見せることにほかならない。その例示として先に挙げた竹本座の名古屋での様子が知られる。加えて、人形自体のからくり、即ち、手妻人形だけでなく、南京糸操りの利用、また、本水を使った水からくりの大道具も使用され、舞台の演出は一新される。角

太夫座の南京糸操り、出羽座の水からくりは一座の特色ともされた。加賀掾の宇治座、義太夫の竹本座もこうした傾向の中にあったことは既に指摘したことがある。[37]『曾根崎心中』以前に名の挙がることのなかった辰松八郎兵衛の登場も、こうした状況の中でじっくりと磨かれた芸の披露であった。

この時期、歌舞伎界にあった近松の浄瑠璃に対する姿勢については、歌舞伎的な発想で人物像が作られていることを既に指摘したが、それは、言い換えれば、歌舞伎の人間の芸に相応する人形の芸が得られることを前提として発想されたものと言えよう。ただし、近松の立場は作者としてのものであり、そうした技芸をより一層際立たせるための作の筋立てや詞章の錬磨にこそ、自分の本領が発揮されるべきであるというのが近松の本意であろう。そうした場合の作者の立場はどのようなものであったのであろうか。浄瑠璃に比べて作者の立場は弱いとされる歌舞伎において、例えば、金子吉左衛門の『耳塵集』には次のような坂田藤十郎と作者近松・金子とに関する逸話が伝えられる。

替り狂言について近松門左衛門や金子吉左衛門が坂田藤十郎ら役者に筋の内容を説明するが、藤十郎は稽古を重ねた上に、小道具まで用意させて稽古を通し、やっと好い狂言であると納得した話が載り、藤十郎は自分の役の多少に関わらず狂言の筋をよく聞いたと結ばれる。

この話は藤十郎の好い芝居を作ろうとする心がけを伝えると共に、作者をたてる心遣いを伝える話としても理解されている。無論、この替り狂言の制作には『金子一高日記』からして、坂田藤十郎も相談を受け、関わっていたと考えられる。しかし、藤十郎は役者に徹し、近松や金子を立てるための遠慮をなした。二人の持つ実績や重みといったようなものが両者にあったことが、これがいつの時点での話であるかは不明ながら、逆に推察される話である。つまり、役者にはそれぞれの芸域があり、それを最大限引き出すための仕組みを拵えるのが歌舞伎作者の仕事であり、そうした経験も制作上の手続きも十分に踏まえて作られた狂言であるとの自負が近松等には当然あったと見るべきであろう。この作者としての意識は早く浄瑠璃本に作者署名を入れたと非難された近松にあっては生涯離れることのない自覚であったはずである。『曾根崎心中』の執筆にあってもそれは同様であり、しかも新しい試みだけに、一層近松の意気込みがその構成と本文の上に表れていると見なければならないであろう。そうした意味で、近松の筆勢をより強く感じさせるのは「観音廻り」よりも「死出の道行」である。

元禄十六年六月晦日以前上演と推定される竹本義太夫正本『蒲御曹子東童歌（かばのおんぞうしあづまどうか）』がある。その第三に梶原源八・玉姫夫婦が主と兄への義理立てから心中を決意し、道行（本文には道行との指示はないが）の後、差し違えて死なんとする場面がある。『曾根崎心中』との比較のため、少し長くなるが引用する。

しよきやうむしやうのかねのこゑじやくめつ。ゐらくとひゝけ共きゝて。おどろく人もなし。のへよりあなたのともとてはけつみやく。計にしゆずそへて。是をめいどの。ともとする。かゝるたびぢはつゐにゆくものとはかねて聞しかと。きのふけふ共今さらに。思はさりけり思へはや。ゆめのうきよをゆめのまも。そひはてもせてゆく心。一つとや。一つうてなにむかへつゝ。たすけ給へやみた仏。二つとや。二つつれだつたおさとり。道しるへせよしての山。三つとや。みつの川せは手を取りて。つまもろ共にわたるへし。なげき給ふな我つまと。いさめながらもさきたつは涙也けり我たもとくつる。計に成けれはすけかげのふところに。かほさし入てむせかへるよそのみるめもあはれ也。

ひつじのあゆみひまもなく一あしゆけはしやはとをく。二あしゆけはさきちかく菖蒲のかほり風つげて。川ぎしちかく成ければもはやこゝかといふこゑに。むねによどみてつらさ川ふかき。ちぎりのかぎりなり。

すけかげ涙をとゞめふかくなけくはみれんの至り。只御念仏こそ大事なれとさま〳〵いさめ給ひければ。はづかしの心ねや命おしむでさふらはず。人の夫婦を御らんせよ。むそじやそしのなみこへて百年そふてわかるゝさへ。今はの時はかなしきにいまだみそじにたらぬ身や。はたちにたらぬ身を持てせめて一とせそふ事か。きのふやけふのあた枕あかつかぬまに打すてゝ。露をかたしくくさ枕是が此世の見はてかと。たかひにかほを見あはせて又さめ〳〵となきゐたり。

扠有。へきにあらされば。こしのさしぞへするりとぬきむねのほとりにをしあてゝ。なむあみた仏〳〵といふこゑに。


『竹本義太夫浄瑠璃正本集　上巻』（大学堂書店、一九九五・2）

この後二人は熊谷小二郎に止められ、心中を思い止まることになるが、この詞章は『曾根崎心中』との関連を思わせ、共通する語句や類似する語句も傍線部のように見い出すことができる。ただ、『曾根崎心中』の道行と決定的に異なるのは、風景の描写や挿入された数え歌などが二人の心情と絡み合っていないことである。例えば、「ひつじのあゆみひまもなく一あしゆけはしやはとをく。二あしゆけはさきちかく」などは、『曾根崎心中』の「此よのなごり。夜もなごり。しにゝゆく身をたとふればあたしかはらの道のしも。一あしづゝにきえてゆく。ゆめのゆめこそあはれなれ。」を連想させる語句であるが、『曾根崎心中』では露が消えることで徳兵衛・お初の心情を訴え、しかも、人形の動きを直接に表すことなく二人の歩む姿を描いているのに対して、二人の動きの解説に止まっている。荻生徂徠が「近松の妙処、此中にあり。外は是にて推しはかるべし」（『俗耳鼓吹』）と感嘆したのも、心中する男女の心情がここに凝縮されていることを読み取ったからに違いあるまい。

加えて、「死出の道行」が「観音廻り道行」と大きく異なるところは、歌舞伎の台帳への書き替えが簡単に可能な、徳兵衛とお初の心情を対話的に吐露するせりふの部分と、[38]人形の動きを表わすト書的な部分によって劇の展開がなされているところにある。しかも、その心情を二人の言葉として直接に表現するのではなく、よそごと浄瑠璃や景物へ託すという客観的な視点から描き、その心情が見物の心へ移入し易いように工夫されている。人形遣いの派手な動きはここでは押さえられ、太夫の語りの聞かせ場（それは作者の筆の冴えのほども大きく関わるものであるが）として重き場をなすと言うことができよう。この点についてもう少し考えていきたく思う。

祐田善雄氏は岩波文庫に収めた『曾根崎心中』のこの道行の冒頭部の脚注に、「連吟で二人舞。道行と題するが、道行らしいのは巻頭の観音廻りで、ここの趣向はよそ事浄瑠璃に託して両人の心情を口説くところにある」とされ、さらに、「よそ事浄瑠璃の歌にからませておはつ・徳兵衛の心情を口説く盛りあげは効果的」「以上、道行はよそ事浄瑠璃に託して口説くのが趣向で、芸の見せどころ」と批評される。「此よのなごり（中略）そねざきのもりにぞ。たどりつきにける」までの道行の批評であるが、一方、二人の心情が直接に表現されているのは、

・いつまでも。われとそなたはめをとぼし。かならずさう

・あやなやきのふけふまでも。よそにいいしが明日よりはわれもうはさのかずに入。世にうたはれんうたはゞうたへ

・うたふはたそやきくはわれ。すぎにし人もわれ〳〵も。ひとつ思ひ

・あけなばうしやてんじんの。もりでしなん

・あすはわか身を。ゑじきぞや。………のちのよもなをし一つはちすぞや

の箇所であり、それぞれの後には、「とすがりより」「うたふをきけば」「とすがりつき」「と手をひきて」「と。つまぐるしゆず」と動作を示す語がきている。この道行の心情表現の効果は、祐田氏が指摘されているように、よそ事浄瑠璃や鐘の響き、自然の景に託され重ねられることによって、観客に移入されるところにある。人形の振りを直接に示す語句は、右の例のように、直接的な心情表現の後にきているが、その数は少ない。「観音廻り道行」が辰松の芸を見せることに終始した詞章作りであったのに対して、むしろ、こうした観点からは「死出の道行」は、語りの情緒を重視した文章と言える。

　次の曾根崎の森の場面は、徳兵衛とお初の会話で進行し、会話以外の箇所はト書のような役割をなしている。そして、二人が叔父・父母への暇乞いの述懐をなし、泣き叫ぶところで、近松は「りうていこがるゝこころいきことはりせめてあはれなれ」と結ぶ。「浄るりは憂が肝要也とて、多くあはれ也なんどいふ文句を書、又は語るにもぶんやぶし様のごとくに泣が如くかたる事、我作のいきかたにはなき事也。某が憂はみな義理を専らとす。芸のりくぎが義理につまりてあはれなれば、節も文句もきつとしたる程いよ〳〵あはれな

るもの也。この故に、あはれをあはれ也といふ時は、含蓄の意なふしてけつく其情うすし。あはれ也といはずしてひとりあはれなるが肝要也。」（『浄瑠璃文句評註難波土産・発端』）は近松の晩年の言説を伝えたものであるが、最期場のこの愁嘆を支えているものは「りうていこがるゝ、こころいき」と言われる徳兵衛・お初の真情、言い換えれば、この世への未練と名残であるが、それを素直に「あはれなれ」と言い切ったのは、右の近松の言説からして、ここに「含蓄の意」を認めていた故と考えられる。その「含蓄の意」とは「いつ迄言ふてせんもなし」ながら、言わずにはおれないこの世の血筋と恩義への言い尽くせない思いを指す。それは見物の心を捉え、同情を呼び起こさせずにはおれない人の「義理」[39]（人としての道理）として働く。「含蓄の意」は人形の激しく泣く仕種によって言外に表現され、その場面の語りも人形も活きてくるのである。「芸のりくぎが義理につま」るとはこのようなことを言うのであろう。『曾根崎心中』の到達点は実はここにあったのである。つまり、人形遣いの芸を楽しませるのも作者の文章によるが、真に人形を活かすとは、人形遣いの芸に頼るだけではなく、それぞれの場面での人の心の内に本来あるべきものを、心の内の言葉として表現すること、それが無理なく「含蓄の意」をもって語られ、人形の働きを導き、観客に感動を与える。その筆勢の新たな開眼である。そして、また、場面そのものをも、「地文句せりふ事はいふに及ばず、道行なんどの風景をのぶる文句も、情をこむるを肝要とせざれば、かならず感心のうすきもの也。詩人の興象といへるも同事にて、たとへば松嶋宮嶋の絶景を詩に賦しても、打詠て賞するの情をもたずしては、いたづらに画ける美女を見る如くならん。この故に、文句は情をもとゝすと心得へし」（『浄瑠璃文句評註難波土産・発端』）と近松は言う。「此のよのなごり。夜もなごり。」から「二人かなかにふるなみだかはのみかさもまさるべし。」は、この近松の言説の見事な実証である。それは同時に、近松の浄瑠璃における歌舞伎離れの方向でもあった。

四、座付作者近松

(一)『用明天王職人鑑』とからくり

『曾根崎心中』の成功によって、皮肉なことに竹本筑後掾が引退を望むという、竹本座にとっては大変な事態が生じることとなる。『曾根崎心中』の大当たりによって借金は返済したものの、一座を経営するために、これ以上神経を減らしたくないというのが理由であったらしく、竹田からくりの一族竹田出雲が竹本座の座元となって、その負担は引き受けることに話がまとまると、筑後掾は太夫として座に留まる。これは『今昔操年代記』の伝えるところであるが、ここには筑後掾の座元としての疲れた気持もさることながら、また、次のような浄瑠璃界の変化を見るべきであろう。

一つには、既に指摘したように、元禄中期以降の浄瑠璃界では、舞台において手妻人形やからくりの使用による演出が盛んに行われており、竹田からくりで培ってきた技術が浄瑠璃界でも十分に活用し得ると見て、竹田からくりの方が人形浄瑠璃界への進出に積極的であったこと。

二つには、太夫の語りに対して人形操りの視覚的な舞台の楽しさが、今まで以上に見物を惹きつけるようになってきており、筑後掾もその重要性を認識していたが、資本力の弱さからそれを充実させるだけの余裕が筑後掾にはなく、竹田出雲の参画は望むところでもあったこと。

世間的な表向きの事情はどうあれ、浄瑠璃界には筑後掾に引退を決意させるだけの大きな変化が起こってきていたのである。このことは、新たな両者の結びつきが浄瑠璃操り界の現状を見つめながら、今後の発展の方向がどこにあるかを見定めた上での意欲的な取組であったことを意味している。それ故に、この新生竹本座に近松門左衛門を座付作者として迎えようとしたのも、予定された方策であったと言えよう。
近松が長年の身の置き所であった京都の歌舞伎界を去って、大坂に移住までして浄瑠璃界に復帰した理由については、不即不離の関係にあった坂田藤十郎が、病のため舞台に立つことが少なくなっていったことが第一に挙げられるが、それはその通りであるが、転職への心を駆り立てたのは、近松自身、『曾根崎心中』の成功によって得た浄瑠璃の新しい分野への意欲と、竹本座に新しい流れが生まれつつあるのを鋭く察知してのことと推察する。

辰松八郎兵衛や豊竹若太夫も加わった、その新生竹本座の顔見世興行として、宝永二年（一七〇五）十一月『用明天王職人鑑』が上演される。その第一段に「此時よりや諸職人。今も国名をゆるされてときに近江や世に出雲。其万代も竹の名の。筑後の後の末ながき御代に。すむ身ぞ三重〽ゆたかなる」と記し、竹田と竹本との提携を寿ぐと共に、近松自身も「すむ身ぞ三重〽ゆたかなる」と、新生竹本座および自らの将来に対する喜びを伝えている。

『用明天王職人鑑』（以下、「用明天王」と略称）は、第二段の尼公が二人の子供のために我が身を犠牲にする悲劇的な場面が、近松の戯曲手法展開の上で、後の「三段目の悲劇」と称される近松時代浄瑠璃の作劇法の先駆をなすものとして、既にその位置付けがなされている。(40) ここではさらに、新生竹本座へ移籍しての初作「用明天王」を執筆・上演するにあたって、近松が示した発想やその姿勢について指摘し、近松の求めた浄瑠璃操りの新しい方向について考えていく。

「用明天王」には上本の絵入本（天理図書館蔵上下二冊本）があり、その表紙見返しには手妻人形やからくりを使用した華やかな舞台図（図版）の載ることが知られている。その舞台図に描かれた出語り出遣いの場面は、第三「鐘供養」や「鐘入りの段」の大掛かりなからくり使用の場面であるが、その他の挿図（見開き二図、片面一図）においてもからくりを示唆する次のような説明が見られる。該当する浄瑠璃の本文（文字譜省略）と合わせ並べてみる。

(1)**「げどうのきやうくはんやける」「ぶつだうのきやうくはんぶつたいと成」**

本文「とのもづかさ松ふり立両方一度にくゆらする。あらうたてや仏経の表紙紐(ひぼ)に火うつりて。（中略）夕べのけふりきへ残る玉ぢくばかりに成てげり。外道の書には火もうつらず雪をたくかとあやしまる。（中略・花人親王が）合掌(がつしやう)あれば有がたや残たる玉ぢくより。七千余巻(くはん)の文字のかず〱一てんうせずあらはれし。ひかりの中より妙かくの如来のようほうあり〱と。おがまれ給ふと見へけるがにつけいよりいなびかり。うつるとひとしく外道の書は皆くはいぢんとけふりゆき。紫雲(うん)に乗じ御仏はくもゐに。あがらせ給ひける。」（一段）

(2)**「ますらがまなこぬけ出」「ますらがすがたこくうへ上る」**

本文「せつなが間に一筋の。にじ大ぞらにたな引て（ますらの）左のまなこぬけ出て。がんくはあたりにさんらんし雲車(うんしや)にまかれて〽(三重)飛行する」（一段）

(3)**「ますらがすがたあらはれじやまをする」**

本文「人間のめにこそ見へね外道のかたち。かねの上につゝ立て。人力をうばひ取ならくにいれとぞをさへける。」（三段）

(4)**「おのへのかねうみよりあがる所」**

本文「高砂の尾上のかねのをのづから。ほかけし舟のごとくにてすでに。しゆろうぞ」（三段）

⑸見返し図「鐘入りの段」（左図）の個所は後述。

本文「省略」

右の個所のほかにも浄瑠璃本文より推察して、次のようなからくりが使用されたことが知られる。

⑹銚子が自然と飛び上がり、勝舟に酒をかける。（一段）

⑺撞かないのに鐘が鳴り、引かないのに鐘が揺れ動き、鐘楼に鐘が引き上げられると、鐘の中より蛇体となった諸岩の妻が現れる。（三段）

⑻けいぼの頭より電光飛び出し、異形の身（眼中の瞳児）が現れる。（四段）

⑼若宮の左手より光明が輝き出る。（四段）

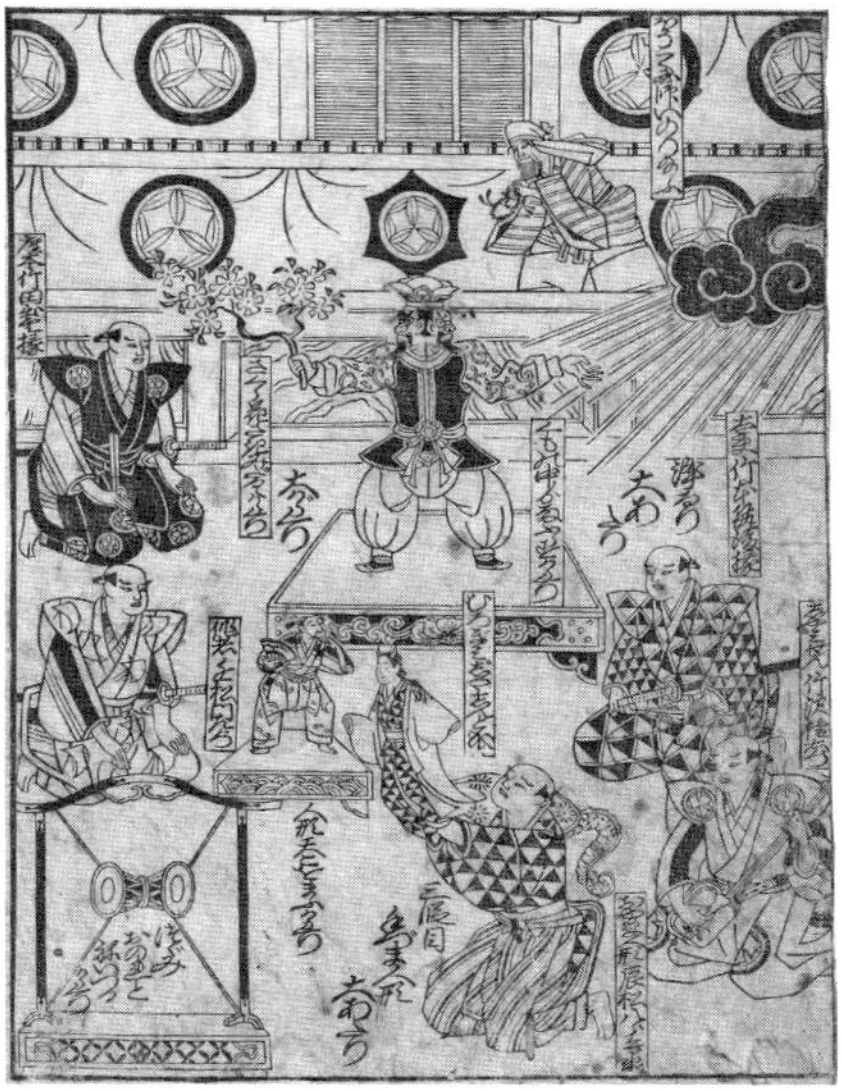

絵入浄瑠璃本『用明天皇職人鑑』上巻見返し
（天理図書館蔵）

⑽たちまち桐の梢に葉が生じ、王子の姿を隠す。（五段）

⑾若宮の御手を開くと、光明たなびいて、桐の葉が吹き落とされ、王子の姿が現れる。（五段）

また、見返し図「鐘入りの段」には、

「くもの中より雨ふらすからくり」「人形天こをまふからくり」「つゞみおのれとねいづるからくり」

と、浄瑠璃本文には直接表現されていないからくりについての説明もある。

これらは明らかにからくりの面白さを狙っての演出であり、しかも、二段目を除き各段に見られるということは、竹田からくりの技法に熟知した竹田出雲の参画の重さを語っているものと言えよう。加えて、三段目の「鐘入りの段」は表紙見返しに画かれるほど、多彩なからくりや手妻が用いられている。この場面のからくりの技法について時松孝文氏の考察(41)があるが、ここでは三段目がどのような構成になっているかを調べ、作者近松がこの場面で意図したことを考えてみる。三段目の筋は次のような内容であるが、大きく三場面に分けられ、それぞれが聞かせ場・見せ場となっている。

兵藤太入道は瑞夢から尾上浜の釣鐘を引き上げにかかるが、波打ち際より動かない。折から、賤の童にやつした花人親王達が通りかかり、親王は釣鐘の由来を説く。帰国途中の真野長者も通りかかり、親王と長者は釣鐘の功徳について問答する。長者は花人親王を山路と名付け、雇う。山路の鐘引きの木やり音頭によって、鐘は引き上げられ、長者の寄進した鐘楼に釣られる。（尾上浜鐘引き）

鐘供養の噂を聞いて、諸岩の妻は、遊女となってまで夫へ貢いだ身の上を述懐し、「恋慕の恨みと執着の一念」を払わんと、参詣に訪れる。供養の場に入ることを佐用姫に断られ、重ねて断りに出てきた、死んだはずの夫諸岩を見て、恨み口説く。そして、佐用姫が諸岩の妻と知り、嫉妬のあまり鐘さえ恨めしと鐘を引き被って消える。鐘楼から落ちた鐘を引き上げんと、豊国国師が祈ると、鐘が現れひとりでに鳴り、鐘楼に上がる。中より蛇体が現れ出る。（鐘供養）

蛇体となった諸岩の妻は、遊女となった身の懺悔と地獄での呵責の責めを語り、夫を責めるが、鐘供養によって夫婦妹背の守り神となって虚空に消え去る。折から、雲巻き起こり、蛇体の鱗は金色の花となって散り、鐘が鳴り渡る。（鐘入り）

郵 便 は が き

料金受取人払郵便

神田局
承認

4705

差出有効期間
2020年4月
25日まで

(切手不要)

101-8791

514

東京都千代田区神田小川町 3-8

八木書店 古書出版部

出版部 行

ご住所 〒		
TEL		
お名前(ふりがな)		年齢 歳
Eメールアドレス		
ご職業・ご所属	お買上書店名 都府県 市区郡 書店	

お願い このハガキは、皆様のご意見を今後の出版の参考にさせていただくことを目的としております。また新刊案内などを随時お送りいたしますので、小社からのDMをご希望の方は、連絡先をご記入のうえご投函賜りたく願いあげます。ご記入頂いた個人情報は上記目的以外では使用いたしません。

)買上げ書名

＊以下のアンケートに是非ご協力ください＊

、ご購入の動機

] 書店で見て
] 書評を読んで（新聞・雑誌名：　　　　　　　　　　　　　　　　　　）
] 広告を見て（新聞・雑誌名：　　　　　　　　　　　　　　　　　　　）
] ダイレクトメール
] 八木書店の Web サイト・Twitter を見て
] その他（　　　　　　　　　　　　　　　　　　　　　　　　　　　　）

:、ご意見・ご感想をご自由にお聞かせください。

3、機会があれば、ご意見・ご感想を新聞・雑誌・広告・小社ホームページなどに掲載してもよろしいでしょうか？

□ はい　□ 匿名掲載　□ いいえ

ありがとうございました。

筑前鐘の岬（福岡県宗像郡玄海町鐘崎）の沈鐘伝説[42]や謡曲「道成寺」を取り入れた内容であるが、この三段目は「用明天王」の縦筋から見れば、第一段・第二段と繋がりはするが、むしろ入れ事的な景事である。また、花人親王（山路）と真野長者の出会いは四段目への道筋を開くものであるが、鐘供養自体を持ち出す必要はそれまでの場面にも、その後の場面にもない。一曲の山場を構成すべき三段目に縦筋とあまり繋がりのない内容を取り込むのは、この場面が見せ場・聞かせ場として独立性の高い場面であることを語っている。新生竹本座の顔見世興行として、「太夫竹本筑後掾・しやみせん竹沢権右衛門」の出語り、「おやま人形辰松八郎兵衛」の出遣いに座元竹田出雲掾や作者近松門左衛門までが附舞台に出ての、「鐘入りの段」（図版参照）であった。からくりや手妻人形の見せ場であったことは既に指摘した通りであるが、聞かせ場としてはどのような点を取り上げることができるであろうか。

語りに合わせて人形が働くのが浄瑠璃操り芝居であるが、右の場面でもこのことは変らない。そのことから言えば、見せ場はそのまま聞かせ場である。しかし、この三段目では、語りの持つ趣と絵入本の挿図などから推察される、手妻人形やからくり使用の華やかな舞台との間に、一見不調和な感じがするのである。浄瑠璃の詞章はむしろ堅苦しく、重苦しい。この違和感はどこからくるのであろうか。もし、近松がそのような詞章を意識的に作文していたとすれば、そこにはどのような意図が込められていたと考えられるであろうか。

堅苦しく感じるのは、兵藤太入道や賤の童と姿をやつした花人親王が説く「鐘引き」における鐘の由来や功徳、また、親王の真野長者への鐘の説明などが、聞き取りにくい難解な仏語を多用した説経調の文体を取っている点にある。ここは第一段の外道を打ち破った仏法の流布を盛り立てるための縦筋を受けた場面といえるが、以後の展開は違った趣をもつ。「鐘供養」「鐘入り」は謡曲「道成寺」によるが、「道成寺」の僧と荘司の娘との関係を諸岩とその妻とし、しかも、諸岩を形ばかりながら僧体とすることによって、「道成寺」の世界、すなわち、自分を欺いた男への恋の執着と恨みから蛇身となって釣鐘に隠れた男を焼き殺す、その話が背後に活かされている。「道成寺」の世界をパロディ化するのではなく、その雰囲気をそのまま受け入れており、それがこの個所に重苦しい感を抱かせる因となっている。

「鐘供養」のマクラのところは、諸岩の妻を下働きの飯炊き女にして登場させ、奉公の辛さを軽快な調子で語らせ、おかしみをもたらすが、その軽妙さは自害して死んだはずの夫諸岩と顔を会わせることによって一転する。そして、夫に妻までであると知り、室君と呼ばれる遊女になってまで夫に貢いだ結果が、夫の背信であった悔しさを「ないついかりつうらみつわびつ」訴え、さらに離縁を突きつけられた恨みと妄執から鐘を引き被いて失せてしまう。

鐘が失せたことを知った豊国国師は「れんぼのうらみしうぢやくの一念。かくては後生もうかみがたし」と、女人を助け、鐘を鐘楼に上げるために祈るのであるが、ここで語られるのはまさに「道成寺」のテーマと類似する。ただし、「用明天王」では、献身の末に夫に裏切られた妻の恋の妄執に加えて、誠意に対する不実への恨みへと変えられている。そして、「鐘入り」で蛇身となって登場する諸岩の妻は、遊女であったが故に恋慕の執着に採り付かれた女に再び変えられ、そのために受ける罪科を懺悔して、地獄の呵責を訴える。ここではもはや諸岩の妻と言う立場は失われており、遊女という職にある身の日々と心情が語られ、その述懐がなされている。この場面は太夫（筑後掾）とワキによる掛け合いの聞かせ場となっている。心情に重点を置いたこの場面には、先に『曾根崎心中』に見たような、人形の動きを直接示すような文章は見られない。なお、この場面には近松がそれまでに用いてきた手法が活用されている。その点について説明を加えておく。

「鐘供養」で、登場する賤の女（諸岩妻）に供養に参る道行の態をとらせて、辛い奉公の身の上話をさせるのは、坂田藤十郎が演じた『けいせい仏の原』の梅永文蔵の長話の応用とも見られ、話の滑稽な個所もそれを踏まえている。その後の佐用姫との問答は「道成寺」の娘と能力との問答を受けたものであるが、この問答から太夫とワキとの掛け合いで語られている。兵藤太入道との気を持たせたやりとりで気分を変えさせ、諸岩との対面から「道成寺」の世界へと入っていく。死んだはずの夫に出会い、傾城となってまで貢いだ夫に裏切られたと知った妻は、「恋慕の恨みと執着の一念」から鐘を引っかぶって消える。この場面は夫婦の口説の場であるが、この口説のあり方は、近松がこれまで作ってきた、歌舞伎の廓場でなされる、馴染み客が遊女に裏切られたとの誤解からおこる口説事の変形と見ることができる。賤の女となった諸岩の妻が馴染み客に当り、会いに行く遊女（この場合は偶然に出会うのであるが）が諸岩となる。その諸岩が妻と縁を切る（諸岩には妻が敵の娘であるという理由があるのだが、妻はそのことは知らない）のは、馴染みの遊女が客を救うために偽りの愛想尽かしを言うのと同じ設定である。さらに、「鐘入りの段」で遊女（室君）となった身の懺悔と地獄での呵責を語るのは、『三世相』で遊女夕霧に来世で受ける遊女故の苦患を語らせたことの繰り返しである。これらは「道成寺」にない個所であり、ことさら遊女を用いて、夫のことを想い、身を守った女の真情について語らせ、「道成寺」とは違った特色をもたしている。

ところで、「鐘供養」の場で、「龍頭（りうづ）に手をかけ飛ぶとぞ見へし。引かづきてぞ。うせにける。」と、諸岩の妻と鐘が消えて、豊国国師が鐘供養を行い、女人を戒める因縁を説き、「れんぼのうらみしうぢやくの一念。かくては後生も浮かみがたし。ほうしが多年の修行もか様の時の為ぞかし。がいぶんいのつてかの女人もたすけ。かねをしゆろうへ上べしと。五大明王五龍神のひほうをおこなひ〽給ひける。」とあるところの節付「三重」が、「舞台転換も人物の移動もない」ところにあることから、山根為雄氏はここでからくりがなされたのではないかと推察[43]されている。この場のからくりが、時松氏が説かれた、「台に植えられた桜の木が腕と足に、懸けられた釣鐘が胴体と顔に変じて、鐘の本生とも言うべき蒲牢の姿に代る大からくり[41]」なのか、ただ、釣鐘が引き上げられるだけなのかであるが、すぐ後の「鐘入の段」で蛇身となった室君が現れ、おやま人形遣い辰松八郎兵衛が手妻人形で近松の詞章に応じて十二分に舞い操ることを考えれば、ここは鐘が引き上げられ蛇身となった諸岩の妻の登場に止まるのであろう。とすれば、鐘の蒲牢への変身は、辰松が蛇身の人形を遣う「鐘入の段」の場面においてなされたと推測し得る。時松氏が「『鐘入りの段』段切ちかく『今より後は夫婦妹背の守り神ぞと。云ふ声残つて雲を巻立巻降ろし。鱗変じて金色の花を降らして其姿。虚空にまたがり入りにけり』の辺り、夫婦の守り神と現じたのが双頭の蒲牢だったのではないか」と推定されたこととも通じる。

　近松の文章は室君の心情を捉え、人形に性根を十分に与えるものではあるが、手妻人形やからくりの技法を活かすことを合わせ考えると、詞章と人形の働きとに間の違いがあり過ぎるように思われる。この場面は太夫の語りに即して人形が働くというよりも、詞章から離れて人形を活かし働かせる、人形遣いに任せられた手妻人形やからくりの舞台であったと見るべきであろう。しかし、同時にこの場面が太夫とワキとの掛け合いで語られているので聞かせ場でもあった。このように太夫が人形操りのために舞台に間を作ることが舞台の視覚的発展に対する太夫と人形遣い、からくり師との協同のあり方とすれば、浄瑠璃と人形とのそれぞれが独自性を保ちつつ、新しい調和のとり方を求めたことになり、作者の工夫もその点にあったとすべきであろう。座付作者近松の新しい立場、すなわち、一座の人たちと共に「芝居事」に身を置いた最初の仕事がこうした協同を実現させることであったと言うことができよう。

都万太夫座の座付作者となり、また、坂田藤十郎座元の下で、歌舞伎作者として活躍していた時、近松は竹本義太夫に浄瑠璃を書き与えていたことは、残された作品から、また、同じ一座の作者兼道化役者金子吉左衛門の『金子一高日記』の記述（元禄十一年四月二十二日）などから周知のことである。しかし、それは依頼された外部の（浄瑠璃の一座以外の）作者として執筆しており、それ故、その内容は不明ながら「大坂儀太夫浄瑠璃の相談」と『金子一高日記』にあるように、金子吉左衛門にも相談をもちかけなどする、気分的な気楽さが窺えるのである。しかし、『金子一高日記』に見られる歌舞伎の座付作者としての近松は、常に一座の役者との交わりも怠ることなく、また、大坂で上演されている歌舞伎狂言を見物し、吉左衛門に報告（三月十六日）、看板の絵の相談（六月六日）、大外題の絵の下書きを持参（七月五日）、吉左衛門に芝居の小道具に気をつけるように頼む（七月十六日）などと、正に、一座の一員として協力を惜しむことなく、その世界に溶け込んで活動している。嘗て、『野郎立役舞台大鏡』の「近松が作者付」で非難された際の返答の中で「万太夫座の道具なおし」に出たとあるのも、「人にしられたがよい」というだけでなく、そうした芝居事の世界に溶け込もうとした証であったと言えよう。自身の生活即芝居事とする近松の姿勢が、竹田からくりが参画し、辰松八郎兵衛を呼び迎えたこの場合にも十分に発揮され、座付作者の最初の仕事の成功を導いたといえよう。

(二)『用明天王職人鑑』と乞食袋

「用明天王」は能「道成寺」の浄瑠璃操り化ともいえる第三段の舞台演出によって、新生竹本座の顔見世興行を成功裡に導いたが、この外題には、歴代天皇の中では一般にはあまり馴染みがない用明天皇の名が用いられており、加えて下には「職人鑑」と、その作内容を予測し難いものとなっている。江戸（堺町）では早く歌舞伎の外題に「ようめい天皇」が見られ（『松平大和守日記』万治四年〈一六六一〉正月二日）、また、古浄瑠璃に元禄二年（一六八九）の江戸版「やうめい天わう」（太夫未詳）が知られるが、上方での用明天皇の名を掲げた芝居の上演は馴染薄いものである。そうした中でこのような外題および作内容が導き出されたのは何故であろうか。舞曲「烏帽子折」（山路草刈笛説話）との関連は既に指摘されているが、作者近松の作選びの問題として改めてその発想のもとを探ってみたい。

第一段は、三十一代敏達天皇の御代に外道を招来するか、仏道を招来するかで、皇弟山彦皇子と花人親王との論争に始まる。これは「当今はなはだ文史の学に長じ給ひ」と本文にあるように、『日本書紀』の「天皇、仏法を信けたまわずして、文史を愛みたまふ」を受けた記述であり、この論争も、敏達天皇の時、蘇我馬子と物部守屋との間で仏法の礼拝を巡っての争いがなされた、その記述が下敷きになって構想されている。なお、敏達天皇崩御後の皇位継承について、皇位を継いた用明天皇と用明天皇の同母弟穴穂部皇子との間に継承争いがあったと『日本書紀』は伝える。「用明天王」で花人親王が天皇と「別腹の御弟」とするのは、敏達天皇・用明天皇ともに欽明天皇の異母兄弟であることを受けており、また、第三段に登場する豊国国師の名も『日本書紀』の用明紀に記された「豊国法師」からの利用である。『日本書紀』では豊国法師を何国の人とも記していないが、「用明天王」では「唐僧」とする。花人親王を「別腹の御弟」、豊国国師を

「唐僧」とすることについて、それだけの裏付けがあることを指摘され、近松行文の周到な用意と秘められた作為を論じられたのは松田修氏である。[44] そこで氏が一解釈として出された、

（一）用明天皇と職人受領との関係は、天皇の子聖徳太子が職人たちの職神であり、また、職人尽し絵上覧は山路説話の絵姿女房譚の変形である。

（二）二段での花人親王が都を脱出されて西国へ赴かれたところ、浮舟が漂流して佐渡島に漂着するが、航路からみて不自然なこの設定には、霊元天皇の一宮の僧籍辞退に関わっての小倉権大納言父子三人の佐渡への遠島事件の投影が見られる。

（三）五位之介諸岩のモデルは見雲縫殿頭重村の佐渡配流であろう。

は、松田氏自身も「私が本稿において試みた解釈は、おそらく誤読誤解のみであろう」と述べられるように、すぐさま近松の発想を導いた因として結び付け難いものであるが、しかし、佐渡島が古くから貴人配流の地であるとしても、第二段に佐渡をその場所とした趣向には、そうした解釈を生み出させるだけの不自然さを否定することはできない。これらの問題について、松田氏の驥尾に付して検討してみる。

（一）の件についてであるが、職人受領や職人尽しが持ち込まれたのには、次のようなことが関連したかとも考えられる。

元禄十五年（一七〇二）六月から十六年十一月に掛けて、京都の鎊師（藤田源四郎）、瓦師（寺嶋吉左衛門）、畳屋（伊阿弥筑後・伊阿弥新次郎・大針源之丞）、翠簾屋（谷口和泉・望月徳助）、鍛治屋（清水平蔵）、左官屋（池田喜

兵衛）、屋根屋（平岡久右衛門）の各職人触れ頭に、京都町奉行所よりその任に当たって、「申渡条々」（『京都町触集成　第一巻』三二八・三六五・三六九・三七〇・三七一・三七二・三七三）に記されたことを守るように指示が出されている。加えて、宝永二年（一七〇五）八月にはその支配下にある職人に対して、それぞれの触れ頭のもとに行き、決められた期日に印札を請取るべきことを申し付けている（『京都町触集成　第一巻』四二六）。なお、少し後の正徳五年（一七一五）の改めであるが、各触れ頭支配下の職人は、『京都御役所向大概書』「京都定職人并触下之事」によれば、翠簾屋（谷口修理・望月徳助）触れ下六十七人、畳屋（伊阿弥筑後・伊阿弥飛驒・大針丹波）触れ下五百十二人、屋根屋（平岡久右衛門）触れ下千百六十人、鍛冶屋（清水平蔵）触れ下四百八十九人、鎊師（藤田源四郎）触れ下五百七十四人、左官（池田喜兵衛）触れ下〈左官三百五十九人・竈塗り百十八人〉四百七十七人、瓦師（寺嶋吉左衛門）触れ下二百五十六人、総計三千五百三十五人である。これら職人の改めが行われたことが、この時期京都に住居していた近松の耳に届かなかったとは、芝居の一座には類似の職技を持つ大道具や小道具の人たちもおり、また、これだけの職人の数が京都で動くことからして、考えにくいことである。おそらく、一般の人々にも職人の世界におけるこうした動きは伝わっていたことであろう。このことが近松に職人尽しへの発想を促したとみるのは考え過ぎであろうか。「用明天王」の職人尽しに数えあげられた職人にも、京都町触にあげられた職人の触れ頭にも、その名乗りから見て職人受領を受けている者もいる。こうした時事が、この場合当込みとまでは強調しないが、浄瑠璃操り上演にあって取り入れられることは珍しいことではなかった。浄瑠璃におけるこの場面は絵入り本の挿絵には職人絵が掛けられており、掛物揃えで語られたかと推測されるが、後年の三代竹田近江清英の竹田からくり絵尽し『四天王寺（してんわうじ）桜御帳（さくらみちやう）』[45]には「ばんじやうのどうぐたいし四十二さいの御ゑいと成からくり」が描かれており、聖徳太子像に「ばんじやうつちみくしと成」「しやくりかんなそでぐちとなる」といった説明が加えられている。職人と聖徳太子との関連を伝えるだけでなく、竹田からくりとの関係も示唆するものである。とすれば、松田氏が「私が本稿において試みた解釈は、おそらく誤読誤解のみであろう」とされた他の二件についても、見直してみる必要があろう。

松田氏の指摘された（三）の「先年色道のきよめいによって勅勘」を被った五位之介諸岩のモデル見雲縫殿頭重村は、寛文十二年（一六七二）六月六日に「女一の宮に宮仕する瑠璃といへる女房に姦通」（『徳川実紀・厳有院殿御実紀』）した罪科によって佐渡島に配流されるが、延宝三年（一六七五）七月二十九日に赦免が下り帰還している（『佐渡志』巻十三）。足掛け四年佐渡に配流されたことになる。諸岩も「此五ツとせよるひる島におきふし候へば」と、五年に亘る島の生活を花人親王に告げている。また、重村の官位が五位であった（松田氏指摘）ことも、諸岩のモデルに重村を当てることを導く。近松二十歳の寛文十二年は、松田氏も述べられたように、近松が仕えたと伝えられる一条禅閤恵観薨去（二月十二日）の年であり、重村との相識はともかく、延宝三年の帰洛とともに近松にとっても印象深い事件であったことはいえよう。近松―重村―佐渡の線は結び付けることはできる。

（二）の、天和元年（一六八一）十月の小倉前大納言藤原実起・同息宰相公連、同二男竹渕刑部大夫季伴の佐渡島配流についても、松田氏が指摘されるように、同じく近松が近侍したと伝えられる阿野実藤が、一ノ宮の出家の件について三度も勅使に立っており、近松にも少なからず縁のある事件であった。この事件が「単なる出家問題（一ノ宮を霊元天皇が大覚寺宮性真法親王の付弟たらしめようとした）というよりは、一ノ宮と四宮との皇位継承争い」（松田論文）が絡んだ問題であったことは、次の三名の流人を記した『佐州流人寄帳』（天和元酉年流罪）からも窺える。

此三人、当今之一之宮御事、外祖父小倉大納言方ニ被成御座候処、大納言御養育之仕方不宜、其上為御養生、不相伺叡慮、御灸治等有之、且又此宮女御之御腹ニ而も無之、剰蝕降誕旁以難被遊御継帝幸、当今宮方之内、大覚寺御門跡御弟子ニ御望ニ候間可被遣哉と、当春両伝奏花山院前大納言、千種前大納言并戸田越前守、参府之節被仰遣候ニ付、可被任、叡慮旨被仰進候処、小倉大納言及難渋背命、一ノ宮参内無之様ニ仕、其身も所労之由ニ而朝参も不仕候。甚逆鱗之旨、越前守江戸江言上之処、背　勅命段、重々不届ニ被思召、大納言并宰相ニ男竹渕刑部大夫、此三人流罪。

江戸幕府も関わった「皇位継承争い」の実際は、『堯恕法親王日記』（ぎょうじょほうしんのうにっき）にも「伝聞、昨日小倉前大納言・同宰相・竹淵刑部大輔佐渡嶋へ遠流。是ハ一ノ宮ノ御出家、継帝之事、従夏秋之比、叡慮之よし也。就之右三人流罪。」（天和元年十月二十四日）とあるように、継帝問題で霊元天皇の意に反したために逆鱗に触れたのである。四宮の名前は出てこないが、貞享四年（一六八七）の霊元天皇の譲位にともなって即位された東山天皇は第四皇子で、この事件の翌年天和二年に親王宣下、翌翌年に立太子を受けられている。なお、小倉家はやはり近松が仕えたとされる正親町公通卿と同じ西園寺洞院庶流であり、その祖を同じくする。

「用明天王」にあっても、「花人は日々にいせいはびこつて春宮に立んはひつぢやう。時には丸が王位の望みたつすべき期はあらじ」とある山彦皇子の言葉から、花人親王との争いは、単に外道と仏道の法問・流布争いに留まるものではなかった。同じように用明天皇と同母弟穴穂部皇子との間にも皇位継承が絡んでいた。

さらに『日本書紀』は、穴穂部皇子は皇位を望んで敏達天皇が崩御された時、皇后炊屋姫（後の推古天皇）を姦さんと殯宮に入ろうとして三輪君逆に拒まれたと伝える。山彦皇子が花人親王と玉世姫との間に無理に押し入ろうとした作意とも類似する。

近松が参照した敏達紀に於ける蘇我と物部氏との崇仏論争と用明天皇と穴穂部皇子との皇位継承争いの一件、見雲縫殿頭、小倉前大納言達の佐渡島流罪、これらを結び付ける契機となったものは何か、それが問題となろう。さらに聖徳太子も絡んでくるのである。それを示唆するのは、職人尽しを呼び起こしたのと同じように、宝永二年三月に京都東山真如堂（『新補倭年代皇紀』）、同年五月大坂堀江阿弥陀池和光寺（同上・『摂陽奇観』）で、大和橘寺の四十万日回向と開帳がなされていることが指摘しうる。開帳では本尊の聖徳太子像が拝まれている。なお、前年の夏には江戸でも出開帳がなされているので[46]、聖徳太子または橘寺に関わる年忌なり、勧進なりがあったかと推測されるが、この開帳にはどのような意味が付されていたのか明らかではない。

橘樹寺、通称橘寺は奈良県高市郡明日香村に現存する天台宗の寺院で、仏頭山上宮皇院菩提寺が正式な名称である。国風では橘豊日天皇と帝号された用明天皇の離宮橘宮のあった地に、創建年代は明らかではないが、聖徳太子が建立した寺である。推古天皇十四年（六〇六）七月、天皇に太子が勝鬘経を講義したのもこの離宮と伝える（『大和名所記』）。この橘寺の江戸・京都・大坂と三都への出開帳は人々の注意を惹いたことであろう。また、聖徳太子と職人との関係は、後には太子講の名で職能神としての聖徳太子の絵像や彫像を拝し、大工仲間や石工、木挽き等が寄り合いを組織したように、早くから聖徳太子を信仰する風習があり[47]、ほほ同時期に起こった二つの時事的な出来事が聖徳太子を軸に結び付いているのである。

右に述べてきた近松の周辺で起こった出来事が、作者近松の手を経て「用明天王」にどのように反映されるのか、仮にその思考（連想）の順序を図示すれば、次のように考えることができよう。

職人改め（宝永二年八月）
←
橘寺の開帳↓聖徳太子
（宝永二年三月・五月）
←
真野長者（山路・玉世姫）↑用明天皇↓日本書紀（敏達天皇―崇仏論争―用明・穴穂部皇子の皇位継承争い）↓小
（舞曲烏帽子折）
倉大納言佐渡配流事件↓見雲縫殿頭佐渡流罪

この連想の過程において「用明天王」の内容に含まれないのは、この浄瑠璃の眼目でもある第三段の「鐘引き」「鐘供養」「鐘入り」の能「道成寺」を下敷きにした場面である。用明天皇に発想が行きついたとき、近松には古浄瑠璃『やうめい天わう』が用いた、舞曲「烏帽子折」で語られた山路（用明天皇）草刈笛の由来譚が浮かび、豊後の真野長者と玉世姫との話も合わせられ、筑前鐘の岬が連想されたことは理解できるところであるが、それが道成寺の鐘へ結び付くにはかなりの飛躍がある。つまり、「用明天王」においては「道成寺」によった箇所だけが発想を異にしているということになる。何故道成寺説話が挿入されてきたのであろうか。筋の上からは、諸岩とその妻の話であり、第二段からの展開と見ることはできようが、兵藤太入道の夢想による海底の鐘引きのがその前段階の導入になっている。鐘を導いたのは何であろうか。それが新たな問題となろう。

「道成寺」は歌舞伎でも「道成寺の能」「道成寺の所作事」としてしばしば演じられているが、山田和人氏が、「竹田からくりは『からくり大絵尽し』『からくり花栬末広扇』などに見られるように、『道成寺』を得意の演目としており、謡曲の詞章に合わせて次々と舞台にからくりを見せている。」と指摘されるように[48]、実は、竹田からくりの得意の演目であった。むしろ、「用明天王」のこの演出が、竹田からくりにおける「道成寺」の上演を証する最も古い例であることからすれば、このからくり自体が新生竹本座の顔見世のために、新たに発明されたものであったと考えることもできよう。「用明天王」と『からくり花栬末広扇』の「道成寺」のからくりを説明した文句にはいくつか類似したものを見ることができる。近松は座元竹田出雲の竹田からくりの自慢芸を新生竹本座の顔見世興行にあたって、是非とも組み入れて、その参画を祝福することが必要であった。近松は当初からこの顔見世興行に竹田からくりの「道成寺」を組み込む思案が求められていたのであろう。それをどのように浄瑠璃に仕組むか、近松に期待された腕の見せ所でもあった。そして、「用明天王」の筋に破綻なく組み込まれ、しかも最大の見せ場として、辰松八郎兵衛の手妻人形を活かす、前述した手馴れた情趣を持つ詞章とともに演じさせたのが、第三段の「鐘入り」であった。

右の連想の流れ中に「道成寺」を結び付けたのは、見雲縫殿頭の佐渡配流から案を得て五位之介諸岩を、「色道のきよめいによつて勅勘をかうふり」と登場させた時点で、発想が繋っていったのではないかと改めて思われる。そう考えるのは、初期歌舞伎狂言で演じられていた狂言「鐘引き」に思い至るからである。初期歌舞伎狂言の「鐘引き」は、中世末近世初期の風流から見られ、初期歌舞伎へ受け継がれていったものであるが、山路興造氏紹介[49]の地方に残る「鐘引き」の芸態は次のようなものである。

商人の夫が旅に出るにあたり妻を呼び留守居を申し付ける。妻は心よく承知して夫を送り出すが、その間に隠し男をもうけ、男を家に呼び入れ酒宴などをひらく。ここで小歌や小舞があり、そこへ夫が帰る。妻はあわてて男を鐘の中に隠すが、夫は話し声や履物を怪しみ鐘に不審をもつ。妻は寺からの預かり物と取り繕うが、夫はそれを引いて運ぼうとする。鐘を引くにあたり妻の助言でつぎつぎと小歌を出して引くが、最後に中から男が出て妻が追われる。

「狂言の筋立ては全体に必然性が薄い」のは、山路氏の指摘の通りであるが、この内容を描いた諏訪春雄氏紹介の若衆歌舞伎「綱引きの風流」の肉筆浮世絵（『歌舞伎開花』所収、角川書店、一九七〇・12）には、鐘に代えて小袖が用いられ、その小袖から半身を出している間男が僧形であることも、山路氏は言及されている。無論、この背景には能「道成寺」があり、そのもじりと夫の留守中の妻の浮気とその相手が僧侶という、いかにも風流らしい狂態が見られる内容である。この「鐘引き」の芸態が歌舞伎の発展の中でどのように変化していったかについては、言うべき資料や調査結果を持たないが、[50]五位之介諸岩とその妻、佐用姫との関係は、狂言「鐘引き」の浮気な妻を諸岩に、間男を佐用姫に、亭主を諸岩の妻に代えて、本来の「道成寺」の世界に戻せば、鐘をめぐる三者の関係が浮かんでくるであろう。妻が敵の娘ゆえに離縁を求めるのは、近松作の歌舞伎『一心二河白道』（京、都座、座本　坂田藤十郎、元禄十一年〈一六九八〉四月九日初演）で、坂田藤十郎が演じた仲平が水木辰之助の演じた女房お竹を敵の妹ゆえに離縁を言い渡すのと同趣向である。ただ、この第二段の諸岩と佐用姫との恋は、諸岩が佐渡の島民にとっては一種の貴種流離（諸岩は五位の貴紳）であるため、貴種に対する島民佐用姫の一途な想いが描かれている。また、花人親王の漂着による松浦一族の盛衰をも掛けた兵藤太の選択が、母尼公の犠牲死という悲劇を呼び起こし、さらに、兵藤太の剃髪、尾上の浜の「鐘引き」へと展開するのは、近松が本作に示した独自の筆の冴えである。竹田からくりの「道成寺」を組み込んで能「道成寺」を浄瑠璃化するにあたって、近松が示した作意と構想力の豊かさに感嘆するばかりである。

以上述べてきたことに対して、私自身も松田氏に倣って「誤読誤解のみ」でないかと恐れるが、しかし、坂田藤十郎が「役者の芸は乞食袋」（『耳塵集』）といったように、作者も同じように乞食袋を持たなければ、いろいろな作意や構想は生れてこないはずである。近松がその時々に見聞きした事件や世間の有様を自身の乞食袋に収め集めておき、必要に応じて取り出していたと考えることは、的外れなことではあるまい。一座の意向を受け止め、時に応じての見物の関心を捉え、しかも自らも納得する浄瑠璃を作るには大変な努力と才能が求められるが、それが改めて浄瑠璃操り一座の座付作者として芝居事で生きる近松自身の生活であることを、実践で示したのが『用明天王職人鑑』であったのである。

㈢近松浄瑠璃の成立へ

宝永二年（一七〇五）十一月の顔見世浄瑠璃『用明天王職人鑑』は、前述のように、多彩な趣向が凝らされ、また、時事的な関心も暗示させる、いかにも新生竹本座の旗揚げ公演にふさわしい作であった。殊に、竹本座と竹田からくりとの連携は「竹本筑後が浄るりに。竹田近江が細工を芝居に仕組みければ。柳に桜咲。梅ヶ香さそふ初春。殊更人の山を崩しける」（宝永四年正月刊『昼夜用心記六・二』）と評判されるほど演出に新しさをもたらす提携であっただけに、作者近松門左衛門にとっても、従前の浄瑠璃とは違ったより幅広い人形舞台の見せ場も求められるものであった。元禄十六年七月上演の『曾根崎心中』において世話浄瑠璃という一段浄瑠璃の新しい作劇法を示した近松であるが、『用明天王職人鑑』においても、五段の構成に新生竹本座に沿ってからくりの導入と共に、後の「三段目の悲劇」と称される近松時代浄瑠璃の作劇法の基になる手法も取り込まれていた。『曾根崎心中』・『用明天王職人鑑』はここに近松浄瑠璃の一つの到達点を示すこととなる。この世話浄瑠璃・時代浄瑠璃で見せた二種の流れは、「近松の後悔」が聞かれる正徳元年（一七一〇）七月までの間に、左に記す近松浄瑠璃を生み出し、座付作者の地位を不動のものとしていく。

上演年時	外題	段・巻数	八行本丁数	岩波版近松全集頁数
宝永三・二・十一以前	心中二枚絵草紙	上中下	三十三丁	44頁
宝永三・四・一以前（鸚）	初日上巻　本領曾我	五段	六十二丁	105頁
宝永三・四・十以前（鸚）	後日下巻　加増曾我	五段	三十六丁（十行本）	110頁
宝永三・夏（推）	卯月紅葉	上中下	三十丁	46頁
宝永三・後半（推）	堀川波鼓	上中下	三十丁	50頁
宝永四・四（推）	卯月潤色	上中下	二十九丁	40頁
宝永四・七・十四以前（推）	五十年忌歌念仏	上中下	三十二丁	54頁
宝永四・暮以前（推）	松風村雨束帯鑑	五段	六十一丁	103頁

宝永四・十一以後（推）	心中重井筒	上中下	三十二丁	48頁
宝永四・年末〈重井筒以後〉	丹波与作待夜のこむろぶし	上中下	四十五丁	69頁
宝永五・一（推）	雪女五枚羽子板	上中下	六十丁	98頁
宝永五（推）	けいせい反魂香	上中下	六十丁	103頁
宝永六・六以降盆以前（推）	心中刃は氷の朔日	上中下	四十二丁	63頁
宝永六・十一・一以前（推）	淀鯉出世滝徳	上下	四十丁	59頁
宝永七・三・二五以前（鸚）	傾城吉岡染	上中下	六十四丁	98頁
宝永七・四・八（鸚）	心中万年草	上中下	四十丁	48頁
宝永七・五・五以前（鸚）	酒呑童子枕言葉	五段	五十九丁	87頁
宝永七・閏八（推）	孕常盤	五段	六十七丁	89頁
孕常盤以後	孕常盤追加　源氏れいぜいぶし	上下	四十一丁	46頁
碁盤太平記以後	兼好法師物見車	上中	四十七丁	54頁
宝永七（推）	けんこう法師あとをひ　碁盤太平記	一段	三十三丁	49頁
宝永七	吉野都女楠	五段	六十七丁	98頁
正徳一・二以前（推）	薩摩歌	上中下	五十六丁	85頁
正徳一・二以前（推）	鎌田兵衛名所盃	上下	三十七丁	61頁
正徳一・二以前（推）	源義経将棊経	五段	五十九丁	110頁
正徳一・二以前（推）	曾我扇八景	上中下	六十五丁	98頁

正徳一・二一以前（推）	曾我虎が磨	上中下	七十七丁	106頁
正徳一・夏（推）	今宮の心中	上中下	四十丁	52頁
正徳一・七以前（推）	冥途の飛脚	上中下	四十二丁	58頁
正徳一・七以前（推）	百合若大臣野守鏡	五段	六十九丁	88頁

枠囲みは世話物、（鸚）は『鸚鵡籠中記』、（推）は「推定年次」。上演年時は岩波書店版『近松全集解題』による。

この時期の特質としては、一つは宝永五年以降五段で構成されてきた時代物に、その作の長さにさほどの差（八行正本の丁数、および、岩波書店版『近松全集』頁数による算出）がないにもかかわらず、上中下三巻形式のものが目立つことである。これ以前には『最明寺百人上臈（二巻）』（元禄十二年三月頃）、これ以後には『けいせい懸物揃（三巻）』（正徳二年三月四日）、『唐船噺今国性爺（三巻）』（享保七年正月二日）があるが、右に挙げた作には歌舞伎の趣向や評判芸を摂取したところが多いとの指摘がなされている。近石泰秋氏に五段形式以外の時代浄瑠璃について「内面的な作劇形式」による分類が[51]、また、歌舞伎との関連から『雪女五枚羽子板』『けいせい反魂香』に、二世嵐三右衛門追善、初世中村七三郎追善を意図した「舞台的所作」を読み取る詳細な考察が、松崎仁[52]、山田和人[53]、信多純一[54]の各氏によってなされている。『傾城吉岡染』にあっても、剣術の達人憲法（香春久太郎）は遊蕩から勘当を受けた大名家の実子であるという歌舞伎の「やつし」の型を取り入れている。歌舞伎界を離れた直後の近松にどの程度の関わりが歌舞伎界とあったかは不明であるが、これまでの経歴から浄瑠璃に活かせる歌舞伎の所作や演出があれば、積極的に取り入れようとする意図が近松にあったことはこれらの作品が表している。また、右の上演年表に枠で囲った世話浄瑠璃を見るに、その題材も心中、姦通、巷説、犯罪と幅広く取り入れられており、上演点数も十三点と半数近くを占めており、世話浄瑠璃が時代浄瑠璃と並ぶまでに興行の一端を担ってきており、従来の浄瑠璃の内容を革新する、座付作者近松の面目が発揮された状況を窺うことができる。ただ、こうした変化はいかに近松といえども一人してなせることではなく、そこにはこの時期の竹本座にも大きな動きが生じていたと考えるべきであろう。その因として祐田善雄氏が論及されたこの時期の竹本座に起こっていた上演形態の変化が考えられる。従来五段のうちの一段を一人の太夫で語っていたのが、太夫の増加と共に一段を二、三人の太夫で受け持ち、太夫の持ち場による細分化が浄瑠璃の各段の構成に求められるとともに、立浄瑠璃・切浄瑠璃の二番立ての上演時間の都合に合わせて、一曲の長短の調整がなされるようになったとの指摘である。

『出世景清』から『国性爺』に到る約三十年の間に、浄瑠璃本文の分量が約二倍近くふえ、その内容が変わったことを、番組立ての側から見てきた。長短の二番立てを生かすために一段物や三巻物が作られて、段のうちを巻や小段に細分化したこと、そのために作者の段に対する考えを変えさせられたこと、細分化した巻や小段を担当する太夫の持ち時間を減らさないために、間狂言や芸見せの道行景事などを本文に吸収する趣向がとられ、自然と浄瑠璃内容が長くなったこと、新旧の二番立てでは新作を立てるために旧作の近世化が行われたことなど、番組立ての側から近世浄瑠璃の形式を整える過程を見てきた

と、祐田善雄氏は具体的な上演形式の例を示され、三巻物などが作られてきた経緯を示される。(55) 二番立ての切り浄瑠璃として上演されている世話浄瑠璃についても、それまで八行本で三十丁前後（『曾根崎心中』は二十

六丁、岩波書店版『近松全集』では36頁）であったものが、宝永末上演の『丹波与作待夜のこむろぶし』からは四十五丁、以後も四十丁余りと増え、道行や景事を含み込むかたちが取られている。『薩摩歌』では五十六丁・85頁となっている。時代浄瑠璃で通常の五段とほぼ同じ丁数を持ちながら三巻物に構成されている『雪女五枚羽子板』『けいせい反魂香』『傾城吉岡染』『曾我扇八景』『曾我虎が磨』は、上中下を五段に場面を振り分けることができるが、上中下に配される道行・景事の場面をみるに、

	上之巻	中之巻	下之巻
雪女五枚羽子板	初春やくはらひ	もんさく系図	源よしのり公道行
けいせい反魂香		三熊野かげろふすがた	
傾城吉岡染	紙子ひひながた	夢中のおぼろ染	（道行）法のあしだ
曾我扇八景		紋づくし	曾我兄弟道行
			けいせい三部経
			十ばんぎり
曾我虎が磨	けいせい十番斬	虎少将道行	

となり、三巻物ゆえに歌舞伎的（曾我物の歌舞伎的な要素については前述）とするのとは別に、祐田氏の説かれたように太夫の役割への配慮も働いていたかと思われる。また、世話浄瑠璃各作についても作劇法の分析がなされ、近松の技法の発展が説かれている。(56) これらの著作を通じて、近松は竹本座座付作者として十分な経

験と技量を得てきていることが知られる。巷説に伝わる歌謡から発想を導く『丹波与作待夜の小室節』『薩摩歌』、舞曲「和泉が城」を二・三段目の曲の中央に置き源義経伝説で話を進め、義経を蝦夷ヶ島に渡らせる俗説をも利用する『義経将棊経』、『孕常盤』第四段の鈴木三郎の話に通常と異なる『異本義経記』の使用、(57)『百合若大臣野守鏡』第一の舟軍の場面に『後太平記』巻四十一の「難波舟軍之事」の文章をそのまま流用するなど、近松は、作中に浄瑠璃以外の謡曲、舞曲、歌舞伎、歌謡等を数多く利用するが、それらを取り入れるについても、単なる嵌め込みではなく、浄瑠璃自体を活かす文作、すなわち浄瑠璃の一部として咀嚼されて用いられている。加えて、時事的な事件を扱った世話浄瑠璃をはじめ、近松の情報摂取は幅広い分野に行き渉っていることもこれらの作品は語っている。得た知識や情報は作者の乞食袋に収められ、必要に応じて近松浄瑠璃の随所に詞花言葉となって結実していく様子が窺える作品の多様さである。ただ、近松がこうした活動を続けられるのは竹本座あってのことであり、その中にあって、最も多くのことを学んだのは竹本筑後掾であった。『鸚鵡ケ杣』で竹本筑後掾は「近松の後悔」を伝えるが、その直前に「…僕が門弟には浄瑠璃の文句の中なれば、謡も歌もうたふとはおもふべからず、語るといふべしとこそをしへ侍れ。いはんや、時々のはやり歌・木やり音頭のたぐひ、面かげはさもありなん浄瑠璃の正体に眼をはづすべからず。」と述べている。ここにいう「浄瑠璃の正体に眼をはづすべからず。」は、近松の立場からは「浄るりは人形にかゝるを第一とすれば、外の草紙と違ひて文句みな働を肝要とする活物なり。」(『浄瑠璃文句評註難波土産・発端』)の「文句みな働を肝要とする活物なり。」に相当する。両者浄瑠璃に対して肝胆相照らす同じ認識のもとにあることを伝えている。竹本座のこうした環境の中で修練を重ね、多くの浄瑠璃を著作してきた近松が、改めて『世継曾我』の道行の詞章を振り返った時、「馬かたいやよ」の踊り歌を入れたことは、いかにも当時のはやり歌を安易に取り入れた破調の一節（浄瑠璃の正体に眼をはづした）としか近松には思えなかったのであろう。「一番の瑾」とまで言わなければならなかったのは、自身の浄瑠璃の出発点『世継曾我』のしかも「道行」という一曲の要で背負った負い目であったためと思われる。この「後悔」は同時に、近松の中にこの反省を乗り越えたものが自らの浄瑠璃には備わるとの自信、すなわち、新竹本座のもとでの活動を通じて、後悔のない近松浄瑠璃の成立を身近に感じ得ていた証左ともいうべきものだったのではなかろうか。（完）

【注】

（1）この歌は少し歌詞に異同があるが、元禄十六年刊『松の葉』第三巻「さわぎ　十六　むまかた」に所収されており、その歌詞からも動きの多い騒ぎ歌であることを思わせる。

（2）高野正巳「加賀掾の浄瑠璃と歌謡」（『国語と国文学』、一九三八・3。後に『近世演劇の研究』東京堂、一九四一・9に所収）。

（3）『近松全集　第十三巻』（岩波書店、一九九一・3）。

（4）高野正巳「近松曾我物考」（『国語と国文学』、一九三三・4）。後に『近世演劇の研究』に所収。

（5）和辻哲郎「浄瑠璃発展史上における近松の『世継曾我』の意義」（『日本芸術史研究』、岩波書店、一九五五・2）。

（6）内山美樹子氏は「近松のドラマトゥルギー」（『国文学　解釈と教材の研究』、一九七一・9）で『世継曾我』によって「近松が浄るりの戯曲作法の上に、この『世界』という方法を打ち出した」と指摘する。

（7）当時の浄瑠璃の一座の規模からして、座付作者を置くことは無理であるが、歌舞伎の一座の経営規模からは可能であり、生活の安定という点から、歌舞伎に入ったことも一因に考えられる。

（8）和田修「〈資料翻刻〉金子吉左衛門関係元禄歌舞伎資料二点」（鳥越文蔵編『歌舞伎の狂言』所収、一九九二・7）。

（9）『歌舞伎　研究と批評』11号（一九九三・6）所収「特集・シンポジウム『金子一高日記』」の諏訪春雄氏の発言等がある。

（10）近松作の歌舞伎・浄瑠璃の引用は岩波書店刊『近松全集』所収の本文を利用。なお、歌舞伎の場割り、浄瑠璃の段分けの名称についても同書解題に従っている。本文の引用については、私に句読点を補い、（　）内に私注を付した。他の引用についても同じ。

（11）横山重編『古浄瑠璃正本集　第四』（角川書店、一九六五・1）に所収。

（12）初演の月日は注（8）の金子吉左衛門「元禄十一年日記」による。なお、この日記によって『一心二河白道』の狂言作りの過程がたどれる。

（13）『役者一挺鼓』にこの時の藤十郎の評判が「一心二河白常(ママ)に、主人への意見の一通、正真の実事と申べし」とある。

（14）注（8）の「元禄十一年日記」の四月七日の条に「長政（藤十郎に当る人物であるが、他に長政と称した文献を知らない。しかし、藤十郎と推定して間違いないと思う）病気ニテ休ミ　四ツ時分ニ役所ヱ行　未稽古ニ不寄」とある。

（15）役者評判記の引用は岩波書店刊『歌舞伎評判記集成』による。なお、引用に際しては漢字は通行の書体を使用し、私に句読点を付し、必要な箇所には圏点を入れた。

（16）特に『賢外集』に載せる密夫の仕内を得んと、茶屋の女将に不義を仕かける逸話はその最たるものであろう。

（17）鳥越文蔵「『けいせい仏の原』考」（『元禄歌舞伎攷』、一九九一・10）。

（18）高野正巳氏は元禄十年盆頃上演と推定（「近松曾我物考」注4参照）。なお、竹本座では『義経追善女舞』と改題し上演（元禄十一年正月以前）。

（19）宇治座は『団扇曾我』で上演。『外題年鑑』（明和版）は『団扇曾我』が外題替えされ竹本座で『百日曾我』として上演したとするが、山根為雄氏は『百日曾我』を先行作とする（「『団扇曾我』と『百目曾我』試論」、『芸能史研究』七八号、一九八二・7、後に『続近松正本考』、和泉書院、二〇〇六・10に所収）。

(20) 元禄十二年六月頃上演と推定される（高橋宏「近松著作年代考」、大正大学郊北文学会編『国文学踏査』第1輯、四条書房、一九三一・12）宇治座の『丹州千年狐』を改題、一部改作して上演。近松作として内題下に作者署名ある『天鼓』を掲げる。この事情は次の『日本西王母』も同じ。

(21) 元禄十二年五月九日以前に宇治座で上演された『南大門秋彼岸』を改題、一部改作して上演。「南大門」と「西王母」との関係については拙稿「『日本西王母』をめぐる問題」（『山辺道』第二十六号、一九八二・3）でふれた。本書所収。

(22) 祐田善雄「『百日曾我』をめぐる問題」（『山辺道』第七号、一九六一・3、後に『浄瑠璃史論考』、中央公論社、一九七五・8に所収）。

(23) 『けいせい仏の原』（元禄十一年一月上演）は絵入狂言本には二十七名、番付の写しには三十五名の役人替名が載る。

(24) 拙稿「近松門左衛門と『世界』」（『近松研究の今日』所収、和泉書院、一九九五・3）でふれた。本書所収。

(25) 絵入浄瑠璃本の表紙見返しに載る人形役人付では、『南大門秋彼岸』は十八名、『飛騨内匠』（元禄十年十一月頃上演）は十六名、『魂産霊観音』（元禄十年頃上演）は十七名、『下関猫魔達』（元禄十年頃上演カ）は十五名が掲げられている。

(26) 祐田善雄氏は『鸚鵡籠中記』元禄八年四月十日の記事を引き、太夫・人形遣いが上下で附舞台に出て、師弟のつれぶし、もじ屏風を立てて人形遣いが道行の人形を廻す記事を紹介されている。（「近世浄瑠璃の形成」、『天理大学学報』第五十一輯、一九六六・3。後に『浄瑠璃史論考』（注22参照）に所収）。

(27) 祐田善雄「『曾根崎心中』の歌舞伎的基盤」（『島田教授古稀記念国文学論集』所収、関西大学国文学会、一九六〇・3）。
秋本鈴史「元禄期の浄瑠璃―『丹州千年狐』を中心に―」（『近松研究の今日』所収、和泉書院、一九九五・3）。

(28) 中村幸彦「虚実皮膜論の再検討」(『福田良輔教授退官記念論文集』、一九六九・8)。後に『近世文芸思潮攷』(岩波書店、一九七五・2)、『中村幸彦著述集　第一巻』(中央公論社、一九八二・11)に所収。

(29) 拙稿「新収歌舞伎狂言本・浄瑠璃本六種について」(『ビブリア』第一〇八号、一九九七・11)。

(30) 広末保「死の禁忌の舞台化」(『文学』、一九七一・5)、後に『辺界の悪所』(平凡社、一九七三・11)に所収。今尾哲也「注釈の原点―『曾根崎心中』の場合―」(『文学』、一九七〇・4)。

(31) 山本とも子「『曾根崎心中』の諸本」(演劇研究会編『近松の研究と資料』第二、一九六三・8)。

(32) 鳥越文蔵編『パリ国立図書館蔵古浄瑠璃集』(校倉書房、一九六八・1)所収「あつた宮武具揃」「源平花いくさ八つるぎでん」解説。なお、上記二書が上下巻を構成するという見解に対して、平成九年度日本近世文学会秋季大会(十一月八日)で深谷大氏が「絵入浄瑠璃本『あつた宮武具揃』考」を発表し、現存版本の書誌的な問題点を指摘し、疑義を出されている。上演時にも関わる問題であるが、現在言われている推定年代を掲げておく。

(33) 祐田善雄「『曾根崎心中』と辰松の手妻人形」(『山辺道』第六号、一九六〇・3、後に『浄瑠璃史論考』、中央公論社、一九七五・8に所収)。

(34) 角田一郎「『曾根崎心中』観音廻り道行の構想」(『国文学研究』第十八輯、一九五八・10)。なお、同論考で角田氏は、「観音廻り道行」が一曲の冒頭に置かれたのは、前浄瑠璃三段目まで上演の後に演じられる後浄瑠璃(曾根崎心中)が、前の三段目切とは区別される別曲であることを明らかに示すという、外的な要請が働いていたと指摘されている。

(35) 大坂の三十三所観音廻りについては、延宝七年三月刊『懐中難波すゝめ』、同年七月刊『難波鶴』に既に載っており、長友千代治「近松と地誌」(『島津忠夫先生古稀記念論集　日本文学史論』一九九七・9)に、近松の依拠した資料についての論及がある。

(36) 諏訪春雄『近松世話物集』一　解説(角川文庫、一九七〇・12)。

(37) 拙稿「元禄前期の上方浄瑠璃界」(『岩波講座　歌舞伎・文楽第8巻　近松の時代』一九九八・5)。

(38) 信多純一「『切上るり曾根崎心中』の成立について」(『語文』第三十九輯、一九八一・12。後に『近松の世界』平凡社、一九九一・7に所収）に、世話浄瑠璃と対話口調の「せりふ」との関連についての論及がある。

(39)『浄瑠璃文句評註難波土産・発端』の「情」や「義理」等の用語については、中村幸彦「虚実皮膜論の再検討」（注28）に説くところを参照する。

(40)松井静夫「松浦尼公の死の意味―『用明天王職人鑑』小考―」（『語文』56輯、一九八三・2）。なお、松井氏には、「近松時代浄瑠璃の問題点―『用明天王職人鑑』を中心に」（『日本文学』、一九七五・7）、「五位之介諸岩と松浦一族―『用明天王職人鑑』小考―」（『語文』50輯、一九八〇・6）がある。

(41)時松孝文「『用明天王職人鑑』と人形の鐘入り」（『芸能』35―4号、一九九三・4。後に『近松の三百年』、和泉書院、一九九九・6に所収）。

(42)最上孝敬「沈鐘伝説についての一考察」（『日本民俗学』96号、一九七四・10）。筑前鐘ケ岬の沈鐘伝説は、井原西鶴著『一目玉鉾』に「南都大仏の鐘、此所の沖に沈む」とあり、また、橘南谿著『西遊記』にも三韓より渡ってきた鐘が沈んだとする。沈鐘については、近松の郷里近くの敦賀金ケ岬にもあり、芭蕉は「月いづこ鐘は沈みて海の底」（元禄十三年『俳諧草庵集』）の句を詠んでいる。

(43)山根為雄「『用明天王職人鑑』の諸本の考察」（『国語と国文学』、一九八六・9、（注19）『続近松正本考』所収）。

(44)松田修「『用明天王職人鑑』考」（『芸能史研究』23号、一九六八・10）。

(45)演劇研究会編『歌舞伎浄瑠璃稀本集成』下（八木書店、二〇〇二・5）所収。この書の解題で山田和人氏は、本書の刊行を享保十四年ごろ以降元文五年までの間と推定する。宝暦八年（一七五八）正月『大からくり絵尽』（上）にも「天王寺番匠尊像（てんわうじばんじやうのそんざう）」のからくり図が載り、「道具ばこの内より大工どうぐおのれと出まして、しやうとくたいしのもくぞうとなりますするからくり」と説明する。

(46)比留間尚「江戸の開帳」「江戸開帳年表」（『江戸町人の研究　第二巻』、吉川弘文館、一九七三・6）。

(47)吉原健一郎「聖徳太子と職人」（『仏教民俗学大系8　俗信と仏教』、名著出版、一九九二・11）。なお、江戸時代近畿の大工を管轄した中井家が法隆寺大工の出であることも太子講と深く関わっている。

(48)　山田和人「用明天王職人鑑」（『元禄文学の開花Ⅲ』、勉誠社、一九九三・3）。同氏「竹田からくり関連の絵画資料」（『国語と国文学』、一九九九・11、後に『竹田からくりの研究』、おうふう、二〇一七・10に所収）。『花樫末広扇』（鳥越文蔵編『パリ国立図書館蔵古浄瑠璃集』、校倉書房、一九六八）の「ぢうそうじゆずをもみいるからくり」「つきがねおのれとなりさくらちるからくり」といった説明は、『用明天王職人鑑』の見返し挿絵にある「ほうこく国師いのり給ふ」「つゞみおのれとねいづるからくり」「さくらさきみだる、からくり」といった説明と同じであろう。なお、『からくり花樫末広扇』の刊年は正徳二年八月以降享保十四年の間と推定される。

(49)　山路興造「初期かぶき狂言『鐘引き』考」（『民俗芸能』49号、一九七二・8。後に『近世芸能の胎動』、八木書店、二〇一〇・6に所収）。

(50)　初代市川団十郎が「釣鐘引きの所作事」を演じている（元禄十四年三月『役者略請状』江戸）が、これは狂言「鐘引き」とは異なるものであろう。

(51)　近石泰秋「近松作三巻型式時代物浄瑠璃について」（『操浄瑠璃の研究　続編』、風間書房、一九六五・5）

(52)　松崎仁「戯曲史の結節点―宝永正徳期の時代浄瑠璃―」（『國文学　解釈と教材の研究』、一九七五・6、後に『歌舞伎・浄瑠璃・ことば』、八木書店、一九九四・6に所収）。

(53)　山田和人「『雪女五枚羽子板』の成立について」（『同志社国文学』15号、一九八〇・1）。

(54)　信多純一「『傾城反魂香』試論」（『文林』6号、一九七二・3、後に『近松の世界』（注38）に所収）。

(55)　祐田善雄「近世浄瑠璃の形成」（注27参照）。

(56)　広末保『増補近松序説』（未来社、一九五七・4）。
　　松崎仁「宝永三年の近松―世話浄瑠璃の方法をめぐって―」（『文学』、一九六五・1、後に『元禄演劇研究』、東京大学出版会、一九七九・7に所収）他。

(57)　川端咲子「『孕常盤』考―加賀掾・近松浄瑠璃における鈴木三郎譚の受容―」（平成十七年度日本近世文学会春季大会研究発表）。

（附表2）『曾我五人兄弟』主要登場人物一覧

人物＼場	第一 鶴が岡	第一 仮屋	第一 松林	第二 曾我館	第二 二宮館	第三 矢立の杉	第三 化粧坂	第三 鎌倉御所	第四 富士裾野	第四 道行	第四 鳳来寺	第五 御狩場	第五 大磯廓	役柄
源頼朝	○													立役
源頼家	○							○						新部子
畠山重忠	○							○						立役
工藤祐経	○				○			○					○	敵役
朝比奈	○						○	○						立役
犬坊丸		○	○											新部子
近江		○	○										○	敵役
八幡		○	○					○					○	敵役
鷲丸		○												親方
虎（鹿）		○		○										／
祐成		○	○		○				○		○		○	立役
祐成（鹿）			○											／
二宮姉				○	○									若女方
母				○	○				○		○			花車方
鬼王				○		○			○		○	○	○	立役
団三郎				○	○				○		○	○	○	若衆方
二宮太郎					○									立役
箱王					○		○		○		○		○	若衆方
虎						○				○	○		○	若女方
少将						○	○			○	○		○	若女方
北条時政							○							立役
禅師坊											○			立役
小次郎												○		道外方

『曾根崎心中』―大坂へ―

元禄十六年（一七〇三）五月七日、大坂の竹本座で『曾根崎心中』が上演される。近松作世話浄瑠璃の第一作である。世話浄瑠璃は、歌舞伎で市井の出来事や事件を一夜漬けに仕組み、切狂言に演じていた世話狂言を、浄瑠璃でも取り込んで切浄瑠璃にしたものである。近松自身も切狂言を書いていたことは、『金子一高日記』の記事に載る金子吉左衛門との合作「主コロシ（殺し）」の狂言が、京都の都万太夫座（座本　坂田藤十郎）で元禄十一年九月に上演された『舞嬬座敷かぶき』の切狂言『八月にさむる卯月の夢』に当たることが狂言本の出現によって知られ、明らかとなった。『曾根崎心中』は近松が歌舞伎で積み上げてきた世話狂言の手法を取り入れた「竹本仕出しの世話浄るり」（『浄瑠璃連理丸』）であった。

『曾根崎心中』は、幕開きに竹本筑後掾の出語り、辰松八郎兵衛の口上と出遣いによって、お初の大坂三十三所観音廻りの道行を演じさせるという斬新な演出がなされる。『曾根崎心中』の絵入浄瑠璃本にはその舞台図が描かれ、辰松の口上も書き留められている。太夫の出語り、人形遣いの出遣いによる道行の芸見せは、幕間に間狂言として演じられてはいたが、一曲の中に、しかも、冒頭に持ってくるという演出は画期的なものであった。辰松八郎兵衛はこの『曾根崎心中』によって彗星のように登場した人形遣いで、また、筑後掾が世話物を語るということも目新しいことでもあった。さらに、近松の名文が、辰松の観音廻りの華やかなお初の人形に生きた動きを与えただけでなく、お初・徳兵衛の心中への道行にあっても、よそごと浄瑠璃に託して二人の心情を情緒深く語らせて、大変な大入りを竹本座にもたらしたのであった。なお、心中道行冒頭の文句に大儒荻生徂徠が「近松の妙処、此中にあり」と絶賛したと伝えられる（『俗耳鼓吹』）。それは謡にも移され、愛好されるほどであった。そして、『曾根崎心中』の大成功は大坂の浄瑠璃界に二つの大きな動きを起こさせることとなる。

一つは、竹本筑後掾が引退を言い出したことによって、竹本座の経営に、竹田からくりの竹田出雲が参画したことである。道頓堀の興行界に力のある竹田家の出雲が座本になることによって、筑後掾は太夫のまま座に残ることとな

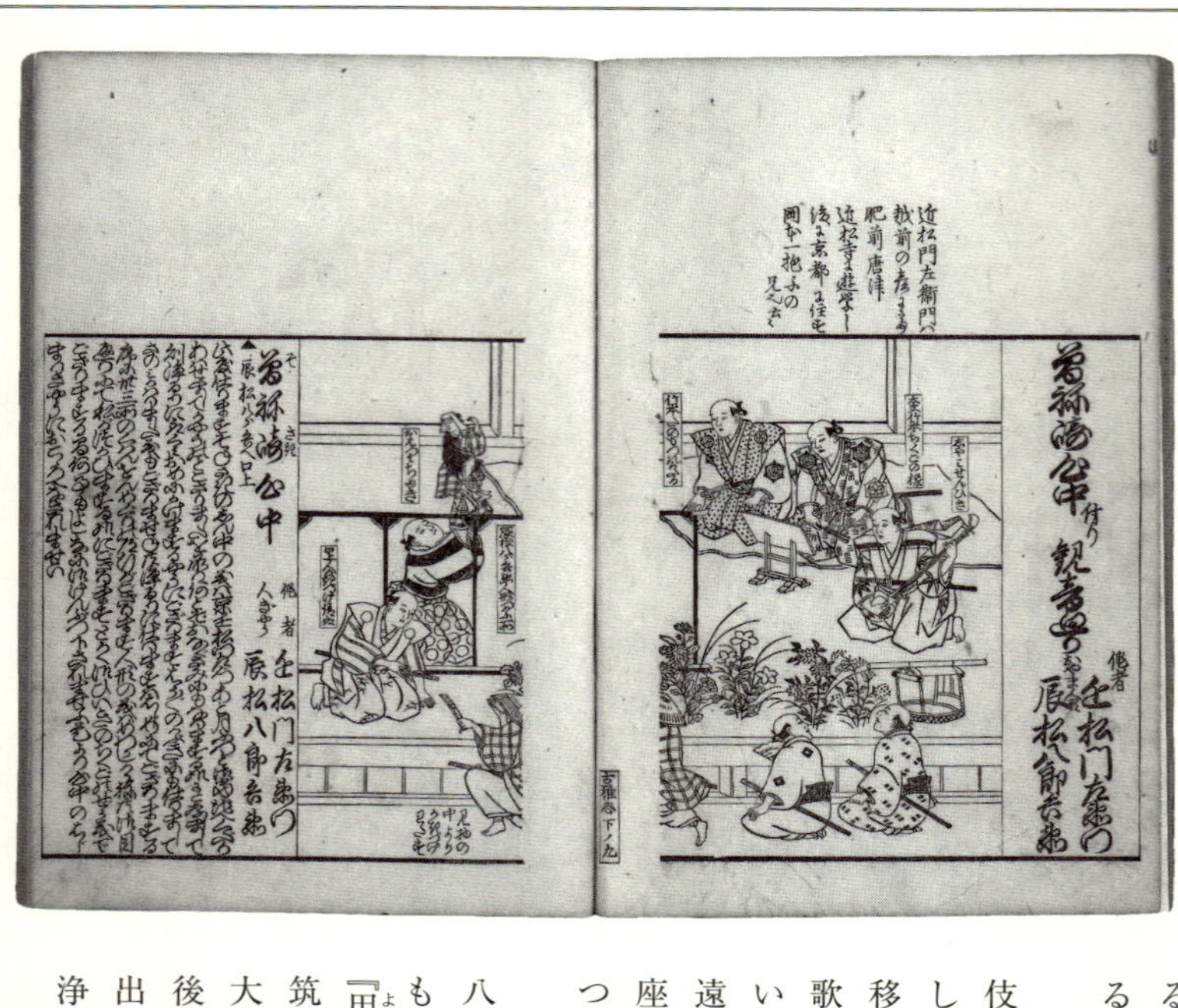

る。筑後掾引退の表明は座の経営に疲れたことが因とされるからである。
　二つには、大坂の新生竹本座に、二十年近く京都の歌舞伎界で作者生活を過してきた近松門左衛門が、座付作者として迎えられたことである。近松自身も京都から大坂への移住を行ない、浄瑠璃作者に専念することとなる。近松が歌舞伎界を離れたのは、長年自分を育て共に歌舞伎に新しい芸風をもたらしてきた、坂田藤十郎が病の為に舞台から遠ざかったのが第一の理由であったと考えるが、新生竹本座の中に、浄瑠璃の新しい力と自身の作文を活かす場を見つけたからでもある。
　この竹本座の宝永二年（一七〇五）の顔見世には、辰松八郎兵衛に加えて、一時竹本座を離れていた豊竹若太夫をも呼び迎え、能の大曲『道成寺』を浄瑠璃に取り込んだ『用明天王職人鑑』が上演される。近松はこの作において、筑後掾は無論、辰松の手妻人形と竹田からくりの技法を最大限に活用させた聞かせ場・見せ場を設けるとともに、以後の時代浄瑠璃五段の戯曲構成の基ともなる作劇法を生み出す。近松自身にとっても、『曾根崎心中』に続く、座付浄瑠璃作者としての新しい試みであった。
　『曾根崎心中』の成功は、時事的な事件性が主となっていた世話物に、事件そのものよりも登場人物の人間的な葛藤、即ち、浄瑠璃の持つ情緒的な語り「うれい」を聞かせるという、心情を吐露する劇的な場面を詞（会話）を中心に持ち込むこととなった。『曾根崎心中』や『心中二枚絵草紙』などでは敵役に主人公を破滅へと導く大きな役割を持たせたが、『堀川波鼓』『心中重井筒』『冥途の飛脚』などでは、主人公の性格や社会の制度から来る人間の弱さを主人公に関わる者達をも巻き込み鋭く描くことによって、世話物の悲劇性を高めていく。近松はそうした趣向を積み上げ深めながら、男女の真剣な愛情、夫婦や親子の恩愛をテーマとして、世間に行き詰まり、閉塞状態に落ち込んだ者達の心の弱さや哀れさを捉えて、世話物という新しいジャンルを確立する。さらにそれは世話浄瑠璃の歌舞伎化という状況をも引き出すまでになる。

『用明天王職人鑑』では、それまで各段の間に演じられていた間狂言が省かれ、時代浄瑠璃の緊密な五段構成の型が示されたが、しかし、以後しばらくは、『松風村雨束帯鑑』は岩井左源太の怨霊事、『雪女五枚羽子板』は二世嵐三右衛門追善、『けいせい反魂香』は中村七三郎追善と、歌舞伎の趣向や役者の芸を取り込んだ作が書かれていく。世話浄瑠璃『淀鯉出世滝徳』においても、坂田藤十郎の看板芸であった夕霧劇の藤屋伊左衛門の舞台を髣髴させる場を設けている。また、『傾城吉岡染』のように、時代物における主人公も歌舞伎の傾城事ややつし事の立役をそのまま浄瑠璃に持ち込んだような役柄に仕立てられている。しかも、『松風村雨束帯鑑』を除いたこれらの作は上中下三段で構成されており、歌舞伎の三番続との関連が指摘でき、内容も時代世話といった中間要素の強いものとなっている。しかし、随所で手妻人形やからくりや大道具による聞かせ場、見せ場が設けられて、劇的なスケールは大きく発展したものへと変化している。こうした歌舞伎作者時代に培った手法をも取り入れながら、時代浄瑠璃・世話浄瑠璃へのさまざまな試みが続けられるが、その到達点が、正徳四年（一七一四）九月十日の筑後掾死後に、竹本座の将来をかけて同五年十一月に上演された『国性爺合戦』である。

図版は『牟芸古雅志』（文政九年〈一八二六〉跋）所収図　本書巻末に掲載した『曾根崎心中』絵入り十四行本（山本板）の見返しの舞台図を模写し、『曾根崎心中』八行本の内題を右側に附載し、辰松八郎兵衛の口上を左側に移す。

第二部　近松浄瑠璃

茨木屋幸斎一件と海音・近松

―『山桝太夫葭原雀』と『傾城酒呑童子』の上演をめぐって―

はじめに

享保三年（一七一八）九月三日、驕奢な振舞によって入牢となった大坂新町の傾城屋茨木屋幸斎の一件は、多くの随筆類に記録され、また、際物として上方の歌舞伎・浄瑠璃・浮世草子が競って取り上げたことでも、著名な事件であった。こうした事件を素早く伝えるには数葉の読売が最も手軽に出されたかと思われるが、[1]歌舞伎や浄瑠璃でも迅速な取り組みをなし、事件の噂の消えない一ヶ月後位には当込み上演をなしている。特に、この一件の浄瑠璃化には、豊竹（『山桝太夫葭原雀』）・竹本（『傾城酒呑童子』）二座共に、旧作（『山桝太夫恋慕湊』『酒呑童子枕言葉』）の一部を流用し、それにこの当込みを加筆するという、いかにも際物的な手法をみせている。そこには観客の興味や嗜好を逸速く摑み、対応しなければならない、興行上の理由があったかと思われるが、海音・近松が共通した手法をみせているだけに興味が呼び起される。なぜ二者に共通した手法がとられたのか、この一件の芝居化の過程を追うことにより考えていきたく思う。

一

茨木屋幸斎の一件は『翁草』等では享保三年九月三日のこととして、幸斎及び悴多助の入牢を記すが、事件の概要のみを伝える『月堂見聞集』(げつどうけんもんしゅう)は九月二十二日の事件として、次のように書記する。

○九月廿二日、大坂新町揚屋茨木幸斎、并悴多介籠舎被レ為二仰付一候、右は幸斎義平生驕つよく、殊に御公儀之地を掠取、はなれ舞台をかまへ抔仕、諸事不似合おごり者故、今度御吟味有レ之、御奉行所へ被二召出一候所に、病気之由にて不レ参、其後御召出有レ之て、手錠にて御預け、今日家内御闕所、太夫三十七人、引舟女郎三十七人、かぶろ三十七人、天神四十二人、かぶろ四十二人、外に端女郎大分之義
（巻之十・傍点筆者）

「家内御闕所」の裁定の日をもって月堂は記したのであろう。なお、これ以上の事件の顚末については、『翁草』が幸斎の奢りの有様や悴治助の後日譚をのせる（巻之四）が、潤色多く、残念ながら確実な資料によって知ることができない。幸斎に下った刑は家内闕所・大坂三郷払と、宝永元年冬に「不届有之追放」となった淀屋三郎右衛門の刑（家内闕所・五畿内追放〈『鸚鵡籠中記』〉）に類似するが、その財の多寡の差か、また、事件の意味するところの違いか、世間の注目する所は異ったようである。幸斎は傾城を泣かせ搾(しぼ)りに搾(しぼ)った金で、贅の限りを尽した、山桝太夫のような、酒呑童子のような鬼として、その姿はつくられていく。幕府の度々の「虚説停止之事」の御触にふれても、これ程、芝居や草子が飛びつくにふさわしい事件があり得た

であろうか。早速、芝居に仕組まれた状況を『けいせい竈照君』（享保三年十一月刊）の序は次のように述べる。

鳥羽院の御時。嶋の千歳若の前。両人の遊女舞初。白拍子の音さをやかに。山三が情も是非をなし。歌舞妓と諸人に。甘露の思ひを和らげ難波と京の芝居に。専風流栄夢の狂言。山桝太夫が故事を作者が工に。観成の色要美にして。上るりに是を節付。誰実品をか引けん。情の義理勝手事いひしをや。予が集し傾城竈照君と。秋ひろふ言の葉も色道のほまれを爰に聞伝へてなん

『けいせい竈照君』（以下「竈照君」と略称）自体も山桝太夫の世界に託して幸斎一件を扱った浮世草子である（作者名なし）。ところで、この書の刊行以前の、ここに評判された歌舞伎・浄瑠璃の上演作品として、次のものが該当すると思われる。

〔歌舞伎〕

享保三年冬　上演　山椒太夫　大坂　大坂九左衛門座　座本　嵐　三右衛門

享保三年十月〃〃　けいせい山桝太夫　京　都　万太夫座　座本　都　万太夫

享保三年十月〃〃　けいせい山桝太夫　京　蛭子屋吉兵衛座　座本　大和山甚左衛門

〔浄瑠璃〕

山桝太夫葭原雀　大坂　豊竹座

傾城酒呑童子　　大坂　竹本座

浄瑠璃に上演年時を記さなかったのは、以下この二作品の上演年時の考証をも含めて、前述の問題を述べようとするためである。また、『傾城酒呑童子』については、山桝太夫の世界で劇化されたものではないが、同じくこの一件を取り上げた浄瑠璃であり、後述するように「竈照君」にも影響を与えているので、共に数えあげた。これらの作品の上演の有様については、夙く祐田善雄氏が「近松落穂考」(2)でふれられ、白方勝氏には祐田説を受けて各作品を比較検討した上にたつ詳論(3)もある。また、歌舞伎と「竈照君」との関係については石川潤二郎・長谷川強両氏の論考(4・5)もある。これらの方々の御論考に啓蒙されるところ多大であるが、できるだけ論述の重複は避けて当初の私の課題について述べたく思う。

二

歌舞伎での上演の順次は『役者金化粧・京』（享保四年正月刊）の大和山甚左衛門評に

取分去冬の山椒大夫の役．さりとては不出来〳〵巻頭にはまだ十年もはァやいはやい（中略）その山椒大夫の役を不出来と見ためからは．いよ〳〵此人を巻頭にするを尤じやといふはづャィ我もよふきけ．山椒大夫狂言は最初大坂桐野谷殿大当いたされ．それゆへ京両芝居にも此狂言を取て．万大夫座にて山椒大夫に三保木殿．此役は京大坂にて実悪形の．ほねきり衆のせらるゝ所を．和事仕の身でまだお上手の大和山殿なればこそ．あれほどにはこなされた（後略）

とあることから、大坂の嵐座で最初に上演され、京の都座・大和山座がその後すぐさま取り上げたことが知られる。評判記はこれらの作が幸斎一件を当込んだ狂言であると言及しないが、京都二座で上演された際の絵入狂言本が現存するので(6)、その内容からして、また外題の脇付からして、この一件の当込み狂言であることは自明のことである。なお、江嶋・谷村合版『けいせい山桝太夫』には、巻末に「一　此度大坂読売(よみうり)栄花物語　大坂嵐三右衛門　京都万太夫　大和山甚左衛門両三軒に狂言仕候　是にめづらしきしゆこうをくわへ全部五巻にとりくみ　来ル壬十月上旬ニ本出シ申候　御もとめ可被下候」とあるので、これら歌舞伎の上演は、遅くとも閏前の十月にはなされていたことになる。嵐座での上演内容は伝わらないが、同座で山椒大夫に扮した桐野谷権十郎の評判に、「去冬の山椒大夫．もつはら此お人さんにて大あたり．京都にて大和山さん三保木さんなされしが．中〳〵此人には及ませぬ」（『役者金化粧・坂』）とあるのをみると、当時の観客は同趣の狂言と受け取っており、大筋の上ではあまり違いはなかったのであろう。無論、各座間で現存の狂言本にみられるような差違（都座での実役小佐川十右衛門の山岡大夫役が大和山座では女形芳沢あやめのうば竹の役に替えられていたり、実悪三保木儀左衛門の山椒大夫役を和事仕大和山甚左衛門がする等(4)）が、一座を構成する役者の顔ぶれによって行れていたであろうが、狂言の筋そのものよりも、趣向や役者の演技に一層の興味を示す、歌舞伎の享受のあり方からすれば、それが当然のことであり、その根底の上にあって、同じ狂言として比較され批評されていたのである。桐野谷権十郎が一等高く評判されるのは、地元の利をいかし、逸速く勾欄にかけたことも関係するのであろうか、事件後一ヶ月そこそこに上演されていたことになる。

三

浄瑠璃の上演年時については、なお不確定な要素もあるので、『山桝太夫葭原雀』（以下「葭原雀」と略称）から少し詳しく述べていきたい。「葭原雀」の上演時について祐田善雄氏は、当初享保五年かと、幸斎一件との関係に疑いをもたれながら推定されたが、前記「近松落穂考」[7]において、「竈照君」との関係から享保三年冬かと改められた。ただ、その立論が『摂陽奇観』（巻之二十五ノ上）に

山桝太夫吉原雀享保三年豊竹座院本　此戯文は幸斎の行状を山枡太夫に擬して作ル外題年鑑には傾城吉原雀と記ス

とある記事より、『傾城吉原雀』と『山桝太夫葭原雀』が同一のものと仮定された上でなされたため、横山正氏は、「享保五年のところに入れている安永版『外題年鑑』とも一致する祐田氏の旧説の方（享保五年か）に従っておきたいと考える」[8]と、慎重な態度を示しておられる。宝暦版『外題年鑑』の『傾城吉原雀』享保三年八月一日上演とする記述は、題名の違いや事件との日付の相違から、また、安永版『外題年鑑』の「葭原雀」享保五年上演も外題のみの記載を前後の作品の上演年時から判断したのであって、共に不明瞭な点を持ち、そのまま認めることはできない。「葭原雀」の豊竹上野少掾正本が現存するにもかかわらず、安永版までその外題すら知られなかったことも、「葭原雀」の上演時期について、不明瞭な点を残す結果となったのであろう。

「竈照君」の序にもどるなら、この序が指す「上るりに是を節付」の浄瑠璃は、祐田善雄氏が指摘された

ように、『傾城酒呑童子』より「葭原雀」とするのが適切であろう。両者の関係も

「葭原雀」第二（七行六十八丁上野少掾正本）

一中詞此たびのお物入。およそ三千三百両。親がおごりについやせは子は又宿にて色ぐるひ。去太夫とふかいなか（中略）ア、詞さて残りおほや残念（さんねん）や。けつかうなおやしきを吉原（よしはら）すゞめのすみかとならん。ゑいぐはの夢も五十年。（中略）ア、詞法師（ほうし）ぐちなく〳〵。見えぬ後生をねがふことぬけふねよりも大きなとが。こどろひ神をいのらふより山桝だゆふ明神（みやうしん）と。地ハル朝夕（あさゆふ）おれをおがむならふつきをねがへばかねをやる。病気をねがへは人じんやる。さむいと願（ねが）へは小袖（そで）をやる。鶴（ウつる）が喰（くひ）たい心得た。杉（ウすぎ）やきがてん鴨（かも）がてん。ぶぐ汁（じる）でもすつぽんでも。たちまち諸ぐはんじやうじゆするれいげんあらたな明神と。フシせんしやう計いひちらせば。地中一仲笑つて声を色上。一中地京の吉田の神帳に。入た神かや入らぬのか。ハルわけも情もわきまへぬ。ツキユリやぼ天神か。うつじんか（以下略）

「竈照君」巻一ノ一（八文字屋版）

一中下座にゐながら．凡（およそ）三千三百両しうしないし某は．摂州（せつしう）難波にかくれなく人は色にふけり欲（よく）にまよひと語出（かたりいだ）せば．いふなく〳〵れいの異見（いけん）聞度ない．そなた達のさるまつが異見聞事にあらず．五六百人の人をつかふ我等が知恵（ちゑ）は．ちいさゐ十畳敷を広（ひろ）いと思ふ知恵とは違（ちが）ふ．仏神いのらふよりは今の我を祈（いの）れ．銀がほしいと思へば銀をあたへ煩（わづ）らへば人参やる．さぶけれは着物をやる．ひだるいなら料理した

食も喰てみよ．神といふは我等といへば．一中も出づらをおさへられ．扇取なをし京の吉田の神帳に．入た神かや入らぬのか．わけも情もわきまへずと閉口すれば（以下略）

と、作品中に都一中が、山桝太夫の幇間となって、登場するのはこの二作だけであり、文辞の上でも類似をみる。両者に影響関係のあることが歴然とし、しかも、「竈照君」の巻末に「やぐら太鼓の音に聞．よし原雀ねに立て．それより岩木の家栄．ゆらの湊の出舟入舟にぎ〳〵と」と、「葭原雀」の上演を示唆する文句があるのをみると、祐田氏の述べられるように、享保三年十一月以前に「葭原雀」が勾欄にかけられたことは間違いあるまい。さらに、歌舞伎での上演よりも、「葭原雀」が早く、この一件の舞台化に「ね」をたてたかとさえ思われる。

「葭原雀」第三の切場で、安寿に焼金をあてた山桝太夫の女房おさんと、安寿を庇う太夫大しうとの間で、次のやりとりが交される。

是おさんさま。今日迄はおまへをば女子と計あしらふたが。其じやけんではあしたから。さかやきそつて三男の三郎とつかしやんせ。おさんにつこと打笑ひ。ヲヽ三男の三郎じや。しかも染川十郎兵衛が心でしたる三郎しやと。

大坂・京でこの一件の歌舞伎が上演された時、三男三郎の役を勤めたのは

嵐　　座　　立役　　姉川新四郎
都　　座　　敵役　　吉岡三郎介
大和山座　　立役　　村山平十郎

であり、ここで、故人染川十郎兵衛（正徳元年〈一七一一〉没）の名がでるのは、いつの舞台を指してのことであろうか。このことに関して、『役者五重相伝』（享保四年三月刊）に興味ある逸話がのる。上述の大和山座の『けいせい山桝太夫』で、山桝太夫を演じた大和山甚左衛門の評判（京之巻開口）の引き合いに出された話である。

芸者の身の上にも．あたらしい事のみ工夫して古格じやとよい事をすてゝ．手ばまりがあらふと思はるゝ．（中略）大入を取しを思へば古格をすてふ物ではないぞや．今迄せぬ格をせふとて．柴崎が殿のあたまを打わりて．血を合て見るなど．前後のしそこないと．其身も後悔せられ．世間にもさふいふた．大和山が山升大夫も此格であるまいか．（中略）先年竹嶋幸十郎座本せられし時．大坂にて染川十郎兵があてられし山升大夫の新狂言を取くみ．三男の三郎役染川がして大当．爰は座本幸十役目ニうつてつけたと．談合しまりて惣はなしすみての上ニ．其座の立物坂田藤十郎此狂言の咄しを聞て．此三男の三郎は仕様のあらふ物なれば．我等がいたさふと申出しを．（以下略）

以下話は続くが、結局、藤十郎の積極的な申し出にもかかわらず、彼の役は公家の老人に落着くが、ここで語られるように、染川十郎兵衛は、確かに後年まで評判されるような、三男三郎役を勤めていたのである。右に引用した話から、竹嶋幸十郎座に坂田藤十郎が一座した年を考えると、宝永四年（一七〇二）のみであり、その時に「山升大夫の新狂言」といわれているのであるから、十郎兵衛の評判の舞台もほぼこの頃である筈である。宝永四年を中心に十郎兵衛の動向をみれば、大坂への出勤は宝永三年（片岡座）、四年（岩井座）が考えられる（『役者友吟味』）。このいずれかの座で、十郎兵衛は三男三郎の役を勤め大当りを得たのであろう。ならば、「葭原雀」でおさんが語った染川十郎兵衛の舞台は、享保三年からすれば、十二・三年以前のことになり、十年以上も前の役者の舞台を想い出させられた、観客の反応はどの様なものであったろうか。ましてもし、「葭原雀」上演以前に、嵐座等で山桝太夫の狂言がなされており、三郎役の役者が活躍していたら、なんと間の抜けたせりふであったろう。姉川新四郎（去冬の山桝大夫に三男のお役め大出来〳〵〈役者金化粧・坂〉）も村山平十郎（平十郎大あたり〈狂言本挿絵〉）も評判は悪くない。立役村山平十郎の演じる三郎は、安寿に焼金をあてるが、後に安寿厨子王の姉弟を逃すという、「葭原雀」でのおさんの働きと同様の役柄をなしている。立役姉川新四郎の三郎も同じ様な役回りだったかも知れない。「葭原雀」より前に歌舞伎で幸斎一件が仕組まれて上演されていたなら、この場のおさんのせりふは考え難いことである。それは当込みを好む当時の芝居の常套からはずれるからである。とすれば「葭原雀」の上演も享保三年十月頃、しかも、歌舞伎の上演よりも早く、事件直後になされたとするのが妥当ではなかろうか。

四

『傾城酒呑童子』は宝暦版『外題年鑑』に享保三年十月廿五日の上演と載るが、祐田善雄氏は、正本の包紙の太夫付から、事件との関係に疑問を残されながら、享保四年の上演とされた(9)。この説に、白方勝氏は「祐田氏があえて？を附されたのは、やはりこの作の際物としての性格に疑問を残されたからであろうか」と、その疑問を理解され、「ここでも一応事件の一年目を当込んだ作と考えておきたい」と断った上で、幸斎一件を仕組んだ作品の前後関係を左のように図示された(3)。

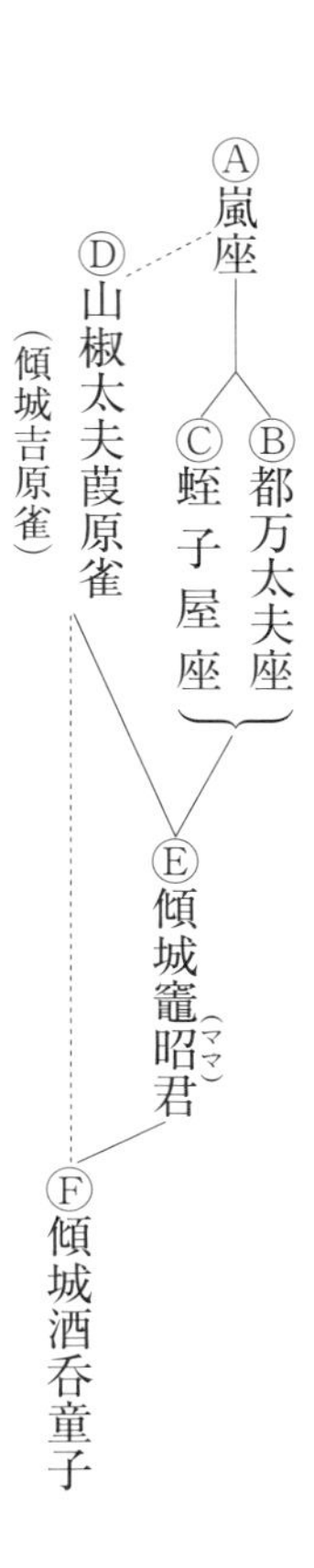

歌舞伎から「葭原雀」へ影響し、この両者から小説へ、さらに『傾城酒呑童子』へというのが白方氏の説である。しかし、「葭原雀」と歌舞伎の順序が入れ替ることは前述の通りである。歌舞伎から「竈照君」への影響は石川潤二郎氏に詳察がある(4)。問題は『傾城酒呑童子』の位置である。白方氏も「竈照君」と『傾城酒呑童子』が深い関係にあることは、類似点を五点あげて示されるが、「これでその先後を決定することのできるほどの確実なものはない」と述べられるように、簡単にⒺからⒻへと決め難いものがある。しかし、結論的には、同氏は「やはりⒻはⒺの後と推測するのがよいと思う」と躊躇されながら(10)、意見を出された。白方氏の見解の中にみられるゆれは、正本の包紙の太夫付による、享保四年という確実な上演年時と、「竈照君」と類似すればする程強く感じられる、『傾城酒呑童子』の際物としての有効な時間との間におこる、ず、

れに原因するようである。しかし、享保四年に上演されたということは、享保四年にのみ上演されたということではない。この作の創られ方も尋常でなく、現存の正本が示す有様は、少くとも数回の上演があったことを語っているように思われる。

山桝太夫葭原雀（七行六十八丁）	山枡太夫恋慕湊との関係（正徳末頃）
第一段　口　こま沢堤 切　岩城判官館	第二段口・中と同文
第二段　口　有馬湯治場 切　橋の上	第二段切とほぼ同文
第三段　口　はつ山入 中　太夫屋敷前栽 切　能舞台楽屋（安寿折檻）	第四段口とほぼ同文 （第四段中・安寿厨子王折檻）
第四段　口　遊女部屋 中　座敷牢 切　傾城神おろし	第四段切と一部同文 神おろし部分第五段切のお聖空誓文のもじり
第五段　国分寺	

傾城酒呑童子（七行七十九丁）	酒呑童子枕言葉との関係（宝永四年）
第一段　口　天皇恋路 中　渡辺綱館 切　戻橋	第一段口・中と同文 第一段切に増補をなす （別本七行八十五丁本は同文）
第二段　口　花山院庵室 切　〃	第二段中・切と同文 （別本は第二段口・中・切と省略なく同文）
第三段　口　鏡の宿（ひらぎの長揚屋） 切　頼光訴訟場	第三段口と同文
第四段　口　能舞台楽屋（ひらぎの長会膳） 切　数寄屋	
第五段　数寄屋	第三段切と一部分同文

（この当時、口中と分けることはしないが、便宜上ここでは段を分けておく。）

「葭原雀」『傾城酒呑童子』が、共に旧作（『山桝太夫恋慕湊』『酒呑童子枕言葉』）を利用してつくられていることは、周知のことである。旧作との関係を示せば右表のようになる。

近松と海音とが同じようなパターンで、旧作利用をなしているのは興味深いが、二作とも、旧作との関係をみれば、いかにも急拵えな際物作といった感が強い。『傾城酒呑童子』では、第三段目以降が幸斎一件を当込むために新作された箇所になるが、第一段目・第二段目との繋りも弱く、近松の他作品にはみられない劇的な不統一をおかしている。さらに、第一段目の切と第二段目の口の部分について、『酒呑童子枕言葉』（以下「枕言葉」と略称）のその箇所を、そのまま利用している正本と、増補・省略して利用している正本と二種あることも、この作の成立を考える上で大切な問題を含んでいる。また、『近世邦楽年表』には、宝暦版『外題年鑑』によって、享保三年十月廿五日の上演のみを掲げるが、少くとも三種ある現存正本の形態は、『傾城酒呑童子』の上演をただ一回に限定することには、戸惑ひを感じさせる。『傾城酒呑童子』の上演年時についても、再検討する必要があろう。他作品との関係もその上で考えてみるべきだと思われる。

五

管見に入った『傾城酒呑童子』の七行本の正本は次頁の表に示す三系統である。

奥書の形式からみると(1)は宝暦三年から宝暦十二年頃迄に、(3)は宝暦元年から宝暦二年頃迄に刊行された[12]正本となる。(2)は「七行大字」式の奥書をもつ菱屋版で、他にこの形式をもつ近松作品の浄瑠璃本は、『忠兵衛梅川めいどの飛脚』が報告（『近松浄瑠璃本奥書集成』）されているだけで、数少ないものである。横山正氏は、京都での山本版以外の近松の丸本の刊行を、享保七年頃迄とされているので[13]、菱屋からは、近松以後も、中

実丁	⑴七行八十五丁本（天理図書館蔵）	⑵七行七十九丁本（東大文学部国語学研究室蔵）	⑶七行八十三丁本（注11）（大阪府立中之島図書館蔵）
太夫名	竹本筑後掾相伝 竹本大和掾宗貫	竹本筑後掾	竹本筑後掾相伝 竹本大和掾宗貫
座本	竹田出雲掾清定	なし	竹田出雲掾清定
版元	京二条通寺町西江入丁 山本九兵衛版 大坂堺筋日本橋北江三丁目 山本九右衛門版 江戸大伝馬三丁目 鱗形屋孫兵衛版	京寺町松原上ル町 菱屋治兵衛版	京二条通寺町西江入丁 山本九兵衛版 大坂高麗橋二町目 山本九右衛門版 江戸大伝馬三丁目 鱗形屋孫兵衛版
その他	第一段　切　増補なし 第二段　口　省略なし	第一段　切　増補あり 第二段　口　省略あり	第一段　切　増補あり 第二段　口　省略あり

字本の丸本が刊行されているが、⑵の正本については、⑴⑶よりは『傾城酒呑童子』の初演時に近い頃の刊行とみることができよう。現存の正本の奥書の形式から、⑵が⑴⑶より早い時期に出された正本となれば、⑵が刊行される以前に⑴⑶以外の山本版の正本があったと考えなければならないであろう。何故なら、当時の竹本座と山本との関係からして、菱屋治兵衛が山本より先に、大坂の竹本座で上演された浄瑠璃の正本を、独自に刊行したり、改作することは考えられないからである。もし、この推測が正しければ、⑵以前に刊行されていた山本版の正本も、⑵と同様に、「枕言葉」流用の箇所は増補・省略された形のものであった筈である。この推定へと誘導するのは、⑵の正本にみられるのどに付されている複雑な丁付と、それから推察さ

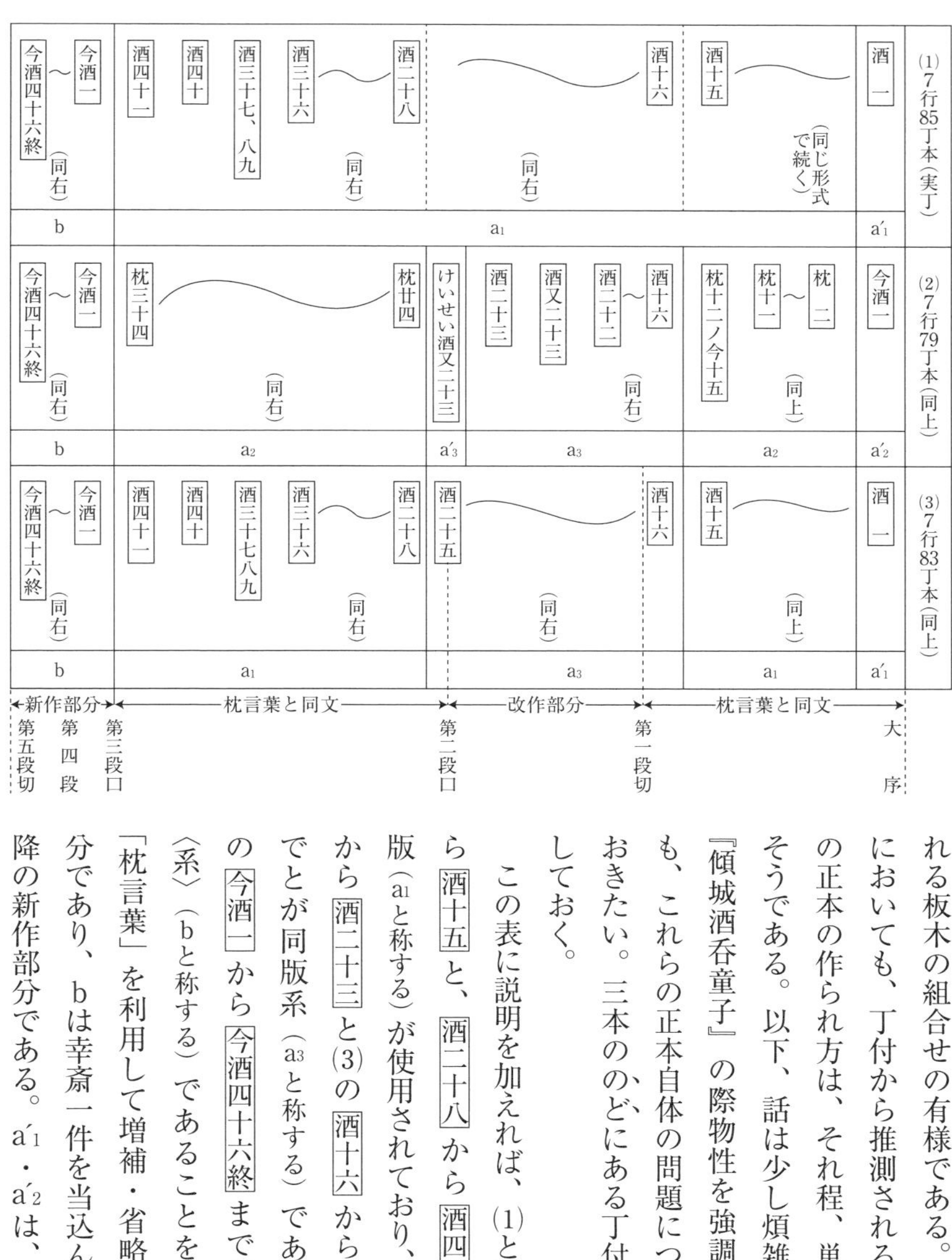

れる板木の組合せの有様である。また、(1)(3)においても、丁付から推測されるところ、その正本の作られ方は、それ程、単純ではなさそうである。以下、話は少し煩雑にわたるが、『傾城酒呑童子』の際物性を強調するためにも、これらの正本自体の問題についてふれておきたい。三本ののどにある丁付を上に表示しておく。

この表に説明を加えれば、(1)と(3)の酒二から酒十五と、酒二十八から酒四十一とは同版（a_1と称する）が使用されており、(2)の酒十六から酒二十三と(3)の酒十六から酒二十四まででとが同版系（a_3と称する）であり、(1)(2)(3)の今酒一から今酒四十六終までが三種同版〈系〉（bと称する）であることを示す。(14) a_3は「枕言葉」を利用して増補・省略した改作部分であり、bは幸斎一件を当込んだ三段目以降の新作部分である。a'_1・a'_2は、本文は「枕言葉」と同文でも、内題が異るため、後述するような旧板木の流用ができないので、新たに板木を彫り、刷り出された初丁を指す。また、a'_3は、(2)(3)のa_3が同版系であるのに、この一丁だけ異版になっていることを示す。なお、「枕言葉」と同文箇所のa_1とa_2に関しては、この丁付をヒントにして、版面を比べみるに、a_1は七行八十三丁本（山本版）、a_2は七行七十三丁本（山本版）[15]の「枕言葉」の正本のその部分が、そのまま利用されていることがわかる。以上のことから、これらの正本は、(1)は二種の板木（a_1〈a'_1〉＋b）より、(2)(3)は三種の板木（a_2〈a'_2〉＋a_3〈a'_3〉＋b、a_1〈a'_1〉＋a_3＋b）より印刷された正本であることを思わせる。幸いに、天理図書館には「枕言葉」も『傾城酒呑童子』の板木も揃って収蔵されている。この板木とこれらの正本のいずれかに使用された板木とが同じならば、右にみた板木の組合せの有様は、板木自体からも証明されることになるであろう。

『天理図書館蔵浄瑠璃板木目録』[16]（祐田善雄・植谷元・今西實共編）〔七行本の部〕に、この二種の板木の在庫を次のように載せる。

酒呑童子枕言葉　　宝永四年九月九日初演　　板六　　（近八六）

43枚（両面42・片面1）　　〔酒　二〕〜〔酒　八十五丁〕

1・2
〜
43・44
45・58
46・47
〜
56・57
59・60
〜
71・72
73・―
74・75
〜
84・85
―――
（重複）
16・17
18・19
20・21
22・―
23・―
25・―
山入2・―

傾城酒呑童子　　享保四年　　板三〇

25枚（両面21・片面3・交板1）　　〔今酒　一〕～〔今酒　四十六終〕

1・①
2・3
4・5
6・18
7・8
～
13・14
15・24
16・17
19・20
21・29
22・23
25・26
27・28
30・37
31・32
～
35・36
38・43
39・―
40・―
41・42
44・45
46・―

右の記載で、「枕言葉」の板木は、（近八六）の、同館蔵七行八十三丁本（実丁）の山本版『酒呑童子枕言葉』の正本と同板であることが知れる。しかし、目録では八十五丁本となり、別本かとの疑いが生じるが、〔酒三十七八九〕の飛丁が板木の方にもあるので、(17)同板とする記載に従うことができる。とすれば、これはa_1に使用された板木となり、この板木から(1)(3)の正本の刷られ方を知り得る可能性も強くなってくる。ところで、（重複）とされる部分は一体何であろうか。目録の〔凡例〕では「欄外に（重複）として掲げたのは、全く同じ板で、重複しているものである」と断られているが、この（重複）に関しては、この凡例の説明は当嵌（あてはま）らない。この重複16から25(18)は上段の16から25とは異なる板木であることが、二種並べみることによって明らかとなる。つまり、重複16～25は、『傾城酒呑童子』で「枕言葉」を改作した、(3)七行八十三丁本のa_3の部分にあたる板木である。そして、上段の2～41が、(1)七行八十五丁本のa_1にあたる、「枕言葉」の旧板木利用の部分の板木となる。さらに、重複16～25の板木と上段の「枕言葉」の板木を比べていくと、「枕言葉」の旧板木を利用して、(1)(3)のa_1 a_3をうまく彫りあげていく方法が一層はっきりする。(1)のa_1は上段の2から41をそのまま利用し、(3)のa_3は上段15から重複16へと詞章を繋げ、以下、重複の番号に従って刷られていくが、また、重複25の最後の一行と上段27の最後の一行とが同じになるように彫られている。即ち、重複25は上段28に戻り得るように板面が合されているのである。そして、上段28から41までが『傾城酒呑童子』

の板行のために再び利用されるのである。このことは、右の丁付表で(3)のa_3からa_1の丁付が、酒二十五から酒二十八へ飛んで、酒四十一で終っていることと符合する。また、『傾城酒呑童子』の板木①[19]が内題をもつ第一丁（a'_1）にあたり、1〜46が第三段目以降の板木（b）であることが確認できるので、(1)(3)が右の板木の組合せで刷られた正本と同版であることは間違いあるまい。(1)(3)共に山本版なので、本屋としても、必要最小限度の労力と費用で、素早く新しい正本を作るべく努力していたことを思わせる。際物の上演には、特に、便宜な方法であったろう。

(2)七行七十九丁本については、板木の上から(1)(3)のように解明することはできないが、a_2の部分に関しては、七行七十三丁本の「枕言葉」の板木の流用を考えてもよいと思われる。版面の一致と共に、「枕言葉」ののどに入られている丁付以外の、「又い」等・「ロノ三い」（3丁オ）・「ロノ十ろ」（10丁オ）といった符牒まで、a_2はそのまま刷られているからである。板木が異なる場合、そうした符牒は不要なものとなる筈である。ただ、山木版を菱屋がどういう形で利用し得たのか、山木版と菱屋版の関係について何も知らない今、これ以上述べることは出来ない。しかし、(2)が(1)(3)より初演に近い時期に刷られた正本であることは、また、(2)のbの版面に比して、(1)(3)のそれが、被せ彫りの版面に特徴的な三〜四粍の版面の縮小[20]を現している点からもいえる。(2)自体もa_2の部分は「枕言葉」の旧板木を利用して開板した可能性が考えられるので、しかも、(1)(3)の山本版にも同じ手法がみられるので、(2)の以前に刊行されていたであろう山本版にも、同様な便宜な方法が用いられたであろうことは推察される。そして、前述のように、その山本版が改作部分をもっていたとするなら、改作部分をもつ『傾城酒呑童子』は初演に近い時期からあったということになる。いや、初演の時からあったと考えることもできる。

藤井紫影博士は『近松全集　第十一巻』所収の『傾城酒呑童子』（底本は(3)）解題で、七行八十七丁本にもふれられ「初段二段における改竄なく、全く旧作と同文である。この方が前にできたものであろう」と、改作されない形を初演に近いものとされる。七行八十七丁本は私の諸本調査では見出し得なかったが、藤井博士と同様に、改作されない形を初演とされる、黒木勘蔵氏の『近松名作集　下』（『日本名著全集』）には底本として使用されている。思うに、(1)の七行八十五丁本は前表の如く、酒三十七八九の飛丁を持ち、かつ、改鼠された部分もないので、藤井博士の言われる八十七丁が、実丁でなく丁付からの数値によったとすれば、(1)が七行八十七丁本に該当することになる。黒木氏の翻刻には奥書が載せられていないので如何なる正本なのか断定できないが、(1)と黒木氏の翻刻を比べても用字等に差違はないように思われる。正本の問題は別にしても、初演時の形は改作されないままであったとするには、何らかの説明の欲しいところである。確かに、前述の巧妙な板木利用のあり方からみて、改作しない方がより早く安価に正本が準備でき、際物の上演には非常に都合よいことである。しかし、(1)よりもより古い正本として(2)をあげ、さらに(2)以前の山本版の正本を想定し、それにも改作部分があったと推定した私には、藤井・黒木両氏の見解に、そのままでは従えないのである。改作増補（a3）の意味を問うことなしに、結論を求めることを懼れるからである。今、我々が『傾城酒呑童子』を読んで、改作部分の意味を求めようとしても、適当な説明に苦慮することであろう。それ程、全体の筋の展開からみて、増補された内容は取って付けた感の強いものである。しかし、増補された時点では、そのことにそれだけの意味があったとすればどうであろうか。増補された話の筋はこうである。

綱の郎党八十の吉平次が三の君を館へ送る途中（「枕言葉」では堤弥惣忠時が送ることになり館を出たのである

が、ここで突然八十の吉平次に入れ替る）、一条戻橋で、酔払いを装った平安盛の郎党にからまれる。そこへ綱の弟三田の源八が現れ、吉平次を助けて、割木を取って襲いかかる馬屋総五を切り殺し、吉平次が矢島伝平の片腕を切り落して追払う。渡辺綱・平井保昌も駆けつけてくるが其の二人が、そのまま鬼神と変じて、三の君を奪い去っていく。

三田の源八も八十の吉平次も、この後登場することもなく、場面的にはともかく、全体の展開の上からは無意味な増補に思われる。しかし、これと類似した話が「竃照君」巻五の二（雷電（らいでん）が釼（つるぎ）は当りのつよい差合詞（さしあいことば））にもある。この話も全体の筋の運びからいって、唐突な感はまぬがれない、挿話的なものである。荒筋はこうである。

岩木判官の家来錦戸竹右衛門の一子竹之助は安寿・厨子王の行方を求めて、御家に縁ある、難波堀江の舟支配佐太郎の宅に寄宿する。佐太郎が竹之助を連れて、色茶屋で二人の行衛を求めようとしている時、隣座敷から紛失した羽織を尋ねてくる。佐太郎は着もしない羽織を僭上事で尋ねさしているのであろうと相手を嘲笑う。それを聞いた相手の雷電の源八はおとなしくその場は済すが、傍輩の八十嶋が竹之助に酔払ってからんだため、佐太郎は仲間を語らい源八等と喧嘩となる。木を持ち打ち懸った佐太郎は、八十嶋に腕を切り落され、その傷がもとで死ぬ。

この二話は

三田の源八　――雷電の源八
八十の吉平次――八十嶋

と人名の類似だけでなく、酔払いが女（若衆）にからむという争いの動機、源八・八十（嶋）に相手が棒をもってかかるという取り上げた武器も似る。さらに、「竈照君」では雷電の源八を「諸々の相撲（すもふ）にも罷出」と相撲取とするが、『傾城酒呑童子』でも三田の源八の暴れ振りを、「やぐら持出しかたずかしおひなげかけなげ腹（はら）やぐらと。尻（しり）ひつからげしこをふみ」と、相撲の手をもって描いている。その後に続く、「大手をひろげャァ勝負（せうぶ）。いざごされとおめきしは只らいでんのごとく也」も雷電の源八と通じる。八十（嶋）が相手の腕を切り落すのも二作同じである。もはや、この二話に影響関係があることは明瞭であろう。この二者の関係を知れば、当時では、何か意味するところのある増補であったと考えなくてはならなくなる。幸斎一件と結びつくことなのかどうか不明であるが、「竈照君」にも扱われているところをみれば、これも当時の巷説（実説は不明だが相撲取の関係した刃傷沙汰かと思われる）（補記二）に対する当込みと考えられよう。また、この二つの挿話は白方氏の指摘された五点とは別に、『傾城酒呑童子』と「竈照君」の先後についても大きな示唆を与えてくれる。即ち、「竈照君」の「存の外に山桝太夫といふ酒（さけ）のみとやら、童子とやら来つて、虚空につかみ帰りし事、かへすぐ〱も不届也」（巻二ノ四）とある表現を、この類話に注意して顧みると、『傾城酒呑童子』第一段切の増補部分の最後の文句、「鬼神は姫をひつつかみ。悪風（あくふう）吹かけほのほをふらしこくうにどつと笑（わら）ふ声雲に。残りて失にける」が想い出され、「竈照君」の右の傍点箇所が『傾城酒呑童子』によって書かれているのを教えるのである。この逆は右の傍点部の内容とすべき記述が「竈照君」にみえないことから考えるべきでない。とすれば、この増補部分は「竈照君」刊行の享保三年十一月以前に既にあったことになり、初演時に改作され。増補されたとみる方が不自然でなくなる。(補記二)このことは『傾城酒呑童子』の際物性を、二重の当込みを持つものとして、一層際立せると共に、当初の「竈照君」との先後の問題にも解決を与える。享保四年の上演はむしろ再演とみるべきであろう。そして、再演時に（享保四年以後の再演時か）、逆に、増補部分が当込みの意味を失っていたので、不要なものとして、改作のない形に戻されたかと思うが、如何なものであろう。以上のことから、『傾城酒呑童子』の初演は、宝暦版『外題年鑑』にいう享保三年十月二十五日を、(21)躊躇なくとりたく思う。

これで、浄瑠璃・歌舞伎各座での、幸斎一件に対する競演の状態は、一段と華々しいものとなる。

むすび

「葭原雀」と『傾城酒呑童子』の上演の先後は改めて述べるまでもないが、歌舞伎・浮世草子が山桝太夫の世界で趣向を凝しているのを見れば、「葭原雀」が幸斎一件の劇化には先手を打ったことになる。大坂・京都の歌舞伎がすぐさま豊竹座に倣い同じ山桝太夫の世界で勾欄にかけているのをみて、竹本座としても二番煎・三番煎の上演はできなかったのであろう。しかし、時機は逃すことはできない。そこで、茨木屋→茨木童子の連想からか、山桝太夫と同じ人買を扱った、旧作酒呑童子の世界に振り替え脚色することにした。その時、既に豊竹座が旧作「恋慕湊」をうまく利用していることを知って、自分達も豊竹座の方法でいこうとしたのであろう。前掲の二作の類似する旧作利用の手法はこの推測を惹き起す。この発案が近松自身によって持ち出されたのか、或いは『橘庵漫筆』（巻二）に載る、近松の著名な逸話が伝えるように、芝居主竹田小出雲の提案なのか、知り得ないことであるが、いずれにしても近松が大きく関っていたことに違いはあるまい。この件における近松の立場は、近松のプライドを思うなら、苦しいものだと解釈できよう。しかし、座付作者として、自らの立場を熟知した老練な近松にとって、興行政策上の制約のもとで「夜も深更に及」ぶまで筆をふるうことはあたり前のことであり、むしろ、この場合、立ち遅れた近松には海音と競うといった一種のはりすらあったのではなかろうか。海音としても、自己の作からブームを得たことは一等手柄とすることであったろう。また、『傾城酒呑童子』の正本の作られ方は、近松の作者部屋が本屋をも含み込んだものであったことを思わせ、座付作者の立場の程を思い知らせてくれる。作者として、近松は海音に数等優れることと異議のない見解であるが、座付作者という二人を縛る状況を考える時、また、違った観点からの比較も試みることができるのではなかろうか。茨木屋幸斎一件と海音・近松の問題は、作者を取り巻く芸能環境が、作者個人・作者の属する一座を越えた、当時の社会全体の流れの中にあることを、我々に改めて教えてくれる。仮令、そこまで拡大して考えなくとも、京阪の俗文芸の世界が、社会に対して共通の反応を示していることを知れば十分であるかも知れない。私がこの稿で指摘したのは、そうした反応が、芝居の世界にどう現れたかということであった。それは、とりもなおさず、当時の芝居の姿であり、その通俗的な中に、当時の作者達がおかれているということであった。近松といえども例外ではなかった。むしろ、そうだからこそ、同じ環境にあった作者達から、後世「作者の氏神」とまで称されたのではなかったろうか。当然のことながら、我々は、この作者のおかれた状況を踏まえた上で、再び近松や海音の個性・特殊性を問わなければならないことになろう。

【注】

（1）この事件を扱った大和山座の「けいせい山桝太夫」の絵入狂言本（江嶋・谷村版）には「大坂読売、栄花物語」と外題に角書されている。

（2）祐田善雄「近松落穂考」（『国語国文』第8巻4号、一九三八・4）。

（3）白方勝「『傾城酒呑童子』をめぐって」（『新居浜工業高等専門学校紀要』4、一九六八・3）。

（4）石川潤二郎「『傾城竈照君』と『傾城山枡太夫』と―江嶋其磧と絵入狂言本―」（『国文学研究』第26輯、一九六二・10）。

（5）長谷川強「浮世草子研究資料としての絵入狂言本」（『法文論叢』第18号、一九六五・7）。

（6）古典文庫『元禄歌舞伎集続』（祐田善雄・棚町知弥共編、一九六二）にいずれも所収。なお、東大霞亭文庫蔵『けいせい山桝太夫（さんせうだゆふ）』（蛭子屋座上演）には左の貼付があり大坂嵐座での上演が「うわ竹」の役名により大和山座での上演に近かったかと推察される。

大坂　嵐　三右衛門座本東芝居	
幸斎事	□□戊享保三年
山枡太夫	桐野谷権十郎元祖　十月
三郎	姉川新四郎
(多) 四郎	嵐三右衛門
あんしゆう	松嶋兵太郎
うわ竹	中田六十郎

□□ 竹中藤三郎

(7) 祐田善雄「紀海音の著作年代考証とその作品傾向」(『国語国文』第6巻7・8号、一九三六・7〜8)。
(8) 横山正「海音の浄瑠璃執筆態度——時代物の場合——」(『大阪学芸大学紀要』第15号、一九六七・3。後に『近世演劇論叢』所収、清文堂出版、一九七六・7)。
(9) 祐田善雄「正本の包紙」(『浄瑠璃雑誌』第415号、一九四二・12)。後にまとめられた「近松年表」・「近松年譜」(『国文学解釈と鑑賞』一九五七・1/一九六五・3)では享保四年の下に「?」がある。
(10) 同氏の注3論文の補注(6)で「ⒻがⒺの後としたが、四年上演であれば事件の一年目を当てこんだ上演となる。しかし、この作の際物的性格、また、この作のみがなぜ一年遅れたのかという理由等の疑問は、依然氷解されないまま残る。」となお疑問の余地を残しておられる。
(11) 山城少掾文庫蔵『傾城酒呑童子』は第四段目に十五丁分欠き、しかも、欠丁直後の丁(丁付 今酒卅七)の表の最初三行が削除されているという、変った形態をもつ。欠丁分を計算すれば、七行八十三丁本と板式からも同版系の正本となるが、奥書は『近松浄瑠璃本奥書集成』〔奥書七十四〕の形式をもち(3)とは異る。(3)より古い版ともいえるが、右の削除分の説明がつかないので(3)を掲げておく。
(12) 祐田善雄「近松浄瑠璃七行本の研究」(『山辺道』第8号、一九六一・12。『浄瑠璃史論考』中央公論社、一九七五・8)。
(13) 横山正『浄瑠璃操芝居の研究』(風間書房、一九六三・10)。
(14) a_1・a_3・bの(1)(2)(3)の諸本間における、後刷・かぶせ彫・類板等の問題は、ここでは考えない。同版系と称したのは同じ系統の版面をもつという意味である。
(15) 七行七十三丁本「枕言葉」は、山城少掾文庫蔵本では竹本筑後掾正本で、山本九兵衛の板行になる。しかし、東大文学部国語研究室蔵本は、豊竹上野少掾の奥書をもち、版元も「京二条通寺町角 正本屋〔破れ(喜右衛門カ)〕」となっている。いずれにしても、山本版ではない。

（16）『ビブリア』第23号（一九六二・10）所収。

（17）板木所蔵庫の『酒呑童子枕言葉』板木の前に押ピンでとめられた整理表には、

完	四十二枚	両面	四十一枚	片面	一　枚	飛丁	酒卅七八九

とあり、「目録」作成の転記の際にミスがあったようである。現存の板木も整理表の通りである。「目録」は

1・2
～
37
8・40
9
41・42
43・44
（以下略）

に訂正されなくてはならない。

（18）「目録」では重複分に24を記さないが、これは欠板のためである。ただし、別置の板木の中に24を見出したので、その欠板は補い得る。

（19）「枕言葉」の板木は、またの正本刊行にそのまま利用できる状態で保存しなければならないので、本文は同じでも内題の異る初丁は、b作成の際に一緒に彫り直したことが、これでよくわかる。①と「枕言葉」の板木1とは、全く別板となるが、①から枕2へ文句が続くように、その点はうまく合せて彫られている。

（20）木村三四吾「俳諧七部集初版本考――一『冬の日』――」（『ビブリア』第46号、一九七〇・10。後に「『冬の日』初版本考」と改題して『木村三四吾著作集Ⅰ　俳書の変遷―西鶴と芭蕉』八木書店、一九九八・1所収）。

（21）石割松太郎氏は『近世文芸名著標本集』（米山堂、一九三四・2）の「傾城竈照君」の解題の中で「傾城酒呑童子」にふれられ「享保三年十一月二日」が竹本座の初日とされている。この日時についてその根拠を私自身で解明できないので宝暦版『外題年鑑』によっておいた。御教示頂ければありがたく存じます。

（補記一）

『大和国無足人日記』（別名「山本平左衛門日記」）の享保三年閏十月八日に、京四条河原榊山小次郎歌舞伎芝居見

物の上演目に「大坂相撲場喧嘩」が挙っており、事件の詳細は不明ながらこの件が当込みとされたと考えられる（日記については井口洋氏御示教）。

（補記二）

『近松全集　第十巻』（岩波書店、一九八九・2）は竹本筑後掾正本『傾城酒呑童子』七行八十三丁本（大坂高麗橋壱丁目　山本九兵衛・山本九右衛門版）を底本とする。この山本版は本論考で掲げた三本の『傾城酒呑童子』に先行する正本であり、第一にa3の改作増補がなされているので、初演時からの増補であることが明らかとなる。（『近松全集　第十巻』所収『傾城酒呑童子』長友千代治解説参照）

『日本西王母(にほんせいおうぼ)』をめぐる問題
―改作と改版―

一、『南大門秋彼岸』→『日本西王母』、『けいせい浅間嶽』

はじめに

近松門左衛門作の『日本西王母』は竹本筑後掾の語り物であるが、宇治加賀掾にも『南大門秋彼岸(なんだいもんあきのひがん)』と題する一部筋立の異なる同工の曲があり、両者の関係及び上演の時期については、殊に類似した趣向の場面を多く持つ歌舞伎『けいせい浅間嶽』（元禄十一年正月上演）との関係も絡まって、従来から諸氏の検討を経てきた作品である。

早くこの問題に言及されたのは藤井紫影氏であり、氏は『近松全集』（朝日新聞社刊）所収の『日本西王母』の解題で、『南大門秋彼岸』を『日本西王母』の改題本と説かれ、『けいせい浅間嶽』との関連を指摘されたが、『日本西王母』の上演年時には敢えてふれられなかった。この説を承けて木谷蓬吟・若月保治両氏は[1]、明和五年（一七六八）刊の『増補外題年鑑』が記す、『日本西王母』元禄五年（一六九一）四月八日上演に惹かれ、その年時に一抹の不安を残されながら、これらの問題について論述された。しかし、『南大門秋彼岸』

の上演が祐田善雄、信多純一両氏[2]によって元禄末年頃と確定されるに到って、『けいせい浅間嶽』への影響といった問題も消え去り、『日本西王母』と『南大門秋彼岸』との関係も『日本西王母』を先行作とする定説の中で、その後の祐田氏の『鸚鵡籠中記』の記事の紹介によって『南大門秋彼岸』上演時の下限が元禄十二年五月九日以前と限定されるに及んでも、ほとんど取り上げられ論じられることもなく過されてきた。だが、再び近時の近松研究、特に正本研究の結果、この定説化された問題を否定する注目すべき論稿が鶴見誠氏によって発表された。また、諏訪春雄氏は鶴見氏の説を積極的に支持されると共に、『けいせい浅間嶽』の問題に一歩踏み込んでの論をたてられた。[3]鶴見氏は『正本近松全集　第四巻』（勉誠社、一九七八）の『南大門秋彼岸』解題という限定されたスペースにもかかわらず、適確な指摘のもとに、諏訪氏がその論でまとめられた鶴見説の要点をそのまま借用すれば、次の四点を説かれた。

第一、従来『南大門秋彼岸』は『日本西王母』を改竄して外題を替えたものとされていたが、板外丁付や本文改変の様子から見て、事実は逆に『日本西王母』こそ『南大門秋彼岸』を原本としていささか手を加えて省略を行なったものであることが知られる。

第二、『日本西王母』の元になった『南大門秋彼岸』は現存の三段仕立てになる以前の五段本であったと考えられる。その五段本『南大門秋彼岸』の面影を伝える本として早稲田大学演劇博物館所蔵の写本八行五十五丁京山本九兵衛版が存在する。

第三、竹本座の『日本西王母』の成立は竹本義太夫が筑後掾を受領したのちのことで、元禄十二、三年のころと推定される。

第四、加賀掾の『南大門秋彼岸』の成立は元禄七、八年のころで、歌舞伎の『けいせい浅間嶽』より以前と考えられる。

右の鶴見氏の説に対し、例えば『義太夫年表　近世篇Ⅰ』（八木書店、一九七九・11）の『日本西王母』の項でなお疑問とするように、そのまま受け入れるには慎重に考えなければならない点が多く残されている。以下鶴見説の検討を通じて、従前の『日本西王母』をめぐる問題を整理しつつ、私見を述べたく思う。

（一）

『日本西王母』の筑後掾正本、特に正本として信頼するに足る大坂山本九兵衛・山本九右衛門版の八行本が、加賀掾正本『南大門秋彼岸』の板木を利用して、一部改板を加えて刷り出された後刷本であることを実証された鶴見氏の第一の説は、後刷本を覆刻本とされる点他一、二点を除き、承認されるべきものと考えられる。この問題に関する氏の調査は詳細であるが、本稿の都合上、私自身の調査をもって、右の結論の追認を行うと同時に、鶴見氏と見解の異なる点を明らかにしておく。

『日本西王母』の現存正本は管見の範囲では次の半紙本二種を知る。

八行五十九丁本　竹本筑後掾正本　大坂山本九兵衛 山本九右衛門板
十行三十九丁本　竹本筑後掾正本　同　右

今、十行本は八行本より後に作られたものであるため、また本稿とは直接関わらないため除外して稿を続ける。

現存二本の八行本は同版で、いずれも後刷本であるが、さほど刷りは悪くない。その一本早稲田大学演劇博物館蔵本は虫損多く裏打補修したものであるが、他一本東京芸術大学蔵本に比して鮮明な版面を持つ。鶴見氏は保存のよい芸大本のノドの丁付（演博本は裁断のため不明）に注目されたが、左にその丁付を記す。

南一～南一四、●ナシ、大西ノ十六、大西二ノ一～大西二ノ六、●南十七～南二十、（不明）、南廿二、□□三、南廿四～南廿九、大西三ノ九、大西ノ一、南卅一～南四十、大西四十一、南四十二、（不明）、大西四十四、南（不明）、南四十五～南四十八、大西五ノ一～大西五ノ四

（●印は鶴見氏の調査と異なる）

この結果から鶴見氏はその解題で次のように述べられた。

南何丁とあるのは「南大門」の丁付そのもので、当然そこには「南大門」の各丁がそのまま利用されている。そして「大西」とある丁が改竄の部分である。二十七丁目には丁数が入っていないが、ここは改板である。四十八丁目には南四十一（筆者注●印の大西四十一に当る）とあるが、ここは改板されながら原の丁付が残ったのである。五十丁目にも丁数がないけれども、ここには原本が利用されている。五十一丁目は大西四十四とある通り改板されてはいるが、裏側だけのことである。結局「西王母」五

十九丁の中、「南大門」をそのまま利用した丁数は合計四十三丁半、改板は十五丁半である。この事からも「西王母」は「南大門」を元にして、一部改板したものであることがわかるが、更にその改板の様子を見ると、「南大門」をあちこち削って作った省略本の感がある。（大西の文字がどこから来たかは不明である。或は南大門の「大」と西王母の「西」でもあろうか。）

以下、この改板の目的とその跡を述べられているが、ここでは先ず、『日本西王母』（以下「西王母」と略記）が『南大門秋彼岸』（以下「南大門」と略記）の板木を利用して作られたこと、さらに氏が両書の版面の字高の差に言及されて、その利用のあり方を「西王母」が「南大門」の被せ彫りであると推定されたことを加えておく。しかし、被せ彫りは板木が異なる異版であるが、「西王母」と「南大門」の関係は、氏が指摘されたように、字高の差（「南大門」の方が「西王母」より三～五粍長い）が他の後刷本との関係でみられる差よりも著しい差（普通一～二粍程度）を持つにもかかわらず、同板木利用の同版であること、二書の版面の傷や字画墨譜等の欠を詳細に検討すれば明らかである。特に「南大門」（五十五丁本）の十丁表・十一丁表の版面に左から右へ横に走る傷は「西王母」にも同様にみられ、二本に同板木が利用されている顕著な証としてあげることができる。また、仮に「西王母」の部分が、改板されていたなら、その丁付は右丁付の「大西」の例からみて、「南」の丁付を残す必要はなく、全て改めて付け替えられていたことと思われる。なお、「大西」の略称について私見を述べれば、宇治加賀掾正本『丹州千年狐』（元禄十二年上演）の改題本である竹本筑後掾正本『天鼓』（元禄十四年上演）の一部の正本にみられる大坂天の丁付から類推して、大坂の「大」と西王母の「西」が合わせられたのではないかと考えている。

「西王母」が利用した「南大門」と同文箇所の板木は、鶴見氏が『南大門秋彼岸』解題で「二」「三」として紹介された左の二本を刷り出した板木であること、また氏の述べられる通りである。この「南大門」の二本

八行五十五丁本　奥書欠くため版元不明　早稲田大学図書館蔵
八行六十丁本　同　　右　早稲田大学演劇博物館蔵
表紙見返しに一図と本文中に挿図五丁を加えるが本文は右と同版

は、共に加賀掾正本（但し後者は加賀掾一座の語り物と表現）で京都の山本九兵衛版であろう、と鶴見氏は推定

巻	（南大門）		（西王母）	段
上之巻	南1〜南15		●1（同右）	第一
	南16	←	大西16 〃 2ノ1 〃 2ノ2 〃 2ノ3 〃 2ノ4 〃 2ノ5 〃 2ノ6	第二
	南17〜南20		（同右）	
	南21	←	不　明	
中之巻	南22		●22	第三
	南23〜南29		●23（同右）	
	南30	←	大西3ノ9 大西□ノ1	第四
	南31〜南40		（同右）	
	南41	←	大　西　41	
	南42 南43		（同右）	
	南44	←	大　西　44	
下之巻	南45〜南48		●45〜●48（同右）	第五
	南49 〃50 〃51 〃52 〃53 〃54 〃55	←	大西5ノ1 〃 5ノ2 〃 5ノ3 〃 5ノ4	

（注）●印は同板であるが一部埋木による改変があることを示す。

される。「西王母」への利用からみてその様に思われる。なお、刷りは前者（早大図書館本）を良しとするがほぼ同時期のものとみる。また二本共に裁断のため丁付は不明であるが、早大本に一部判読可能な箇所がみえ、その箇所から推して、鶴見氏の述べられた如く、その丁付は南一から南五十五（但し道行は丁数をつぶす）であったかと思われる。この「南大門」の板木がどのように利用されて「西王母」が作られたかを、改めて両作比較した上で、板木の関係で二作の関係を示めせば右図の様になる。（南1は「南大門」の第一丁目表・裏一丁分の板木を示す）。

「南大門」の板木を基にして、点線枠で囲んだ南の箇所を実線枠の大西の「西王母」の板木に入れ替えた有様と、上中下三巻物の「南大門」が五段物「西王母」にどこで変えられたか、図に示す通りである。そして、当然ながら改板された箇所が両作の異なる内容、語句を示すことは言うまでもない。なお、この推定の根底となる「南大門」と「西王母」の刷次の先後は、字高その他の面から「南大門」が早印であること、これまた言うまでもない。

㈡

鶴見氏の第二の論点、「南大門」は三段立になる以前に五段物であったとされる意見は如何であろうか。氏がその論拠とされた早稲田大学演劇博物館蔵の写本『南大門秋彼岸』に対し、私は、氏が古いと説かれたのとは逆に、現存の「南大門」「西王母」の八行本諸本のうちで最も新しい形を示していると考えている。そして、氏がこの演博蔵写本をもって『南大門秋彼岸』の五段本を想定されたのは、その論拠の認定に一部見落としがあったための誤解でなかったかと考える。先ず演博蔵写本の書誌を述べる。

書型　大本一冊
題簽　南大門秋彼岸（左肩墨書）
内題　空白のまま「近松門左衛門作」と作者署名のみ残す
行・丁数　八行五十五丁
奥書　右此本者依小子之懇望附秘密
　　音節自遂挍合令開版者也
　　　　加賀掾（宇治）（壺印）（印）
　　　二条通寺町西へ入町
　　　　山本九兵衛刊
識語　原本六合新三郎氏蔵／近松門左衛門全集刊行の際／借入れて映写せしむ
　　原本大形本（所謂献上本）／表紙題簽銀紙、外題記入。

右識語は旧蔵者黒木勘蔵氏の手になり、この本も黒木文庫旧蔵本にしばしばみられる「雁皮紙による見事な透き写し」の写本である。なお、注意すべきは、この写本の原本の題簽及び中扉に記された内題『南大門秋彼岸』いずれも、献上本にもかかわらず、墨書されたものであることである。この写本と既述の「南大門」（五十五丁本）「西王母」との同板と推定される箇所を詳細に比較するに、次の相違が三本の間にみられた。

(イ)　写本には内題なく、内題下に「近松門左衛門作」と作者名のみあるが、「南大門」は内題「南大門秋彼岸」とのみあって近松の署名はない。「西王母」は内題「日本西王母　近松門左衛門作」とある。

なお、写本の作者名の書体は原本では「西王母」の内題下の作者署名と同じ板下によるものであったと推定される。

(ロ)　写本二十二丁表第一行目には、「第三」の段立てが記されるが、「南大門」では「中之巻」、「西王母」では二十八丁表に当たり、「第三」とやはり写本と同じ板下で刷り出されている。また、写本四十五丁表第一行目には「第五」の段立てがあるが、右と同様に「南大門」では「下之巻」、「西王母」(五十二丁表)では「第五」とある。

(ハ)　写本二十三丁裏六行目の「何と相手ハないかいの」とある本文、「南大門」では「何と相かたハないかいの」、「西王母」(二十九丁裏)では写本同様「何と相手ハないかいの」とある。

(ニ)写本四十八丁裏最終行から四十九丁表一行目にかけての本文は

村のをちどならんといひければ。のう人の内より若者一人すゝミ出。何(48ウ)下人ものがさじとしもべをとつてねぢふする。……

とあるが、

「南大門」では

村のをちどならんといひければ。扨承およぶ村任にて候よな。然らば（48ウ）下人ものがさじとしもべをとつてねぢふする。……

「西王母」では五十五丁裏から五十六丁表に当り

村のをちどならんといひければ。のう人の内より若者一人すゝミ出。何（55ウ）御身ハ勝海殿とや。（六行省略）在所の者共是を聞扨ハ承及ふ村任にて候よな。しからば下人ものがさじと下べを取てねぢふする。……

と、三本それぞれ違った本文をもつ。なお、省略したが、文字譜墨譜共同文箇所は同一である。

鶴見氏はこの写本について

この写本の原本と、次に挙げる「二」の本（筆者注　早大図書館蔵「南大門」）及び底本にした「三」の本（筆者注　演博蔵「南大門」）とは、いずれも本文が同版と思われるけれども、どちらが先かは俄に定め難い。ただ、この写本の「第三」「第五」の段立てを、次の二本ではそれぞれ「中之巻」「下之巻」に変えて、上中下三段仕立てにしている。尤もこの写本と雖も完全な五段仕立てではなく、「第二」「第四」の段立てがない。第二段目に当る所は「二ゐの君道行」であるから、区切りが付いているけれども、第四段目に当る切れ目は全く見出せない。加賀掾も初めは五段仕立てを語り、三段仕立てが多くなるのは後のことであるから、とにかく五段仕立ての面影を持つ本書をより古いと考えた。

と(ロ)(ハ)の相違、ただし「南大門」間での相違だけをもって、写本の字高が「二」「三」の正本より詰まっていることを気にかけながら、写本の原本が現存正本より古い形をもつと判断された。諏訪氏はこれを「卓抜な見解」とされ

現存の三巻本『南大門秋彼岸』が『日本西王母』の直接の典拠たりえないことは、鶴見氏の指摘される板外のずれ他に、『南大門秋彼岸』（筆者注　六十丁本）四丁オ七行目の「男子とても侍らハねば」が、『日本西王母』の八行五十九丁本や十行三十九丁本では「さふらはねば」となっていること（筆者注　八行本にはこの相違なし。諏訪氏の誤解であろう）、同じく前者の二十五丁ウ六行目「何と相かたハないかいの」が、後者二本では「何と相手はないかいの」となっていることなどの文字面の相違からも判断される。(3)

と敷衍に努められた。しかし、この両氏が(ロ)(ハ)の相違のみに注意され、(ニ)の相違を指摘されなかったことは遺憾としなければならない。この(ニ)における三本の異同が示唆するものは、「西王母」第五段に「南大門」では登場しない勝海の悴勝興を農人の中から登場させるという、二作の異なる筋立てがどのように板木利用の上で処理されたかという問題である。即ち、南48の最終行の下半分「扨承およぶ村任にて候よな。然らば」を埋木によって「のう人の内より若者一人すゝミ出。何」と改変し、新板の大西5ノ1（五十六丁表）へ

繋ぐことによって「南大門」から「西王母」への板木の利用がなされたが、その後再び「南大門」を刷り出す時、元へ戻す手前を惜しみ、改変された本文をもつ南●48からそのまま南49へ続けたため、写本にみられるような筋の通らない本文が生じたと考えられるのである（251頁図表参照）。

その理由は、「西王母」の本文からみて、版本とは本文の異なる写本「南大門」四十八丁裏の末語「何」が係るのは「御身ハ勝海とや」であるべきで、それが「下人ものがさじ」に続くのは、「何」の用法（疑問）から、また「扨承およぶ村任にて候よな。然らば下人ものがさじ」とある他の二本の本文が明らかにしている、何故下人を捕えるのかの文意を不明にさせる省略であるからである。そして、この文章が「西王母」の中間の文章を省略することによって生じたとすれば、写本「南大門」は版本「南大門」を改変した「西王母」をさらに改変したことになるが、これが四十八丁裏から四十九丁表の丁移りの箇所でおこっている点、また、透き写しの写本であるが、その二面の版面が「西王母」「南大門」のそれぞれと同じことを思えば、写本の原本が前述のような旧板の流用によって作られた正本であることに気がつく。写本を古いとする余地はあるまい。この考えに立って、(イ)(ロ)(ハ)の写本の特色を省みれば、写本の原本が「南大門」から「西王母」を作るために「西王母」用に一部改変された「南大門」の板木を、再びそのまま使用して作られた「南大門」であったがために生じた特色であることに行き当たるであろう。たださすがに内題だけは残すわけにいかず削ったか、別紙をあてたかして処理したと思われる。「第三」「第五」の残存も、また諏訪氏の指摘の後者の問題即ち(ハ)も一部埋木によって「西王母」の本文に流用された「南大門」におこる現象であること了解できるであろう。しかし不可思議な本が刷り出されていたものである。

以上の点から鶴見氏や諏訪氏の見解は見落としによる誤解であったといわなければならない。こうした誤解を生じさせた別因として、この写本の原本が黒木氏の識語にいう「献上本」であり、然も加賀掾の印も揃った由緒ある京都山本九兵衛版であったことが考えられる。献上本は初版初刷に近いとする通説はほぼ採用してよいかと思われるが、この写本の原本のように書き題簽で内題も欠くといった献上本は、その刷りの程度が写本故にわからず明言できないが、従前の献上本の理解からはずれるものである。また、献上本であっても、加賀掾正本『以呂波物語』の題簽のみ『和国知恵文殊』と改題された正本（天理図書館蔵）のように、右写本と同じ奥書を持つが、やはり天理図書館蔵のもう一本の献上本『以呂波物語』（題簽は『伊呂波物語』）と比べれば、奥書の刊記が削られており、刷りもかなり後刷りとしなければならないような例もあり、慎重に考えなければならない場合もある。

㈢

鶴見氏の第三、第四の新見が、その根底に従前の説を否定した第一、第二の論証を据えて導き出されたこと、改めて述べるまでもないが、既述の如くその第二の論点を否定した今、この第三、第四の説についても、私は白紙の状態から出発したく思う。事問題の中心は「南大門」「西王母」はいつ上演されたかであり、その正確な上演時が確定できれば、従前の問題の全てが解決する筈である。

はじめに紹介したように、『鸚鵡籠中記』の元禄十二年五月九日の条に

願正寺にて操り大夫木屋市太夫今度の浄るり大かたからくり南大門也。人目を駭すと云

と「南大門」の上演が記されていることに気付く以前、祐田善雄氏は「南大門」の道行景事三曲を所収する加賀掾の段物集『紫竹集追加八』（『追加八』以降の巻は加賀掾没後に編集）における所収曲の関係から、その上演を元禄末か宝永頃とされた。[2] この時点では筑後掾正本「西王母」先行作とする立場と、竹本義太夫の筑後掾受領の時期を元禄十四年五月と旧説を動かさずにいたことも重なり、その年時に『鸚鵡籠中記』とのずれが生じたのはやむえぬことであった。しかし、その考証の方法は方法として有効であること今も変りはない。また、信多純一氏は演博蔵「南大門」の表紙見返しに載る人形役人の顔ぶれに注目され「人形役人が元禄末と思われる『魂産霊観音』の人形役人の顔ぶれとほゞ一致しており、二代目加太夫の活躍等から考えても、元禄末あたりと考えられる」[2] と祐田説を支持された。この両氏の説が長く支持されたのも、その推定の方法に無理がなかった故と考えられるが、今、この両氏の方法を再び利用させて頂き、新たに「南大門」の上演を考証してみたく思う。

　左は「南大門」と信多氏が掲げられていた『魂産霊観音』の他に『下関猫魔達』『飛騨内匠』を加えて作成した宇治座の人形役人の一覧表である。それぞれ絵入正本の見返しから取ったもので、その作品の選択・配列は『紫竹集　七』『紫竹集　追加八』の配列順に従い、「南大門」に近く、しかも人形役人の顔ぶれの大半を知り得る作品を選び並べている。この表より、『下関猫魔達』と『魂産霊観音』とが、また『飛騨内匠』と「南大門」とが人形役人及びからくり師（藤浦嘉兵衛・吉田伊兵衛・津山彦三郎）、細工人の顔ぶれの多くが共通しており、それぞれの二曲の上演時期が近かったことを思わせる。これら四曲のうち、その上演時を確定できるのは、その本文「花のにしきのちやうらくじ．おなじ大ひのちかひ有．なりあひのくはんぜをんせんざましく〱かいちやうあれば．らく中のらうにやくなんによ袖をつらねてさんけいす」より、元禄十年閏二

南大門秋彼岸	飛　騨　内　匠	魂産霊観音	下関猫魔達
（破　れ）			（破　れ）
		同　　右	近藤四郎兵衛
同　　右	同　　右	同　　右	篠谷五郎右衛門
同　　右	同　　右	同　　右	松井七郎兵衛
	同　右　右		松野勘兵衛
			寺田次郎四郎
同　　右	同　　右	同　　右	樋口利右衛門
		同　　右	清水九郎三郎
同　　右	同　　右	同　　右	村井甚兵衛
			南海八郎兵衛
			惣六伊兵衛
			前川甚左衛門
同　　右	同　右　右		徳田源八
		同　　右	おやま五郎右衛門
同　　右	同　　右	同　　右	所平太郎左衛門
同　　右	同　　右	同　　右	筒井利兵衛
		泣田つら兵衛	
		大仏二郎兵衛	
		森定九兵衛	
同　右　右		筒井治郎四郎	
		宇治勝之介	
同　右　右		中村半左衛門	
		筒井文四郎	
		新能猪之助	
同　　右	宇治太郎左衛門		
	酒林正九郎		
同　　右	松嶋甚六		
	大仏宇兵へ		
	山田弥三郎		
	大蔵善左衛門		
同　　右	酒比良平兵へ		
同　　右	小野次郎三郎		
		同　　右	藤浦嘉兵衛
		梅田源右衛門	（惣からくりし）
同　　右	吉田伊兵衛	（小うた）	
同　　右	津山彦三郎		
同　　右	吉田平次		
同　　右	むくの吉兵へ		
同　　右	木村源兵へ		
熊丸□四郎			
津波彦□郎			

（注）同右右は一つ間をあけた右側と同じである。吉田平治以下は細工人。

月十七日から京東山長楽寺で催された丹後国成相観音開帳を当て込んでいる『魂産霊観音』である。この開帳の当て込みは京都の早雲座（座本　山下半左衛門）でも早速二の替りに取り込まれ『丹後国成相観音』と題し上演されているので、宇治座の上演も元禄十年春頃かと推定される。とすれば『下関猫魔達』もこれに近い時期、しかも近松門左衛門の添削になる曲であることを考え合わせば、近松が座付作者であった万太夫座（座本　坂田藤十郎）で元禄九年秋に、外題不明ながら、「猫又の狂言」が上演されているので、その直後に上演されたかと推測される。さらに、残った曲のうち『飛騨内匠』について、信多純一氏は「宇治加賀掾年譜」で、元禄八年二月十一日よりの大坂竹嶋幸左衛門座『日本番匠飛騨内匠』の上演、及び元禄十年顔見世の荒木与次兵衛座『大和国ちごの文殊』の上演の際に江戸上り猿若山左衛門が演じた飛騨内匠の評判が、加賀掾の『飛騨内匠』と似通うことを指摘され、宇治新太夫（元禄初～元禄末）の動向と絡めて元禄八年上演かとされた。元禄八年上演を直接否定する材料はないが、元禄十年十一月頃と考えた方がより近いのではないかと思われる材料は存在する。その一つは信多氏も指摘された猿若三左衛門の演じた飛騨内匠の評判である。『三国役者舞台鏡』に載るところは次の通りである。

難波の顔見せひだのたくみ．はじめは塩くみの翁こきやうをおもひ出スしうたん．若やいでからゆうれいの付声にて．ないつわろふつするうつり

（『歌舞伎評判記集成』第二巻所収）

浄瑠璃『飛騨内匠』では謡曲「高砂」をもじった謡で初まり流謫の身である飛騨内匠は塩汲みの翁となって登場するし、また龍宮に招かれた内匠は若者となって娘の前に現れる。二作の類似を思わせるものはこれ

に止まらず、歌舞伎『大和国ちごの文殊』の番附（『元禄歌舞伎小唄番附尽』稀書複製会・一九二三所収）に載る役人付の役名に、浄瑠璃と共通する名をみるのも一つである。例えば、飛驒内匠は無論他に

ゆら之丞国つら（敵役　小野山宇治右衛門）
いそがみおた八（どうけ　金沢五平次）
くはんばく（親仁方　川上三郎左衛門）

の役名がみえ、これらを演じた役者の役柄から、その役名で登場する浄瑠璃の人物ゆらの国つら（但し国つらは登場せず倅の国はや、国たるが内匠と対立する）、磯上小田八、くわんばくが齟齬するものでないこと、及び荒木与次兵衛が演じた「くはんてい将くん」が、その描かれた装束から唐土の将軍とみられ、「しゆみせん」の図のあることも、これまた浄瑠璃で飛驒内匠が須弥山の図を学ばんがために渡唐することに合致する。さらに「ぶんごの国ちごのもんぢゆ」の霊験が内匠の活躍をなさしめている筋立も歌舞伎の外題と矛盾するものでなく、より積極的に考えれば「大和国」は唐土に対する称でなかったかと思う。右の理由に加えて、この『飛驒内匠』の景事「めいしよづくし・しゆみの記」を所収する『紫竹集七』の段物の所収順序が、また、元禄十年十一月頃に加担してくるのである。左に『下関猫魔達』から『飛驒内匠』まで（飛驒内匠は最終所収曲）の『紫竹集　七』に所収された曲名（目録による）とその上演年時を掲げる。

猫魔達物語（『下関猫魔達』）　元禄九年秋頃（前述）

新豊饒御祭
曾我美男草 ｝（正本未見）　未詳
魂産霊観音　元禄十年春頃（前述）
義経懐中硯（『義経東六法』）　元禄十年頃か（後述）
忠信廿日正月（『吉野忠信』）　元禄十年七月以前（『鸚鵡籠中記』）
飛騨内匠

右のうち『新豊饒御祭』『曾我美男草』はその正本の所在が不明のため、また他にその記載をみないため、その上演時を決めることができないが、『義経懐中硯』（本文では『義経東六法』）は竹本座では『義経東六法』（宝暦版『外題年鑑』）と題し上演されており、その節事が元禄十六年頃に成立[5]した筑後掾の段物集『浄瑠璃見取丸』に『忠信廿日正月』（義太夫正本では『吉野忠信』となるが、その両方が『見取丸』には載る）と共に『富貴曾我』を間にして十四曲目に所収されている。『富貴曾我』は宝暦版『外題年鑑』では加賀掾の語り物であるが、元禄十五年正月の刊記を持つ筑後掾の絵入正本が知られている。しかし現存せず、また改題本の可能性の強い作である。[6]さらに続いて『多田院開帳』（元禄九年八月）『吉野忠信』（元禄十年七月六日以前）が並んでおり、この並び方からみて元禄十年前後の作が集められているところに『義経東六法』も位置するのではないかと考えられる。加えて、西沢与志（一風）が編集した加賀掾の懐中用段物集『浄瑠璃加賀羽二重』（宝永初年頃刊カ）は、刊行時期に比して古い語り物を所収するが、そのうち『曾我七以呂波』（元禄十一年正月以前）『義経懐中硯』『忠信廿日正月』の三曲を際立った新しい曲として取り出すことができる。この『加賀羽二重』の序が元禄十年に刊行された『門弟教訓』の加賀掾の自序を抜萃引用したものであることを思えば、西沢与志が『門弟教訓』刊行後に懐中用に恣意的に企画したものを、懐中用段物集流行の中で改めて加賀掾の古稀（宝永元年）の折にでも刊行したのであろうか。巻頭の挿図にある加賀掾の弟子と共に座する布衣烏帽子姿、冒頭一曲目に「千歳翁浄瑠璃」を据えることも、また、西沢一風が元禄末年頃用いた「与志」の名を使用する[7]ことからも思われる。そう思えば、『門弟教訓』刊行の経緯からみて、その序を流用したことも理解できるところとなる。ともあれ『義経懐中硯』も『忠信廿日正月』も元禄十年頃の作と考えてよいのではなかろうか。なお、元禄十三年三月刊の一風の浮世草子『御前義経記』に『義経東六法』の剽窃があるとの指摘もなされている[7]。となれば、既に歌舞伎との関係で述べてきた如く、また、『紫竹集　七』の所収順序から『飛騨内匠』の上演は元禄十年十一月頃と推定されよう。

「南大門」が『飛騨内匠』と人形役人等多くの共通した顔ぶれを一座させることは既に指摘した。また、『紫竹集　七』には「南大門」の節事は所収されず、刊行時を後にし、『紫竹集　七』所収曲以後の上演曲が大半となる『紫竹集　追加八』に載ることも既述した。さらに、『鸚鵡籠中記』の記事によって「南大門」の上演の下限時が元禄十二年五月九日であることも知った。以上のことに、「南大門」がその外題を『南大門秋彼岸』とし、作中に興福寺の彼岸会を取り入れていることを考慮すれば、その上演は『飛騨内匠』上演の元禄十年十一月から名古屋で「南大門」が上演された同十二年五月までの間の秋、即ち、元禄十一年秋に宇治座で上演されたとするのが妥当ではなかろうか。

鶴見氏は、第一、第二の論点から「西王母」には筑後掾正本しかないとされ、義太夫が筑後掾を受領した直後の奥付をもつその正本からして、その上演を元禄十二・三年頃とされ、また、「南大門」は第二の論点から「加賀掾の語り物が、五段から三段へ移る転換期の形を持っている（略）加賀掾が三段形式を取り始めたのは、元禄七・八年頃からである。従って「南大門」の成立は、まずその頃であると考えてよいであろう」といずれもその書誌から発し年代を推測された。諏訪氏もまた元禄十一年正月以前の筑後掾受領と『鸚鵡籠中記』の記事及び「南大門」が「西王母」に先行するとする鶴見説によって、『けいせい浅間嶽』と「南大門」を比較され、「南大門」の元禄十一年正月以前上演を言われた。しかし、その結果が私見と異なること右の通りであり、また、私見からすれば「南大門」の後に刊行された「西王母」に筑後掾正本しかみられないのは当然のことである。なお「西王母」の上演も「南大門」の上演からさほど経てはいないと思われるが、その下限については、その節事「反魂香」が筑後掾の懐中用段物集『浄瑠璃歌月丸』(8)（宝永初年頃刊）に所収されているので、宝永初年頃迄に上演されていたといえる。

この年代考証が導く、『けいせい浅間嶽』と「南大門」との関係は、その年正月に演じられ好評を博くした歌舞伎を早速宇治座が取り込んだことになる。付言すれば、右の考証以上に諏訪氏が指摘された『けいせい浅間嶽』の「脚色上の不審点」が「南大門」と『けいせい浅間嶽』との先後を弁別するものでないことは、諏訪氏自身の「両者の類似個所を比較してみても、『けいせい浅間嶽』の本文が、ごく荒くまとめられた梗概にすぎないため、隔靴搔痒の感を免れない」という言が代弁していよう。故に、その指摘の点についての反論は浄瑠璃正本と歌舞伎狂言本の違いとみて、この稿での問題からは一応はずしておきたい。

㈣

鶴見誠氏の証明された第一の説は、従来の定説を覆した真に「卓抜な見解」であったが、他の論点については承認できないこと如述の通りである。そして、鶴見説と私のなしたその修正によって、最初に掲げた「南大門」「西王母」『けいせい浅間嶽』をめぐる問題の全てが片付くかといえば、事はさほど簡単ではない。本稿で扱ったのは、現存の正本間にある書誌的関係が呼びおこした「南大門」と「西王母」の先後の問題と、それに伴なう鶴見説の検討でしかない。むしろ、この結果は、「南大門」絵入本に載る「浄るり作者　造□□（化カ）」、「西王母」の署名「近松門左衛門作」をどう考えるかという両作の作者の問題、さらに近松の著作の範囲の問題を提起するのであって、『正本近松全集　第四巻』が「南大門」を近松作と認定するような採用を行った、結論を導くものではない。このことは、従来の「西王母」先行作を支持する理由に、両作の比較検討があったことと当然無縁ではない。現に逆の立場から諏訪氏にその論がある。そうした点にも検討が及んでこそ「西王母」をめぐる問題を論じ得たといえるが、この問題は単に二作間だけの問題でなく、加賀掾と義太夫（筑後掾）との間でしばしばみられるものであり、原作改作の先後、及びそのいずれに近松がどれ程関わっているか、その正本の刊行のあり様と絡めて考えなければならない問題である。ただその為の第一段階として右のことを明らかにしておく。

二、『女人即身成仏記』→『大覚大僧正御伝記』

改作と作者

鶴見誠氏が『正本近松全集　第四巻』所収の『南大門秋彼岸』で解題された、宇治加賀掾正本『南大門秋彼岸』と竹本筑後掾正本『日本西王母』との関係についての、従前の説を否定する見解に対して、その説の検討と修正を行い、次の結論を導いた。

一　現存の筑後掾正本『日本西王母』（八行本　山本九兵衛版）は、鶴見氏の指摘されたように、加賀掾正本『南大門秋彼岸』（八行本　山本九兵衛版）の板木を過半そのまま流用して改作された作である。

一　『南大門秋彼岸』は五段物から三巻物に変えられた作で、その上演は元禄七・八年頃であるとする鶴見説は、その論拠とされた早稲田大学演劇博物館蔵の写本『南大門秋彼岸』の原本の成立時期に対する認定が、私見と異なる為、賛同し難く、『南大門秋彼岸』は当初より三巻物であり、その上演も元禄十一年秋であろう。

一　歌舞伎『けいせい浅間嶽』と『南大門秋彼岸』との上演時の先後の問題も、右の理由から、鶴見氏や諏訪氏の説[3]とは逆に、『けいせい浅間嶽』の好評をうけて『南大門秋彼岸』が上演された。

一　『日本西王母』の上演年時は確定できないが、元禄末年頃には既に上演されていた。

以上の結論は、現存する正本間に現れた書誌的な関係と、人形役人替名付や段物集間にみられる上演年時の推定から導いた、いわば外的な要因によったものであり、『南大門秋彼岸』と『日本西王母』の先後の問題を、さらに本文の比較の上から検討する迄には及んでいなかった。このことは、従前の諸氏の説の根底が二作の比較検討をも経ていたことを無視することになり、また、書誌調査で解決し得たことが、作品の内容自体の上からも証明することが出来るか、といった書誌を扱う側の問題をも残すことになる。さらに、正本屋山本九兵衛という、加賀掾と義太夫（筑後掾）とに共通する版元の存在故におこる、板木の流用という特殊な条件の加わった改作に対して、これ又、二人の太夫に作品を提供していた近松が、いか程の立場にあったのか、つまり、原作者改作者共に近松であったのか、或いは両者は別人なのか、といった作者の問題が当然ながら現れてくる。それを解決しなければ、少なくとも、その問題に言及しなければ、『南大門秋彼岸』と『日本西王母』とを共に近松作とするようなことは出来ないことである。

こうした問題に少しでも踏み入れるべく、『南大門秋彼岸』（以下「南大門」と略記）と『日本西王母』（以下「西王母」と略記）とを比較し、その改作されるに当っての問題を述べ、加えて、この二作の関係と類似の問題を持つ、加賀掾正本『女人即身成仏記』と義太夫正本『大覚大僧正御伝記』との関係を新たに取り上げ、改作するについて作者の意図や方法がどのような点にあったかを考え、改作者近松の姿を見たく思う。

㈠

従来、「南大門」と「西王母」と、いずれが改作された作かを論じる場合、その論点の中心となったのは、二作の最も大きな相違、即ち、「南大門」下之巻の景事「邯鄲之枕」と「西王母」第二段で勝海の倅勝興が登場する「辻能の場」とが、それぞれ一方にのみしかなく、この有無が全体の筋立の上に破綻をもたらしていないかという点にあった。

しかし、「邯鄲之枕」は、縦筋の御家騒動が落着して後、他の登場人物と絡んで事が起ることのない、豊舟一人だけの行動とされており、しかも宇治座が得意とした大からくりの見せ場として演出する、言うなれば横筋の〝入れ事〟的な趣向の一つである。その為諏訪氏の

…豊舟が亡き妻の二位の君から形見の枕を贈られたことは、『日本西王母』でも第四段の「はんごんか

う」の場面に仕組まれており、当然、のちの「邯鄲之枕」の場面と対応するはずのものでありながら、この場面を省いた『日本西王母』は首尾の一貫性を欠いている。(3)…

とする指摘は、「南大門」を準縄(じゅんじょう)としてその縦筋を追った意見であり、いずれが改作かを決め得る違いとはならないのである。このことは、逆に、形見の枕にふれるが、興福寺に豊舟を参詣させるだけの、「邯鄲之枕」を欠く「西王母」が、その筋の展開に首尾の悪さを特に露呈していないことにも示されている。ただ、『南大門秋彼岸』とする外題は、彼岸にある二位の君と此岸にある豊舟とが逢瀬を持つ時期として、彼岸の語が有効に働き、その意味では両人が再会する「邯鄲之枕」は「南大門」になくてはならないものである。「南大門」の作者自身の中では首尾一貫した筋展開が計られていたことになる。

また、「西王母」第二段の、放蕩故に勘当され、辻能の太夫となって糊口する豊舟の臣勝海の倅勝興が、主家横領を企らむ村正・村任兄弟から遁れ来た二位の君を匿い逃がす一方、追って来た村任とその下人兵太を主人の仇と嘲弄する「辻能の場」も、勝興の活躍がただこの場のみに終る為、〝入れ事〟的なものといえる。しかも、この場面が近松添削の『下関猫魔達』(元禄九年秋頃(9)宇治座上演)第一段の、辻能の太夫と身をやつした右衛門尉浅平が小夜照姫を救う場の、一部は詞章もそのまま流用する焼直しであることを思えば、安易な趣向取りを挿入した感をより強くする。もっとも、この場には、「邯鄲之枕」の豊舟一人とは異なり、「南大門」に登場しない勝興が現れ、その勝興と二位の君、村任、兵太の四人が一同に会している。その為、「西王母」では、「南大門」の板木をそのまま利用することが出来ない部分を一部改めたり、また、新しく登場させた勝興をこの場の後、どのように働かせるかといった課題を負うことになる。その処理の為に生じたのが次の二ヶ所である。

一つは、「南大門」で「村任は。にけきず三ケ所かふふつてあけに成てぞにげたりける」とあった文を、「西王母」では「村任は。こはかなはじとかいふつてあとをも見ずしてにげたりける」と、村任を無傷で勝海の手から逃げのびさせ、二位の君の追手に向わせるように、一丁分の板木を彫り替え改めた箇所である（251頁図表　南16→大西16）。

二つは、前でも取り上げた、南48の埋木に始まる、農人の中から勝興が突然現れるという、唐突ながらそれなりに辻褄を合わせた勝興の再登場である。

これらの点から見れば、「辻能の場」は、それが後述するように、三巻物を五段物に仕立て直す為にどうしても必要な第二段の前半部であっても、他の影響が出来るだけ及ばないように配慮されたものであったといえよう。そして、その配慮が、「南大門」の板木を出来得る限り有効に利用して「西王母」に作り変えようとする意図によるものであったことは疑えない。しかし、このことが一方において、「辻能の場」自体に省略、増補といった入れ替え可能な〃入れ事〃的な余地を与えていることになる。

右の一見大きな二つの相違は、実はそれ自身で一つの場を作っている上に、縦筋に決定的な影響を与えない横筋の一つの趣向で処理されたが故に、その比較だけをもって、二作の影響関係に断定を下すには、なお確証に欠けた感が残るのである。それは又、この当時の浄瑠璃や歌舞伎が、縦筋以上に横筋を脹らませ、そうした趣向の連続で観客を楽しませることが多かった事情にもよる。その為、「西王母」のこの程度の筋の乱れは殊に目立ったものといえないのである。むしろ、この相違に比べれば、極くわずかな詞章の改訂でしかないが、既に作文されている構文を無理に添削し改めた箇所にこそ、反って、板木流用の問題からも離れて、明らかに一方が一方を改めたとする形跡が残るものである。そのような形跡を顕著に示す箇所を掲げて、「南大門」と「西王母」のいずれが改作された作であるかを見て行く。

その一　景事「反魂香」の末尾、豊舟に形見の枕を渡して二位の君も姿を消し、梨壺の五歌仙も都へ帰り、残された豊舟主従がその場に留まり、二位の君の面影を慕い別れを悲しむ、その場の両作の文章を比較する（251頁図表　南44→大西44）。

「南大門」（引用文の節付は省略した。傍点筆者。）

…君には此世あひみんこともよもぎが嶋津どり。うきよなれ共恋しやむかし。はかなやわかれのとこよのあらしに。ふきまぎれてぞとゞまりける。豊舟かたみの枕をいだき共にきへんと夕鶴の草のゆかりの、をわかれ。主従打つれ行道の。まねくお花をそれかとて。又立帰れば。妻よふ狐友よぶうづら…

「西王母」（同　右）

…君には此よあひ見んこともよもぎがしまつどり。又立かへれば。つまよぶきつねともよぶうづら…

この文は謡「楊貴妃」の「君にはこの世逢ひ見ん事も蓬が島つ鳥。浮世なれども恋しや昔。はかなや別れの。常世の台に。伏して沈みてぞ留まりける」と、その結句によって作文されている。「反魂香」自体が、玄宗皇帝と楊貴妃の故事に『けいせい浅間嶽』の「浅間模様」を当て込んだ場面で、謡「楊貴妃」が適宜利用されているが、この発想の元が理解されておれば、「西王母」のように、「又立かへれば」と文がすぐ様続くのは、いかにも不自然である。「又立帰れば」の「又」が、「南大門」のように、一度離れた野辺を、尾花の招くに引き寄せられ、又立帰るにあること、両者の文を比べれば明瞭である。「西王母」が「南大門」の詞章を無理に省略した文であることは否定できない。

その二　二作の最後の場面で、いかにも操りの人形の動きに合わした浄瑠璃の文体で、それ故に反って不都合の目立たない箇所である。

全てがめでたく終わろうとする折、突然の雷光と共に、黒雲の中より悪鬼現れ、薄雲御前実は欲天の曠野鬼なりと人々に飛びかかってくる。その場の二作の相違を、本文にない人形の動きを（　）内に示して表わすと、次のようになる。

「南大門」（引用は右の例に同じ。）

…（悪鬼）本意をとげざる口惜やと一もんじにまひさがる。時に東のかたよりも執金剛あらはれ出。がうまのほこをひつさげ（悪鬼に向へば）まうりやう鬼神はかなはじと。（逃げる）（また執金剛が）むかひ給へば（悪鬼は）ひつかへす。西の方より大力士。（現れ、執金剛・大力士の二天が悪鬼を）あなたへ追つめこなたへ追かけ終に中におつとりこめ。大慈のほこさき大悲のほこ。（で悪鬼を）づた〳〵にきりさきて二天妙なる御こゑを上…

「西王母」（右　同）

…（悪鬼）ほんいをとげざるくちおしやと。くもをうがつてとびかゝる。其時二天あらはれ出うすぐもをかいつかんでうんしやう。はるかにあがりつゝまうりやうきじんはかなはじと。（二天は悪鬼を）二つに引さきすてたまひ。…

右の二つを比較すれば、「西王母」の傍点部分「まうりやうきじんはかなはじ」とある一文は、薄雲と悪鬼（魍魎鬼神）とが同一であるので、既に二天に引摑えられ、雲上高く連れ行かれた鬼神の動きを表わす詞章として全く意味をなさないことになる。これも「南大門」の右の箇所を無理に省略し接合した為に露呈した不手際であること、改めて説明する迄もなかろう。

繁雑さを避け、二例のみに留めたが、書誌の面から、また、本文の比較からも、「南大門」から「西王母」へと改作がなされたことは間違いあるまい。反対に、これらの論拠以上に、「西王母」が「南大門」に先行する作であることを証するものは、現在知る所ではない。なお、二作の素材となった西王母の桃の霊験という観点から、『日本西王母』と外題することに妥当性を見る立場もあるが、それとて、二作の先後の問題におけるこの結論を覆す程のものではない。ただ、問題として残るのは、この作の題材が何によって構想されたかであるが、遺憾ながらその調査は十分に出来ていない。それによっては、これら二作に先行する作があったことも考えなければならないからである。しかし、現存の二作の先後の関係と作品の成立論とは、この場合、分けて考える方が賢明かと思われる。

㈡

従来、鶴見氏が書誌の面から明らかにされたような結論に到らなかったのは、元禄も中頃過ぎると加賀掾は義太夫の語った作品を語ることが多いという一般的な傾向に加えて、既述のように、結論を求めにくい横筋の趣向の相違を比較検討してきた為と思われるが、この反省は、同時に、改作するということの意味を改めて考えさせてくれる。つまり、「南大門」を「西王母」へと改作するということは、全く別な作品を作り出すということではなく、ただ三巻物を五段物に仕立て直すだけで、その為少々模様違いの布を当てることがあっても仕方ないといったことでなかったかと考えられる。この改作するに当たっての主眼を十分把握出来なかったことが、色取りの違いに目を奪われ、継目や縫目の巧妙な補正を気付かずに済ませてきたのではなかろうか。即ち、二作の大きな相違を比較するという捉え方は、この改作の意図や方法と合致せず、その先後を決める問題点を十分に包み込めなかったことになる。

では、三巻物「南大門」は五段物「西王母」にどのように仕立て直されていったのか、その改作の方法を問うことによって、それをなした作者の問題も付随して現れてくるのではなかろうか。

「南大門」をみるに、その上中下巻はそれぞれに山場や道行や景事を配して各巻の均衡を保ち、上上の作と迄は言えないが、全体としてよくまとまった作である。その上にからくりの見せ場も多い。この作を、筋展開はそのままにして、竹本座用に敢えて三巻から五段に分け直すに当たって、どのように段分けするのが適当か。今、改作者の立場で考えてみるに、見る所、段の切れ目をおけるのは、上中下三巻の既に分けられた箇所を除けば、上巻の「故大納言の館」から「二位の君道行」に移る所、中巻の「街道の茶店」から「室の遊廓」に変る所、下巻の「栗栖野の宿」から「興福寺南大門」になる所といった三ヶ所の計五ヶ所ある。そこで、現「西王母」のように、上中下巻の切れ目二ヶ所に加えて、上中巻でそれぞれ一ヶ所ずつ選んで五段にしようと発案された場合、当然、第二段に当たる場が「二位の君道行」のみになるという点、また、第五段が下巻そのままとなり、他の四段に比して五段物としては重くなり過ぎるのを、どう処理するかといった問題が生じてくる。しかも、上演迄の時間の都合か、正本屋山本九兵衛の求めか、それぞれの場を大幅に書き替え、新しく板木を作り直すような手間は出来る限り避けたい。とあれば、いずれにしても、第二段に一場を加えて脹らませ、第五段は少し削らなければならない。そして、中巻の途中で段分けした、第三段の段末と第四段の段初は、それぞれに相応した詞章に整え直して、と手順が計られる。第五段の方は、大からくりの見せ場「邯鄲之枕」を、宇治座は得意の所であろうが、幸い筋の上でも影響がないので、竹本座では省く方が都合好い。しかも、「反魂香」という似た場面もある故、省いた方が筋もしまって一石二鳥だ。しかし、第二段の方は一場を加えるといっても、この道行は御家横領を企らむ悪人達から、勝海の働きで、やっと遁れ出た二位の君道行だから、第一段とは連続の場である。その間に別の事件を持ち込むような形で一場を設けては、他の段にも影響を与えてしまう。かと言って、道行の後に一場を設けることも、もともと中巻の「街道の茶店」（第三段）に繋がるように作られているので、なお難儀なことである。ならば、二位の君の逃げる途中に事件を作るしかない。ただ、これも道行自体が二位の君の場で、後半は、川に投げ込まれた我子稀若を訪ねて狂女の態を演じるように仕組まれているので、二位の君を直接巻き込まないように考えなければならない。二位の君以外の既に登場している、豊舟・勝海・小萩等で間に合わせたいが、彼らを使えば次の街道の場が成り立たなくなる。新しい人物を登場させるしか仕方あるまい。しかも、この段だけで処理出来る都合の好い人物、といった考えが、勝興なる人物を発想させ、手近な『下関猫魔達』の焼直しを、前述のように最小の手間で持ち込ませ、三巻物から五段物への仕立て直しを成させたのであろう。

ならば、何故先に見たような不手際な部分的な省略といったことが生じてくるのであろうか。特に前者（その一）の「反魂香」の末尾は、その箇所の改訂だけで板木の入れ替えを行っているのである。後者（その二）の場合は、勝興の再登場から「邯鄲之枕」の省略など大きく手を入れて直した箇所で、しかも、二天の登場の後は、「南大門」の絵入本挿図に「二天王とうろうと成大がらくり」とあるように、からくり使用の場であることから、先の引用文に続く文章も改めており、それなりの説明も可能である。しかし、前者には見た所、特別なそうした理由は見出されない。ただ、「南大門」から「西王母」へ新しく板木を彫り替えた箇所は、二百五十一頁の図表にも示したように、段が変る前後の丁に共通してある。その点では、前者も第四段の最終丁で、その裏の段末である。しかし、この場合は文章の省略だけであって、段末段初の文章を整えるといった目的もなく、他の箇所と同等に扱うことは出来ない。とすると、考え得る理由は只一つ、その省略された文章「豊舟かたみの枕をいただき」の形見の枕である。この形見の枕は、先に引用した諏訪氏の説にもみるごとく、興福寺南大門での豊舟の「邯鄲之枕」を引き出す小道具となり、「南大門」では豊舟が「まくらをかたしき」と、その枕を携え登場する。しかし、「西王母」では「なしつぼの五かせんむじやうのわかのけうけによつて。しゝたるつまのかたちをげんじ。うつゝにまくらをあたへて候」と、興福寺南大門に豊舟が登場する所で「反魂香」の件を「南大門」と同文で告げるが、形見の枕は右の語句に留まって、豊舟が携え出たような印象を与えない。むしろ、「西王母」の場合は、「邯鄲之枕」を省略する都合から、形見の枕はこの場面には持ち出されなかったと思われる。そう考えれば、前者の、豊舟が形見の枕を抱き、二位の君との別れを惜しみ、狂うように立ち帰る様を省いて、形見の枕に対する観客の印象を払おうとした省略は、その箇所の文意の問題ではなく、周到に計算された上で止むを得ずなされたものであったことが知られる。「邯鄲之枕」の省略がこのような所迄及んでいたのである。綿密に考えられた改作である。

　この改作が「西王母」の内題下に作者名のある近松門左衛門によってなされたことは、「辻能の場」における『下関猫魔達』の利用などからも、十分納得いく説である。しかし、このことと「南大門」の作者迄を近松とすることとは別問題である。既に、演博蔵の写本「南大門」の近松門左衛門作とある作者署名が、「西王母」に流用された板木をそのまま再度用いた為に生じた署名であることを指摘した。また、「南大門」では、川に投げ捨てられた稀若は、淀川で釣りする八幡大菩薩の化身した老翁が釣り上げたほら貝の中から出現するが、「西王母」では、ほら貝でなく、淀鯉の口から現れると改められている。淀川で釣り上げるなら、淀鯉の方が馴染み易く、海洋のほら貝などに何故したのか、と強い疑問を抱く程に両者は違う。この相違を考えた時、「南大門」で極く自然に連想の働く淀鯉を捨ててほら貝としたのは、二つに割れたほら貝の中から稀若を現す、人々の意表をついた趣向にこそ、この発案者の手柄があったことを示しており、それを「西王母」のように淀鯉に変えてしまうことは、その特異さ故に竹本座が二番煎じを避けたか、或いは、「南大門」の作者[10]とは全く別人の発想がほら貝を嫌ったかを語るものといえよう。しかし、いずれにしても、同じ作者の手で改作されていたならば、ほら貝を淀鯉に変える理由は作者自身の中から生じることはないであろう。出来るだけ無駄なく改作を進めていく中で、この為に一丁分の板木が彫り替えられている（二百五十一頁図表　南21→不明）のである。改作するに当たって、原作者にない発想や意志が入り込んでいることを以上のような点からも強く感じられる。

このように考えれば、この二作が同じ作者によるとすることは、なお性急な結論と言わねばならず、むしろ別人の手になることを推察させるような改訂も多い。また、この改作のなされ方は、二作の相違だけを見れば、不自然な改訂も目立つが、それが三巻物を五段物に変えるという意図のもとに終始進められているのを知ると、改作者近松の技量も評価されてよいと思われる。そうした意味で、この二作と同じような条件のもとで、改作というより部分的な改訂がなされた次の二作の関係は、また違った、改作者近松の改作への意図や方法を考えさせてくれる。

㈢

元禄二年三月の刊記を持つ、加賀掾正本『花洛受法記（からくじゅほうき）』は、京都にあって日蓮宗の伝道活動を始めた、日像聖人の活躍を中心に創作された浄瑠璃であるが、その日像が開基した京都妙顕寺で、元禄四年十一月十三日より日像聖人三百五十年忌の法事が催された（『新補倭年代皇紀』）。この法事を当て込んだ、先の『花洛受法記』の続編ともいえる『女人即身成仏記』が、やはり京の宇治座で上演されている。この宇治座の加賀掾正本『女人即身成仏記』に対して、竹本座で上演された『大覚大僧正御伝記』の竹本義太夫正本が、これ又「南大門」と「西王母」の場合と全く同じように、『女人即身成仏記』の版元山本九兵衛から、その板木を出来る限り流用し、近松の手で一部改作されて版行されているのである。前述の「南大門」・「西王母」の例に倣い、二作の書誌的な関係から述べ、この二作がどのような意図で、どのように改作されていったかを見る。

『女人即身成仏記』（以下「成仏記」と略記）には、山本版の八行正本として、本来の八行四十二丁本は未見で、次の二種を管見の範囲で知る。

八行四十五丁本　奥書欠。（宇治加賀掾正本。京　山本九兵衛刊）　天理図書館蔵
八行四十二丁本　宇治加賀掾正本。京　山本九兵衛刊。　国立国会図書館蔵

この二種の正本は丁数が三丁違うが、天理図書館蔵の四十五丁本（天理本）には、「身延」と題する日蓮聖

人の簡略な一代記を語る正本の丁寧な筆写を丁度三丁補綴するので、後に挿入されたその三丁を除けば四十二丁本となる。しかし、国立国会図書館蔵の四十二丁本（国会本）は、「御法難」と題こそ異なるが、右の筆写三丁分を筆写でなく版刷りで綴じ込んでおり、むしろ、両者の丁数の違いは、この節事（ふしごと）に続く三丁分が国会本には省略されている為に生じたものであることが知られる。そこで、さらにこの二本を比較して、その刷りの程度等を調べるに、二本は同版であるが、後述する二丁を除き、他の丁全て国会本は天理本に比べて、字高の天地に三粍から五粍の縮少がみられ、また、板木の欠や傷の拡大からも、国会本は天理本より後の版であることが判明した。この結果、天理本に挿入された筆写「身延」三丁は、元来国会本のように「成仏記」にあったのを、この本が欠く為に補われたものか、本来は無かったものを後刷本が持つ為に、わざわざ補写したのか、その元の形を確かめておく必要が、次の『大覚大僧正御伝記』との関係を考える上からも出てくる。その為、判読し得る右の二本の丁付を必要な部分のみ並記すれば、左のようになる。

天理本

…□ 即十九 即二十 □□□ 筆写三丁（身延） 即 □ □（国会本ナシ）

即廿七 □ □ □ □（道行） □ 即卅四……

国会本

…即十八 即十九 即二十 □□□ 三丁分丁付ナシ（御法難）

即廿七 □ 即廿九 即 □ □（道行） □ 即卅四……

※※※

（□は裁断等の為判読不能の丁付、※は天理本には数えられるが、国会本では欠く三丁分を示す注記。）

右の二本の丁付から、天理本は、筆写三丁分を除いて順次数字を入れていけば、丁付が繋がり、国会本の「御法難」は後の増補であることがわかる。従って、「成仏記」の元来の形は「身延」（「御法難」）を持たない八行四十二丁本であったと考えられ、その刷りの良さから見て、天理本の筆写三丁を除いた正本が「成仏記」の初版に近い正本となる。国会本は三丁増補した為に、直後の三丁を省き、丁付の辻褄を合わせたかと考えるが、その理由については未考である。ただ、この増補がいつ頃なされたかは、この三丁が、元禄十年八月に書かれた加賀掾の『門弟教訓』（東洋文庫蔵）に所収される「身延」三丁と同版で、「御法難」の題名が埋木されたものであることを合わせ考えれば、その上限については推定できる。即ち、加賀掾はその『門弟教訓』で、

一我幾年語る数百段の浄瑠璃いづれか易(やす)しと思ふはあらず　中にもむつかしき段八曲(きよく)有
一小原御幸(をはらごかう)　二身延(みのぶ)　三菅丞相(かんせうじやう)　四松風(まつかぜ)　五明石巻(あかしのまき)　六花子(はなこ)　七草刈(くさかり)　八葵上(あふひのうへ)　是也

と述べているので、元禄十年八月以前に「身延」が「御法難」と題を変えられることはない。ならば、国会本「成仏記」は元禄十年八月以降の再版となる。また、作品の筋の上からも、ここに「御法難」（「身延」）が入る必要はなく、これも増補された時点での当て込みといった事情を考えなくてはならない。天理本に三丁の筆写「身延」が加えられたのは、後に増補された版のあることを知った旧蔵者の一人が、事情は不明なが

ら、「御法難」の方でなく「身延」によって補写した為であろう。

この「成仏記」と『大覚大僧正御伝記』（以下「御伝記」と略記）との関係は、藤井紫影博士が『近松全集第三巻』のその解題で、

…加賀掾の正本は『女人即身成仏記』（家蔵八行四十一丁）とあって、内容は同一で、『大覚僧正御伝記』（八行五十一丁）の方が只三四ケ所文章を増補したに過ぎぬ。版木も同文の所は共通で、異文の頁だけを彫りそへた形迹が認められる。多分両方とも殆ど同時に興行されたのであらう。

と説かれるように、大変密接なものであるが、その「御伝記」の八行正本には次の一種が知られている。

八行五十一丁本　竹本義太夫正本。京大坂山本九兵衛板。

なお、「成仏記」の方は内題下、奥書共に作者名はないが、「御伝記」は奥書に近松門左衛門とあり、信盛の印、花押を付す。この「御伝記」に「成仏記」の板木が利用されていること、一部判読可能な「成仏記」と同文部分の「御伝記」の丁付が「即（丁数）」と、「成仏記」のそれと同じことなどからも、藤井博士の御指摘通りである。また、それに利用された時点が天理本「成仏記」とほぼ同じ時期であること、早稲田大学附属図書館蔵及び天理図書館蔵「御伝記」の刷りの程度が、天理本「成仏記」のそれに近い点からいえる。

では、実際に「御伝記」（八行五十一丁本）は「成仏記」（八行四十二丁本）の板木をどのように利用し、改作

したのかを、「南大門」と「西王母」の場合のように、一部判読可能な丁付からその全丁付を私に仮に付して、図表で示せば次のようになる。点線枠から実線枠に矢印で移った所が、新しく「御伝記」用に板が彫られた改作部分で、他は「成仏記」の板木をそのまま流用している。

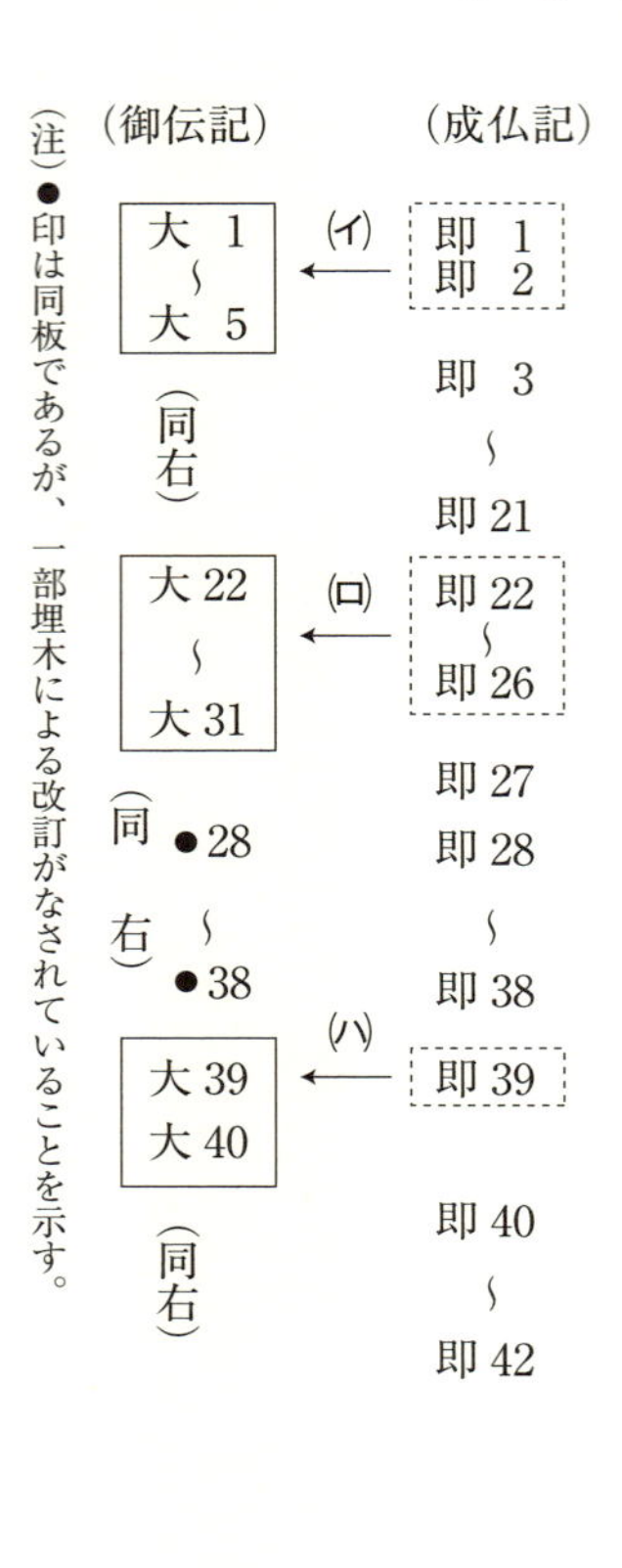

（注）●印は同板であるが、一部埋木による改訂がなされていることを示す。

右の(イ)(ロ)(ハ)の相違は、既に『近松全集　第三巻』（朝日新聞社刊）所収の「御伝記」に校異として掲げ得る程度の量であるが、しかし、その改訂が示している問題は、改作者近松の姿を知る上で、決して見過せないものである。具体的に(イ)(ロ)(ハ)の相違を取り上げながら、「成仏記」から「御伝記」への間に、どのような志向が近松にあったかを述べたく思う。

㈣

「成仏記」「御伝記」は共に「日蓮大聖人四代の権者。大覚大僧正の御俗姓を尋るに。前摂政近衛経忠公の御君達。月光公と申奉り」と、大覚の由緒とその家の継目をめぐる継母達の悪企みを軸に、大覚の師日像の京都追放の法難を取り合わせ、創作された浄瑠璃である。しかし、「御伝記」は「成仏記」に比べて、殊更大覚に関わった増補をなし、その外題のように大覚の伝記にまとめようと一貫した姿勢を示すだけでなく、その上演から離れて、大覚伝へのこだわりさえ見せているのである。右の(イ)(ロ)(ハ)等の相違を説くことにより、その増補や改訂を通して、改作者近松の改作への意識の程を見ようと思う。

(イ)は、継母との折合悪く、亡き父母の孝養を思い、嵯峨の大覚寺へ入った月光公（大覚）の、「成仏記」では述べられなかった、その修業に励む様子を増補する。

(ロ)の前半は、継母と計り、その娘婿渋谷左京時平は偽勅使を送り、日像・大覚達を流罪にし、途中播磨灘にて沈め殺そうとする時、海中より龍蛇現れ一行を救う、からくり使用の場であるが、二作には次のような差違がある。

「成仏記」は

…大じやみめうのこゑをあげ。南無妙法蓮花経ととなふ其こゑかずのしゆだいと成。なみにうかべるたすけぶねを。さ。でもしよほうじつさうの。風にまかせて備前国。こじまのかたへながれゆくなみゆりのだいゝゝゝもくとは。此時よりも〳〵申なり（文字譜省略）

と、波ゆりの題目が波上に現れ、それに日像達が運び助けられるが、「御伝記」では波ゆりの題目のことは省略し、ただ砕けた舟板が元の如く舟となり、日像達を備前の児島に運ぶとする。この波ゆりの題目とは、日像が永仁元年（一二九三）十月二十六日より百ヶ日、由比ヶ浜の海中にひたり、毎夜百遍の寿量品の偈を唱える、その修行の満ちた日に起こった奇瑞である。彼が海水に向って首題一遍を書き記したところ、波にその字が揺れ浮かんで龍蛇の勢いを現す。その題目を筆に写しとったのが、即ち、「波動題目（ナミユリノ）」といわれる書体の題目で、日像の伝記に語られる話である（『龍華歴代師承伝（りゅうげれきだいししょうでん）』）。「御伝記」がこれを省いたのは、後述する埋木の箇所との関連からも、日像の伝記が大覚伝の中に混入することを意図的に避けたものと考えられる。からくり使用の場面故なら、これに変わるべきからくりが「御伝記」の方でも使われている。

(ロ)の後半部は、日像・大覚に従う児島高則が法華への教化を求め、悪人や女人の即身成仏について問うくだりで、大覚が日像の命により宗祖日蓮の教えを説く場である。その説く内容は日蓮の『法華経題目抄』に基づくが、「御伝記」では「成仏記」以上に『法華経題目抄』を引用し、また、日蓮の「千日尼御返事」と称される書簡の一部を援用するなどして、語り手大覚の説法がより充実したものになるよう改訂増補している。これはやはり「御伝記」にふさわしく、大覚の働きを強く印象づける為の増補である。

(ハ)は、都の旱魃に悩む天皇の夢枕にお告げがあり、帝が無実のまま流されている日像・大覚を都に呼び戻させ、降雨の祈願を催させる、その契機となった夢の扱い方の違いである。「成仏記」の「夢にふしぎの告有」とあるだけの簡単な記述を、「御伝記」では、夢枕に童女を登場させ、帝と対話させる霊夢の一場を増補する。この案の下敷は、大覚が勅命により洛西桂川で降雨の祈願をなし、大雨を降らせたという大覚伝であり、この後の日蓮・日朗・日像への菩薩号の贈官及び大覚への大僧正の称号勅許と、大覚の伝記における中心事件である。それだけに、直接この件と関係ない日像が加わるとはいえ、大覚の行動が仏神の加護のもとで、帝の御意によったことを強調する為の増補かと思われる。

以上のように、(イ)(ロ)(ハ)で改訂増補された内容は、いずれも「成仏記」に対して「御伝記」と外題替えしたように、大覚大僧正の伝記としての色合いを強くする為のものであった。さらに、この改作の方向にそって改作者近松は、「成仏記」の詞章をそのまま使うと共に、「成仏記」が利用した資料をも再び利用し、加えて、「御伝記」の為に新しい資料すら求めていたことが、「成仏記」の板木を流用しながら、埋木で語句を一部改めた次の箇所から推察される。

第五段の冒頭は「いで其比は」と日像・大覚が降雨の祈禱をなした旱魃の起こった年で始まる。その年を「成仏記」は「貞治年中」とするが、「御伝記」はその箇所を埋木して「延文年中」と改める（二百八十二頁図表　即38→●38）。貞治（一三六二〜一三六七）であれ延文（一三五六〜一三六〇）であれ、この時日像は既に示寂（一三四二年没）しており、大覚の降雨成就の功績を日像と共になしたとすること自体虚構であるのに、何故埋木迄してこの年時を改めたのであろうか。或いは、貞治では都合悪く、是非共延文にしなければならない理由でもあったのであろうか。

妙顕寺の開基日像はその寺内の住した龍華院によって龍華とも称される。この妙顕寺の日像の法統を現した書に『龍華歴代師承伝』（明暦元年九月序）があり、当然ながら、日像や大覚の伝記や逸話を載せる。その「大覚大僧正」の伝には、大覚の祈雨が実って雨が降りそそいだことを大きく取り上げるが、その年時は本伝に記さず、後註で、

…或人曰〇覚師祈雨〇何無年月乎。曰〇古記欠之矣。人或言貞治元年〇而無所考。不足取。

と、一説として「貞治」をいうが、斥ける。しかし、「成仏記」にいう「貞治年中」が出てくる根拠は、この記述にしかないようである。しかも、『龍華歴代師承伝』が「成仏記」を書くについて、資料とされた形跡は強い。例えば、月光（大覚）と共に日像の弟子となるその家臣平井兄弟が、「知覚、正覚」と名乗るのも『龍華歴代師承伝』に「其徒知覚正覚」とあるによったと思われる。何故ならもう一本の妙顕寺の沿革を記した、よりポピュラーな書『山城新編法華霊場記』（内題は『法華霊場記』、貞享三年〈一六八六〉序跋）には、この名は見えず、この貞治、延文の年号とも関わって後述するような問題を持つからである。「貞治」から「延文」に年時を変更したのは、恐らく、近松の目にこの『法華霊場記』（巻第二）がとまったからであろう。『法華霊場記』は妙顕寺の巻を書くに当たって『龍華歴代師承伝』を随所に引用するが、しかし、その「菩薩勅許」の項では、「延文の比ほひ天下大に旱して」と、大覚の降雨祈願の年を「延文」とする。『法華霊場記』が「延文」とした理由は分からないが、現在出版されている日蓮宗関係の辞典が、この年時を「延文三年」としているのを見れば、『龍華歴代師承伝』にいう、大覚が「宜㆘為㆓四海唱導㆒被㆑致㆗一乗弘通㆖」との詔を延文三年七月に受けているので、その功による詔勅と解したのであろうか。「御伝記」が『法華霊場記』にいう延文を採用したとすれば、「成仏記」のよった資料に新たな資料を加え、改作者近松は大覚伝の記述により確かさを求めたといえよう。「貞治」から「延文」への変更は、『龍華歴代師承伝』が明治になってもなお版行されている点から見れば、妙顕寺の方で延文説に統一していたとは思えず、右の二書の違いを近松の方で知った故の改訂と考えるわけである。としても、この年時が変更された為に舞台の演出や太夫の語り方に特に変化や問題が生じるとは思えないこの改訂に、近松は何故こだわったのであろうか。この近松の姿勢の程をさらに問わせる、埋木による語句の入れ替えがもう一箇所ある。
第三段の(ロ)で、大覚が説法を行った直後、天上より多宝塔が下って、人々は多宝仏を拝むが、高則一人は目がくらんで拝めず、不覚の涙を流す。日像は高則に信心を説き、塔に向って経文を唱えると、再び宝塔の扉が開き、高則も礼拝がかなう。その日像が唱えた経文の語句が、二作で次のように異なる（二百八十二頁図表　即28→●28）。

「成仏記」
開方便門爾真実相（かいほうべんもんじ しんじつさう）
（法華経法師品第十）

↓

「御伝記」
如劫関鑰開大城門（にょかうけんやくかいだいじやうもん）
（法華経宝塔品第十一）

右の経文は左に示したようにそれぞれ『法華経』を出典とする。ただし、「御伝記」の「如劫」の「劫（かう）」は「却（きやく）」の誤刻である。
経文の意味は、日蓮が『法華経題目抄』（開方便……）で、また、『御義　上』（如却関……）で解説するところによると、次のようなことになろう。
「成仏記」の方は、方便の門を開いて真実の相を示すとは、財宝を積め込んだ蔵も鑰（かぎ）がなければ開く事が出来ないように、仏が四十余年説きなされた数々のお経も、その経の真意迄を知らせることはなされなかった。しかし、仏が法華経を説き示されて、他の経も丁度蔵の鑰を得たように、初めてその真実の教えを悟り知ることができた。このように、高則よ、お前も法華経の教えを受けて目を開かせよといった意味となる。

一方「御伝記」の方も、関鑰を却いて大城門を開くが如しと、関や鑰といった法華の教えを広げることを妨げる謗法を却いて、自分の心の内の仏を開き、法華経の教えに、髙則、お前もつきなさいといった、両者同じような意味になる。このように、その持つ意味がほとんど変わることのない経文の語句をわざわざ改める必要は、上演する上で、また、観客に対しても、ないと思われるが、何故埋木迄して改めたのであろうか。前の「貞治」と「延文」の問題も、この経文の相違も、特に宗門の側から抗議が出た為に改訂されたとは思えない。とすれば、多宝塔が現出する場面であるので、その開塔見仏をも合わせ説明されている「如劫関鑰開大城門」の方が、より適切な内容に合った語句と、作者が判断し、その改訂を求めたのであろうか。鶴屋版の絵入十七行本「成仏記」に対して出された絵入十七行本「御伝記」(版元不明)が、こうした埋木の改訂も含めた改作の動きに全く関知しない、同版の外題替えであることからみて、共に山本版であるが故になせた、改作者の徹底した改作への姿勢の表明でなかったかと思われる。

(五)

「成仏記」は、妙顕寺の開基日像聖人の三百五十年忌を当て込んで上演されたにもかかわらず、先に引用したように、その縦筋は二代大覚の伝を基に構想されている。それは前々年に加賀掾が日像の布教活動をテーマにした『花洛受法記』を語っていたからであろうが、それだけに、「成仏記」の作者は『花洛受法記』を踏まえて、日像三百五十年忌にふさわしい作を考えていたことと思われる。しかし、結果は、日像より大覚を中心に構想され、そこで語られる日像は『龍華歴代師承伝』等に見られない、大覚の動きに合わして虚構された日像であった。日像の年忌興行を意識したが故に、敢えて大覚の功績の中に日像を抱き合わせ、間に合わせざるを得なかったともいえよう。このことは、形の上では現に「成仏記」から「御伝記」が作られているが、その構想の立て方からは、逆に、「御伝記」の方が引き出し易い状況であったことを語っている。なお、『花洛受法記』「成仏記」共に近松の存疑作とされるが、確かに、『花洛受法記』の日像を受けて、その年忌という状況を持ちながら、「成仏記」で新たに日像の活動を創り出せなかったことは、同じ作者故に、既に創り出した日像像以外の日像を、宗教人という制約もあって、構想できなかった為と考えられなくもない。

右のことを考慮して、「成仏記」から「御伝記」への改訂増補を省みるに、「南大門」から「西王母」へのそれとは、全く異質な感がする。その改作する方向が違うこともあろうが、「西王母」がその筋展開や詞章の改訂に、いささか無理が目立ったのに比して、「御伝記」は、変えられたテーマにそって着実に改めていくという、筋展開を重視した姿勢を見せている。ここ迄徹底した姿勢を示すには、少なくとも、前作「成仏記」が使用した資料やその構想のもとを改作者自身十分承知していなければならず、現に「御伝記」は『龍華歴代師承伝』や『法華経題目抄』等をさらに吟味し、使用している。また、埋木による改訂の箇所など、三巻物を五段物に改めるといった技術としての問題ではなく、内容それ自体への深い理解といった点も、「西王母」の場合と異なって、この二作が同じ作者によって作り出された可能性を強く感じさせる。もし、そうであれば、『花洛受法記』「成仏記」の線上に「御伝記」も加わり、この一連の構想が近松の中で持ち続けられていたことになり、右のような埋木による理解し難い改訂も、作者の志向のなし得たものと肯づくことが出来る。しかし、そう言い切る確証はない。それでも、この三本の版元山本九兵衛と加賀掾や義太夫とを結ぶ、その中心に近松を置く余地は十分にあろう。

補足として、国会本「成仏記」にふれておく。国会本「成仏記」が天理本「御伝記」より後に刊行された正本であることは、既述の中で推察頂けたと思うが、にもかかわらず、国会本「成仏記」には右二ヶ（38↓●38、28↓●28）所の埋木による改訂はなく、「成仏記」そのままの本文である。しかも、不思議なことに、この埋木されなかった二丁のみ、他の丁にみられたような字高の縮少もなく、天理本「成仏記」とほぼ同時に刷られたと思われるのである。このことは、この二丁の紙質が、他の丁の紙より薄く、紙に流れる漉きの筋跡が、天理本「成仏記」のそれと同じように透き出ている点からも推測される。こうした現象が起こり得るのは、この二丁のみ、その板木が「御伝記」に埋木される以前に、刷り置かれたか、或いは、国会本「成仏記」を製本する時に、既に刊行されていた「成仏記」の該当箇所を二丁抜き取ったかである。いずれとも言い難いが、国会本が献上本の天地を裁断したような、半紙本にしては形の崩れ（縦二三・一糎×横一六・六糎）を見せているので、演博蔵の写本「南大門」の原本の例もあり、特別な本の感がないでもない。「御法難」が添えられた意味と共に後考に期したい。

むすび

旧作の板木を出来るだけ流用するという、正本屋がらみの改作がどのようになされていたかを、「南大門」と「西王母」、「成仏記」と「御伝記」との関係の中で述べ、改作者近松の手法や姿勢を探ってみたが、その改作の意図がどこにあるかで、二者のそれぞれの関係にかなりの違いが見られた。前者は縦筋は出来るだけ動かさず、横筋の趣向を一部入れ替えるという、後者はそのテーマをずらして、変更したテーマに相応する増補を行い改訂するという、それぞれの改作の意図に適った手法を示した。また、その改作の意図は、前者は三巻物を五段物に変えるところにあり、後者は年忌という当て込みを外して、本来の構想の一本化を計るといったところに見られた。無論、加賀掾の語った浄瑠璃を、さほど時間の経ない内に、義太夫にも間に合わせるということが、こういった改作を生み出させた直接の原因であるが、以上のように見てくると、三巻物を五段に、からくりの使用を押えるといったことは別にして、改作の方法自体は、作者近松に任せられると同時に、正本屋との相談も近松が直接に当たっていた感が強い。

さらに近松には、旧作の板木を有効に利用したもう一つの作品『傾城酒呑童子』（享保三年十月上演）がある。筆者は、その論じた主眼は本稿と少し異なるが、その上演をめぐる問題と旧作を利用してこの作がどのように成立しているかについて、現存する板木を用い述べたことがある。[11] この場合、板木を流用した旧作は、太夫は変わるが同じ竹本座上演の、時間の少し隔った『酒呑童子枕言葉』（宝永四年）で、二本の書肆はやはり山本九兵衛であった。近松は旧作の第一、二段をそのまま利用し、第三段目以降を新作にするという、木に竹を継ぐような奇抜な手法を見せたのである。しかし、これは、当時の京坂の浄瑠璃、歌舞伎の各座が、驕奢の故に処断された大坂新町の傾城屋茨木屋幸斎の事件を当て込んだ作で競演する中、立ち遅れた竹本座が豊竹座の紀海音作『山桝太夫葭原雀』の方法に倣ったことを指摘した。[11] ここでは、しかし、近松にとって旧作の板木を流用して作品を仕立てることは最初ではなかったと付言しておく。そして、その時述べた「座付作者として、自らの立場を熟知した老練な近松にとって、興行政策上の制約のもとで『夜も深更に及』ぶまで筆をふるうことはあたり前のことであり、むしろ、この場合、立ち遅れた近松には海音と競うといった一種のはりすらあったのではなかろうか」という感想は、新たに、近松の改作二点を扱った今も変わってはいない。それは、今改めてこの三点の改作をその年代順に『大覚大僧正御伝記』『日本西王母』『傾城酒呑童子』と並べてみる時、そして、そこに駆使された多様な手法や近松の姿勢を思う時、創作者近松の中に改作者近松があって当然であり、これらの手法自体が、また、浄瑠璃を創作する手法でもあると考えられるからである。さらに、この三点が書かれた時期は、『大覚大僧正御伝記』が四十歳前後の浄瑠璃作者として油が乗った頃、『日本西王母』が五十歳前後の坂田藤十郎の座付作者として歌舞伎にのめり込んでいた頃、『傾城酒呑童子』が六十七歳、竹本座の座付作者として熟練の筆をふるっていた頃、と三様に異なるだけに、その時々における近松の浄瑠璃への態度を、この改作のあり方に思うのは、いささか想像に過ぎるであろうが、いずれにしても、こうしたことの積み重ねが、さらに新しい浄瑠璃を生み出す力となって継承されていったといえよう。

【注】

（1）木谷蓬吟編著『大近松全集　第八巻』（一九二六・7）所収『日本西王母』解説。若月保治『古浄瑠璃の新研究　延宝・享保篇』（新月社、一九三九・7）。

（2）祐田善雄「近松年譜」（『国文学解釈と鑑賞』一九五七・1、及び一九六五・3）。その後『浄瑠璃史論考』（中央公論社、一九七五・8）に再録されるにつき補訂された。信多純一「宇治加賀掾年譜」（『加賀掾段物集』、古典文庫、一九五八・7）。その後『古浄瑠璃集　加賀掾正本二』（古典文庫、一九六八・7）に「宇治加賀掾年譜補正」を掲載。

（3）諏訪春雄「『けいせい浅間嶽』の周辺」（『国語と国文学』一九八〇・2）。

（4）土田衛「『歌舞伎年表』補訂考証　元禄篇其四」（『愛媛大学法文学部論集』文学科編第五号、一九七三・3）。

（5） 拙稿「竹本一流懐中本について」（『語文』第32輯、一九七四・9）。
（6） 『義太夫年表 近世篇Ⅰ』（八木書店、一九七九・11）の「富貴曾我」の項に、宝永二年五月の雑俳『俄雨』の「うそつきめ　語り直して富貴曾我」をあげ、「本作が改題本か否か不明」とする。
（7） 長谷川強『浮世草子の研究』（桜楓社、一九六九・3）
（8） 拙稿「『浄瑠璃歌月丸』」（『樟蔭国文学』第13号、一九七五・10）
（9） 拙稿「『日本西王母』をめぐる問題」（『山辺道』第26号、一九八二・3）。本論考一の㈢参照。
（10） 『南大門』絵入本に載る「浄るり作者　造□□（化カ）」を、『南大門』の作者とみることも出来るが、造（化）□については不明である。なお、延宝六年刊の加賀掾の段物集『竹子集』に跋文を記した「洛東野夫造化軒」を思わせるとの、角田一郎氏の指摘がある（『人形舞台史』後篇　第二分冊　解説の部。後に『人形浄瑠璃舞台史』、八木書店、一九九一・2所収）。
（11） 拙稿「茨木屋幸斎一件と海音・近松―『山桝太夫葭原雀』と『傾城酒呑童子』の上演をめぐって―」（『近世文芸』27・28号、一九七七・5）。本書所収。

『信州川中島合戦』

―勘介の母の死―

一

近松門左衛門の浄瑠璃・歌舞伎作者としての活動は『近松全集　全十七巻』（岩波書店刊）に収録されているが、浄瑠璃の著作は存疑作を除けば九十七点を数える。それらは通常、時代物と世話物に分けられ、世話物二十四篇に入らないものが時代物と称されている。歌舞伎の世話狂言の影響を受けて、浄瑠璃でも市井事件を題材にした作が切浄瑠璃で上演されるようになり、近松作の『曾根崎心中』の成功によって、「竹本仕出しの世話浄るり」（元禄末年〈～一七〇四〉刊『浄瑠璃連理丸』）と、世話浄瑠璃の名称が表われ、それに相対する語として時代浄瑠璃という用語が使用されることになる。しかし、時代浄瑠璃という呼称は『浄瑠璃譜』（寛政期〈一七八九～一八〇二〉に成立か）に早い用例を見るが、江戸時代を通じて、世話浄瑠璃という語とともにあまり使用されることはなかった。また、時代浄瑠璃、世話浄瑠璃といった様式で浄瑠璃を明確に意識して区別することもほとんどなかった。むしろ、夫浄瑠璃は人の心を種として万づの趣向とはなれりける。世の中に在人事業繁き物なれば、心に思ふ事を見る物、聞物に付て作り出せる也。色に愛る世話事、義理に清る時代事を見れば、幾年生る者何れか此道を好まざりける。

（宝暦六年〈一七五六〉刊『竹豊故事』）

と、歌舞伎の用語として歌舞伎評判記などに表れる世話事（当時の市井の人々の生活に基づく言動や、その様子を見せる演技や劇的場面）に対する時代事としての区別で捉えていた。それは広義に解すれば世話物、時代物ということになる。

ところで、「時代物」について『日本古典文学大辞典』（岩波書店刊）では次のように説明する。

歌舞伎・浄瑠璃の戯曲分類用語。近世戯曲を時代物と世話物に大別し、近世庶民の社会に起きた事件を扱う世話物に対し、近世以前の歴史上の事件を扱うものをいう。（中略）「時代物」は、狭義には、近世以前の武将の事跡を脚色するものをさすが、広義には、王代物も御家物も含め、世話物に対立する戯曲全般をさすものといえる。（下略）

（内山美樹子氏執筆）

右の解説にみるように、「時代物」「世話物」の区別はその作の背景となる時代や事件がいつの時代に設定されているかによって基本的には決まることになる。また、前に引用した『竹豊故事』では内容の上からもそれぞれの特色を見てはいるが、近松の時代にはそのまま当て嵌めることはできない。確かに、近松世話物二十四篇中、心中浄瑠璃が十一篇を占めるといった点を強調すれば、「色に愛る世話事」となろうが、殺人事件を扱った『女殺油地獄』などはそれでは外れる。これは時代物についても同じことが言える。ところで、近松の世話浄瑠璃二十四篇を固定させたのは明治二十五年に武蔵屋が合冊刊行した『近松世話浄瑠璃』第一集・第二集によるとされ、[1] 明治四十三年六月刊の『新釈挿図近松傑作全集一』の「発行の要旨」には「第六　世話浄瑠璃本　世話物は近松作品中の精華と称せらる、ものなれば其全部を網羅す。即ち、曾根崎心中、……、心中宵庚申」と、現行の世話物二十四篇が掲げられている。以後、この二十四篇を世話浄瑠璃として、いろいろな問題点が指摘されながらも、一括する。それが容認されてきたのは、結局のところ、近松当時の時代や事件を取り上げているという、時代設定の時間枠を基本的には判断基準とした故であろう。

世話浄瑠璃から外れた作が時代浄瑠璃となるが、時代浄瑠璃は、世話浄瑠璃が一段、または、三巻で構成されるのとは異なり、原則として、五段からなる。時代浄瑠璃の中にも、『雪女五枚羽子板』『けいせい反魂香』『傾城吉岡染』などのように上中下三巻形式の作もあるが、これらは、『雪女五枚羽子板』は二世嵐三右衛門追善、『けいせい反魂香』は中村七三郎追善[2]といった歌舞伎との関係が指摘され、近松としても歌舞伎の三番続きの構成をも意識して、新しい試みをなしたものと考えられる。なお、これらは三巻形式をとるが、黒木勘蔵氏の指摘[3]にあるように、場割していくと、その場数は時代物五段に相当し、正本の丁数（一曲の長さ）からも時代物に匹敵する。ただ、敢えて三巻形式の形で近松が纏めた点、また、その作内容の点から、これらの作を時代世話として、時代物と世話物との中間に置く考え方もある。

二

浄瑠璃一曲の段数は、浄瑠璃操りとして発展していった寛永期（一六二四～一六四四）頃より、六段、あるいは、五段を主流としていたが、必ずしも固定したものではなかった。五段曲は寛文二、三年（一六六二、三）頃より目立って多くなり、寛文末年（～一六七三）には上方浄瑠璃はほぼ五段に定まり、延宝期（一六七三～一六八一）には一定する。近松が浄瑠璃の著作に関わったのが延宝末年頃からと推定されており、言わば、近松の浄瑠璃の創作は五段形式のもとで、当初よりいかに戯曲形式を整えていくかにあったことになる。音曲面から五段の変化を説いた、竹本義太夫の「浄瑠璃大概」（『貞享四年義太夫段物集』貞享四年〈一六八七〉刊、所収）が、近松が義太夫に連続して作品を書き与えた時期に公表されており、そこで義太夫は各段の語りようの要点を説き、さらに、「付り」として恋（初段）・修羅（二段）・愁嘆（三段）・道行（四段）・問答（五段）を各段に配当し、それらの語りようをも述べる。この五つの付りは戯曲面での趣向に当り、作者近松からすれば、浄瑠璃五段の戯曲的統一を計りながら、これらの趣向を各段に配置することを音曲面からも求められていることになる。そうした浄瑠璃の形式を踏まえて、近松は『出世景清』（貞享二年）[4]を初め、『三世相』（貞享三年五月）等の新鮮な感覚の浄瑠璃を貞享期には創作し、義太夫とともに新浄瑠璃の時代を導くのである。しかし、近松はその後歌舞伎界に身を置き、歌舞伎作者として元禄歌舞伎の興隆に坂田藤十郎はじめ多くの役者達とともに尽力し、浄瑠璃の著作は副次的なものとなる。この元禄年間の歌舞伎作者生活の後、近松は再び竹田出雲が座本となった大坂竹本座の座付作者として浄瑠璃の著作に専念する。その第一作が宝永二年（一七〇五）顔見世の『用明天王職人鑑（ようめいてんのうしょくにんかがみ）』であり、この作より近松の時代浄瑠璃の構想に一つの新しい型が作り上げられたと言われている。[5]この時代浄瑠璃五段の構想の型はその後、三段目に悲劇的な場が設けられ、晩年の作に入って一層の充実を見せるが、その完成された様式を、『信州川中島合戦』（享保六年〈一七二一〉八月、大坂竹本座上演）を例に示してみよう。

信州川中島合戦

第一⑴諏訪明神（武田勝頼と輝虎娘衛門姫、諏訪明神より出奔）

(イ)勝頼と衛門姫との出会い。

(ロ)村上義清の抗議。

(ハ)勝頼・衛門姫出奔。

⑵大津の港（武田信玄と長尾輝虎、二人の子の出奔から両家の戦いを約定）

(イ)武田・長尾両家の足軽横田兵介・進藤小平の言争い。

(ロ)義清の使者粕尾玄蕃、衛門姫への結納を届け、輝虎に追い帰さる。

(ハ)信玄・輝虎、我が子の出奔を知り、恥辱を雪ぐ両家の戦いを約する。

⑶桔梗が原（山本勘介、勝頼・衛門姫を助ける）

(イ)山本勘介、勝頼・衛門姫と会う。

(ロ)義清郎党、勝頼・衛門姫を追って猪を追い出す。

(ハ)勘介、猪を仕留め負傷するが、義清郎党を追い払い、勝頼・衛門姫を救う。

第二⑷勘介庵（信玄、勘介の仕官を得る）

(イ)信玄、原五郎を供に雪中に勘介の庵を訪ね、勘介の老母より勘介を信玄に仕官させる許可を得る。

⑸衛門姫道行

(イ)勝頼・衛門姫、桔梗が原より、信濃の山々を廻り、黒髪山山麓の辻堂に着く。

(6)辻堂（高坂弾正、直江大和之介の再会。武田・長尾両家の戦端が開かれ、勝頼・衛門姫離別）

(イ)高坂弾正、直江大和之介は諏訪明神より若君・姫君を諸国に捜し訪ねての帰途、辻堂で再会し、両家の軍（いくさ）を知り、義清を討たんと共に出立する。

(ロ)勝頼・衛門姫、両家の戦端が開かれたことを知り、離別を決意。勝頼、落ち延びて来た義清を討ち洩らす。

第三

(7)輝虎居城（長尾輝虎、勘介の母に勘介の仕官を乞うが、逆に辱められ激怒）

(イ)信玄との初戦に敗れた輝虎は信玄に軍師山本勘介がついたことを知り、勘介の妹婿直江山城守と策して、勘介の輝虎への仕官を計る。

(ロ)勘介の母、勘介の妻お勝を伴い、娘から衣（ぎぬ）の案内で輝虎の城に入る。山城守、輝虎よりの引出物を母に差し出すが断られる。

(ハ)勘介の母、輝虎自らの配膳の饗応も足蹴にし、輝虎を激怒さすが、お勝の命乞いによって助かる。

(8)直江館（勘介、お勝の似せ手紙で直江館に誘き寄せられるが逃走。勘介の母、嫁と娘の刃に自らかかる死を選び、輝虎に無礼を詫び、勘介の武士の道が立つように頼む）

(イ)直江館の母を見舞うため、勘介、お勝の筆跡を似せた手紙に誘き寄せられ、直江館に入る。似せ手紙と知り、お勝を叱るが、お勝の身の吃りを嘆くさまに、母を連れ帰ることを託し、自身は館を去る。

(ロ)似せ手紙を書いたから衣とお勝とが争う刃に、勘介の母は身を投げ、刃に貫かれる。駆け付けた勘介・輝虎等に、母は自分の死は輝虎からの刑罰であり、また、勘介の武士を立てさせるためであると述べる。輝虎は母の情の深さ、武士にも勝る義理立てに、慈悲ある武将として振舞う（この場面で輝虎を改め謙信と名告る）。

第四(9)天目山（天目山の高殿で軍慮にあける信玄は、衛門姫を引き取り、また、義清を討った勝頼を許す）

(イ)信玄、天目山に高殿を構え、軍慮をこらす所へ、高坂・原の両臣が勝頼御免を申し出、怒りをかう。信玄、不浄を聞いた耳を洗わんと谷川に行く。

(ロ)衛門姫と勝頼、天目山麓の谷川で、川を挟んで再会。

(ハ)衛門姫、勝頼と別れ、信玄に勝頼御免を訴訟する。信玄、衛門姫を保護し、高殿へ連れ帰る。

(ニ)勝頼、変化のものに扮した義清を討ち取り、信玄より許しを得る。

第五(10)川中島（信玄と謙信、川中島で決戦をなすが、勘介の働きで両家和睦となる）

(イ)川中島での戦闘が開かれ、勘介は信玄の影武者に扮し、謙信の太刀を受ける。真の信玄も登場し、勘介は両家和睦に導けという母の遺言となった思いを告げる。両将は許諾し、両家の和睦が結ばれる。

全五段を(1)から(10)までの場に分け、さらに、各場を内容によって小区分すれば、『信州川中島合戦』は右のような構成になる。武田勝頼と輝虎の娘衛門姫との恋が村上義清の横車から、二人の出奔を引き起し、武田信玄と長尾輝虎との合戦という意外な展開となる主筋に、副筋の山本勘介の老母の死が第三の切場(8)に置かれ、一曲の眼目となる。こうした主筋と副筋のあり方はこの時期の時代浄瑠璃の特色である。第一は事件の発端、第二は第三への伏線として(4)で勘介の母を登場させるが、むしろ、第一を承けた事件の展開である。第三は、信玄に先んぜられて勘介を召し抱えられた輝虎が巻返しを計る段であるが、第一・第二で展開してきた武田・長尾両家問題からは外れ、勘介一家が主筋の余波として背負い込まされた挿話的な場である。挿話的というのはこの場が抜けても主筋の流れが変わることがないといった意味であるが、特に三段目の悲劇と称される悲劇的な死が描かれる。第四は、第一・第二で展開してきた事件の結着がほぼなされて、第五でのめでたい大団円へと進む。特に、この時期の第四は、大道具や大からくりの使用によって、演出面での工夫がこらされ、夢幻的・超自然的な見せ場・聞かせ場を設けることが多い。通常の五段の構想の型と少し異なる点は、こうした型の完成をみた『国性爺合戦』（正徳五年〈一七一五〉十一月）等の多くの作では、三段目の自害・身代り・諫死といった悲劇的な副筋の犠牲死が、主筋に当たる作品世界の秩序崩壊の事態を、解決させる、または、好転させる契機を作り、第四の解決へと導くことである。しかし、晩年の『双生隅田川』『津国女夫池』等の三段目の悲劇的な死が主筋の事件の解決に関わる度合は、『信州川中島合戦』よりさらに低く、三段目の悲劇の場面的な独立性は晩年の時代浄瑠璃の一傾向と言える。(6)

『信州川中島合戦』第三については左に掲げる主要登場人物一覧表からも、その一段の独立性を指摘することができる。この表に見るごとく、第三に登場する主要人物六人の中、直江山城守・から衣・お勝の三人はこの段のみで活躍する人物である。また、第三の主人公とも言える勘介の母は、第二(4)勘介庵の場でも信玄と渉り合う中心的な役割を担うが、近松が第三を構想するに原拠とした『通俗三国志』巻十五「徐庶薦諸葛孔明」との関係からは、第二(4)は第三と一続きの場面であり（後述）、この点からも、さらに筋展開の上からも第三の初めに置かれてもよい場である。とすれば、第二の口で第三とは離れてはいるが、勘介の母も第三に関わってのみ活躍する人物と見做すことができ、登場人物の関係からも、第三が他の段から離れた独立性の強い場であることが見てとれよう。

三

『信州川中島合戦』は戦国時代の両雄武田信玄と上杉謙信の戦いを題材にした浄瑠璃であるが、近松がこの作を着想したのは、この作上演の前年、享保五年（一七二〇）正月に刊行された『武田三代軍記』（全二十二巻）によってであろう。両家の闘争を記した書は『甲陽軍鑑』、『北越軍記』（宝永八年正月刊）、『河中島五箇度合戦記（かわなかじまごかどかっせんき）』など、この書以前にも多くの書物が写本、または、刊本で流布しているが、それらの書の中で『武田三代軍記』が本作に与えた影響は大きい。

上杉謙信が、今川氏真・北条氏康によって駿河・相模からの塩留めにあった、武田信玄に越後の塩を送った話は戦国時代の美談として語り伝えられる有名な話であるが、その真偽、また、いつ頃からこの話が伝えられたのかは明らかではない。ただ、この話は『武田三代軍記』（巻十二、武田・北条厩橋城攻附武田太郎義信自殺并塩止上杉謙信書通ノ事）には載る。塩留めの件を伝え聞いた謙信は信玄に次のような書状を送り、塩を遣わすことを約束する。

……謙信承ル。近国ノ諸将貴老ヲ憎（ニクミ）。分国へ塩ヲ留メ候由。近比比興ノ挙動（フルマイ）。末代迄モ武家ノ笑種（ワライグサ）ナルベシ。何様近国ノ腰抜（コシヌケ）大将共。弓矢ヲ以テ信玄ニ勝事ヲ得ザレバ。左様ノ弱者（ヨハモノ）共ノ上（ウエ）カラハ斯（カヽ）ル臆病（ヲクビヤウ）至

『信州川中島合戦』主要登場人物一覧

主要登場人物名		武田勝頼	衛門姫	高坂弾正	直江大和之介	村上義清	横田兵介	進藤小平	武田信玄	長尾輝虎	粕尾玄蕃	山本勘介	原五郎	勘介母	直江山城守	から衣	お勝
第一	(1)	○	○	○	○	○											
	(2)						○	○	○	○	○						
	(3)	○	○									○					
第二	(4)								○				○	○			
	(5)	○	○														
	(6)	○	○	○	○	△											
第三	(7)									○				○	○	○	○
	(8)									○		○		○	○	○	○
第四	(9)	○	○	○		○			○				○				
第五	(10)	△	△	△					○	○		○	△		△		

△印は登場するが働きのない役

極ノ謀ヲ以テナリ共。信玄ヲ痛メズンバ。争カ軍ヲ出シテハ勝事ヲスベキ。謙信ニ於テハ唯幾度モ運ヲ天ニ任セテ。勝敗ヲ闘戦ノ上ニ決セントコソ存ジ候へ。塩ノ儀ハ何程ニテモ謙信ガ領国ヨリ。差遣シ候ベシ。其御国ヨリ手形ヲ以テ入用次第ニ取セラルベシ。

この塩留めについて『信州川中島合戦』第三で、謙信は勘介の母への追善、信玄への家土産として勘介に「聞ば信濃の村上が甲斐一国の塩止めして。人民士卒を悩まし塩攻めにすると聞。さもし し卑怯也。謙信が軍は矛先塩攻めなゝどの勝負はせず」と、塩を送ることを約束する。『武田三代軍記』以外の流布した諸本には見えない記述がここに利用されている。また、近松は輝虎（謙信）を「血気の輝虎」（第二）、「短慮高慢」（第三）と、その性格を表現するが、『武田三代軍記』が描く謙信も「武略ニ慢ズル気質」「短慮ノ荒々シキ」（巻十）とする。さらに、第一(2)大津の港の場で武田・上杉両家の足軽がそれぞれ相手の主君の悪口を言い、喧嘩するが、その悪口から、この場面は、永禄元年（一五五八）五月、信玄と謙信とが和睦をするために対談した折、信玄の振舞いに立腹し、陣営に戻った謙信からの怒りの書状とそれに対する信玄の返事による書状間での争論を、信玄・謙信をそれぞれの足軽に代えて、換骨奪胎したものである。この和睦不調の事は『甲陽軍鑑』品三十二に載り、『武田三代軍記』巻十はその記述に基づいて書かれたと思われるが、そこには『甲陽軍鑑』にない。「信玄ハ忝クモ大僧正ノ宣下ヲ下サレ」との一文が、信玄の返事に加えられている。近松が謙信の足軽進藤小平に「武田信玄が大僧(そう)正腰抜(ぬ)けの坊主官」と言わせたのは、『武田三代軍記』がその下敷にあったからであろう。こうした点から見て、『武田三代軍記』が武田・上杉の争いを次の浄瑠璃の題材にすることを促したに違いない。しかし、近松が『信州川中島合戦』で描こうとしたのは武田・上杉の合戦そのものではない。近松の構想はさらに別の題材を利用することに向けられていた。それが『通俗三国志』である。

『通俗三国志』は元禄五年（一六九二）に刊行された中国の『三国志演義』の和訳本である。近松は享保四年（一七一九）上演の『本朝三国志』第二春長居城門前の場で、『通俗三国志』巻四十「孔明智退㆓仲達(ク)㆒(ヲ)」を利用しており、「三国志」の内容については熟知していたものと思われる。そして、『信州川中島合戦』では同書巻十五「徐庶薦㆓諸葛孔明㆒（ヂヨシヨス、ムシヨカツカウメイヲ）」「劉玄徳三顧㆓茅盧㆒（リウゲントク タビカヘリミルバウロヲ）」「玄徳風雪訪㆓孔明㆒（ニ トフ ヲ）」「定㆓三分㆒孔明出㆓茅盧㆒（サダメテ ブンヲ イヅ バウロヲ）」の四章を換骨奪胎し、用いている。

ところで、『信州川中島合戦』に登場する人物の多くは、その題材が人口に膾炙した近い歴史の出来事のゆえか、実名もしくは実名に近い名前が用いられ、登場人物に該当する実在の人物を指摘することができる。その中で歴史に登場しない人物、即ち、近松が虚構した人物は、端役の者を除けば、謙信の娘衛門姫、勘介の母、から衣、お勝、の女性ばかり四人である。衛門姫は第三以外の各段に登場する一方の主役ではあるが、残り三人は第三の主要な役割を担う人物である。この三人を含め、前述した第二の勘介庵の場及び第三に登場する信玄・謙信・勘介の人物設定に、右の『通俗三国志』巻十五が関係するのである。その一章「徐庶薦㆓諸葛孔明㆒」の梗概を記す。

魏の曹操の軍は蜀の劉備の軍と戦っては敗戦が続く。その敗因が、劉備のもとに軍師単福（徐庶の変名。近松は「蜀の単富が古事」と『川中島』第三で一字を変えてはいるが種明しをしている）が仕えた為と知った曹操は、徐庶は親に孝厚いという軍師程昱（ていいく）の言を入れて、徐庶の母を招き寄せ、曹操の元につくようにとの手紙を徐庶へ出すように求める。徐庶の母は劉備の人物の程を曹操に問い、その返答の偽りを責め、反って曹操の人となりを辱しめ、筆を捨て、硯を曹操に投げつける。怒る曹操は徐庶の母を斬れと命じるが、程昱は、老婆は自ら殺されんことを求めて、わざと曹操を怒らせたのであり、母を殺せば曹操は不義の名を得、また、徐庶がそれを聞けば、曹操への恨みを報わんと、さらに劉備を助けることになる、と曹操を諫め、自らに策略があると、老母を預る。そして、徐庶の母に、我が母なりと尽し、文を遣し、母からの返事をも得る。そして、程昱は老母の筆跡を真似て、徐庶へ母からの似せ文を送る。徐庶は、曹操に仕えれば我が命は助かる、という母の手紙を読み、涙して、すぐさま劉備のもとに行き、事情を告げて、暇を乞う。仁愛深い劉備は再び帰り来るように言い、徐庶に母の所に行くことを許す。徐庶と劉備は幾度も別れを惜しみ、去るにあたって、徐庶は自分に代えて、諸葛孔明を招くことを劉備に薦める。曹操のもとに着いた徐庶は母に会うが、母は徐庶の来たことに驚き、似せ手紙に誘き寄せられた徐庶を、手紙の真偽も詳かにできず、しかも、劉備を棄て曹操に仕えるなど匹夫の業である、と叱責し、急に屛風の後に入って、首を括って死ぬ。

続いて「玄徳風雪訪二孔明一」をも記す。

徐庶の薦めに従い、劉備（玄徳）は諸葛孔明を訪ねるが一度目は会えず、今日再び、寒気甚しい雪中に張飛を連れて出かける。張飛は劉備の到れり尽せりに不平たらたらであるが供をする。しかし、この度も孔明に会うことはできず空しく帰る。

右の梗概をもって『信州川中島合戦』の人物に当てはめれば、前者の梗概と第三との関係では、

蜀　劉備（武田信玄）　徐庶（山本勘介）　徐庶の母（勘介の母・お勝）

魏　曹操（長尾輝虎）　程昱（直江山城守・から衣）

となり、後者の梗概と第二の勘介庵の場との関係では、

劉備（武田信玄） 諸葛孔明（山本勘介・勘介の母） 張飛（原五郎）

となる。近松が『通俗三国志』に登場しない人物で加えたのは、勘介の妻お勝、山城守の妻から衣であり、それぞれを徐庶の母、程昱の分身として登場させ、さらに、勘介と山城守とを義兄・妹婿との関係としたことである。それによって、勘介の母の立場を、徐庶の母に比べて、より複雑なものとし、娘と嫁との刃に我が身を貫かせた母の死を、原拠の徐庶の母の死のように、息子を諫め、鼓舞するためだけの死ではなく、輝虎への配慮から、死にざまに武士の義理を見せるという、義理と情とが絡まった「三段目の悲劇」を作り上げたのである。

四

松崎仁氏は三段目の悲劇的な死について、「その犠牲的行為の原動力となるのは恩愛の情と義理の理念である」と説かれる。(7)『信州川中島合戦』の三段目、勘介の母の死はいかがであろうか。

『信州川中島合戦』の三段目の場合、主筋となる武田・長尾の戦闘が武門の恥を雪ぐという、善悪に関係のない争いだけに、勘介の母の死を意味づける「武士の義理」という大義に注意しなければならない。

勘介の母が、嫁お勝と娘から衣との争いの刃に自ら身を投げて、死なんとした動機は次のように語られる。

とつくに自（みづから）は輝虎（てるとら）公のお手討にあふ身の。長（なが）らへしは命の外。一国の大将の手をつき敬（うやま）ひ御配膳（はいぜん）。足にかけて蹴散（けちら）せし。其時の忿（いかり）の顔思へば能（よく）も勘忍（かんにん）はし給ひし。……膳（ぜん）に向（むか）へば礼義有（あり）法に背（そむく）慮外（りよぐわい）婆（ばゞ）。

車裂き牛裂きにもとさぞ無念御腹立。いつの世に忘れ給ふべき。お心に従はず振切帰る勘介。追手をかけて搦め取られ。母めが憎しみ此時と。逆磔にも行れなぶり殺しと聞ならば。此度母が死なぬ悔みはいか計。坊主憎さに袈裟迄憎き世の譬へ。から衣迄いか成憂き目に会ふべきと。思へば胸を裂くごとく思ひ歎て此死にざま。何に似たぞよく見よや。磔の罪科人嫁娘の銹刀は。輝虎公のお仕置の大身の鑓。貫かれ死するからは憎しみは是迄。勘介を恙なく本国へ返し給はれと取なし。頼む直江殿。

勘介の母が輝虎への無礼な行動に対する罰として、自らの死を磔の形で選んだのは、勘介やから衣を輝虎の怒りに駆られた処置から守りたい心からであるが、では何故に、輝虎の配膳を無礼にも蹴散らしそのような原因を作ったのか、その理由を確かめておきたい。老母は、「輝虎殿と敵対の勘介が母。敵の恩を請ては我子の矛先に弛みが付ク。義もなく勇もなき此膳何にせん」と蹴返す。この言葉の本意はその前に「人を誑す偽表裏」「本心曲つた釣針」とあることから、最後の「義もなく勇もなき」輝虎の行為に対してなされたと見るべきであろう。これは輝虎の道義の欠如を非難したこととなり、輝虎に対して最大の侮辱を与えたことになる。徐庶の母が曹操に「汝ナンゾ詐ヲ云テ我ヲ欺ゾ。……汝ハ名ヲ漢ノ丞相ト云ドモ実ハ漢ノ逆賊ナリ」と叫び、硯を取って投げつけた場面の書き換えであるが、『通俗三国志』はその母の行為を「自ラ殺レン事ヲ求テ也」とする。その理由は梗概に既に記したが、勘介の母も「とつくに自は輝虎公のお手討にあふ身の。長らへしは命の外」（傍点筆者）と、殺されんとしての振舞いであった筈であったが、勘介の妻お勝の命乞いによって助かるのである。『けいせい反魂香』の吃又で使った趣向を用い、お勝の命乞いの場を置いたのはいかにも近松らしい老練な技巧である。しかし、老母が輝虎に与えた侮辱が大きいだけに、また、命の外の命を得たゆえに、老母には輝虎への義理が生じ、輝虎の面目を回復させる死に方が改めて課せられてくる。折からの似せ手紙による勘介の越後入りがあり、老母は嫁と娘の刃にかかり、磔の刑であると自らの死を告げて、輝虎の武士の面目を立て、併せて我が子達の無事を頼み、勘介に武士としての道（無事に信玄の元に帰り、武功を立てる）を歩ませ、武士の義理を守らせようとする。さすがの輝虎も老母の義理を尽した死にざまに感心し、「あの婆が一命を義理に捨しも。武家の名を惜しむ不便さよ」と、自らを謙虚に取りなし、発心の姿となって、老母を弔うのである。ここにいう「義理」は輝虎への義理であり、それは同時に、輝虎の武士としての面目を保つという意味で、また、勘介の武士を立てさせるという意味で、「武士の義理」を守るためのものであったということができる。老母のそうした行為の意味を知った輝虎は、過日の自分の行動への忸怩たる思いもあり、一段と器量ある武将へ成長し、自ら信玄へ塩を送ることを申し出るのである。子供達も母の死が子を思う恩愛の情によることを知り、その犠牲の大きさに悲しむ。

　子を思い、子を守るため、母が犠牲となって死ぬ悲劇的な場を持つ近松の時代浄瑠璃の初作は宝永二年顔見世上演の『用明天王職人鑑』である。松浦庄司の寡婦尼公は、五位之介諸岩に恋した娘佐用姫が、敵方に味方した兄兵藤太を殺せば夫婦となる、と諸岩に言われる話を立聞きする。母は娘に長刀を与え、兄を討ち諸岩と添い通すよう勇気づけ、その手引をするゆえ合図を待つように言う。母の合図に従い、姫は障子越しに兄を刺すが、それは兄の身代りとなった尼公であった。尼公は「皆是わらはが心から。子のかはいさにせしことぞや」と、兄の命を助け、妹の望みをかなえてやるため、自分の命を二人の子供に引分けて譲るのだと告げ、「子故に恥はかへられず」と、苦しい息のもとで、諸岩に佐用姫と夫婦であるとの返事を聞かせてくれと頼む。諸岩は姫は我が妻であると答え、母の死を知った兵藤太も、悪王子に味方したのも国司になって母の悦びを見んためであり、母を失って、一人の妹と敵対する気はないと、髪を切り、武士を捨てて法師となる。この尼公の死は子を思う母の情を真直ぐに行動に移したもので、兵藤太が悪王子への加勢を止めたのは結果としてなったもので、末期の苦しみの中で「兄は兄御身は御身。てきと敵との縁組なれば必心はづかしきぞ。兄弟のちなみとて二心持なとよ」と娘を励ます尼公には、自分の死によって、兄と妹とが敵同士になることをも避けることができるとの思いはなかった筈である。つまり、尼公の行為は、娘の望みを果させ、しかも、兄の命を助けるという一時的な解決策でしかない（なぜなら、諸岩と兵藤太とが敵対することは、いずれ、双方が命をかけて戦うことになる）。それも諸岩の善意に縋ることによってのみ可能なことであり、その保障もないままでの尼公の身代りの死は、尼公自身が言うごとく、「狂気」の沙汰とされても仕方のないことである。この二段目の切場に置かれた尼公の死の場面は、後の三段目の悲劇を生み出していく前段階として評価されているが、それは兄と妹との間にあって、自らの子への愛情を二つに引分けなければならない母の立場に、自身を取り囲む状況の中で追い詰められ、死の選択しか見出せない者の悲劇を見るからである。こうした母の死が、単に子に対する深い愛情によるだけでなく、その母の置かれた立場から「義理」という問題を絡ませたのだが『国性爺合戦』の和藤内（国性爺）の母の死である。

『国性爺合戦』三段目で、和藤内の母は、夫甘輝将軍を父鄭芝龍や和藤内の味方にさせんがために自害した錦祥女の死に対して、以前（甘輝が錦祥女を殺し、妻の縁を断って和藤内に味方しようとした時）に、

　日本のまゝ母が三千里へだてたる。もろこしの継子をにくんで見殺しに殺せしと。我身の恥計かはあまねく口ゞに日本人はじやけんなりと。国の名を引出すは我日本の恥ぞかし。……じひもつぱらの神国に

生を請た此は丶が。娘殺すを見物し。そもいきていられふか。

と言った「始の詞きよごんと成。二たび日本の国の恥を引おこす」と、錦祥女が自害した剣を取って喉に突き立て自害する。そして、死に際に「母や娘のさいごをも必歎な悲しむな。だつたん王は面〻が母の敵妻の敵と。思へば討に力有。気をたるませぬ母の慈悲此遺言をわする丶な」と、和藤内と甘輝を勇め励まし死んで行く。錦祥女の自害とともに三段目の悲劇が構成される。

錦祥女の死は、錦祥女にとっても、親・兄弟への孝・悌を果すだけでなく、夫甘輝に対しても「義（明の旧臣甘輝が明復興に立つ）をす丶める」ものであり、さらに韃靼王に一旦は付くことを約した甘輝将軍を、逆に和藤内の陣営に迎えるということは、明側の人々にとっては状況を有利に導くものである。しかも、自分の死がそうしたことを達成することは、最初の甘輝の言動から、確信でき、皆のための死と、恩愛の情を残しながらも満足いく犠牲死であったと言える。一方、和藤内の母は、先に引用した二つの恥（継子を見殺しにする恥、公言したことを守らない恥）を自分一人の恥ではなく、日本の恥にもなると、世間＝社会に対して、自らの道義的責任から自害する。この母の死が周囲にもたらす効力は、自らが言うごとく、和藤内・甘輝を奮い立たせることにしかならない。周囲の人達に直接に役立つことのないこの老母の死を道義的責任によるとしたが、その道義自体が個々の信念によって形成されるのではなく、当時の社会的通念に基づくことは、自分がここで死ななければ「日本の恥」とする考え方からも十分に察せられよう。となれば、和藤内の母の死は世間への義理立てとも言え、松浦庄司の尼公に見た、子への恩愛の情で一途に走った死とは随分違うことになる。近松は母と子という小さな家族関係のみで母親を捉えるのではなく、母親も社会の一員として世間を背負う立場にあることを意識的に取り上げ、単に恩愛の情ゆえに子に迷う母ではなく、世間の義理にも苦しむ者として描いている。母親の行為を「日本の恥」、錦祥女の行為を「唐土（もろこし）の恥」を曝さない、義理堅い死とことさらに二国の名を近松は取り立てるが、そこには『国性爺合戦』が日本と中国とを舞台にした作であることに加えて、こうした道義を守って死を選ぶ女性に、中国の烈女の姿を近松は重ねていたのではないかと思われ、そうした指摘もある。(8)

五

近松が『通俗三国志』をいつの時点で読み、自分の創作材料の中に入れたかは不明であるが、和藤内の母の立場を右のように見た時、そこに徐庶の母の姿が映ってくる。『通俗三国志』の徐庶の母の行為に対して、義理という語は出てこないが、そこには単なる恩愛の情を超えた烈女の道義に対する厳しさが見られる。徐庶の母は曹操の偽りの返答を受けて「何ゾ我子ヲ明ナルヲ棄（ステ）テ暗（クラキ）ニ向ハシメテ万代ノ悪名ヲ取ンヤ」と言い、筆を地に投げ、硯を取って曹操に打ち付ける。また、似せ手紙によって訪ね来た徐庶にも「明カナルヲ棄テ暗ニ向ヘルヤ、汝マコトノ匹夫（ヒツフ）ナリ。我ナンノ面目アリテ汝ニ対面シテ先祖ノ名ヲ玷（ケガサ）ンヤ。天地ノ間イマヨリ生タル甲斐ナシ」と言い、自殺するのである。ここには道義に背くことは人間そのものへの背信であり、天地の間に生きる値打もないとする厳しさがある。さらに、その責任を、犯した者ではなく、母が負うという、烈しさが見られる。和藤内の母にはここまでの厳しさは見られないが、勘介の母には、この話を原拠としたゆえか、この烈しさは取り込まれている。『用明天王職人鑑』の尼公、『国性爺合戦』の和藤内の母、『信州川中島合戦』の勘介の母と見てきた時、近松が行き着いた母親像をここに知ることができるが、それは烈しく厳しいだけでなく、恩愛の情豊かな、多くの人を包み込むやさしさを背後に秘めた姿でもあった。

【注】

（1）秋本鈴史「丸本から武蔵屋本へ―近松世話浄瑠璃二十四編制定の過程―」（『文林』第二十二号、一九八七・12）。
（2）信多純一「傾城反魂香試論」（『近松の世界』平凡社、一九九一・7）。
（3）黒木勘蔵「時代物の組織」（『近松門左衛門』大東出版社、一九四七）。
（4）『近世演劇の享受と出版』所収「浄瑠璃史における貞享二年」で大橋は『出世景清』貞享三年上演説を提示。
（5）『新日本古典文学大系91 近松浄瑠璃集』上巻、松崎仁氏解説（岩波書店、一九九三・9）。
（6）鎌倉恵子「近松時代浄瑠璃三段目考―『津国女夫池』を中心に―」（『近松論集』第八集、一九八六・6）。
（7）松崎仁「近松による浄瑠璃戯曲の形成」（『歌舞伎・浄瑠璃・ことば』、八木書店、一九九四・6）。
（8）黒石陽子「『国性爺合戦』試論―老母像造形の意味―」（『歌舞伎 研究と批評』創刊号、一九八八・8）。
『信州川中島合戦』の本文引用は『新日本文学大系92 近松浄瑠璃集 下』（岩波書店、一九九五・12）による。

近松世話浄瑠璃における改作について

一　はじめに

お染久松の話を題材とする浄瑠璃『増補新版歌祭文』の架蔵本の表表紙見返しには、本書を文化元年（一八〇四）九月に購入した旧蔵者による次のような書き入れがある。

一　当子ノ七月中旬南都晒布屋娘／十三峠ニ於て駕かき共の手に懸り／相果し始終、佐川氏が浄瑠利に取組尊覧ニ備へ奉り候／実説ハ南都晒布操婦鑑全部弐巻／写本ニ相記し申候

この作は、『染模様妹背門松』（明和四〈一七六七〉年十二月、菅専助作）と『新版歌祭文』（安永九年〈一七八〇〉九月、近松半二作）とを綯い交ぜにした作内容となっており、文化元年八月二十五日に陸奥茂太夫座で上演されている。作者は佐川魚麻呂（浄瑠璃作者としては佐（川）藤太の名が通名）で、佐川魚麻呂の浄瑠璃第一作目となる。原作に当たる『染模様妹背門松』『新版歌祭文』の二作には娘殺しに関わる筋立てはなく、『増補新版

歌祭文』では、右にいう十三峠での駕籠舁による娘殺しの一件を「峠の段」として新たに組み込んでいる。なお、「南都晒布操婦鑑（ならざらしみさをかゞみ）」の実録についてはその所在は不明である。この書き入れは操り浄瑠璃の改作上演が行われる場合に、その一つの契機となった事件を示すものである。殊に、世話狂言・世話浄瑠璃はその発生において時事的な事件を当て込みとして一夜漬け的な手法で舞台にかけてきた経緯があり、その後に行われる改作においても同様の要件が働いていたことを示す例と言える。この一つの例証を得た機に、改めて近松世話浄瑠璃の改作について、改作が作られ上演される動機そのことよりも、改作と原作との相違にどのような問題が導き出されるのか、また、改作を作る作者側にどのような状況があるのかを考えてみる。

二　改作について

「改作」と一口に言っても、操り浄瑠璃のような演劇における「改作」をどのように規定するかといった問題が生じる。たとえば、「改作」〔「原著作に対して新著作物と認められる程度に変改すること。また、その変改した著作物」『広辞苑』〕と「翻案」〔「前人の行なった事柄の大筋をまね、細かい点を変えて作り直すこと。特に、小説・戯曲などについていう」『広辞苑』〕とを、操り浄瑠璃の「改作」において正しく区別し得るかとなれば、その線引きの難しさが生じる。原作との間でどの程度まで作内容に変化が見られるのを「改作」とし、あるいは、どの程度まで相違するのを「翻案」とするかは決めがたいことである。もともと、浄瑠璃を含めて日本の古典演劇は、先行作を利用し、その上に新しいものを加えたり、一部を改変したりすることによって新作とし、それぞれの発展と継承とをなしてきたといっても過言ではない。そのことからすれば、「改作」は通常創作ともいえるものでもあり、「改作」であるとの意識は作者・演者・観客にとってさほどの問題ではなかったし、

「改作」と「翻案」との区別も意味のないことであったろう。原作から少しでも変わっていれば、また、新しい筋立てが加わり、趣向（操り浄瑠璃についていえば、聞かせ場、見せ場を新たに仕組むこと）にも新鮮さが見られれば、新しい浄瑠璃となり、敢えて「改作」とか「翻案」とかの区別を当時の人たちは必要としなかったのではなかろうか。この視点を持ちながら、原作からどのような改変がなされているかを改作とされる作について見ていくと、つぎの四つのパターンが考えられる。ただし、近松世話浄瑠璃の改作からは、四番目のパターンを見出すことが出来なかった。その理由としては、世話浄瑠璃が現実の事件や生活を扱っているため、別の時代や「世界」へと変えることに抵抗があったからであろう。

一　原作の本筋（事件の内容、登場人物等）はほぼそのまま用いて、一部分に改変または増補をなす。
二　原作の本筋はあまり動かさないで、そこにかなりの増補をなす。または、原作の事件に別の事件を取り合わせていく。
三　原作の一部や登場人物名は借りるが、事件の内容そのものは別の事件にして作る。
四　原作の筋は用いるが、時代や登場人物などは異なり、一見別の作品のように仕立てて作る（換骨奪胎とか、翻案とかに当たるもの）。

右のように、改作とする作品の範囲を一応定め、改作もしくは翻案作とすることのできる作品を近松作世話物に限って挙げてみると、次に記すような作品を挙げることができる。

曾根崎心中（元禄十六年〈一七〇三〉五月）

おはつ徳兵衛曾根崎模様（宝暦十一年〈一七六一〉五月）曾根崎新地芝居　豊竹座　作者若竹笛躬・浅田一鳥・福松藤助・黒蔵主・中邑阿契

よみ売三巴（明和五年〈一七六八〉七月）大坂竹本座　作者近松半二・八民平七・寺田平蔵・竹田文吉・竹本三郎兵衛

おはつ徳兵衛往古曾根崎村噂（安永七年〈一七七八〉九月）北西ノ芝居竹田万治郎座　作者近松半二・近松善平

卯月紅葉（宝永三年〈一七〇六〉夏カ）

千種結旧画草紙（安永元年八月）北堀江市ノ側芝居　豊竹此吉座　作者北脇素仁・中邑阿契・若竹笛躬

増補道具屋お亀（天明二年〈一七八二〉六月）大坂竹本座　作者未詳

五十年忌歌念仏（宝永四年〈一七〇七〉七月以前）

和泉国浮名溜池（享保十六年〈一七三一〉四月）大坂豊竹座　作者並木宗助・安田蛙文

極彩色娘扇（宝暦十年七月）大坂竹本座　作者二歩堂・近松半二・北窓後一・竹本三郎兵衛・三好松洛

丹波与作待夜のこむろぶし（宝永四年〈一七〇七〉末カ）

恋女房染分手綱（宝暦元年二月）大坂竹本座　作者三好松落・吉田冠子

淀鯉出世滝徳（宝永五年〈一七〇八〉十一月以前）

難波丸金鶏（宝暦九年五月）大坂豊竹座　作者若竹笛躬・豊竹応律・中邑阿契

心中万年草（宝永七年〈一七一〇〉四月）

角額嫉蛇柳（明和八年五月）大坂豊竹座　作者竹本三郎兵衛

薩摩歌（さつまうた）（正徳元年〈一七一一〉一月以前）

　薩摩歌妓鑑（さつまうたげいこかがみ）（宝暦七年九月）大坂竹本座　作者吉田冠子・近松景鯉・竹田小出雲・近松半二・三好松落

冥途の飛脚（めいどのひきゃく）（正徳元年〈一七一一〉七月以前）

　けいせい恋飛脚（こいのひきやく）（安永二年十二月）曾根崎新地芝居　豊竹此吉座　作者菅専助・若竹笛躬

夕霧阿波鳴渡（ゆうぎりあわなると）（正徳二年〈一七一二〉春カ）

　浪花文章夕霧塚（なにわぶんしょうゆうぎりづか）（宝暦元年四月）大坂豊竹座　作者浪岡橘平・浅田一鳥・安田蛙桂

　傾城阿波の鳴門（けいせいあわのなると）（明和五年六月）大坂竹本座　作者近松半二・八民平七・寺田平蔵・竹田文吉・竹本三郎兵衛

　廓（くるわ）（曲輪）文章（ぶんしょう）（初演未詳）

長町女腹切（ながまちおんなのはらきり）（正徳二年〈一七一二〉秋カ）

　京羽二重娘気質（きょうはぶたえむすめかたぎ）（明和元年四月）京都竹本座　作者近松半二・竹本三郎兵衛

大経師昔暦（だいきょうじむかしごよみ）（正徳五年〈一七一五〉春）

　本卦復昔暦（ほんけがえりむかしごよみ）（明和八年十二月）北堀江市ノ側芝居　豊竹此吉座　作者北脇素仝・梁塵軒・中邑阿契

鑓の権三重帷子（やりのごんざかさねかたびら）（享保二年〈一七一七〉八月）

　褄重紅梅服（つまがさねこうばいそで）（延享四年〈一七四七〉二月）大坂豊竹座　作者浅田一鳥・但見弥四郎

博多小女郎浪枕（はかたこじょろうなみまくら）（享保三年〈一七一八〉十一月）

　博多織恋鏑（はかたおりこいのおもに）（寛政元年〈一七八九〉五月）北堀江市ノ側　豊竹此母座　作者菅専助・中村魚眼

　世話仕立唐縫針（せわじたてからのぬいばり）（寛政四年四月）道頓堀東芝居　竹本栄次郎座　作者未詳（正本未見）

心中天の網島（享保五年〈一七二〇〉十二月）
　双扇長柄松（宝暦五年七月）大坂豊竹座　作者並木永輔・浅田一鳥・難波三蔵・三津飲子・浪岡黒蔵
　主・豊竹上野
　中元噂掛鯛（明和六年七月）阿弥陀池東ノ芝居　竹本綱太夫座　作者三好松落・竹田嘉蔵
　置土産今織上布（安永六年五月）北堀江市ノ側芝居　豊竹此吉座　作者菅専助・若竹笛躬・豊春暁
　心中紙屋治兵衛（安永七年四月）北新地西の芝居　竹田万治郎座　作者近松半二・竹田文吉
〈語る太夫によって、『増補天網島』（安永七年十二月）、『天網島時雨炬燵』（寛政三年）の題にても上演〉
心中宵庚申（享保七年〈一七二二〉四月）
　初物八百屋献立（明和六年二月）阿弥陀池東ノ芝居　竹本綱太夫座　作者未詳
　おちよ・半兵衛（天明元年七月）江戸肥前座　作者森羅万象・双木千竹
　世話料理八百屋献立（天保二年四月）名古屋若宮芝居　豊竹巳太夫・竹本春太夫座　作者未詳
【参考文献】『近世邦楽年表　義太夫節之部』『義太夫年表近世篇』『近松　国語国文学研究史大成』他(1)

本稿では、これら改作された浄瑠璃の評価の問題ではなく、現在も文楽で上演されている二作品を対象に、原作の何を利用し、何を加えることによって、改作上演が成り立っていくのかを、作者の立場を視点において考えていくこととする。右の一覧表に挙げた作品の中から、本稿では『冥途の飛脚』と『心中天の網島』との改作である、『けいせい恋飛脚』と『心中紙屋治兵衛』とを取り上げ、原作にかなり忠実に従いながらも、改作をなすに当たって改作者の視点がどこにあったのかをみる。それぞれの作内容の相違をまず記しておく。

三　改作の例――その一――

『冥途の飛脚』では、忠兵衛を庇い、また、忠兵衛を廓に近づけないようにと忠兵衛の棚卸しをして、却って封印切りをさせる原因を作る丹波屋八右衛門は、嫌みはあるが本来の敵役ではない。しかし、『けいせい恋飛脚』では、亀屋妙閑の甥利平とともに、梅川を身請けするために、忠兵衛に偽判の罪や利平の盗んだ金の科をきせたり、また、忠兵衛の毒殺を図ったりと正真の敵役として登場する人物に変えられている。また、これらの悪事は梅川の兄、同名の梅川忠兵衛（浪人）の働きによってことごとく見破られてしまうという新たな人物が登場する。さらに、忠兵衛には婚約者として亀屋の娘お諏訪がいるが、梅川に夢中になっている忠兵衛には眼中にない。利平は、このお諏訪と一緒になって亀屋の身代を得ようと狙っているため、忠兵衛を陥れようとする。忠兵衛に許嫁を配するのは紀海音作『傾城三度笠』（正徳三年〈一七一三〉十月・豊竹座）の影響が考えられる。『傾城三度笠』も『冥途の飛脚』の影響を受けた作である。『けいせい恋飛脚』はこの二作からの影響を受けて改作されている。お諏訪は、忠兵衛のために梅川の身請金三百両を江戸から届いた為替金を盗んで調えてやり、自分は死のうとするが見つかってしまう。お諏訪の心に感じ入った忠兵衛はお諏訪との婚姻を承諾し、梅川の兄が仲人を引き受けることとなる。中之島の屋敷に為替金を届けに出た忠兵衛の足は知らず知らずに梅川のいる新町へと向かってしまう。新町の井筒屋では、梅川の身請金を渡そうとする八右衛門に、梅川の親方槌屋治右衛門は梅川と忠兵衛との仲を思って、その金を受け取ろうとはしない。槌屋にも他から百両の金の催促があり、また、八右衛門から自分が金を騙り盗ったと悪口されるのを聞いた忠兵衛は、迷い躊躇するがついに封印を切って八右衛門に金を投げつけ、その金で梅川を身請けする。新口村の段に移り、この場面は『冥途の飛脚』にほぼ忠実に作られているが、忠兵衛と孫右衛門とを対面させており、原作とこの場は相違する。また、八右衛門と利平も、忠兵衛と梅川を捜しに巡礼姿になって来ており、ここでも梅川の兄梅川忠兵衛が活躍する。このように、敵役の役柄をはっきりさせ、梅川の兄を登場させて八右衛門や利平の悪巧みを邪魔させるなど、脇役の働く場に増補が見られるが、原作の主筋からは外れないように注意がなされている。

なお、現在、文楽で上演される『恋飛脚大和往来』は、この『けいせい恋飛脚』が歌舞伎に仕組まれ『恋飛脚大和往来』と外題替えして上演（寛政八年〈一七九六〉正月、大坂角座）され好評を博したため、その外題を受けて操り浄瑠璃でも再演するようになったものである。

四　改作の例——その二——

『心中天の網島』には、一覧表に示したように、多くの改作があるが、その中で最も好評を博し今日でも上演されているのは『心中紙屋治兵衛』である。これは安永三年（一七七四）四月、大坂小川吉太郎座で上演された歌舞伎『板新のべの書残』の影響を受けて、近松の原作を増補した作である。祐田善雄氏は『全講心中天の網島』（至文堂、一九七五・２）解説で、次のように述べておられる。

『心中紙屋治兵衛』は、原作を生かすための増補はしているが、その中心となる新地茶屋の段と紙屋内は比較的忠実な改作と言ってよかろう。そうは言うものの、歌舞伎の影響は大きいし、太夫の語り方や人形の遣い方などの発達した時代だから、原作そのままというわけではない。新地茶屋の段は原作の文章をそのまま踏襲した部分が多いのに対し、紙屋内では加筆が目立ち、筋も歌舞伎『のべの書残』の影響を受けて一部分を改めている。このように原作に対する態度は場によって多少の相違が認められるけれども、大体において忠実な改作と言うことができる。

「浮瀬の段」は、治兵衛に借金の証文を書かせ、その証文をたてに太兵衛は治兵衛に小春から手を引かせようと巧む一件が仕組まれているが、「茶屋の段」で、侍客に扮した孫右衛門によって暴かれ失敗する。『心中天の網島』とは異なり、太兵衛を、治兵衛を陥れる敵役とすることで話の展開を分かり易くし、原作との変化を求めた段である。

「茶屋の段」での、新地茶屋河庄における侍客となっての兄孫右衛門と小春とのやりとり、治兵衛の様子については、後に引用するように原作をうまく活用している。

「長町の段」は、原作の「紙屋内の段」に対応するかのように、原作にない小春の家庭事情を描くが、紙数の関係から梗概は省略する。場面としては、盲目の母と娘との別れといった愁嘆場であり、原作との対応からは、おさんの悲哀に見合う小春の立場を見せるために増補された感が強い。

「紙屋の段」では、『心中天の網島』を「比較的忠実」になぞるが、女子同士の義理から小春を治兵衛に身請させようと工面するおさんを舅五左衛門に連れ帰られた後、治兵衛は子供二人をなだめ寝かして、途方に暮れている。そこへ小春が忍んで会いに来る。二人は家を抜け出し、大長寺に着き死のうとする所へ、孫右衛門が駆けつけ、太兵衛達の悪巧みが露顕し、五左衛門の疑いも晴れて、全てがうまく収まると告げて終わりとなる。

なお、『天網島時雨炬燵』では、小春が忍んで来た後、小春はこうなったのも自分の所為と、治兵衛はおさんに済まぬと共に泣き詫び、心中を決意する。阿呆の三太郎が小春の言い付けで二人を祝言させると杯を置く。二人は末期の杯として酌み交わす。外に子供の尼が現れたので見ると、お末であり、白いべべに爺様と嬶様がたんと何やら書かしやったというのを聞き、墨染めの衣を脱がす。その衣にはおさんからは二人が夫婦になるように、また、勘太郎を頼むとの文面があり、さらには、舅五左衛門からは、自分の損金を治兵衛が本家に知られぬように弁済してくれるため、方便の廓通いの結果がこのようなことになってしまった。お金の入り訳を娘から聞いたので、簞笥に百五十両を入れて置いた。それで小春を身請けするように、また、おさんとお末は今日尼になしたと、記されていた。折から、太兵衛と善六が小春を取り戻しに乗り込んできて争いになり、太兵衛と善六が同士討ちしたところを、治兵衛は止めを刺す。この上は最期をと二人は大長寺へと急ぐ、と変えられている。なお、この三太郎による祝言の場とお末の墨染めのべべによる手紙の趣向は、菅専助作『置土産今織上布（おきみやげいまおりじょうふ）』の影響をも受けている。

五　改作における問題

従来、改作について論究される時、改作がなされた理由について、近松時代と相違する浄瑠璃界の次のような状況が指摘されることが多かった。

一　人形が一人遣いから三人遣いに変わり、人形の動きにも細かな表現が求められた。

二　太夫それぞれに持ち場を与えることが求められ、戯曲的な統一よりも、各場面での変化と技巧を競うという芝居的な場面構成が用いられるようになった。

三　理解しやすく、人情に直接訴えるような場面を喜ぶという、観客の嗜好の変化にも応ずることが求められた。

右の指摘は、浄瑠璃界の技巧的な発展を考えれば原作のままでは上演しにくく、作内容により複雑な展開を加えることが求められることを意味している。確かにこのことは否定し難く、作者の力量と姿勢がここに問われることとなる。

『冥途の飛脚』と『けいせい恋飛脚』との相違における作者の姿勢を考えるにふさわしい場面は、「新口村」において、忠兵衛と親孫右衛門とが直接に顔を合わすか否かである。『冥途の飛脚』では、梅川が泥田の畝に滑って転んだ孫右衛門を介抱するために飛び出し、忠兵衛は小屋の中に止まりその様子を見つめているだけである。孫右衛門は梅川の風体を見て、忠兵衛の相手の遊女であることに気づき、お寺への奉加金を与えて、逃げることを勧める。そして、次のように描かれる。

こなたのつれあひにも詞こそはかはさずとも。ちよつとかほでも見たいが。いや〳〵それではせけんがたゝぬどうぞ無事な吉左右をとなみだながらに二あし三あし。ゆきては帰りなんとあふても大じあるまいかい。なんの人がしりませふあふてやつてくだされせ。ア、大坂の義理はかゝれまい。どふぞしてさかさまなゑかうさせなとねんごろに。頼みまするとむせかへり。ふりかへり〳〵。なく〳〵わかれ行あとに。ふうふはわつとふしまろび人めもわすれ。泣きゐたるおやこの中こそはかなけれ。

（引用は岩波書店版『近松全集　第七巻』〔一九八七・11〕による。ただし、節付等省略）

この「新口村の段」について能「善知鳥（うとう）」のもじりとの指摘(2)もあるが、名乗り合えない親子の出会いの場面は、説教浄瑠璃「かるかや」での石堂丸が、母を麓に残し、高野山へ顔も知らない父かるかや道心を尋ねて登り、父と出会うが名乗り合えない場面と類似した発想に基づいている(3)。名乗り合うことのできない親子の出会いは『丹波与作待夜のこむろぶし』「重の井と三吉との子別れ」にもあり、芝居の見せ場・聞かせ場でもある。『冥途の飛脚』では「ア、大坂の義理は欠かれまい」と、孫右衛門は忠兵衛の養家先への義理を親子の情に優先させて、会うことを拒否する。いかにも義理堅い実直な田舎の隠居といった人物の性格が出ており、孫右衛門の心の内の辛さも強く伝わってくる。さらに言えば、これは、「義理」と称しはするが、かるかや道心や重の井と同じように、自らが寄りかかり守らざるを得ないものを守るため、人としての意志の強さを表明することでもある。そして、その裏側には言い表せない情の深さが隠れていることも人々は知っている。恩愛を断ち、名乗り合うことを拒否するかるかや道心や重の井は、その寄る立場から考えて、仏道や武士社会での生き方が規範とされていると思われるが、それは武士を出自とする近松が描く『冥途の飛脚』での「義理」とも相通じるものである。ところが、『けいせい恋飛脚』では、

そんなら顔を見ぬ様にと。傍に有リ合フ手拭ひ取リ。泣ク々後ろに立チ回り。慮外ながらと。めんない千鳥。御不自由には有ロが。斯さへすれば傍にござつても構ひは有ルまい。ヲ、ヲ忝ふござる〳〵。物云

ずと顔見ずと。手先ヘなと障つたらそれが本望逢た心。親子一世の暇乞ひ。ガコレ必こなたの連合ひに、物云して下さるなと。悦ぶ中に忠兵衛は嬉しさ余りかけ出て。親子手に手を取りかはせど。互に親共我か子共云ず云れぬ世の義理は。涙涌き出る水上と身も浮計りに泣きかこつ。

（引用は『菅専助全集　第三巻』〔勉誠社、一九九二・3〕による。ただし、節付等省略）

と顔が見えないようにと、手拭いで孫右衛門に目隠しをさせ、忠兵衛と孫右衛門は手と手を取り交わす、親子の情を強く訴える演出となっている。この場面は『冥途の飛脚』の最後の場面「めんない千鳥」の利用が指摘されているが、(4)確かにこの方が忠兵衛を舞台の正面に引き出すこととなり、人形遣いの出場をも設けることもでき、成功した演出と言えるであろう。こうした改変は、「三　理解しやすく、人情に直接訴えるような場面を喜ぶという、観客の嗜好の変化にも応ずることが求められた。」と説明することは出来ても、『冥途の飛脚』に見られた孫右衛門の社会への義理に対する厳しい態度からは後退したものとなる。菅専助等の立場からは当時の人情、武士的な義理堅さよりも町人的な恩愛の情に合うように作り替えたと言えるが、そこには「義理」(5)に対する時代的な意識の差異も働いていたと見なければならない。近松の言「某が憂はみな義理を専らとす。芸のりくぎが義理につまりてあはれなれば、節も文句もきつとしたる程いよ〳〵あはれなるもの也」（『浄瑠璃文句評註難波土産・発端』）は、浄瑠璃の技芸論であるが、「義理」そのものへの根底には先に指摘した武士出身の近松の思いがあったものと推察する。

次に『心中天の網島』と『心中紙屋治兵衛』とであるが、この二作の関係については既にいくつかの論評がある。(6)その『心中紙屋治兵衛』に対する評価は、先に挙げた浄瑠璃界の時代的な変化に応じたため、舞台化即ち芝居化され、人形の動きや心理描写に具体的な表現や説明をつけて、『心中天の網島』を卑俗化し、その悲劇としてのテーマを崩した悪作・愚作、とする酷評に止まっている。具体的にそれがどのようなことを指すのか、治兵衛が自分の書いた起請を小春から取り返す「河庄」での、小春や治兵衛と孫右衛門との動きとことばを比べることによって見ることとする。祐田氏の指摘のように『心中紙屋治兵衛』には「原作の文章をそのまま踏襲した部分が多い」が、次のように『心中天の網島』にはない増補も多い。囲み枠のゴシックの箇所がそれで、【　】の網掛け以外が『心中天の網島』を「踏襲した部分」である（なお、囲み枠のゴシックを省き網掛けの箇所へ続けて読めば『心中天の網島』の、【　】の網掛け箇所を省いて囲み枠のゴシックに続ければ『心中紙屋治兵衛』の詞章になるように組んでいる）。

近松半二・竹田文吉作『心中紙屋治兵衛』茶屋の段（北新地河庄）

（省略）すかさず**侍**【客が】飛びかゝり。両手をつかんでぐつと引き入れ。刀の下緒手ばしかく格子の柱にがんじがらみ【小はるさはぐな。のぞくまいぞといふところに、ていしゆ夫婦立帰り。】**にくくる内。立ち帰るこの家の夫婦。ヤア**これはと**ばかり**【さはげば】**驚けば**。【ア、】苦しうない、**く。**障子越しに抜き身を突つ込む暴れ者。腕を格子にくゝり【置。思案ありなはとくな。人立あれは所のさはぎ。サア皆奥へ。】**おいたれば、気遣ひなことはない。そなた衆は小春を連れて奥へ行きやれ。身どもはアノ狼狽者。何故かやうの狼藉をいたすぞ詮議する。サア早く奥へ行きやれ。イヱく、お前ばかりここに置きましてはあぶなふござります。イヤサコリヤ、人立あれば所の騒ぎ。大勢が立合口論に及べば。武士の立たぬやうになるまいものでもない。といふも遊所故、身も忍びの遊興。よいく。身ど**

もばかりここにゐて気遣ひなら。いつしよに奥へいかふ、小春おぢや、行て寝よふ。アイ。あいとは言へど、見知りある脇差の。つかれぬ胸にはつと貫き。治兵衛さん。何がなんと。サア慈悲といふ事がなければ、人は難儀をするげな。あんまり酒をすごして、【すいきやうのあまり】色里にはある習ひ。沙汰なしにいなしてやらんしたら。ナア河庄さん。わしやよささふに思ひます。【いかな〳〵身しだいにして皆はいりや。小はるもこちへと】いつそこの縄といて、コリヤ〳〵。その縄とくな。括りつけしは子細あり。身次第にして、皆奥へ。それでもお前。ハテ、かまはずと小春。おじやいのと。打連れ立つて奥の間の。影は見ゆれど、括られて。格子手枷にもがけば締り。身は煩悩に繋がる、犬に劣った生き恥を。かく悟極めし血の涙、絞り。泣くこそ不便なれ。

（中略）治兵衛涙を押しぬぐひ。アヽ【大地をたゝいて治兵衛。】あやまつた。〳〵。あやまりました。兄ぢや人。三年先よりあの古狸に見入られ。親子、一門、妻子まで袖になし。身代の手纏れも。小春といふ家尻切りにたらされ、後悔千万。ふつつり心残らねば、【もつとも】足向けもするまじ。【足もふみ込むまじ。】ヤイ狸め、狐め、家尻切りめ。思ひ切つたといふ証拠、これ見よと。肌にかけたる守り二つ。【ふくろ。】月頭に一枚づゝ、取り交したる起請。合せて二十九枚、戻せば恋も情けもない。コリヤ請け取れと、はたと打ちつけ。申し、兄ぢや人。あいつが方の我らが起請。数改め請け取つて。お前【こなた】の方で火にくべてくださりませ。何といふ、スリヤふつつりと思ひ切つたか。微塵も心は残らぬな。ヲヽ、でかした、男ぢや。人中で面恥かかせた孫右衛門。血を分けた兄ぢやと思へばこそ。よう思ひ切つた、嬉しいぞよ。ナニ、小春殿。こちの治兵衛は男でござる。さつぱりと思ひ切りました。今までは小沢山に。よふ書いてやつてくださつた。この起請返します。治兵衛が方から書いてやつたものがあるげな。それをこつちへ返してくだされ。ハテ、今になつて何のうぢ〳〵。サ、早ふ、これか〳〵と、懐へ手を指し込んで守り袋。引出す一通。ハテ、惜しうもないこの紙屑。残らずお返しなされ。と言ひつゝ読む文見てびつくり。【サア兄きへ渡せ。心得やしたと涙ながらなげ出すまもりふくろ。孫右衛門押しひらき。ひいふう三ィよ。十廿九枚かずそろふ。外に一通女のふみこりや何ンじやと。ひらく所を】小春さま参る。紙屋内。ア、これそりや見せられぬ大事の文と。取りつく【を押のけ。あんどうにてうはがき見れば小はる様まいる。紙屋内さんより。よみもはてずさあらぬ顔にてくはいちうし。】手を取り孫右衛門。スリヤこなさん、この状の客へ義理立てて。コレ兄ぢや人。どこの客からきた状ぢや、ちよつと見せて。ハテさて、どこの客から状がこふと。思ひ切つた女郎のこと、わがみのかまふことはない。これ小春殿、最前は侍冥利、今は粉屋の孫右衛門。商ひ冥利、女房子限つて【此文見せず我一人ひけんして。】咄しはせぬ。勤めの中にもそれ程まで、イヤサ真実のないは女郎の常。最前の水くさい詞は。かういふ状がきてあるから。これぢやもの、道理ぢや〳〵。それに心中して死ふとは、いかいあほうではあるはい。思ひ廻せば廻すほど、をかしいやら不便なやら、あまりて涙がこぼれると。笑いに紛らす真実は。口にいはれぬ心の礼。孫右衛門様、必ずその文ほかへ見せてくださりますな。起請ともに火に入れる。コレ誓言【もん】に違ひはない。ア、忝い、それで私が立ちますと、また伏し沈めば。ハア〳〵、何のおのれ【うぬ】が立つの立たぬのとは、人がまし。【是兄じや人】もふかうなるからは片時も【きやつが】面見ともない。サア兄ぢや人、帰りましよ。いかさま、最前からの様子、腹が立たふ。サア、同道しませふ。サア先へ行きや。はい。行きやれ〳〵。といふにしを〳〵立ち出づる。兄ぢや人。どうもここがたまりませぬ。今生の思い出にたつた一つ。あいつが頬をと、走り寄って、ヤイ、赤狸め。おのれ故に頬恥かき。【いざござれ去ながら。此無念口おしさどうもたまらぬ今生の思出。女がつら一ツふむ。ごめんあれと、つゝとよつてじだんだふみ。エ、〳〵しなしたり。】足かけ三年というもの。恋しゆかし、いとしかはいも、今日といふ今日。あいそが尽きた。たつたこの足一本の暇乞ひと。額際をはつたと蹴て。わつと泣き出【し】す男気を。思ひやる程堪えかねて。もう、こりやどうも、いつそ心を打ち明けて。コレ〳〵、蹴られふが叩かれふが。そこをじつと辛抱せずば。この状の客へ義理は立つまい。〳〵がの。小春殿。と孫右衛門に制せられ。ハア。はつとばかりに泣き別れ【兄弟づれ。】帰る。姿もいた〳〵しく後を。見送り声をあげ。嘆く小春も酷らしき、不心中か、心中か。誠の心は女房の。その一筆の奥深く。誰がふみも見ぬ恋の道、別れて。こそは立ち帰る。

（本文引用は、網掛け『心中天の網島』は岩波書店版『近松全集　第十一巻』〔一九八九・8〕、『心中紙屋治兵衛』は浄瑠璃正本より適宜句読点や漢字を当て、私に校訂している。ただし、共に節付等省略）

囲み枠の箇所のみを見ても孫右衛門が『心中紙屋治兵衛』ではよく喋り、また、治兵衛のうろうろとする様子を彷彿とさせる人形の動きが付加された文章であることがわかる。人形の動きに合わせて三人の心理についても、よくわかるように説明がなされている。さらに、治兵衛が小春を蹴り、『心中天の網島』ではそのまま治兵衛・孫右衛門は帰って行くが、『心中紙屋治兵衛』では小春に「もう、こりやどうも、いつそ心を打ち明けて」と、小春の心の揺れを言わせる丁寧な表現となっている。じっと堪えていた辛さに堪えきれなくなって、本当のことを言いたいと思う小春の気持ちを語る聞かせ場を設けている。観客に対して場面を分かり易く聞かせ、見せようとする作者の配慮が目立つ文章と言える。

新たに設けられた「浮瀬の段」も「長町の段」も、太夫や人形遣いの場を作るだけではなく、治兵衛と小春の窮状に至る経緯を観客に見せることによって、二人の行動への共感を得やすくする効果を求めての作意であろう。このように、作者の工夫が、演じる側への配慮だけでなく、観客への配慮にもよると窺え、観客に分かり易い芝居作りに向けられていたのが、改作に対する時代の趨勢であったと知る。

六　おわりに

既述のような浄瑠璃界の技芸の変化を受けて、改作浄瑠璃に近松作が多く利用されたのは、「作者の氏神」と称せられた近松の作が尊重されたことや、語りなれた浄瑠璃への太夫の要請などが根底にはあったと考えられるが、(7)近松の作が緊密に構成されていればいるほど、新たな筋を持ち込むことは、不均衡な浄瑠璃を作ることとなる。しかし、逆に近松の世話浄瑠璃の筋の運びが整っていればいるほど、横筋が本筋とは離れても縦筋は崩れないため、演者の努力もあるがその場面が観劇に堪え、命脈を保ってきたのではなかろうか。その効果を考えれば、近松の作品だからこそ改作することができたとも言えよう。

『浄瑠璃文句評註難波土産』(8)が、

近比ある人の説にあやつりを見やうならば今のしばゐにしくはなく、本を読てたのしむには中古近松が作にしくはなしといはれしがごとく、迚も文句のうへでは今時は人のなぐさみになる程の事なければ、太夫衆の音曲とあやつりの色どりにて評判をたのむも一手だてといふべきか。しかれば場所により趣向もさらりが勝なるべし。（巻二）

と記したのは元文三年（一七三八）で、三大浄瑠璃と称される『菅原』（延享三年〈一七四六〉）、『千本桜』（延享四年〈一七四七〉）、『忠臣蔵』（寛延元年〈一七四八〉）上演以前に既に太夫・人形遣いの活躍の場を作り、「さらり」とわかりやすい趣向が求められていたのである。しかし、全盛期を過ぎたその後の浄瑠璃界については、浄瑠璃作者福松藤助の『浪華日記行』(7)において、

道頓堀なる竹本の。芝居に罷り侍りしに。お染久松歌祭文。作文数度の煎しかへ。味ひもぬけて古めかしく。太夫に声なし節もなし。漸三の切迄見。油屋の段跡にして。すこ〳〵宿へ立帰りぬ。

（安永九年十月廿四日）

と書かれるような状況であり、同日記行には近松半二との次のような会話も載せている。

半二徐に語て曰。一向太夫に太夫なく。返て素人に名人あり。されば作文無益となりぬ。

（安永九年十月廿六日）

当時の代表的な作者をしてこのようなことを言わせる状況では、新作を期待することは難しく、過去の評判を借りて、語りなれた作を利用した改作という方向に流れていくのもやむ得ないことであったのであろう。

【注】

（1）若月保治「近松物の改作理由と状況」（『近松人形浄瑠璃の研究』第一書房、一九三四・6）。
土田衞「近松浄瑠璃の改作物」（『国文学　解釈と鑑賞』一九六五・3）。

松井今朝子「継承と改作」（『講座元禄の文学4　元禄文学の開花Ⅲ』勉誠社、一九九三・3）。

（2）時松孝文「『冥土の飛脚』演出試行―「時雨」と「笠」の作意―」（『歌舞伎　研究と批評』14号、一九九四・12、『近松の三百年』近松研究所発行、一九九九・6）に再録。

（3）新編日本古典文学全集『近松門左衛門集②』拙稿解説（一九九八・5）。本書五十三・四頁参照。

（4）園田民雄著『浄瑠璃作者の研究』「第七章　菅専助　二　改作物のもつ意義」（東京堂、一九四四・2）。

（5）この二作の「義理」の描き方の相違については、白方勝「『冥途の飛脚』及びその改作について」（『愛媛国文研究』第8号、一九五九・2）。

（6）園田民雄著『浄瑠璃作者の研究』「第六章　近松半二」（東京堂、一九四四・2）。
若月保治「近松物の改作理由と状況」（『近松人形浄瑠璃の研究』第一書房、一九三四・6）。

広末保「「心中天網島」と「時雨の炬燵」」（『元禄文学研究［増補版］』東京大学出版会、一九五五・1）。

河島みち代「心中天網島にみる改作の実態とその必要性」（『玉藻』第九号、フェリス女学院大学国文学会、一九七二・12）。

（7）「貫嵐翁　浪華日記行」に、豊竹島太夫を訪ねた浄瑠璃作者福松藤助に島太夫は「趣向山崎与次兵衛にて。新作一部たべかし」（安永九年十月廿日）と、「山崎与次兵衛」の改作を求めている。同日記は小島吉雄解説・翻刻「貫嵐翁　浪華日記行」（『語文』第八輯・九輯、大阪大学国語国文学会編、一九五三・3、7）による。

（8）原本より引用するが、句読点・濁点は私につけている。

近松門左衛門と『世界』

「世界」について

それでは「近松門左衛門と『世界』」ということで少しお話しさせていただきたいと思います。

ここで演題として掲げています「世界」ということにつきましては、今の国際化とかいう意味での世界とは少し意味が違っておりまして、歌舞伎や浄瑠璃の戯曲用語として使われております「世界」です。たとえば最近〔一九九四〕の新聞を見ますと映画の広告が出ておりますが、『忠臣蔵外伝　四谷怪談』というので、あれは「四谷怪談」が「忠臣蔵の世界」（忠臣蔵事件に関わる話として仕組まれている）であるということを表わしております。

「世界」というのは「戯曲の背景となる時代や事件及び人物像の基本的な枠組み」というふうに説明することができます。今日お話しする「世界」はそういったものですが、たとえば、ここには翻刻されたものを持ってきておりますが、『世界綱目』[1]という本が写本（寛政三年〈一七九一〉以前成立）で、国立国会図書館に一冊残っております。この本の中には、いろいろな「世界」が掲げられていますが、たとえば「歌舞妓時代狂言世界之部」という部には「日本武尊」から始まって「四天王」、あるいは「歌舞妓世話狂言世界之部」と書いて、「一代男（好色一代男）」、あるいは「曾根崎（心中）」とか、そういった芝居になっております話の枠組みといいますか、そういうものがいろいろと挙げられております。

こういう「世界」の名称を掲げて、さらにそのあとには登場人物、その芝居の中に登場する人物の名前でありますが、それとその参考となるための歴史書とか軍書、そうした書名を並べておりまして、さらにそういう世界を扱った義太夫狂言の曲名を列挙しているわけであります。そういった『世界綱目』と言われる本が国立国会図書館に残っているわけでありますが、その『世界綱目』は、歌舞伎作者が新たな作品、つまり、芝居を作る時に、必要な本として手元に置いていたとみえまして、本の識語には歌舞伎作者の何人かの人たちが自分のために一冊写し持っていたということが書かれているような本であります。ですから、「世界」というのは、いま申しましたように、戯曲を作る上で基本的な時代や事件及び人物像、そういうものの枠組みを決めるものになります。

ただし、同じ「世界」を持った芝居がいろいろと上演されていきますと、その上演の経緯の中で、より積極的な意味が付加されて、登場人物の役名とか善悪といった性格、そして人物間の人間関係、それをも決めるものとなっていくわけであります。ですから、たとえばもう少し「世界」というものの意味合いが強くなっていきますと、『戯財録』（入我亭我入著、享和元年〈一八〇一〉成立）という、やはり歌舞伎の作者式法、すなわち歌舞伎の作り方を著した本がありますが、その中では「竪筋は世界、横筋は趣向に成」という、戯曲の竪筋を決めるというものにまで意味が拡大されて使われたりしているわけであります。そういう意味では、この「世界」というものは、芝居を作るにあたって非常に重要視されたものであるということが言えると思います。

いま『世界綱目』を参考にしまして、『世界綱目』にはいろいろな「世界」というものが挙げられているわけでありますが、その挙げられている世界の名目を利用いたしまして、たとえば近松門左衛門の時代浄瑠璃七十一点――七十一点というふうにしましたのは、岩波書店版の『近松全集』が出ておりますが、その『近松全集』に入れられております近松の時代浄瑠璃のうち、近松作と確定されているものが七十一点あるわけでありますが（存疑作も全集の中には入れていますので、それは省きまして）――その七十一点を近松浄瑠璃の「世界」として私の感覚で分けてみますと、曾我物が十点、源平軍物が八点、義経記物が七点、四天王物が四点、太平記物が四点、東山物といいましょうか、いま『花の乱』というNHKの大河ドラマをやっておりますが、ああいう東山の時代を扱った軍記としては『後太平記』というものがございますが、その後太平記物が四点、そのほかは二点のものがあと二つほどありまして、あとはほとんど一点ずつということでありま す。

近松の七十一点の時代浄瑠璃のうち、今「〜物」と挙げましたので合計三十七点ございますが、それ以外のいわば三十四点につきましては、ほとんど「世界」の枠組みの中で考えていきますと、一作一作違うということでありまして、近松の題材の豊富さというものをむしろ感じさせる結果を示してくれております。

曾我物の「世界」

この近松と「世界」との関係に触れた論文に、いま早稲田大学の先生でおられる内山美樹子氏の「近松のドラマトゥルギー」（『国文学　解釈と教材の研究』一九七一・9）という論文がございます。そこで内山さんはどのように「世界」というものと近松との関係を述べておられるかということで、一度読ませていただきますと、こういうふうに言っておられます。近松著作の浄瑠璃の確定作として第一作に挙げられますのが『世継曾我』という作品ですが、この『世継曾我』について内山さんは、

（前略）「世継曾我」は題名が示す通り、曾我兄弟が本懐を遂げて世を去った後、兄弟の愛人虎少将が、曾我の世継、十郎の遺児祐若をもりたてる物語である。「曾我物語」でありながら、ここでは十郎五郎すら、もはや過去の人物であり、中世以来の「曾我物語」はいわば劇の背景的な位置に後退し、代って近世の町人がつくり出した遊女としての虎少将が、主人公となって活躍する。このことは「世継曾我」が、「曾我物語」を、近世戯曲語でいうところの「世界」として、つまり筋立ての外郭として活用しながら、中心部分は「曾我物語」の説話に縛られぬ、近世の現代劇に近いものを展開していることを意味する。（中略）

近松は「世継曾我」において、筋立ての外郭となる中世以来の説話を「世界」として後退させ、戯曲の主要部分は説話の既成の筋立てから解放された、近世的な人物を主人公として、自由に筋を展開するという方法を打ち出したが、しかし、この方法がさらに徹底して行なわれ、一種の形式をつくり出すに至るのは、やはり一方に「世界」の枠をもたぬ、生（なま）の現代劇＝世話物が生じて以後、世話物と対照される時代物において、であった。

というふうに書かれているわけであります。

つまり『世継曾我』という作品は、『曾我物語』の後日譚といいましょうか、曾我兄弟が親の敵工藤祐経を討ったあと、兄の十郎は討ち入りの夜に新田四郎に討たれ、弟の五郎は捕まって翌朝頼朝の命によって首が討たれるわけでありますが、そのあとの話を近松が創作して作っていっているわけであります。それだけに近松としても、『世継曾我』を作るにあたっては、『曾我物語』から外れて、ある意味では自由にいろいろなことを構想していくことができるわけですが、近松はむしろその第一段目のところ（頼朝の眼前に五郎が引き出され、糾問される場面）や、あるいは三段目に「十番斬」の景事などを入れて、曾我の「世界」であるということはきちんと守っているわけであります。しかしその筋の展開は、ここで内山さんがおっしゃっておられるように、虎・少将という、虎というのは兄十郎の恋人、少将というのは化粧坂（けわいざか）の遊女でありまして、弟五郎の恋人でありますが、その虎・少将という人物を近世的な遊女、江戸時代の遊女として描いて、そして十郎・五郎の恋人として描いている。そういうところに、『世継曾我』が『曾我物語』と離れた、内容だけではなくて、出てくる人物そのものも離れた、現代劇に近いものが展開していくということになります。後日譚ですから『曾我物語』を構想するにあたって、近松はいろいろな自由な発想を持ち出すことができたわけでありますし、そこに当代的な人物像というものを登場させることもできたわけであります。

ですから、ここで内山さんが言っておられるように、『曾我物語』と『世継曾我』という近松の作品との関係はと言えば、『曾我物語』は筋立ての外郭というか、外枠でしかないわけであります。ただ、そのように規定いたしますと、それなら何も『世継曾我』だけに限らず、ほかの作者の作品、あるいは近松が『平家物語』や『太平記』を題材に扱った浄瑠璃についても同じようなことは言えるわけであります。ですから、わざわざ内山さんがこのようにおっしゃっておられる発言の裏には、実は『曾我物語』を非常に忠実になぞった古浄瑠璃に『曾我物語』の連続物があるわけでありますが、それをある程度意識されておられるのだろうと思われます。

と申しますのは、『曾我物語』と古浄瑠璃『曾我物語』との関係につきましては、倫理学者でもある和辻哲郎という方が、「浄瑠璃発展史上における近松の『世継曾我』の意義」（『日本芸術史研究　歌舞伎と操浄瑠璃』、岩波書店、一九五五・3）という論文の中で、古浄瑠璃『曾我物語』と『世継曾我』との間にある差異というものをかなり述べておられるわけであります。あるいは高野正巳という方に、「近松曾我物考」（『国語と国文学』、一九三三・4、後に『近世演劇の研究』所収、東京堂、一九四二）という、『曾我物語』をもとにした近松の曾我物についての詳細な研究があります。そういうことがありますので、それを頭に一応置いて内山さんの発言というものがあるわけであります。

それに、『曾我物語』がそういう「世界」ということとの関わりをそれだけ強く言える理由はまた別にきちんとあるわけでして、それを資料として付しております、近松の曾我物——歌舞伎は除きましたが——の「主要登場人物一覧㈠」であります。近松は『世継曾我』以降、『曾我物語』に依拠した浄瑠璃として『大磯虎稚物語』『曾我七以呂波』『曾我五人兄弟』『団扇曾我』——これは『百日曾我』との問題がありますが、一応『団扇曾我』のほうを挙げておきます——『本領曾我』『加増曾我』『曾我扇八景』『曾我虎が磨』『曾我会稽山』という、『世継曾我』を入れますと十点書いておりまして、『曾我会稽山』を除けば大体元禄から宝永期、特に元禄期に集中して曾我物を書いているわけでございます。

この「主要登場人物一覧㈠」をご覧いただきますと、たとえば○印をずっと付けておりますのは、上に出た名前がそれぞれの作品に登場しているということであります。そうしますと、虎・少将とか、『世継曾我』

の十郎というのは名前だけしか出てこないわけでありますが、十郎、五郎とか、案外兄弟の母というのがずっと作品に登場してきているわけでございます。それから鬼王、団三郎という曾我兄弟の郎党、また、工藤祐経は『曾我七以呂波』から登場してくるわけであります。それから案外源頼朝が出てくるわけでございますが、こういった曾我物の中のレギュラーメンバーといいましょうか、そういう人たちがいます。それと朝比奈三郎が六回出ております。それに曾我兄弟の姉に当たります二宮の姉が五回、弟に当たります禅師坊とか畠山重忠が四回ほど出ておりますが、そういう準レギュラーといった登場人物が見られるわけであります。

この一覧表は左に上演年次を書いてありますが、上演順に並べておりますので、新たに登場した人物はその横に名前が挙がっていくという形にしております。そうしますと、これまでの作品に出なかった人物がこの作品では新たにこれだけ出てきたというわけで、やはりだんだん名前が減っていっております。そういうことから、一覧表で見ますと新しく加わった人物が絡んで、いわば『曾我物語』の竪筋に対して横筋、趣向の部分を横筋と言ったりしますが、いろいろな話が膨らまされていくのがわかります。具体的には曾我兄弟の敵討ちそのものよりも外伝的な部分の事件が加えられて、つまり趣向の部分が広がっていく様子が、内容をいちいち話していますと時間的なこともありますので申し上げませんが、ある程度この人物の動きから想像していただけるかと思うわけであります。そして新しく登場した人物も以後の作品に利用されていく、そういう経過が見ていただけるかと思います。

ですから『世継曾我』の「世界」というものを指摘された内山さんにとっても、こうした近松の曾我物の展開というものがあって、やはり述べられていることだと思われます。それは先ほど申しましたように、近松の曾我物の展開については高野正巳氏に詳細な研究もございましたし、その中で高野さん自身も、『曾我物語』からだんだん外れていく近松の曾我浄瑠璃が、ことの重複を避けて趣向に陥っていくさまを述べておられまして、『曾我物語』の原文の面影を失っていっていると言っておられます。

また、鳥越文蔵氏は『近松門左衛門　虚実の慰み』（新典社、一九八九・3）という本の中で、やはり近松の曾我物の変遷を扱われて、特に兄弟の母の扱われ方に注目されているということもございまして、近松が作り出した曾我という「世界」は、こういう作品というか、浄瑠璃がいろいろと上演される、その積み重ねの歴史の中でやはり一つの「世界」を創造していっているのだということは、ある程度認めていいことだろうと思うわけです。しかし、曾我物以外でもこうした傾向が見られるかというと少し様子が違うというので、曾我物以外の作品として一応太平記物についても見てみようということであります。それが資料「主要登場人物一覧(二)」の上の部分に示したものでございます。

『太平記』の「世界」と近松

曾我物と同じように、『太平記』を「世界」とした作品として『本朝用文章』『兼好法師物見車』『碁盤太平記』『吉野都女楠』『相撲入道千疋犬』、この五点の作品を挙げておりますが、ただし、『碁盤太平記』につきましては、これは赤穂浪士の討ち入りの事件を扱ったということで、作られた事情が違いますので、この際この話の中では入れないほうが適当かとは思いますが、一応「太平記」という名前を使っており、内題に、「兼好法師あとをひ」と『兼好法師物見車』の続編のように見せていますので、そこに入れておきましたが、二作の関係を見ますと、登場人物は高師直が出てくるだけで、いわば人物に重なりはないわけであります。『碁盤太平記』は外して考えていきます。

その前に、一応それぞれの作品が『太平記』とどのように関わっているのかということを考えてみますと、『本朝用文章』が『太平記』巻二の「長崎新左衛門ノ尉意見事付阿新殿事」、これは謡曲『檀風』にもありますが、謡曲『檀風』からもとられております。阿新丸（くまわか）のことです。それから『兼好法師物見車』は『太平記』巻二十一の「塩冶判官讒死事」。『吉野都女楠』というのは『太平記』巻十六の「正成下向二兵庫一事」「正成兄弟討死事」「小山田太郎高家刈二青麦一事」「正成首送二故郷一事」。『相撲入道千疋犬』は『太平記』巻五の「相撲入道弄二田楽一并闘犬事」、巻十の「安東入道自害事付漢王陵事」巻十一の「五大院右衛門宗繁賺二相撲太郎一事」というわけで、それぞれにもとになった『太平記』の巻と章の名前を表に挙げておりますが、これを見ますと、『太平記』との関連はこのような巻・章名で指摘はできるわけですが、ただしその利用の仕方というのはずいぶん違っているわけであります。

『本朝用文章』	
『太平記』巻二	「長崎新左衛門ノ尉意見事付阿新殿事」
（謡曲『檀風』）	
『兼好法師物見車』	
『太平記』巻二十一	「塩冶判官讒死事」
『吉野都女楠』	

『太平記』巻十六　「正成下向㆓兵庫㆒事」
〃　「正成兄弟討死事」
〃　「小山田太郎高家刈㆓青麦㆒事」
〃　「正成首送㆓故郷㆒事」

『相摸入道千疋犬』
『太平記』巻五　「相摸入道弄㆓田楽㆒并闘犬事」
『太平記』巻十　「安東入道自害事付漢王陵事」
『太平記』巻十一　「五大院右衛門宗繁賺㆓相摸太郎㆒事」

『本朝用文章』については『太平記』の「阿新殿事」という挿話が第三の竪筋といいましょうか、第三の話の中にそのまま入れられております。これは日野資朝の子阿新丸が佐渡に流された父親に会いに行く。本間入道に父親に会うことを求めるわけでありますが、しかし流罪人で、しかも首を斬られる者に会わせることはできないということで、会えないまま父の斬首がされるわけであります。それで、そのあと阿新丸は父の首を斬った本間三郎、『本朝用文章』では本間山城入道というふうに変えられておりますが、本間三郎を討って、佐渡から山伏の行力に助けられながら脱出する、そういう話が「阿新殿事」でありますが、それがほぼ第三にそのまま入れられて利用されています。第三というのは浄瑠璃の第三段でありますが、それ以外は『太平記』と関わりのない筋立てを作っていっております。

『兼好法師物見車』というのは「塩冶判官讒死事」を入れ込んでおりますが、これはちょっと上演の上でもいろいろ問題のある作品であります。その「塩冶判官讒死事」を竪筋に入れて、そして加賀掾の『つれ〴〵草』という作品がありますが、それを一ひねりしたような形でその中に加え込んでいくという作品であります。この場合も『太平記』の話が外郭としてかなりしっかりはめられていると言っていいものだと思います。

『吉野都女楠』になりますと、これは表に示しましたように、『太平記』の巻十六の幾つかの話を採り込んでいっているわけです。楠木正成の討ち死に、そしてその前の正行との別れ、あるいは新田義貞と小山田高家との話、そういった『太平記』の巻十六に並べられております話をうまく取り合わせながら、『太平記』の一こまを浄瑠璃化した、もちろん勾当内侍とか高家の女房の情深い場面とかがありますが、『太平記』の一こまを浄瑠璃化したとも言える作品にでき上がっております。そのために、この『吉野都女楠』については、白方勝さんのこの作品に対する評価を挙げておきますと、「『吉野都女楠』は新田義貞と小山田高則（「高則」と本には書いてありますが、「高家」の間違いだと思います）を合わせた筋となっているが、『太平記』一つに拠った件である。宝永期の過剰な趣向を脱して、「世界」という概念が意識されてきたと見てよいのではないか。」（『元禄文学の開花Ⅲ』、勉誠社、一九九三・3）と、そういう評価が与えられるほど『太平記』ときっちりと結びついた作品になっているわけであります。

そういう作品もあれば、『相撲入道千疋犬』のように一応『太平記』との関係は巻五、巻十、巻十一の三つの指摘はされますが、実際のところ内容が『太平記』のこうした話と結びついているかというと、そういうところはほとんど見られないわけであります。これはすでにいろいろ指摘されていますように、この『相撲入道千疋犬』というのは、徳川の五代将軍綱吉、例の犬公方の生類憐れみの令に対する批判を組み込んだ作としていろいろと論じられているわけであります。だから、そういういわば時事的なものを、ただ『太平記』の闘犬が好きであった相撲入道という人物をうまく借りてきて入れ込んだということだけでございますので、『太平記』の「世界」というのはまさに借り物でしかないというふうなものであります。

そうすると、『曾我物語』の利用と違いまして『太平記』の利用につきましては、いま簡単に申し上げたように、『太平記』が持つ史的世界や挿話に基づいて作品の背景や人物像を作りはするのですが、その程度についていては、その筋といいましょうか、内容にまで深く関わってくるものと、本当に外枠のみで単に借り物的にそういうものを持ち出したにすぎないというものとあることが知られます。ですから、『太平記』にいま言われている「世界」という概念を当てはめて近松の作品を捉えようとする場合に、その概念にかなりの幅を与えなければうまく説明できないということになってきます。逆にいえば、『太平記』自体の話の広さといいましょうか、そういうことが原因でもありますが、近松にとっては幅広く利用できる『太平記』を一つの「世界」といった捉え方では見ていなかったように思われます。(2)

加えて『太平記』に限らず、曾我、源平戦、義経記等、近松の作品が、そういう元の軍書とかいうものだけによらず、そこから生じてきている幸若舞曲とか、謡曲とか、そういうものを種々利用しながら浄瑠璃を作っていっているわけでありますから、それだけを「世界」と考えること自体あまりにも狭い考え方ということにもなってくるわけであります。

近松と「世界」

近松のそういう作品の背景に「世界」という概念を考えること自体も、大体この「世界」という概念は近松以後の芝居の中で作られてきたものでありますから、近松がそのような形で「世界」というものを把握していたということ自体無理なことなのであります。ただ、問題は、近松がこうした『太平記』なら『太平記』、『曾我物語』なら『曾我物語』を利用する場合に、それらの題材が描いている時代や世相をどのように受け入れようとしていたかということであります。なぜ、このようなことを言うかと申しますと、この外枠の「世界」を一つの秩序をもたらすものと見る考え方があって、作品の竪筋をもそういう「世界」が規定していくのだというふうな捉え方で近松の浄瑠璃を分析しようとする考え方がわりあい広く行われているからであります。

そこで、そういった『太平記』なら『太平記』、『曾我物語』なら『曾我物語』が描いている時代や世相というものをどのように受け入れようとしていたか、そういう一つのものを考える材料として、さらに『津国女夫池』という作品が近松にございますが、享保六年二月に上演されたものであります。それと『津国女夫池』の背景となっております『後太平記』というやはり軍記物がございますが、その『後太平記』との関係から考えてみようと思うわけであります。

近松が『後太平記』を見ていたことは間違いないわけでありまして、『後太平記』というのは延宝五（一六七七）年に刊行されております。ですから当然近松は充分見られる時間があるわけであります。その見ていたことをまず証明するために、『百合若大臣野守鏡』という近松の作品、宝永七年正月に上演されたもの

百合若大臣野寺鏡　第一

（宝永七年〈一七一〇〉正月）

いくさはたがひにふないくさと覚えたり。せんぢんにりんばう船をたてならべ。水はじきをた丶へ敵の火矢をふせがせ。射手船には一まいだてつきたて〳〵武者ばしりをたかくあげ。ふないかだを二ぎやうにつらねめくらぶねに竹たばつけ。かひかねならしせめつゞみ水底をとゞろかし。鳥船に風きらせかけ引じざいにこぎまはし。敵小船と見るならばなげ鏡。なげぼこ。なげかぎをうちかけ。〳〵乗しづめてうつべし。大船と見るならばどうづきぶねをおしかけ。てきせんを打くだき。たゞよふ所をくま手にかけ。うけ切さげ切みなごろし。

『近松全集』第七巻（岩波書店、一九八七）

後太平記（延宝五年〈一六七七〉刊）

巻四十一　難波船軍之事付城中粮被ㇾ籠メ事

村上一手の兵船は、前に輪舫六艘を備へ、急輪の水弾、火生輪、鳥船の発風、次に射手船五十余艘、皆一枚楯を並べ、玉箭琢磨の射手を進め、次に太国火箭、洛鏃箭、飛槍、火鞠、火桶、抛鍵、抛鉾、抛炮碌、抛刺手武黎、次第に備へたり、折節南風烈しく吹尽せば、是ぞ天心の助なりと龍粧に進んで、前に船筏二行に進め、火焼楯を積み上げたり、是は敵船の石火矢を防ぎ留め、風上より焼沈むべき術とこそは見えにけれ、諸船順風の帆掛なれば、漫々たる滄海忽ち銀浪を翻し、艣櫂棹歌の声は、波に調べて水底を轟し、形勢夥しくぞ見えにける、扨搦手は浦兵部ノ丞、前にも盲船、竹囲板、嚢鉄、罟網、各炮碌、吹筒、投玉の役船を進め、後に火箭弓鉄砲を備へ雁行に蒐つて、変じて敵船を囲まんとす、左右鼓貝を調べ、急攻の列を争ふと云へ共、搦手の兵船は磯に添うて巽に向（中　略）の炮碌抛げて働け共、盲囲の船なれば、飛んで海中に零入り剰さへ己が船に取零し、浪の烟と焼き立てける、茲に備後ノ国の住人有地民部ノ少輔元盛、其日将軍義昭卿の軍使に来り、吾も村上が一族なれば能くも来り逢ふ物哉と、小畑が船に推し寄せ、藻切を以て碇の綱を切り払ひ、動突船を推蒐け大船の船腹に隠れ、船底を砕けば、船忽ち沈んで漂ふ処へ、亦炮碌、火箭を抛掛け、水火を以て攻め動す、沼野、間鍋、尼崎、千変に防ぎ戦ふと雖も、村上弾正景広に戦ひ負け、討たる丶者千余人、其外水夫梶取浪に浮んで漂游げば、熊手に掛けて引上げ、浮切に斬り、或は船端に掛けて首を刎ね（後略）

『物語日本史大系』（早稲田大学出版部、一九二八）所収本

でありますが、それと『後太平記』の巻第四十一の部分でありますが、「難波船軍之事付城中粮被レ籠事」という部分を上・下に挙げております。『百合若大臣野守鏡』の第一のこの場面は、百合若大臣が朝廷に呼ばれまして、そして、蒙古・高句麗が攻めてくる、そこで百合若に討手を命じるわけであります。敵と船戦になった時に、百合若は相手をどのように討伐するかというところを挙げておりますが、これは下の「難波船軍之事」のところの、たとえば一行目のところを見てみますと、「村上一手の兵船は、前に輪舫（リンバウ）六艘を備へ、急輪（キウリン）の水弾（ミヅハジキ）、火生輪（クワシヤウリン）、鳥船（テウセン）の発風（ハツプウ）、次に射手船（イテブネ）五十余艘、皆一枚楯（マイタテ）を並べ…」というわけです。その次の行（三行目）の中程に、「飛槍（ヒサウ）」とか、「抛鍵（ナゲカギ）、抛鉾（ナゲホコ）」、さらに一行飛びまして上のほうに「船筏（フナイカダ）二行（ギヤウ）に進め」とあります。それから三行飛びますと、「盲船（メクラブネ）、竹囲板（チクヰバン）」、それから次行下よりに「左右鼓貝（コカヒ）を調べ」、それから次の中略のある箇所から三行目の下のところに、「藻切（モキリ）を以て碇（イカリ）の綱（ツナ）を切り払ひ、動突船（ドウツキブネ）を推蒐（オシカ）け大船の船腹に隠（カク）れ、船底（フナゾコ）を砕（クダ）けば、船忽ち沈んで漂（タマヨ）ふ処へ」とあって、あとの後ろの二行の中程に行きますと、「浪に浮んで漂游（タマヨヒオヨ）げば、熊手に掛けて引上げ、浮切（ウケギリ）に斬り、或は船端（フナバタ）に掛けて首を刎（ハ）ね」というふうに、つまりこの部分からうまく文章を採りながら、『百合若大臣野守鏡』第一の船戦の様子を近松は描いているわけであります。ですから、近松が『後太平記』を横に置いていたというようなことはほぼ間違いないだろうと思うわけであります。

この『後太平記』を横に置いていたわけですが、『津国女夫池』自体も、内題の角書、つまり題の上のほうに二行にわたって「後太平記 四十八巻目 津国女夫池」と近松は『後太平記』の名を出しています。ただ、四十八巻目と書いている出所がよくわからないわけであります。『太平記』が巻数四十巻でありまして、『後太平記』は四十二巻であります。目録を入れますと冊数としては四十三冊あるわけですが、四十二巻までしかないわけであります。そうしますと、「四十八巻目」というのは一体何を意味するのか。

たとえばそれについてどなたも何も言っていないということではなくて、諏訪春雄さんは『近世芸能史論』（笠間書院、一九八五・10）で、番外、または付録の意味だろうと言っておられますが、そういうことかもわかりませんが、私自身は、仮に考えるならば、『源平盛衰記』というのは四十八巻まであるわけです。この四十八巻あるというのは『源平盛衰記』だけでありまして、『源平盛衰記』はご承知のように『平家物語』の一種の異本と考えられています。『平家物語』は十二巻ですが、それに別巻として灌頂巻があります。その灌頂巻に当たるのが『源平盛衰記』の四十八巻目でありまして、その『源平盛衰記』の四十八巻目灌頂巻というのは、『平家物語』の終幕、つまり最後を言っているわけです。

『津国女夫池』の最後というのは、足利幕府最後の将軍足利義昭が兄の義輝を討った三好長慶を討ってめでたしめでたしで終わるわけでありますが、やはり、足利家の最後を扱っています。『後太平記』自身は、「足利幕府の行く末もただこれまでならん」「ただ、これ足利の御世もこれまでならん」というふうに足利の御世がもうこれで終わるであろうということで、最後を終えているわけであります。ですから四十八巻目というのは一つの終幕といいますか、最後を意味するところもあるのだろうと思っていますが、話はちょっと横へそれましたが、この『津国女夫池』に近松自身が「後太平記四十八巻目」というふうに断っているわけでありますから、『後太平記』を受けての話と考えていいわけであります。

ところが、『後太平記』自体もかなり虚構も多いと思われますが、『後太平記』を一応史書である軍書の一つとして見まして、『後太平記』の史実をちゃんと受けているかと申しますと、非常に近松自身も都合のいい利用の仕方をしております。その例として挙げましたのが、『津国女夫池』の第一の部分と『後太平記』

のそのもとになっております左頁の「元亀年号改元之事付二頭之亀出ヅル事」であります。

『津国女夫池』第一のこの部分は、足利幕府の室町御所の場で、時の将軍足利義輝の御台所が懐妊するわけであります。そしてその腹帯を付けるご着帯のご祝儀が行われるというので諸大名が出仕しているわけでありますが、そのところへふいに勅使がやってこられると伝えられて、一同が居並んで待っております。いよいよ勅使が到着するというので、将軍も御座を下がって勅使を迎えなければいけないというので、敵役に当たっております三好国長（三好長慶の子供）が御簾をひきのけると、将軍義輝公がおられずに弟の義昭公が代わって座っている。みなあきれ驚くところに勅使が、一身両頭の亀が出現したので武家方に吉凶についての意見を聞きたいと、勅命を伝える場面があります。

一身両頭の亀、つまり頭が二つある。最近現に和歌山のほうで出ています。新聞の記事（一九九四・9・23付、毎日新聞朝刊）を切り抜きしておきましたが、ここ一ヶ月もならないぐらい前に、和歌山から一身両頭の亀が出たということで驚いたのですが、これはちょっと余談であります。

その一身両頭の亀が出現したので、武家方の吉凶について意見を聞きたいと勅使が来るわけです。その一身両頭の亀について勅使が述べているところが左の対照表の上の部分でありまして、これはその下に挙げております『後太平記』の部分からきているわけであります。

本文に入りまして五行目下方、「昔伏羲(フクキ)の世に神亀(シンキ)龍馬(リウメ)現じ、河図(カト)を得たり、」と書いてあります。これはもともと『十八史略』などにある言葉であります。「是より国興(オコ)る哉(カヤ)、吾朝にも和銅(ワドウ)八年乙卯に白亀(ハクキ)出で、元正皇帝即位在(マシマ)し、慶賀(ケイガ)新に行はれ、霊亀(レイキ)元年に改め給ふ、養老(ヤウラウ)七年癸亥に、紀(キ)の朝臣(アソン)白亀を献ず、明年聖武皇帝即位在(マシマ)し、神亀(シンキ)元年に改元す、」ともあります。

後太平記四十八巻目 津国女夫池　第一

（享保六年〈一七二一〉二月）

此度江州堅田の漁人。一身両頭の亀を釣得て朝庭に捧奉る。古の伏羲氏の天下に王たる時。神亀龍馬出現せしより。唐土にも其例多く。我朝には元正天皇。聖武皇帝即位のとし。又応永明応年中ふしぎの亀の出現以上六か度。年号を霊亀神亀と改元迄有しかど。両頭の出たるは異国本朝其例なし。菅家清家安倍卜部の勘文。善悪の理分明ならず。武家の評義たるべしとの勅諚。亀を一覧し吉凶つゝまず勅答あれと述給へば。

藤孝立寄おりをひらけば実誠。一体に二ッの頭飼を諍ひ喰あふ有様。命々鳥の類かや義昭を始三好浅川よこ手を打。公家の御さたに及ぬ事不学短才のあら武士。善悪の評定恐 有と難渋してこそ見えにけれ

『近松全集』第十二巻（岩波書店、一九九〇）

後太平記

巻四十一　元亀年号改元之事付二頭之亀出ヅル事　（延宝五年〈一六七七〉刊）

前の永禄年号に天下大に乱れ、剰さへ光源院殿三好が為に討たれさせ給ひて、忌々しき年号なりとて、急ぎ元亀に改元し給ひける、然れ共九夷曽て謐らず、益々世の危き事薄氷に立つが如し、今は亦元亀年号をも改元あるべき由、織田信長達て諫議に及びしか共、将軍御許容御坐しまさず、然れば古より亀の字を用ふる年号は、霊亀出現せざりし程は、此字を置かれたる例未だ聞かず、昔伏羲の世に神亀龍馬現じ、河図を得たり、是より国興る哉、吾朝にも和銅八年乙卯に白亀出で、元正皇帝即位在し、慶賀新に行はれ、霊亀元年に改め給ふ、養老七年癸亥に、紀の朝臣白亀を献ず、明年聖武皇帝即位在し、神亀元年に改元す、天平元年己巳霊亀現じて、甲背に天王貴平知百年の字を顕す、同三年竹生島大明神現じ給ふ、皆是れ国興るや神明先づ現るゝ処也、亦去る応永二十七年に、河内ノ国より緑毛の亀を献む、然れ共万歳を経たる緑毛は却つて命短しと議せられて、是をば捨てられける、凡そ日本は神国にして霊験世々に新也、如何様元亀年号には、奇瑞なくては叶ふまじと万民囁く処に、不思議なる哉、近江ノ国より一身二頭の亀を献上す、将軍愕き給ひ、古へより斯る二頭の亀世に出現の事未だ聞かず、是れ吉瑞か不祥かと疑議し給ひ、急ぎ陰陽博士を召され、其吉凶を問はせ給へば、博士の曰く、是れ天下大変の符瑞、蓍筮を動さずして、亀兆とは是れ也、古へ人皇の初めより以来例なし、元亀年号に改め給ひし、天道の御告疑ひなく候、凡そ亀に十亀あり、神亀、霊亀、摂亀、宝亀、文亀、筮亀、山亀、沢亀、水亀、火亀是れ也、今二頭の亀出現せし事何ぞや、天下二頭の主将出来て、大乱の萌疑ひなく候、能く〳〵御慎みあるべき所也、昔久遠劫の時、雪山の中に一身二頭の鳥有り、一の頭をば迦嘍茶と云ひ、一の頭をば優波迦嘍茶と号く、或時両頭眠りける時、迦嘍茶が眠寤めたる折節、薬樹摩頭迦の花風吹散し飛び来る、迦嘍茶喜び是を食す、優波迦嘍茶眠覚め、甚だ恨憤り、或る時毒樹の下に睡り、（後略）

『物語日本史大系』（早稲田大学出版部、一九二八）所収本

下段の本文十三行目、「近江ノ国より一身二頭（トウ）の亀を献上す、将軍愕（オドロ）き給ひ、古へより斯る二頭の亀世に出現の事未だ聞かず、是れ吉瑞（キチズヰ）か不祥（フシヤウ）かと疑議し給ひ、云々」というふうになっています。

そのあと、後ろから四行目のところに、「昔久遠劫（クヲンゴフ）の時、雪山（セツサン）の中に一身二頭の鳥有り、一の頭（カシラ）を迦嘍茶（カルタ）と云ひ、一の頭をば優波迦嘍茶（ウバカルタ）と号（ナヅ）く、或時両頭眠りける時、云々」とありますが、これが即ち命々鳥のことです。一身両頭の鳥のことをここで説明するわけです。『津国女夫池』で言っている伏羲氏の例、霊亀・神亀の改元、一身両頭の亀の出現や「命々鳥の類かや」はこの箇所のことであります。ですからこの部分は『後太平記』の巻四十一から採ったことはご理解していただけると思います。

ただ問題は、この記事の扱い方にいささか気になるところがあるわけであります。つまり、『後太平記』巻四十一のこの章の一番最初に、「前の永禄年号に天下大に乱れ、剰（アマツ）さへ光源院殿（クワウゲンヰンドノ）三好が為に討たれさせ給ひて、」とあり、二頭の亀出現の時はすでに光源院足利義輝は殺されています。歴史上は永禄八年（一五六五）五月十九日に足利義輝は三好長慶の謀叛によって討たれています。ですから一身両頭の亀の出現というのは、足利義輝が三好長慶に討たれたのちの出来事として『後太平記』には載っているわけです。ところが『津国女夫池』では、勅使が訪れて亀の吉凶の判断を求めた足利将軍は義輝であります。ただし、この第一の場面では、義輝は九条の遊女町に遊びに行っておりまして、勅使を迎えることができないので、弟の義昭が将軍に代わって迎えることにはなっています。ここでは歴史を伝えているというか、『後太平記』の歴史的な記述が無視されています。そのため、一応『津国女夫池』では、将軍御台所のご着帯の儀の日を永禄七年二月中旬ということで、永禄八年五月に義輝が三好長慶に殺されておりますので、年号を適当に合うように改めているわけであります。

つまり、近松はこの一身二頭の亀の出現によって足利義昭が法体する契機を作るとともに、三好長慶の悪だくみといいますか、関係をにおわせる場面をうまく作っているわけです。浄瑠璃としては、本来すでに三好長慶によって義輝が殺されているという『後太平記』の史実的な記述というものはむしろ何ら関係なく、一身二頭の亀の件を利用し、『津国女夫池』の第二で三好長慶が乱を興して義輝を殺害するように筋を運んでいるわけであります。

ついでに申し上げますと、この一身二頭の亀が出てきたことが何を表わすかというのは、『後太平記』では足利将軍家と信長、二人の権力者を並べ立たせては争乱のもとになることを表わすものとして一身二頭の亀が採り上げられているわけですが、『津国女夫池』ではそういうことは一切無視されております。近松はそういう問題は外して、まったく自分の浄瑠璃に都合のよいようにこの部分を利用しているわけであります。しかも見てみますと、これは『百合若大臣野守鏡』に利用した同じ巻四十一の中から使っているわけでありますす。この一例だけで言うのはよくありませんが、近松は『百合若大臣野守鏡』の時に『後太平記』のこの部分を読んでいて、面白いからいずれ利用してやろうと思って頭のどこかにとめていたのだろうと思います。

これ以外に、内容の上で『後太平記』と『津国女夫池』との密接な関係はあまりないのであります。これは歴史的な事実として、足利義昭が僧籍にあって、南都一乗院の門跡をしていて、覚慶と名乗っていたとか、あとは「主要登場人物一覧(二)」に名を挙げました中の足利義輝、将軍でありますが、そのあと一代あいて将軍につく義昭、三好長慶、それから三好長慶の子供を三好国長として登場させておりますが、本当は三好義長であります。それから浅川藤孝というのは細川藤孝をもじっております。松永弾正、岩成主税というのは『後太平記』に登場してくる人物であります。それ以外の人物はいわば近松が作り出したものであります。

ですから、近松は『後太平記』四十八巻目、『津国女夫池』を作るにあたって、『後太平記』の時代の史実によって、別に何か制約を受けるというほどのことはなかったようでありまして、単に利用し得る題材として『後太平記』の時代の出来事として必要な人物名を使ったと言えるような両者の関係であります。

　この『津国女夫池』については、「三段目の悲劇」を代表する作品としていろいろ論じられておりますが、そのことを話しておりますと時間の都合もございますので、一切そのことは抜きますが、その「三段目の悲劇」ということが、近松の時代浄瑠璃を分析する中でよく使われるわけであります。つまり、三段目に、善人側の、あるいはいっとき悪人になってもやがて善人に付く人間が犠牲となって死ぬ。身替りであったり自ら死を選んだりして、死ぬことによって悪人が敗退する、あるいは滅んでいく契機を作っていく、そういう場面が三段目に設けられたんですね。そしてその悲劇的な死によって、時代物の話全体を貫く秩序が回復されるというふうな捉え方で、「三段目の悲劇」ということが言われるわけでありますが、『津国女夫池』の三段目というのは、そうした秩序回復のための死ではない、むしろ非常に個人的な悪行、その悪行が自らの最愛の者たちにも被害を与えて、そして悲劇となっていく。いわば人間が存在することの悲劇というか、愛憎の業（ごう）のようなものがこの冷泉文次兵衛という男の行いによって三段目に表われてくるわけですが、その話をしておりますとちょっと時間が足りなくなりますのでやめます。

　このように「三段目の悲劇」を導く冷泉文次兵衛、冷泉造酒進、あるいは文次兵衛の妻女、また、義輝の妾であります大淀とか、梅枝、初雪、白菊というのはみな近松が作り出した人物であります。そして、三段目でこの文次兵衛がやがて自らの悪行の因果がめぐりきて、死んでいくわけでありますが、この文次兵衛の死と『後太平記』を背景とする世界とは何ら関係のない形で、『津国女夫池』という作は「三段目の悲劇」

が設けられるわけであります。つまり近松は、『後太平記』に題材を求めて、そして構想を展開していくわけでありますが、『後太平記』の内容がその近松の構想を制約していったかというと、むしろそういうことはあまり感じられないわけでありまして、都合のよいように『後太平記』というのは利用されているわけであります。

まとめ

近松はすでに『野良立役舞台大鏡』の中で、「軍書等に通達した広才」、非常に広い才能の持主であると言われているわけであります。そうした軍書等に通達した広才の持主ではありますが、そういう軍書等の持っている史実、言い換えればその時代なり、あるいはその時代の人間が背負っている歴史というものに対して、自らの浄瑠璃を作る時に、歴史的事実に向き会うという制約も負担も感ぜずに、うまくいろいろと都合よく利用してきているように思われます。

むしろ、その自由さが近松の浄瑠璃の内容を豊かにしていったと言えるわけですが、反面そういうことは、近松に史劇的なスケールの大きな作品が少ないということにもつながっていくのかもしれませんが。たとえば『後太平記』のこういった利用の仕方を見て、もう一度曾我物や太平記物を振り返ってみますと、ずいぶん都合よくといいますか、伸び伸びと人間たちを作り出していっているわけであります。それぞれの作品、たとえば『太平記』なら『太平記』、『曾我物語』なら『曾我物語』には、それなりの抱え込んだ史実というものがあるわけですが、あるいはその歴史の中の人間というものがあるわけですが、決してそういうものを、近松自体は自分の浄瑠璃の中に無理に背負い込もうとはしていないようであります。近松の余裕といって良いかも知れません。

時間の関係もありますので急いで今日の話の結論を申しますと、近松は、曾我物のように、作ってきた浄瑠璃の結果として、集積として、「世界」というものを作ってはいますが、自身の創作にあっては、外郭としても「世界」という意識はむしろなかったろうと思われます。それゆえに、内山さんの指摘されたように、「世界」という概念で近松の作を評価なり批評するということとはまた別であって、近松の採り上げている幅広い題材を扱う場合に、あまりそういうことにこだわらず、もう少し慎重でなければいけないと思うというのが、いわば私の今日の言いたいところであります。枠組みをもって近松の作品を分析していくというのは、やはりひとつの型にくくり過ぎるのではないかということです。芝居の嘘は嘘として、それはやはり見ていかなければ、芝居の面白さというのは出てこない部分があるのだろうと思います。

蛇足ですが、近松の作品が手本となって、近松以後いろいろ浄瑠璃が作られていく中で、作品の「世界」ということがむしろ後世の作者たちに強く意識されてきたのだろうと思われます。とりわけ、合作の時代になって立作者のもとで分担執筆される時に、「世界」という枠組みが、むしろ必要不可欠なものとして大きく関わってくるのであろうと思っています。

【注】

（1）『狂言作者資料集㈠〈歌舞伎の文献・6〉』（国立劇場芸能調査室編、一九七四・3）に所収。

（2）拙稿「近世文芸における『太平記』の享受（『軍記文学研究叢書9 太平記の世界』汲古書院、二〇〇〇・7）。拙著『近世演劇の享受と出版』所収。

【資料】主要登場人物一覧(一)

世継曾我	大磯の虎	化粧坂の少将	鬼王	団三郎	新開荒四郎	五郎丸(荒井藤太)	朝比奈三郎	兄弟の母	二宮の姉	祐若	源頼朝	頼朝御台
大磯虎稚物語	○(勝重妹)							○			○	
曾我七以呂波	○(竹之丞)	○(かぶろ)						○			○	
曾我五人兄弟	○	○	○	○			○	○	○		○	
団扇曾我	○	○	○	○				○			○	
本領曾我			○	○							○	
加増曾我	○	○	○	○			○	○	○			
曾我扇八景	○	○	○	○(百介)			○	○				
曾我虎が磨	○	○	○	○		○	○	○	○		○	
曾我会稽山	○	○	○	○		○	○	○	○		○	○

世継曾我	曾我（十郎）	曾我五郎											
大磯虎稚物語	○	○	小柴勝重	畠山重忠	静御前	梶原景季	番馬忠太	磯野四郎（静弟）	小柴郡司夫婦	本田近経			
曾我七以呂波	○	○									源範頼	梶原景早	吉津宮大藤内
曾我五人兄弟	○	○（箱王丸）		○									
団扇曾我	○	○											
本領曾我	○（一万）	○（箱王）		○									
加増曾我	○	○（箱王）		○						○			○
曾我扇八景	○	○											
曾我虎が磨	○	○											
曾我会稽山	○	○									○		

工藤祐経													
○	禅師坊	京の小次郎	二宮太郎	犬坊丸	近江	八幡三郎	和田義盛	北条時政	桐谷鶯丸	源頼家			
○	○										仁田四郎	津蔵入道（鬼王父）	花野（鬼王姉）
○													
○	○	○		○	○	○		○					
○													
○			○		○		○				○		
○	○	○（小四郎）	○								○		

世継曾我													
大磯虎稚物語													
曾我七以呂波													
曾我五人兄弟													
団扇曾我	亀菊	海野小太郎											
本領曾我			河津祐重	俣野五郎	熊野	朝顔	平宗盛	文覚					
加増曾我					○（髪結おつな）				箱根別当	伊豆祐兼（祐経弟）			
曾我扇八景											飯原経景		
曾我虎が磨	○											秩父重保	藤原定家
曾我会稽山	○												

			天和三年九月	14名
			元禄七年七月以前	13名
			元禄十一年正月以前	10名
			元禄十二年	22名
			元禄十三年	15名
			宝永三年四月以前	13名
			宝永三年四月以前	22名
			正徳元年正月以前	10名
			正徳元年正月以前	19名
巴御前	榛谷四郎	梶原景高	享保三年七月	22名

主要登場人物一覧(二)

本朝用文章	阿新丸	菊野姫	玄恵法印	日野資朝	左衛門尉	妙法坊	妙法坊女房
兼好法師物見車							
碁盤太平記							
吉野都女楠							
相摸入道千疋犬							
津国女夫池	足利義輝	御台	足利義昭	三好長慶	三好国長	浅川藤孝	海上太郎

本朝用文章	本間入道	本間三郎	石見守										
兼好法師物見車				吉田兼好	卿の宮	高師直	侍従	塩冶高貞	高貞妻	侍従父	八幡六郎	小林民部	
碁盤太平記						○							大星由良之介
吉野都女楠													
相摸入道千疋犬													
津国女夫池	松永弾正	岩成主税	清滝	冷泉造酒進	冷泉文次兵衛	文次兵衛妻	大淀	梅枝	初雪	白菊			

大星力弥	寺岡平右衛門	由良之介母	由良之介妻	千崎弥五郎	大鷲文五	原郷右衛門	矢間重太郎	薬師寺二郎左衛門					
									楠正成	楠正行	新田義貞	勾当内侍	小山田高家
											○		

本朝用文章													
兼好法師物見車													
碁盤太平記													
吉野都女楠	高家妻	大森彦七	和田新発意	小山田高春	正成妻	名和長年	坊門宰相	後醍醐天皇	足利高氏				
相摸入道千疋犬										脇屋義助	安東聖秀	絵合	相摸入道高時
津国女夫池													

10名	元禄十一年以前										
9名	宝永七年以前										
11名	宝永七年										
14名	宝永七年										
15名	正徳四年秋以前	鈴鹿	中川	から琴	長崎高重	大場前司	やよ梅	名張為勝	成良親王	五大院宗房	五大院宗重
17名	享保六年二月										

『浄瑠璃文句評註難波土産』成立存疑

はじめに

元文三年（一七三八）正月刊『浄瑠璃文句評註難波土産』（以下『難波土産』と略記）五巻五冊は、近松の言説を掲げ、穂積以貫の著と伝えられた故か、以後の浄瑠璃界及びその関係に与えた影響は大きく、それだけにまた、同書をめぐっての研究論稿も多い。それら先学の教示に導かれて『難波土産』を繙読するに、なおいくつかの疑問が生じてくる。その疑問を私なりに考えている中、それらの疑問が全て同書の成立の問題に関わってあることに気付いた。以下、私の疑問を提示し、同書の成立について私見を述べてみる。

一

『難波土産』の作者は備前岡山の三木平右衛門貞成であると、『享保以後大阪出版書籍目録』所載の開板願書と伊藤東涯『紹述先生文集』に載る「三木平右衛門碣」（巻之十三）等から、確定されたのは野間光辰氏であった。(1) また、特に巻之一「発端」の近松の芸技論聞書については、その使用語彙・論法、そして何よりもその義理と情の理解のあり方から、「古義学の文学観」をもってそれが写されているとされる、中村幸彦氏の御論等[2]があり、『瑠璃天狗』（文化四年〈一八〇七〉三月刊）[3]が『難波土産』の作者とした穂積以貫も、同書見返しに描かれた「近松平安翁像」讃と共に、加っていたとする説も定着している。この点について異論をはさむ余地はないが、このような複数の作者が措定されるなら、その作者達がどのような分担を受け持ったかを考えてみることも必要であろう。具体的にそのようなことは指摘できないとする意見もあろうが、そうした考察をなすことが、反って『難波土産』という書の性格を浮き立たせるものであることは、次の例からも十分いえよう。

「発端」は、虚実皮膜論と称される、近松の芸技論聞書が載るが、その近松の言説に入る前に一丁半に渉る前文ともいうべき文章があり二部構成となっている。その前文の説く処は、浄瑠璃の来歴と近松が現れ浄瑠璃を作文してより浄瑠璃が世上に流行し、数多の作者達が輩出したということである。

問題としたいのは、その浄瑠璃の来歴の理解の仕方である。要約すれば次のようになる。

> 豊臣秀吉の御台所の侍女小野於通が、長生殿十二段という矢矧の浄瑠璃姫の物語を書き、此の浄瑠璃の草紙に岩橋検校が節付してより、浄瑠璃が流行した。これに人形を合わせたのは、慶長の頃の女太夫六字南無右衛門が四条河原で行ったのが最初とも、また、同じ頃西宮の傀儡師が都で行ったのが濫觴ともいう。（傍点筆者）

傍点箇所の人名をあげ、詳しく浄瑠璃の起源を説いた書は、本書以前では『古郷帰の江戸咄』（貞享四年

〈一六八七〉刊）があるだけである。というより、『難波土産』の右の説明は同書が綴る「堺町浄瑠璃の初り并鳳来寺」（第六巻第二）の該当箇所の要約に過ぎないものである。一方、義太夫節の祖竹本筑後掾は、自らの段物集『鸚鵡ケ杣』（正徳元年〈一七一一〉）の自序で

浄瑠璃はじまりて百十余年、滝野・沢角両検校平家にくはしく琵琶の妙手たりしより、浄瑠璃物語といふ双紙をつゞりなをして、薬師の十二神をかたどり十二段といふふしを語り出せり

と浄瑠璃節の起源については述べるだけで、前書のような伝承を語らず、また、滝野・沢角両検校の名も相違する。『難波土産』以前に刊行された、権威ある浄瑠璃の劇書『今昔操年代記』（西沢一風著）にもまた前書のような説明はない。『和漢三才図会・巻第十六芸能』で説く処とも異なる。この点からみて、斯道の伝承に無頓着なこの前文は、義太夫節に近い者によって書かれたものとは思われず、また、着実に近松の言説を聞書した態度とは隔った、独自の解釈で書れたものといわねばなるまい。殊に、聞書の筆者を穂積以貫とする立場からは、竹本座に出入し、近松や竹田出雲に親炙した以貫が、筑後掾の最大の段物集であり、近松が跋文を書いている『鸚鵡ケ杣』を知らなかった筈はなく、また、斯道での伝承を重視するあり方を無視して、安易な他書の要約に努めるとは考えられない。とすれば、「発端」の前文は、浄瑠璃の来歴を述べた前半部だけでなく、近松の働きを賞讃する後半部も含めて、「〇往年某…」以下の近松の言説を記した筆者穂積以貫とは別な手になると考えねばならないのではあるまいか。そして、結論を先取りすれば、その別人こそ、評註の随所にみられる近松への追慕を記した、『難波土産』の最終的な編集者でなかったかと思う。

二

『難波土産』が評註する浄瑠璃は次の九曲である。

巻	外題	作者	上演	
一	御所桜堀川夜討	文耕堂・三好松洛	元文二年正月	竹本座
〃	お初天神記	(近松門左衛門)	享保十八年二月	豊竹座
二	安倍宗任松浦簦	並木宗輔	元文二年正月	豊竹座
〃	北条時頼記	西沢一風	享保十一年四月	豊竹座
三	大内裏大友真鳥	竹田出雲	享保十年九月	竹本座
四	国性爺合戦	近松門左衛門	正徳五年十一月	竹本座
〃	刈萱桑門筑紫轢	並木宗助・並木丈助	享保二〇年八月	豊竹座
五	芦屋道満大内鑑	竹田出雲	享保十九年十月	竹本座
〃	大塔宮曦鎧	竹田出雲・松田和吉 添作近松門左衛門	享保八年二月	竹本座

これらの作品に対する評註のあり方をみていくに、その最たる特色は近松への追憶にある。そして、それは「発端」を承けた巻之一及び巻之二に最も強く、しかも、印象深く述べられている。『御所桜堀川夜討(ごしょざくらほりかわようち)』では、大序に対する「評」からいきなり

右の序文近松の筆法とは大にたがひ句作りの格何となくいやしく理もまたとくと本意に妥貼ず

と、「近松が器」をもたない今の作者への難に初まる。そして、その行き尽く処は

○道行　注なし
この道行に評註なきはいかん　答この道行一つも注すべき事なし。其上近年の道行文句は生玉祭文あるひは手まり歌絵双紙やうの口気におちて、多くは評ずるにたらず、近松が筆勢の光焔はたへ果たり。おしいかな、近松が道行は何となく句がらけたかく、やゝもすれば歌書の体源氏なんどのうつり有て、優美なる事かくべつ也。それに目なれて今時の道行は一向評議におよぶべからず。

と、評するに足らない作文故にその注（語注）すらも切り捨てたかと思いたくなるような言にまでいく。しかも、この評言は「発端」の前文にある「道行等のつゞけがらもいせ源氏の俤をうつして、しかも俗間の流言をおかしくつらねければ、自然と貴人高位も御手にふれさせ賞し」を繰返し述べたものであるだけに、その筆づかいの共通性が窺がわれる。[4] 一方、近松追慕も甚だしく、ついに

残念〳〵ア、近松恋しや

と品のない叫びにまで高揚する。そして、次の作品に『お初天神記』を取りあげ、近松作の「観音廻り」「道行」の箇所のみ抄出して評註する態度は、近松への讃美を越えて、当代作者への非難から出た当て付けかとさえ思われる。ただ、舞台効果を考えての評や人形の所作と文句の結び付きを指摘する評には、右の事情とは又別な真摯な注釈者の趣きもみられるが、基調としてある態度は概ねこの様なものである。巻之一の二作品にみられる、この近松への追慕と当代作者への批判は、巻之二でも同じ様に現れている。

『安倍宗任松浦簦』では、作者の知識不足からくる数々の誤りを難じ、「今の浄るりには何方もかくのごとき胡椒丸のみなる事多し。然ればかやうの僻言は当世浄るりのはやり物共いふべし」と嘲る。これも、やはり、近松との比較が脳裏にあって吐露された言葉であること、「近比ある人の説に、あやつりを見やうならば今のしばゐにしくはなく、本を読てたのしむには中古近松が作にしくはなし、といはれしごとく、迚も文句のうへでは今時は人のなぐさみになる程の事なければ」という語句に認められる。そして、その次の作品に『北条時頼記』を掲げるのも、作品解説にいう「末には近松の残し置れし女はちの木の雪の段」（筆者注、近松作『最明寺殿百人上臈』五段目のはめ込み）を顕彰する為である点、巻之一と同様である。わずか六丁半の『北条時頼記』の評註の、その半分を割いて、「五段目にいたりては、近松の作の女鉢木雪の段を切くはせて、五段の都合首尾まつたし。かく古き名作物を取合せ給ふ所偏に作者の機転也」といいながら、実は、「蝶のつばさのおしろいを…」とある、霊元法皇がその文句を叡覧召されて御感されたと伝えられる（『南水漫遊拾遺二』）、近松のその筆勢を説くことに熱中する筆者にとって、『北条時頼記』の作者など眼中になかったに違いない。

ところが、巻之三に到っては、この趣きは全く異ってくる。近松を追憶する言辞なく、ただ註釈に集中して、「評」とする所も四ヶ所のみで、それも作者への弁解を用意する。この『大内裏大友真鳥』の評註（註を中心としたものであるが）は、この作の巻之三全体を占め、二十八丁半という他作品を圧倒する分量である。(5) 筆者の意気込みの程が思われよう。註された項目数も、前引『御所桜堀川夜討』『安倍宗任松浦簦』では三十三、三十項目で非常に恣意的な註釈であることを物語るが、『大内裏大友真鳥』では百七十六項目と、順次本文を追って本格的に註を施そうとする態度が具体的に現れている。無論、その上演が享保十年九月、また、『御所桜堀川夜討』『安倍宗任松浦簦』の註で「大友真鳥の抄に出せり」という如く、『大友真鳥』の方に早くから註釈が初められ、時間をかけてなされたものであったことが、この違いを生み出す因であるとも言えようが、執筆に要した時間的な差だけで、これ程まで、その評註する態度に差違が現れてくるとは考えられない。むしろ、この差、註釈態度の違いこそ、『難波土産』成立の過程を語るものでないかと思われる。即ち、『御所桜堀川夜討』『安倍宗任松浦簦』が共に元文二年正月に初演された作であり、『難波土産』の開板願が出された元文二年五月まで、わずか四ヶ月程の時間しか持たなかったことは、右の註釈における差から考えて、『難波土産』自体が刊行に際し、忽忽に一書を成すべく精粗な原稿をとり交えてまとめられた書であったことを示すものと思われる。とみれば、同書の西海の蘭皐の序の

「僕もとし比浄るりの作文に種〳〵の事共取あつめたるが面白さに、数本一覧をなすに唐倭の引事聞しらぬ俗の諺など時々抄せしを懐にし、ひそかに博識の隠士に便てこれを問に、其解こと流水の如くなりしをこと〴〵く筆記し見れば、おのづから善をすゝめ悪をこらすの一助共成けるまゝ、頓て清書し篋に蔵んとする（後略）」

のを本屋の勧めに応じて、「難波みやげ」と題し出版した、といった言も文字通りにとる必要がなくなる。そして、同書の中に、これが同じ者による評註かと思わせる程背反する態度でなった仕事を合せ含むことから、これらの注釈は同人の手になるとみるより、別人によってそれぞれなされたと考える方が自然であろうと思われる点が、他にもみられるのである。

三

巻之四の前半（といっても分量においては三分の二を占める）は『国性爺合戦』の評註を載せる。近松の代表作の一つであるにもかかわらず、近松の名は左に記す註の文言の中に見るのみである。

○近松は鷸蚌のはまぐりと思へるは麁末のいたりにあらずや
○近松が唐音はみな頓作に其かゝはりなし

この評言には、特に前者の誤謬の指摘には、表面に私感を思わせるものもなく、註者として公正な立場の発言を守っている。巻之一、巻之二に現れた熱狂的な近松贔屓もなく、百三項目の註釈を十七丁半に渉って、『大内裏大友真鳥』と同様に、全段からとりあげている。また、註の中に「唐船はなし今こくせんや……近年鼎軍談の唐音はまことのたういんなり」の語句があり、それぞれが、

享保七年正月竹本座上演　唐船噺今国性爺
享保九年七月竹本座上演　諸葛孔明鼎軍談

を指す故、「近年」の語に頼れば、この『国性爺合戦』の評註は享保十年（一七二五）頃に成されたと考えることができよう。それならば、同じような評註態度にある『大内裏大友真鳥』（享保十年九月上演）もほぼ同時期に註されたとみられ、上演直後の作品として、『大内裏大友真鳥』の註釈に最も力注がれた理由も一応理解される処となる。しかし、この見解を確実にする為にはなおいくつかの問題が残る。その一つは、享保二十年七月に開板願が出され、元文二年（一七三七）に刊行された『大友真鳥実記』の名が、『大内裏大友真鳥』を解説する中にみえることである。だが、それも作品外題を記したすぐ後に載せられた作品解説の文末に、

其実記(じつき)は近年板行(きんねんはんこう)なりし大友真鳥軍記(ぐんき)といへる軍書にくはしく記(しる)せり

と引かれており、いかにも今出来の書を最後に付加した如き表現であり、『難波土産』の開板願の時期と合せ考えても、詳註を加えた『大内裏大友真鳥』の注釈に『大友真鳥実記』を用いることは時間的に無理と思われ、また、註の中にも一ヶ所右同様「硫黄(いわう)が嶋(しま)　薩摩(さつま)にある嶋(しま)也。……くはしくは真鳥実記(まとりじつき)といへる軍書(ぐんしよ)に出たり。昔(むかし)より科人(とがにん)をながすところ也。」の引用をみるだけである。(6)

もう一点は『大内裏大友真鳥』中の次の註である。

丸がはからひ
此注はあしや道満の初段にくはしくしるす

巻之五に載る『芦屋道満大内鑑』（享保十九年十月　竹本座上演）が『大内裏大友真鳥』を評註する以前に評註されていたならば、『国性爺合戦』、『大内裏大友真鳥』の評註が享保十年頃になされたとする右の仮定は成立しないことになるが、先ず、『芦屋道満大内鑑』が註する該当箇所をあげる。

丸が心にあり
丸といふ事を天子の自称と心得るはあやまり也。是は上を恐れて我身をよぶ詞なれは親王以下臣下の自称に用ゆべし。其故は元来まるはちゞまるといふ略語なり。君をおそれて此身がちゞまるとなり。都て和語にまるといふ詞の付は、みな物が一所へあつまりちゞまるの義也。これ和訓の一つの秘事なれ共こゝに明す。まづまるといふてにはの付語共を案づべし。あつまる、ちゝまる、わだかまる、こまる、つゞまる、つまる、せまる等みなちゞまるの意あり。されば子供の大小便を取る小厠をまるといふも、腰がかゞまり身がちゞまるの意也。朝臣にもいにしへは麿と名を付たる人多し。後世には麿を転じて丸の字をもちゆと見へたり。

難語彙や出典・故事をもつ語以外で、このように語源までのぼって註を施した語は、『難波土産』の註の中でも異例中の異例である。「和訓の一つの秘事なれ共こゝに明す」という語句に、この筆者の立場の程が窺われるが、『大内裏大友真鳥』の端的な註(7)のあり方からみて、「丸」という語にこれ程までの詳註をつけることは理解し難く思われる。『芦屋道満大内鑑』の評註には、巻之一・二にみえる様な明らさまな当代作者への批難や近松追慕の姿勢はないが

○作者の文盲なる尾の出る所もつともかやうなる所に於てみつべし

○もとより若のせりふ（近松作『百合若大臣野守鏡』のせりふを流用）は近松の筆ゆへ、一入しつほりとして人の感情をもよふす事多し。此場みな〳〵其移ゆへおもしろき筈なるべし。

といった言もあり、最後に、荘周の夢について滔々と述べる衒学的な趣味は、『北条時頼記』で『太上感応篇』を引き、時頼記の趣向と直接関わりのない点から説明する態度と似る。『大内裏大友真鳥』での「丸」という語の註に後出の『芦屋道満大内鑑』の註を参照することを指定はするが、両作の註は別人の手になったものとみておきたい。各作の評註の時期にずれがあると考えており、編集者の存在を思うからでもある。なお、『刈萱桑門筑紫轢』についても、当代作者への批難、衒学的な趣味が指摘でき、特に、「守宮のほれ薬」に対する解説は卑猥なものとさえいえ、評註の域を越えている。これ又、前二作（大友真鳥・国性爺合戦）の註とは別人の手になるとみたい。

最後に配された『大塔宮曦鎧』は如何であろうか。その上演は享保八年と古いが、その評註する処、評にあたる部分多く、近松の添削による作品であることを標榜し、「これらが正真の近松の筆勢なり。……

近松の筆勢には……本をよみてもよむ人の気をつかさす。是近代作者の大に及はぬ所なるべし。」と「近松の形見」を賞讃する、近松追慕の締め括りともいうべきものである。巻之一・巻之二と呼応した一書の構成といいえよう。因にいう。『難波土産』評註部分の総丁数百七丁中、『大内裏大友真鳥』『国性爺合戦』二作が占るのは四十六丁、残りは七作品で分ち、その中最も丁数多きものは『御所桜堀川夜討』の十一丁半である。これ又、前二作の詳註のみ別人によると考えてみたくなる理由である。

さらに言えば、語義を述べる間に入れる評文についても、『大内裏大友真鳥』『国性爺合戦』では、本文の理解や舞台効果を無視することによって、敢えて付けたようなものが多く、「数月の大入を取し事作者のまんぞく座本の大慶いはん方なくいかなる家にもねづみの糞と真鳥の本のなき所はなかりき」（大友真鳥）の評にあっては、文句評註は贔屓の評判記に変られている。既に、註釈と評文の筆者を別人とみる見解もあるが、(5)この二作の評文は正に註釈とは別な後人の付言と考えたい。なお、評判記的な評文をもつものとしては、『御所桜堀川夜討』『安倍宗任松浦簦』『大塔宮曦鎧』が上げられる。(8)

四

宗有居士三木平右衛門時春の墓は歌の中山清閑寺の累積された無縁墓の中に、下部をコンクリートに固められて現存する。右側面に刻まれた『紹述先生文集』に載る碣文の一部は表れているが、正面の「宗有居士」の刻面以外他は全て他の墓石とコンクリートに覆われて隠れている。

『難波土産』を三木平右衛門時春の遺稿とする説を、野間光辰氏は、同書が平右衛門の没した享保十四年五月以後に上演・刊行された書を掲げる故、断念され、その子貞成をその作者とされた。(1)しかし、この遺稿説は、前述の理由も伴って、貞成が平右衛門を襲ったという証の現れない限り、私にとってはなお有効な説と思われ、貞成の手懸りを得たく歌の中山を訪れたのである。結果は右の如くであった。しかし、その墓石の前に立ち、「三木平右衛門碣」にいう処の不可解さを改めて考えさせられた。貞成は享保十四年（一七二九）五月に没した父を、何故、元文元年（一七三六）にこの歌の中山に葬ろうとするのか、京に客死したとも碣にはない。考えられる処は、碣にある「而貞成嘗上京造敝廬有志干聖人之道」から、貞成は既に京住の身であった故、孝子として前年の七回忌を機に、京にも墓を、しかも歌好きの父の為歌の中山に建立したかということである。以下しばらく確証すべき材料のないまま言を続ける。

七回忌を機に、岡山から京へ分骨がなされ、詩歌を詠じた父の遺稿類も整理され、その時、『大内裏大友真鳥』『国性爺合戦』等の手すさびに注釈した原稿も現れたのであろう。それを刊行し供養としたい意図があっても、量的にも不足し、また、物が物だけに左程簡単に事を運ぶことができず、それを実行する迄にやや時間を経過させせざるを得なかったのであろう。そして、元文二年の早々の時期に刊行の準備が早急に進められ、増補と評を加え、『浄瑠璃文句評註難波土産』が構想される。その増補に貞成が深く関わったとするのも妥当なところであろう。貞成も古義堂の門を敲いた者であったことを碣は語っている。(9)しかし、事早急に運ばれていることから、この構想をたて評をなした者は貞成よりはるかに浄瑠璃通の者であったと思われ、また、同書に近松の面影を抱き合せたことからも判断する。しかも、その評文にその者の手が加っていること、註の少なさを評文によって補い、各巻の均衡を計ろうとする姿勢の中に窺うことができる。

『難波土産』とする標題は、野間光辰氏も指摘される如く(1)「講礼容詠詩歌以自楽毎歳春秋必上京以為恒」した時春が、大坂にも立寄ったであろう故、その意味では一応理解もいくが、西海の蘭皐の序では難波の賑ひを写した書という意味合にもとれる。[10]そして、出来上った本は、三木平右衛門の遺稿どころか、その名も見えず、見返しに掲げられた近松平安翁の肖像によって、近松追善集の如き書となっていたのである。数字合せをすれば元文元年は近松の十三回忌である。評文にみられる近松追慕から、元文二年正月初演の二作品が選ばれていることからこの追善は強調してよいかも知れない。また、追善集は多く肖像を掲げて出版する傾向があることも指摘できる。しかし、貞成には近松へ回帰する理由は見出されない。貞成は事の経過を全く他人に任かせたのであろう。では、近松の肖像へ讃を送った穂積以貫が、貞成の申し出を斯く変更したのか。近松の言説を聞書したとみられる以貫がその点では最も似つかわしい人物であろう。しかし、以貫とするにはなお躊躇される点もある。

（参　考　図）

右題近松平安翁像

元文三年
『難波土産』

元文五年
『唐土王代一覧』

その理由の一つは発端前文にあること第一章に述べた。第二の理由は肖像への讃はいいが、その署名に変わる印にある。つまり、その粗雑な印字は、他書にみる以貫の印と異なり（数種の印があっても差支えはなかろうが）、大坂の町人学者として活躍していた以貫としても品が悪過ぎることである。（上図参照）。後世、この印故に以貫作者説が敷衍しただけに、疑うことも必要であろう。また、享保十三年頃に既に竹本座から身を引き、[11]久しい時を経た以貫が近松を讃美し浄瑠璃を愛好することはあっても、当代作者を学者の立場から今さら非難することもないと思われる。さらに『芦屋道満大内鑑』の作者をさして文盲ということは、その作者が竹田出雲であるだけに、以貫と出雲の関係から、以貫にはできないことである。これらの点を考えれば、画像の讃詞も近松言説の聞書も、十三回忌といった何らかの記念日に、求められて既に稿していたともいえ、そうした何もかにもの事情を熟知した者が、それぞれの名を利用して一書を纏めたのかも知れない。少くとも一部の評文にはその事情を認めるべきであろう。その為に反って、『難波土産』たる書は「浄瑠璃文句評註」と角書することはできても、一書としてのはっきりした性格を、標題に掲げることができず、また、作者名をも出すことができなかったのではあるまいか。

以上、想像に過ぎたかも知れないが、評註のあり方に偏頗をみる故に、また、構成や内容にすっきりと理解できない要素が多いだけに、三木平右衛門、穂積以貫を作者とするだけでは片付かない『難波土産』には、最終的な編集者が存在し、その者の働きも過少に評価すべきでないという主意は理解頂けたかと思う。

五

ところで、『難波土産』に第三の作者（編集者）をあげ、従来の説に異をたてることが私の本意ではない。また、異議を申し立てるにはその証とすべき事柄も十分でないことは承知している。ただ、私がここで強調したいのは、『難波土産』が以貫の書として世間に宣伝されたが故に、その与えた影響の大きさと、名声に仮託されたものの権威についてである。

『今昔操年代記』（いまむかしあやつりねんだいき）と並んで浄瑠璃研究書として名高い『竹豊故事』（ちくほうこじ）（宝暦六年刊）は、「浄瑠璃之来由」に早速、『難波土産・発端』が掲げた説を採用する。(12) この説は柳亭種彦が『還魂紙料』（すきかえし）でその不確かなことを明言するまで、有力な伝承として語り続けられたことは名高い。近時は『実隆公記』の紙背絵詞草案によって、浄瑠璃の語られたこと文明六年（一四七四）冬頃まで溯れることが知られている。

また、浄瑠璃太夫に与えた影響も見逃すことはできない。『竹豊故事』が「色に愛る世話事、義理に清る時代事を見れば幾年生る者何れか此道を好まさりける。力をも入ずして人の情を感せしめ」と、浄瑠璃を評するに「義理」や「情」を持ち込んだのも、『音曲口伝書』（安永二年刊）が伝えた竹本播磨少掾の口伝で、しきりに「人情」の語が、語り口と合わさって述べられるのも、浄瑠璃の文句を義理と情にからめて解釈することを、『難波土産』から学んだ故であろう。同じ曲で『音曲口伝書』に口伝が記され、『難波土産』で評註に取りあげられたものについて比較すれば、前者が後者の評註を多く参考にしたと思われる言辞多く、例えば『大塔宮曦鎧』では

○全体うれい也。うかく\と語るとおもしろく成べし。（『音曲口伝書・身がはり音頭』）
○おどりの中の愁なんど、まはらぬ筆にはおよびもなき事共なるべし。（『難波土産』）

○公家　武家　地下のわかれあり。此段はよほと心を用ゆべし。惣躰の心持別に申きかせませふ。（『音曲口伝書・無礼講』）
○無礼講まんざい等の文句みなあたり有。その中に無礼もぶれい、ぬれえんさき立はたかりしとの文句、あまりのやうなれ共、これ下の句の受がよき故耳にたゝず。立はたかりしはの跡、右少弁俊基といふものにて格別いやしからず。是又気をつけあぢはふべき事なるべし（『難波土産』）

と右の例などがあげられる。二例を記すに止めるが、文句の味合を後者から得たと思う程語る息に一致した理解がある。播磨少掾が政太夫の名で竹本座に活躍していた頃、当然、穂積以貫との交わりもあったと思われるが、右の一致はそれとは別に表現の上での定着を感じさせ、両書の関係の深さを示していよう。そして、以貫の名が、播磨少掾を『難波土産』へと引きつけたろうこと、両者の関係から察知される。播磨少掾が浄瑠璃を語るに「人情第一」を口伝として伝えた影響は大きく、それと相対的な狭義の「義理」が相俟っていわれ、浄瑠璃を象徴するかのような評語となるのも、その端は『難波土産』にある。『瑠璃天狗』付言では「往昔穂積先生のあらはされたる難波土産といふ書に、むかしの浄瑠璃の文句をすこしづゝ注釈し、其一齣の趣向あるひは文句のつゞけがらを評したりといへども、其注釈のくはしからぬのみにあらす、儒者気てかたくなゝる論どものまじりたれば」と、『難波土産』への批判的な感想が述べられるが、素直に『難波土産』を読み物として読めばその通りであろう。しかし、逆に穂積先生の「儒者気てかたくなゝる論」故に、人々が尊重したことも事実であった。もし、穂積以貫の同書への関わりが淡いものであったなら、この書を編集した者の微笑を感じないわけにはいかない。

【注】

（1）「『浄瑠璃文句評註難波みやげ』の作者」（『国語国文』、一九四二・5。後、『近世芸苑譜』八木書店、一九八五・11に所収。左に野間光辰氏が取り上げられた(イ)「開板願書」と(ロ)「三木平右衛門碣」を再出しておく。

(イ)覚（『享保以後大阪出版書籍目録』）

一、浄瑠璃評註　　全部三冊
　　難波みやげ　　作者備前岡山三木平右衛門
　　　　　　　　　開板人　永田や吉右衛門

右之書物、行司立合相改候所、何方へも差構無之書ニ而御座候間、板行被仰付被下候様御願上可被下候。以上
　元文二年巳五月
　　　　本や行司 津村西之町　本や弥兵衛
　　　　淡路町切丁　印判屋太兵衛
　　　　開版人 北久宝寺町四丁目　永田や吉右衛門

住吉屋藤左衛門殿
安井九兵衛殿
中村左五右衛門殿

(ロ)三木平右衛門碣

翁諱時春、称平右衛門、姓三木氏、備州岡山之産也、其先播州士族、徒居于備、至父宗俊、居積致富、翁天資寛厚和易、善与人交、講礼容、詠詩歌、以自楽、毎歳春秋必上京、以為恒、享保十四年己酉五月十九日終、寿五十四、葬于歌中山、号曰宗有居士、子男一人、曰貞成、女一人早世、予於翁無一日之雅、且深信浮屠之教、窺真宗阿字之理、則固異其所好、而貞成嘗上京、造敝廬、有志于聖人之道、故及其請諸、撮其大略、以表墓云　元文元年丙辰夏六月

（天理図書館古義堂文庫蔵『紹述先生文集』による）

（2）中村幸彦「虚実皮膜論の再検討」（『近世文芸思潮攷』、岩波書店、一九七五・2）
佐々木久春「穂積以貫『経学要字箋』と近松浄瑠璃における義理・人情」（『国語と国文学』一九六七・12）

（3）『瑠璃天狗』の刊記は文化三年九月とあるが、その実際の刊行は版権の問題から四年三月まで延引された。（大

阪府立中之島図書館編『大坂本屋仲間記録』第2巻320頁参照）

（4）近石泰秋氏も、「『難波土産』の本文評註について」（『操浄瑠璃の研究』、風間書房、一九六一・3）でこの点を指摘される。

（5）『反古籠』（万象亭森島中良作）は「大友真鳥の浄瑠璃の趣向は以貫一夜にて立たる趣向にて、竹田出雲へ授しとなり。道行は自作なり。故に委しく註を加へしなりけり」と伝える。中村幸彦氏はこの記事より、大友真鳥の評註に、以貫らしくない点も交るが、以貫の手が加っているとされる（「穂積以貫逸事」、『文学』一九七三・1）。

（6）注（2）論稿で中村氏は『大友真鳥実記』の註での引用をいわれ、以貫と同書の関係を説かれるが、評註への以貫の参加はなお問題が多い。

（7）『お初天神記』（巻之一）と『大内裏大友真鳥』（巻之三）とで同じ意味合の語の註（振り仮名省略）を左に並べ、後者の簡潔な註の例とする。

○道行あだしが原の道の霜　あだし世、あだし野、あだちが原、みな化の字を書てさだめなきあだなる心也。さればあだし野、あだしがはらはおほく墓所を指ていふ。今死にゆく身なればむしよへの道行の心也。又あだちが原といふ詞もあり。大和詞にあだちが原とはおそろしきをいふといへり。然ればあだちが原と見ても遠からず。しかれ共、其本意はあだしが原也。さて命のはかなきを露霜にたとへたる古語おほし。その意を取て道の霜といひ、霜より取てきへて行といへる皆おもしろし（『お初天神記』）

○あだし野の煙　あだなる野といふ事也。名所にはあらず。嵯峨の奥愛宕のふもとに化野といふ墓所あり。つれぐ草にあだしの露きゆる時なく鳥部山のけふり立さらでとあり。こゝには墓所に用ひたり（『大内裏大友真鳥』）

（8）近石氏は前記（注4）論稿で「作品評判記的性格」と題する一項を設けておられ、その引用される処、この三作品に集中する。なお、浜田啓介氏は、「これは漢籍評註本の形のやつしである。文体・内容ともに一般の評判記の如くではない」と『難波土産』を捉えられる（「近世に於ける小説評論―馬琴以前の形勢について―」、『国語と国文学』、一九七五・6）。

（9）伊藤東涯の『初見帳』（古義堂文庫蔵）には三木平右衛門貞成に該当する人物は見当らない。

（10）「おしてるや難波の三つの賑ひ余国にこえ、港に出入百千の船ヤンラ目出度やの声絶ず。就中南江の歌舞妓浄瑠璃芝居の軒をならべて繁昌の時を得たり」と序は始まり本文引用（372頁）の部分に繋がる。

（11）注（5）引用の中村氏論稿に、以貫が父浄白宛に出した手紙は享保十三年三月二十三日のものであるとの考証がある。その手紙には以貫が事情あって竹本座をはなれた旨記されている。

（12）近石氏の右論稿には、『竹豊故事』の「浄瑠璃作者並近松氏之事」にも、発端の意見がそのまま取られているとの指摘がある。

『女殺油地獄』をめぐって

『女殺油地獄』（享保六年七月、竹本座）が初演時あまり評判にならず客受けしなかったということは、今日では定説のようになっているが、外題評判『竹本不断桜』（宝暦九年）には

上　女　殺　油　地　獄

　　きくと其まゝたくんだ思ひつき毎日の大煎海鼠(いりこ)

と評されている。「上」という外題の位附は同書の評として決していいものではないが、見立魚尽しの「きくと其まゝたくんだ思ひつき毎日の大煎海鼠」という評言と矛盾するものでもない。又、同書の「いまた浄瑠璃の位付を見聞(きか)す予壮盛の昔より晩年の今迄見たる処の上るりに己か意に任せて位付に分置た」とする序文からも外題の位附と観客の動員数を結びつける理由はない。ならばこの左書きの一行の記述は今日の説と相違することになる。『竹本不断桜』のこの記述が当時の観客の嗜好と近松の座付作者意識を考えるうえに一つの示唆をなしていることに注目したい。

この曲の題材となった事件が「油やの女房ころし、酒屋にしかへて幸左衛門がするげなころしては文蔵、にくいげな、与兵衛様まだ見ずか」という同曲中（下之巻）の花屋の後家おかめのことばから、浄瑠璃上演以前に歌舞伎に仕組まれていたことが指摘されている。幸左衛門、文蔵の名から大坂竹嶋座で上演されていたことは、上巻に「やつしは甚左衛門幸左衛門が思案ごと四郎三がうれい事」と評判された大和山甚左衛門・竹嶋幸左衛門・桜山四郎三郎が共に享保六年竹嶋幸左衛門座に出演していたことからも、間違いないことであろう。（外題名を「契情八棟造(けいせいやつむねづくり)」とする説があるが、その根拠はない）。歌舞伎と浄瑠璃との間に具体的にどのような関係があったのかは全く不明であるが、ここで注意すべきことは、歌舞伎の上演が「油やの女房ころし」を「酒屋にしかへて」仕組んだのに対し、浄瑠璃では「きくと其まゝたく」み「油やの女房ころし」のままで仕組まれていることである。

従来この曲の初演時の不入り（興行的失敗）を説明する論拠として、明治になる迄再演の記録がないこと、正本の伝存が少なく他の書にもこの曲に対する評判がみられないこと、作品内容からこの作の近代性を指摘し、当時の観客の理解を越えるものであるとすること、舞台上の華やかさ

に欠けるということ等が述べられている。しかし、これらの理由が興行面での欠陥を証明する論拠としてどれ程の有効性をもつのであろうか。その時点における観客の嗜好と現時における評価とは自ずから別けて考えるべきであろう。

『女殺油地獄』はレーゼドラマとして委しく分析されればされる程、他の世話物と違った面が取り出され異色作としての位置づけがなされるであろう。人間生活の否定面を捉え、鎮魂されるべきお吉は「天道様も聞えぬ」ままにおかれ、義理に過ぎた夫婦の間隙に安住し、自己の行動が周囲の過保護のもとにのみ可能なことであるのを知らない与兵衛を主人公として局面展開させた手法は、追善劇とされる世話物の発想をも打ち破ったものである。しかし、与兵衛や徳兵衛は放蕩息子慈父の類型を踏みはずしたものではない。役柄としては敵役、親仁方である。又、リアルな殺し場は、「丹波国血汐の水風呂」等この曲以前の歌舞伎において盛んになされていたものである。「ころしては文蔵、にくいげな」と類似の表現は役者評判記敵役の部に散見することばである。つまり、『女殺油地獄』の初演時の興行的意味は人形操芝居としての庶民劇の捉え方にある。

近松は「惣じて浄るりは人形にかかるを第一とすれば、外の草紙と違ひて、文句みな働きを肝要とする活物なり。殊に歌舞伎の生身の人の芸と、芝居の軒をならべてなすわざなるに、正根なき木偶にさまざまの情をもたせて見物の感をとらんとする事なれば、大形にては妙作といふに至りがたし」（『浄瑠璃文句評註難波土産・発端』）と自ら述べたといわれる。浄瑠璃にとって歌舞伎は興行面においても常に意識すべき存在であった。ニュース性が重要な要素でもある世話物にとって、歌舞伎で「酒屋にしかへて」仕組んだ油屋の女房殺しの事件を「きくと其まゝたくんだ」意義は大きいものである。しかし、「歌舞伎の生身の人の芸」を以って先行されたことは、「芝居の軒をならべなすわざなるに」故、浄瑠璃にとってその影響を無視することはできなかったであろう。人間像を形象することにおいては、浄瑠璃は歌舞伎と異なり語りによってその特性を発揮することができるが、場面性（視覚感）においては歌舞伎に劣る。この曲のクライマックスである凄惨なお吉殺しの場の描写が「それそれきつとめもすはつて、なふおそろしいがんしよく、其右の手爰へださしやんせ、（中略）出あへとわめく一声、二声待ずとびかゝり取て引しめ、音ぼね立るな女めと、ふゑのくさりをぐつとさすさゝれてのうらん手足をもがき」と一つ一つの動作にまで及び、そのリアルさを強調する意味は先行歌舞伎との関連を物語るものではないだろうか。

「ころしては文蔵、にくいげな」の挿入は、文蔵の演技のイメージを導入させ、人形の所作と聴覚に訴える浄瑠璃の弱点を補おうとする意図があったものとみることはできないであろうか。近松は過去に坂田藤十郎の面影をしばしば人形に移している。「見物の感をとらんとする」近松の計算は常になされているとみるべきであろう。『竹本不断桜』にみえる「きくと其まゝたくんだ思ひつき毎日の大煎海鼠」を否定する理由はなにもない。義理に詰った曲、与兵衛の性格の不徹底さ、近松の現実凝視の姿勢を捉え論じるのは近松の個（主体的意識）の問題であり、観客との共同体意識に結論をくだす十分条件ではない。競争相手を持つ座付作者が見物の感をとらんとして観客にどのようにアプローチしていくかは、密着した時の中でよく吟味すべき問題を残しているように思う。又、曲の内容如何のみでなく、太夫、人形遣いの語り口や技術も興行成績に強く影響するものである。作者と観客、観客と舞台を結ぶ糸の究明にはまだまだ不明のことが多いように思われる。

【付録】平成新版『女殺油地獄』

岩波書店刊『近松全集　全十七巻』の完結をもって、同全集刊行会はその記念に、天理図書館のご好意により、同館所蔵の浄瑠璃版木を利用して、平成新版『女殺油地獄』七行本を平成八年十月に版行した。右板木は竹本座上演の浄瑠璃本を刊行していた正本屋山本九兵衛・山本九右衛門旧蔵で、四軒の浄瑠璃本屋の手を経た後、天理図書館に納入されたものである。現存板木は、『女殺油地獄』七行本の初版とされる東洋文庫蔵本と版面を比較するに東洋文庫蔵本は、同板木使用による摺刷と鑑定される。なお、版本では識別しがたいが、板木では「作者近松門左衛門」の個所が埋木によって補修されている。

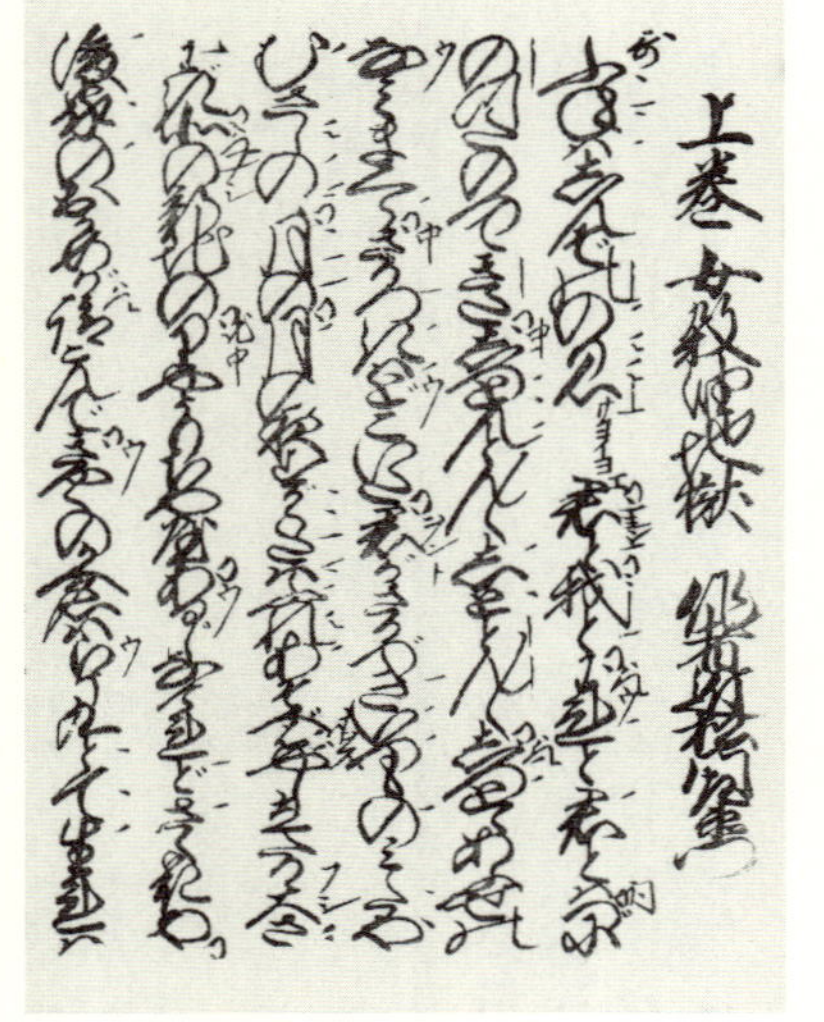

平成新版『女殺油地獄』１丁オ

資料紹介

「『国性爺大明丸』近松序」

竹本筑後掾段物集に『国性爺大明丸』横小本（縦12・4糎×横19・4糎）一冊がある。書名は題簽・内題を欠くため、また、天理図書館蔵一本のみの現存を知るだけであるため、目録題によっている。正徳五年（一七一五）十一月十五日より大坂竹本座で上演された近松門左衛門作『国性爺合戦』は、三年越し十七ヶ月に渉る上演をみるが、『国性爺大明丸』[1]はその題名からして、また、近松の記す序に「享保元年申の冬／春ちかき日／近松序之」とあることからみて、『国性爺合戦』の大当たりを当て込んで、なおその上演がなされている享保元年（一七一六）冬に出版が企画されたものであることが知られる。この近松の記す序については、残念なことに、唯一現存する天理図書館蔵本には、その序（398頁写真参照）の一部に破れがあり、二行ばかり本文が不明である。ところが、この序全文を美濃判緒紙（縦27・7糎×横42・4糎）に筆写して紙表装された掛軸が、一昨年（二〇〇五年）の夏に発行された古書目録に写真掲載されたことにより、従来破れによって判読できなかった箇所を補うことが可能となった。幸いその軸を手に入れることができたので、改めて写真を掲載し（395頁）、翻字して紹介する。なお、翻字にあたって、版本『国性爺大明丸』の序（以下、「版本序」

とする）と一部異なる箇所があるので、両者を比較できるように、架蔵の筆写本文（以下、「筆写序」とする）を前に太字で出し、版本の序をその後に併記することとする。

【翻字】

1行　**むかし栄花の公の大井川の逍遥には管弦の船※和哥の**
むかし栄花の公の大井川の逍遥にハ管弦の舟和哥の

2行　**舟文学の※※ふねをわかち其藝にたへたる人をえらミ**［て］
船文学の舟をわかち其藝にたへたる人をゑらミ

3行　**のせられし今此新艘に何をか積し曰竹本か一流管弦**
のせられし今此新艘に何をか積し曰竹本か一流管　弦

4行　**あり和哥有詩文※※あり農業あり商売※※あり武**［士］**事**
あり和哥有詩文有農業あり商売有武事

5行　**のいさめるれんほの相やわらける人事のさかしおろかなる※※**
のいさめるれんぼの相やハらける人事のさかしおろか成

6行
仏神の権化花鳥の|色音風声水音凡天の覆える
仏神の権化花鳥の［破れ］音風声水音凡天の［破れ］

7行
地の載たるもる丶方なき国性爺の唐船つくりをもと
［　　　破れ　　　］

8行
ふねにして拍子のとり楫ふし|のおも楫こまやかにう※つ※し
［　破れ　］のとり楫ふしのおも楫をこ［破れ］に写して

9行
津々浦々に|まはし|てしなき国※々深山の奥|の里々ま※で※
津々浦々にまハしはてしなき国々深山の奥の里々迄

10行
い※た※らしめんとてそ|紫檀の櫂象牙の漿三筋の纜に|
至らしめんとてそ紫檀の櫂象牙の漿三筋の纜に

11行
かけ|て船※乗よしの大吉日順風に時を得たり|のせて
かけて舟乗よしの大吉日 順風の時を得たりのせて

12行

やれ大明丸
やれ大明丸

享保元年申の冬
享保元年申の冬

春ちかき日
春ちかき日

近松序之
近松序之

[枕森]（陰刻朱印）
［印なし］

【註記】□で囲んだのはそれぞれが独自の文字を持つもの、※を付したのは平かなと漢字、または、字母が両者で相違するもの、傍線を宛てた文字は変体仮名の用字が異なるものを示す。

むかし菅原の公は大井川の逍遥[illegible]管絃の舩和歌の
舟文学の舟[illegible]たる人を[illegible]
のせられし今此[illegible]船をとこの積し日竹本ヵ一流の管絃
あまた和歌有詩文あり農業あり商賣あり武士事
の[illegible]人々のさかしおもむける
竹本の[illegible]丸[illegible]
[illegible]なき國性爺の唐船つくりをかけて
[illegible]拍子の[illegible]揖[illegible]揖出すや[illegible]や
津々浦々に[illegible]なき國性山の奥の里まで
[illegible]紫檀の櫂[illegible]
[illegible]此大吉日順風に時をえたるの[illegible]
や[illegible]大明丸

享保元年申の冬 [illegible]

近松[illegible]之

「筆写『国性爺大明丸』の序」（著者蔵）

新資料の「筆写序」は「版本序」が刊行されているので、版本から写されたと考えるのが、文章の内容からして、無理のない判断であるが、その筆写については、右に記した用字等の相違から、版本の字面にこだわることなく、自由な筆運びで写されたということになる。しかし、一般には手本を手元に置いて写した場合、その用字等についても手本に忠実に写されるのが定法である。しかも、この場合は「近松序之」とし、その下に森枕の朱印（陰刻）まで押印して、近松自筆を装おっているのであるから、つまり版本の版下原稿の元になった近松自筆稿と同じらしく見せるためにも、用紙の大きさの相違は別として、忠実に「版本序」と同じ用字であることがむしろ求められるはずである。それがなされていないということは、逆に、「筆写序」は、「版本序」をそのまま写し取ったものではなく、別に『国性爺大明丸』の近松序のみを、何らかの意図の元に新たに書かれたものと考えることができる。その意図として、『国性爺合戦』上演の国性爺ブームの中で、『国性爺大明丸』の近松序の揮毫が求められ、書かれたとみるのが定石であろう。この場合、「筆写序」に求められた価値が近松の自筆であるということにあったのは言うまでもない。架蔵の軸は、簡易な表装であるが、その用紙等時代的に享保頃のものと見ることもでき、そうした事情を想定することも可能である。

もし、「筆写序」が軸を納めた桐箱上蓋の箱書どおり「近松門左衛門書　自作序文」とすれば、「版本序」を意識することなくこうしたものを書けるのは、作者である近松その人であるとするのが、これまた自然な解釈であり、この「筆写序」は近松の真筆となる。しかし、「版本序」が先に刊行されており、その写しとする立場からは、むしろ、国性爺ブームに便乗し、「版本序」を手本として、真筆にまがう近松の偽筆を意図的に作った贋作であるとの考えも成り立つ。あるいは、別にあった近松自筆の序文を写したとも考えることはできるが、それならば、わざわざ森枚の印を押していることに贋作の意図が見られ、これも偽筆ということになる。問題はこの「筆写序」の筆跡が近松自筆か、それとも偽筆かであるが、その判定は容易ではない。

近松自筆と認められているものは書簡では十通知られているが、この「筆写序」のように当初から軸装が求められるような、改まったかたちで書かれた自筆のものは、「菊花堂の記」や「富士画賛」、「画像辞世文」の他に、数行を記した数種の画賛が知られるだけである。「庭前八景」もあるが、残念ながら近松筆の写しとされており、自筆の手本として比較する対象からは外れることとなる。このように近松の自筆かどうかを知るために比較し得るものは多くないが、それらと比べてみると、この「筆写序」には近松の筆跡の特色がよく出ているといえる。では真筆かというと、結論を先に言えば、私自身偽筆に傾きながら、その真偽をなお決めかねているというのが正直なところである。以下、その理由について述べてみる。

従前から近松自筆として知られているものと「筆写序」との筆跡が類似する文字を例示したのが次頁下部の図版である。

文字自体の類似だけでなく、たとえば、「辶」の第三画、署名「之」の第四画を長く伸ばす、「人」の第二画に丸みをもたせて長くするといった筆癖や、例示しなかったが「絃」「纜」の「糸」の崩し方などは、近衛流の影響を感じさせる[2]近松の筆跡に通ずる筆法である。これらのみ見ればこの筆写は近松の自筆によるものとの判断も下したいところであるが、近松らしくない、言い換えれば、近松の自筆とされている他作品には見ることのできない、3行目、5行目冒頭の「の」、7行目、9行目の「国」の「囗（くにがまえ）」のような字体も見られるのである。また、「版本序」では破れのために判読不明な箇所については、右に記したとおりであるが、その「天の覆える地の載たる」の「天」「載た」の字が明らかに崩れているのである。こ

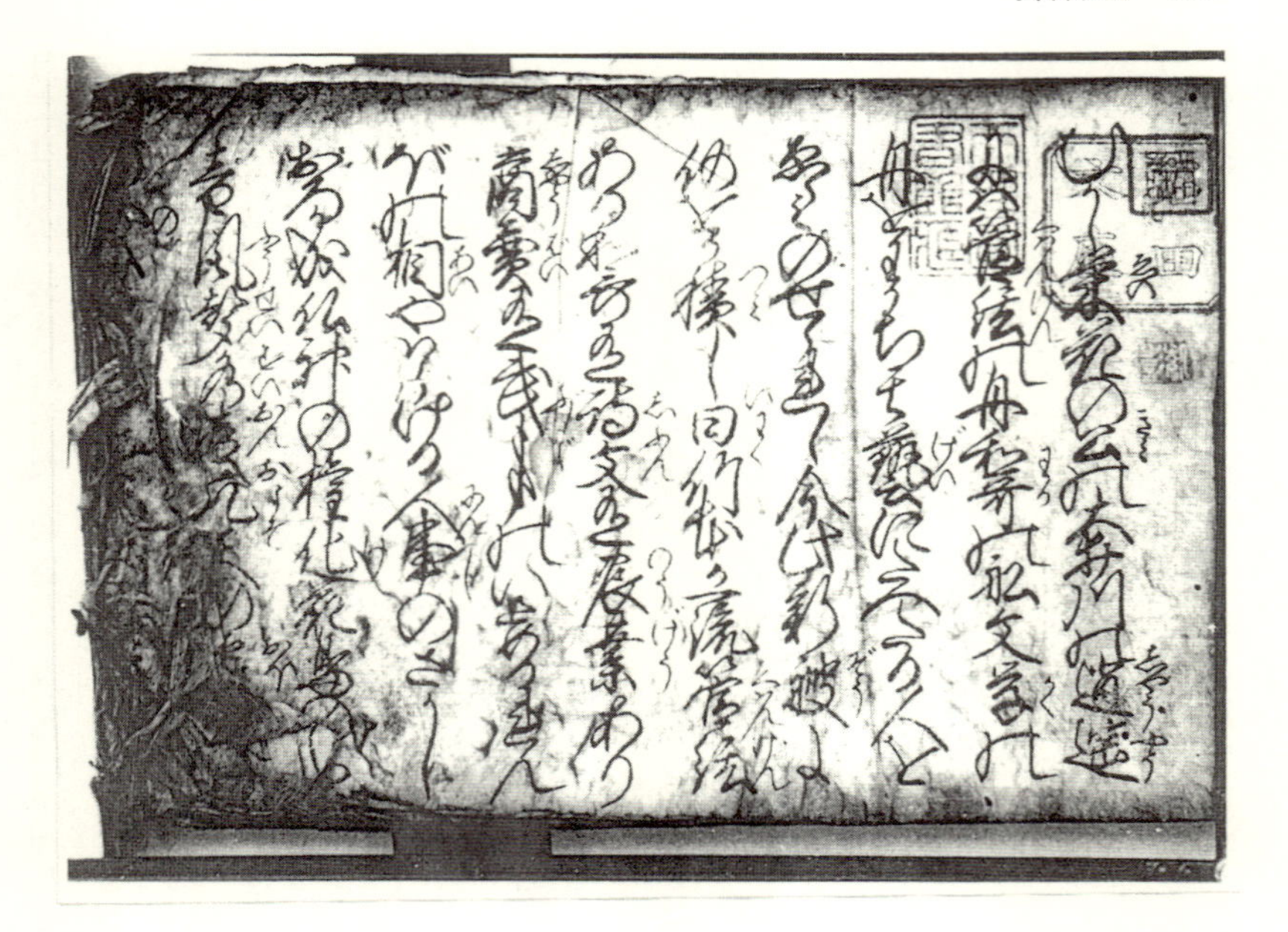

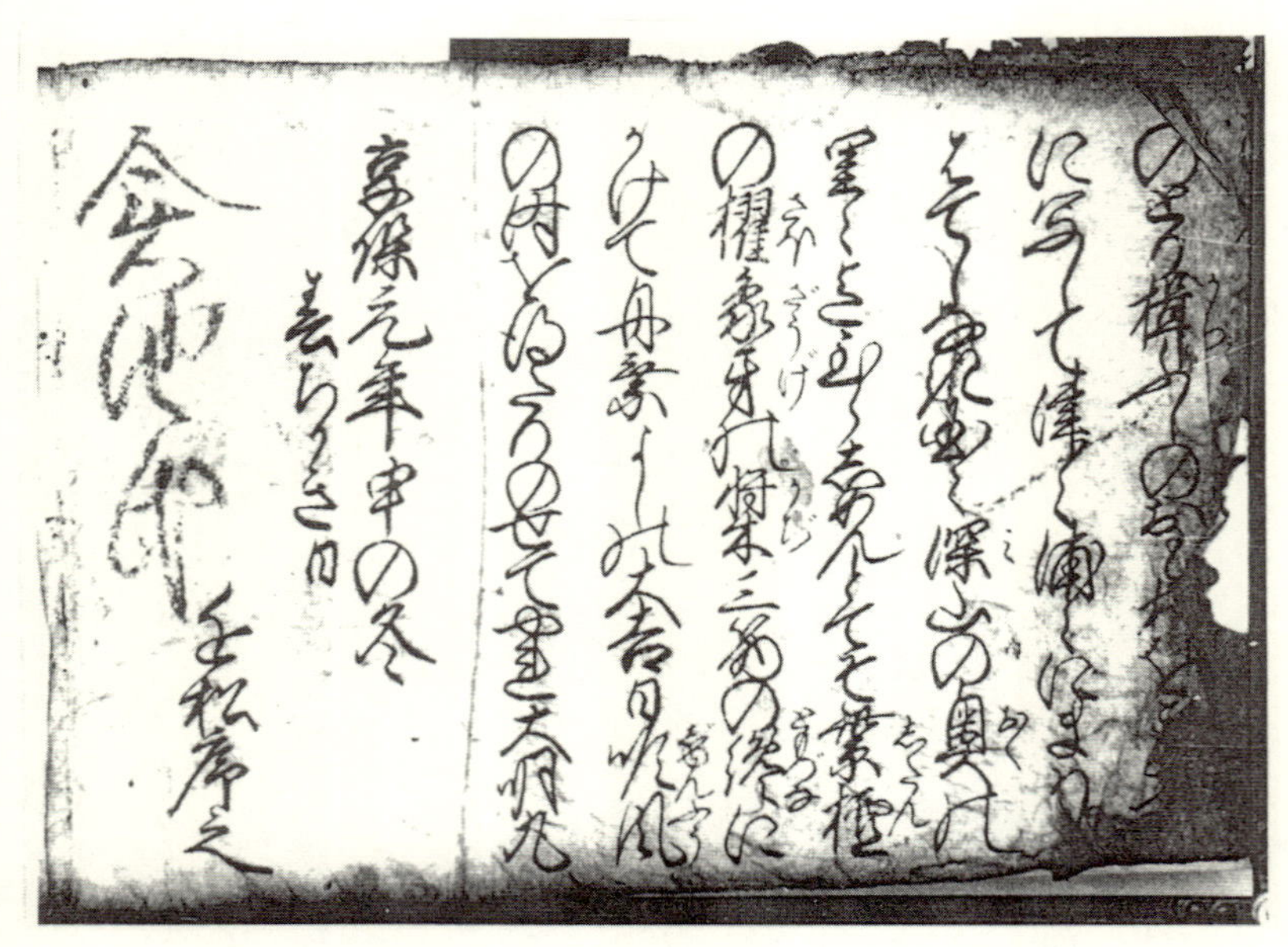

版本『国性爺大明丸』近松序（天理大学附属天理図書館蔵）

の語句はよく知られた『中庸（第三十一章）』の「天之所覆、地之所載」からの引用（ただし、この語句は『中庸』の原典『礼記』や推古紀十二年四月一日発布の「十七条憲法三」を載せる『日本書紀』にも見える。）であり、文字自体も、中途半端な崩れた形に書いてしまうほど複雑な筆画を持つものではない。このような文字に崩れが見えるのは、この序文全体のとぎれのない運筆の流れから見ても不自然である。これなどから判断すると、転写する時点で書き誤ったかと思われ、近松自筆とすることに対して否定的にならざるを得ない。

さらに気がかりなのは、筆跡の問題からは外れるが、森枕の印である。近松門左衛門の本姓が杉森信盛であることは、当時近松を知る人たちが承知していたことは、『金子一高日記』[3]が近松を「信盛」と表記すること等から、また、瀧安寺奉納の大般若経[4]に「施主／

（明）筆写本『国性爺大明丸序』（菊）「菊花堂の記」（葛粉）「和田忍笑宛書簡（葛粉の消息）」（女護）「草稿『平家女護島』（かん取）「かん取や五郎左衛門宛書簡」（辞世草）「辞世文草稿」（冨）「冨士画賛」（妹背）「宛名不明書簡（妹背海苔の消息）」（辞）「近松画像辞世文」

近松氏杉森姓信盛書謹」と近松自身が署名していることから窺うことはできる。しかし、現在知られている近松の署名ある作品に押された印は、[平安堂]および[信盛之印]であり、[杦森]は他に例がなく、この「筆写序」に初めて見るものである。しかも、陰刻であることも、「鬼念仏画賛」に押された[平安堂]の陰刻ともに珍しい。印の珍しさもさることながら、「近松序之」と署名して「杦森」の印が押されているのもちぐはぐであり、また、いかに「杉森」が本姓とはいえ、手紙等などの私信においても常に「近松」と作者名を名乗り続けてきたその姿勢からして、ここで「杦森」を名乗るのも唐突な感を免れないし、「杦」の表記も他では使われてはいない。これらの点からも真筆とするのは躊躇され、偽筆とせざるを得ないのではないかと思う。

そう思っても、なお疑念が残るのである。「杦森」の印を押すなどの手の込んだ贋作となれば、近松のことをよく知る人物が、近松真筆であることを言い立てんが為になしたはずであるが、それほどの者が、[信盛之印]でなく[杦森]とすることに、不自然さを感じなかったのであろうか。贋作者の意思とは逆に、[杦森]とすることが却って署名「近松序之」との間に違和感を持たせ、偽筆の疑いを濃くしているのである。あるいは、敢えて贋作であることのサインとして[杦森]としたのであろうか、といった疑念も生じる。

しかし一方において、この種の近松真筆自体が非常に少なく、巧みに作られた近松の偽筆やこうした軸物の贋作についても従来全く知られていないことから、この「筆写序」が偽筆となれば、近松の贋物らしい贋物が初めて現れたことになり、そのこと自体がたいへん珍しく、本当に贋作なのだろうかと逆に疑いたくなるのである。偽筆に傾きながら、なお、真偽に躊躇する理由である。

いずれにしても、現在唯一の版本しか残存せず、しかも近松が記すところの序文の一部が破れのために判読できないという、曰く付きの『国性爺大明丸』の序が写されているのである。真筆偽筆に関わりなく、近松研究の一資料であることに違いはない。

【注】

（1）『国性爺大明丸』の近松序文の影印および翻刻は岩波書店版『近松全集　第十七巻』（一九九四・4）に所収。また、収載段物目録は『日本庶民文化史料集成　第七巻　人形浄瑠璃』（三一書房、一九七五・10）に近松序文とともに翻刻されている。なお、本稿発表後、神津武男氏によって皇学館大学神道博物館に『国性爺大明丸』が所蔵されることの紹介がある。ただし、同館蔵本には題簽・序文・奥付を欠くとある。

（2）「近衛流」については、『心中天の網島』の「名こりの橋づくし」の冒頭に「はしりかき。うたひの本はこのへりう」とその名を挙げる。近衛流の書風による謡本は元和六年（一六二〇）卯月本の版行以降数多くの刊本が出版されている。

（3）和田修「〈資料翻刻〉金子吉左衛門関係元禄歌舞伎関係資料二点」（鳥越文蔵編『歌舞伎の狂言』、八木書店、一九九二・7）

（4）「箕面瀧安寺大般若経と歌舞伎役者―元禄歌舞伎の新資料―」（宮本圭造『上方能楽史の研究』、和泉書院、二〇〇五・2）

『曾根崎心中』 絵入り十四行本 （天理大学附属天理図書館蔵）

〔書誌〕 半紙本一冊。替表紙。

題簽 （後筆補写）「曾根崎心中　全」。

見返し 上段に「辰松八郎兵衛口上」、下段に観音廻りの出語り出遣いの舞台図（図版）。

内題 「上 曾根崎心中付り大坂三十三所観音廻り道行（破れ）」。

行数 十四行。

丁数 九丁半。

版心 「そねさき……（丁付）」。

丁付 版心、三〜八、九ノ十一、十二〜十四。

挿絵 見開き二（2ウ・3オ、7ウ・8オ）、計四頁（410・411頁に翻字掲出）。

絵師 未詳。

刊記 正本屋山本九兵衛新版。

版元　山本九兵衛。
所属　竹本筑後掾。
作者　近松門左衛門。
上演　元禄十六年五月七日、大坂竹本座（座本　竹本筑後掾）。
印記　高橋仙果印。

〔備考〕　『曾根崎心中』の絵入り本は吉永孝雄氏旧蔵のものが知られていたが、原本焼失により写真版でのみ伝わっている。その絵入り十二・十行十六丁本の書誌・本文については山本とも子氏の調査があり（「『曾根崎心中』の諸本」『演劇研究会論文集　二　近松の研究と資料　第二』演劇研究会、一九六三・8）、また、挿絵を含め本文の一部は岩波書店版『近松全集　第十七巻』にも納められている。しかし、本書はそれとは異版であり、挿絵も吉永旧蔵本には本書（図版2ウ・3オ・図版7ウ・8オ）と比べれば省筆がなされており、本書がその元になった版であることが知られる。即ち、吉永旧蔵本は第一図（本書2ウ、本節末尾図版参照）では、上段の松二本や参詣人二人がなく、下段の徳兵衛を打擲する男が二人となって、一人足らない。さらに、第二図（3オ）では、上段の丁稚長蔵、下段のこめろ一人、おやま一人の姿が描かれていない。第三・四図（7ウ・8オ）は人物は忠実に写されているが、背景の松などに省筆が見られる。今迄全く知られなかった『曾根崎心中』の絵入り本の出現であるが、特に、見返しが残存し、辰松八郎兵衛の口上と観音廻りの出語り出遣いの図が載せられているのは、従来、文政十年跋『牟芸古雅志』に掲載された図（本書214頁コラム参照）しか知られなかっただけに貴重である。『牟芸古雅志』は、掲載した図について、「附考」の中で「…爰(ここ)に図(づ)するもの其時出板（そのときしゆつはん）のけいこ本（ほん）の口絵（くちゑ）なり」と説明しているので、「けいこ本の口絵」、つまり、この見返し図を元に、上段の辰松八郎兵衛口上を舞台図の左側に移して、一枚刷りの図として、新たに彫版したのであろう。

本書の本文についてであるが、従前の研究で『曾根崎心中』の初版に近い本文とされている、八行二十五丁本やそれに続く六行四十三丁本と比べてみると、左記のような相違が見られる（濁点や句点の有無は省略）。表は山根為雄氏の例（「『曾根崎心中』の正本について」『芸能史研究』72号、一九八一・1）にならって、曲節と語句、それぞれの異同を分け、上段には岩波書店版『近松全集　第四巻』所収『曾根崎心中』の頁数・行数を記した。

(イ)　曲節の異同

頁・行	八行二十五丁本	絵入り十四行本	六行四十三丁本
5・2	〔謡〕げにあんらくせかい	〔ウタイ〕げにあんらくせかい	〔謡〕げ〔トルハル〕にあんら〔下〕くせかい
5・2	此しやばに	このしやばに	〔ハル〕此しやばに
5・2	じげんして	じげんして.	じげん〔下〕して
5・2	我らがための	われらがための	〔ハル〕我らがための
5・3	たか〔ハルフシ〕したかきやに	たか〔ハルフシ〕したかきやに.	たか〔ハル〕したかきやに。
5・7	〔フシヲクリ〕今さき〱出しの。	〔フシヲクリ〕今さきだしの.	今さき〱出しの。
7・8	〔ウ〕なれも〔下〕むじやうの	〔ウ〕なれも〔下〕むじやうの	なれも〔下〕むじやうの
7・9	〔中〕此身は〔ウ〕なりしだい	〔中〕此みは〔ウ〕なりしだい.	〔中〕此身は〔ウ〕なりしだい。

行	上段	中段	下段
8・7	金堂にかう堂や	こんだうにかう(中)だうや	金堂にかう(中)だうや
8・8	(トル三ハル)新清水に〽(上)しばし	(トル三重)しんきよみ(ハル)づ〽(上)しばし	(トル三ハル)新清水〽(上)しばし
8・10	木々の下かぜ。ひや(中キン中)〳〵と	き〻のしたかぜ．ひや(中キン中)〳〵と	木々の下風。ひや(中キン)〳〵と
9・9	(キン)いろで。道引	(キン)いろで．みちびき	いろで。みち引
9・12	うきなをよそに	うきなをよそに	(フシ)うきなをよそに
9・12	もらさじと	もらさじと	(ハル)もらさじと
10・7	ありやとくさまでは	ありやとく様では	ありや徳(ウ)さまでは
11・10	(ウ)をとづれもない(色)と有。	(ウ)をとづれもない(色)と有．	(ウ)をとづれもないと有。
12・4	(フシ)ほんの。めをとにかはらじな。	(フシ)本の．めふとにかはらじな．	(フシ)ほんの。めをとにかはら(ハル)じな。
13・2	(ハル)のべをひたし	のべをひたし	(ハル)のべをひたし
16・8	せかる丶人もあるまい	せかる丶人も有まい	せかる丶人も。有(ウ)まい
17・9	(惣地謡)はつせもとをし	(惣地ウタイ)はつせもとをし	(惣地謡ハル)は(下)つせもとをし
17・9	などころおほきかねのこゑ。	などころおほきかねのこゑ．	(下)などころおほきかねのこゑ。
17・10	のりのこゑならん。	のりのこゑならん．	のりのこゑならん(引)。
17・10	(大夫謡)山でらのはるの	山でらの春の［手づれ不明］	山でらのはるの
20・5	(ハル)大ごゑあげ。	おほこゑあげ［手づれ不明］	大ごゑあげ。
21・7	さらにわかちは(三重)〽なかりけり	さらにわかちは(三重)なかりけり	さらにわかちは(三重)〽なかりけり
22・9	(ウ)くひついてなりとも	(ウ)くひついてなりとも	くひついてなり共
22・12	(ハル)むやくのこと。	むやくのこと．	(ハル)むやくのこと。
29・9	わめいてこそはかへりけれ	(フシ)わめいてこそはかへりけれ．	わめいてこそは帰りけれ。

頁・行	八行二十五丁本	絵入り十四行本	六行四十三丁本
33・11	（下）わする、ひまはないはいな。（引）	（下）わする、ひまはないわいな・（引）	（下）わする、ひまはないはいな。
34・6	（ヲクリ）むめだ（ユリ）〳〵つゝみの	（ヲクリ）むめだ（ユリ）〳〵つゞみの	むめだ（ユリ）〳〵つゝみの
36・1	（ウ）むすびとめ	むすびとめ	（ウ）むすびとめ
39・7	（ハルウ）とりなをしても	（ハルウ）とりなをしても	（ハル）とりなをしても
39・8	あなたへは（ウ）づれ	あなたへは（ウ）づれ	あなたへはづれ
40・4	（キン）とりつたへ	とりつたへ	とりつたえ

(ロ) 語句の異同（文字譜省略）

頁・行	八行二十五丁本	絵入り十四行本	六行四十三丁本
6・8	いのり	いなり	いのり
9・10	ぼだいのはし	ほだいのはじ	ぼだいのはし
10・7	出ぢや屋のとこより	でちや屋のゆかより	出ちや屋のとこより。
10・10	きうほんじさま	くほんじ様	くほんじさま
10・12	あづちまちのこうや	あんど町のこんや	あづち町のこうや
11・5	ぜいいひて。	ぜいいふて	ぜいいひて。
11・11	ざとうのおほいち	ざとうの大いち	ざとうの大いち
13・1	うちあけてはくだんせぬ	打あけてはくだんせぬ	うちあけてくだんせぬ
13・11	うりても	うつても	うりても
14・1	人もちて	人もつて	人もちて
14・3	われにかくして	をれにかくして	我にかくして

14・3	うけあひきはめ	うけ合きはめ	談合きはめ
14・12	をのれがそれもしつてゐる。	をのれがそれもしつてゐる．	をれがそれもしつてゐる。
16・11	きげんをとらんせ	きげんをもとらんせ	きげんをもとらんせ
17・5	明日ぎりにあきなひ	あすぎりのあきなひ	明日ぎりにあきなひ
19・4	おちやうしゆ	お町の衆	お町衆
19・10	ゐんばんをかへたいや	ゐんばんをかへたいやい	ゐんばんをかへたいやい
19・11	八日に	八日に	八(チ)日に
23・5	あて。られぬ	あて・られぬしだいなり	あて。られぬ
25・12	せけんにわるい取さた有(ル)。	せけんにわるひとりさたある．	せけんにわるいさたがある。
28・4	じがいするぞとしらせける	じがいするぞとしらせける	じがいするとぞしらせける
29・8	ねやすからふ	ねやすかろ	ねよからふ
30・12	しゆろばうき	しゆろばうき	しゆろはゝき
38・7	たよりは此はる聞たれは。	たよりは此はる聞たれども．	たより此春聞たれ共。

右の一覧表からは、八行二十五丁本と六行四十三丁本との間で異なる箇所について、絵入り十四行本は、(イ)曲節の異同にあっては八行本とは二十六箇所、六行本とは六箇所一致する。独自の曲節を有する箇所も五箇所あるが、曲節の上からは絵入り本は八行本に近いといえる。また、(ロ)語句の異同については、絵入り本は、八行本と一致するところ七箇所、六行本と一致するところ六箇所、独自の語句をもつところ十二箇所となる。語句の異同の中で、特に、八行本から六行本への過程で改めたと山根氏に指摘される（前掲論文）、

「くほんじ様」(10・10)、「大(だい)いち」(11・11)は絵入り本もそうなっているが、「うけ合きはめ」(14・3)などは、六行本のように「談合きはめ」と改められていず、八行本と同じである。また、絵入り本は「でちや屋のゆか」(10・7)「あんど町」(10・12)「をれにかくして」(14・3)「あすぎりのあきない」(17・5)などの独自な語句も目立ち、八行二十五丁本や六行四十三丁本からそのまま写し取られた本文とは言えない。それでいて、八行二十五丁本や六行四十三丁本系統の曲節や本文をも持つところから、この絵入り十四行本は両者の中間に位置する別系統の本文をもつ一本と見ることができるようである。八行二十五丁本が初版に近い本文であるとされながら、奥書を欠くため、山本九兵衛版との推定にとどまっていることを考えれば、山本九兵衛版として明確な本書は、右の三本の比較から見て、見返しの図とともに、信頼し得る『曾根崎心中』の一本として位置づけることができよう。なお、本書は『曾根崎心中』一段を上中下三巻に分けているが、その分け方は、上　観音廻り、中　生玉社の場、下　天満屋の場・道行、となっており、現在なされている分け方とは異なる。この分け方は八文字屋八左衛門版の十行十六丁本(東大国語研究室蔵)にも見られるものであるが、観音廻りの場をどのように位置づけるかにも関わる問題を含むものであろう。

(右の〔書誌〕の解題での丁数の数字は全て実丁数を示している。)

付記　『曾根崎心中』八行二十五丁本については、富山県黒部市立図書館蔵の竹本筑後椽正本(大坂高麗橋壱丁目　山本九兵衛・山本九右衛門板)が神津武男氏によって発見(平成二十年十一月)・紹介され(『浄瑠璃本史研究』八木書店、二〇〇九・2)、従前の八行二十五丁本に対する不審は除かれた。

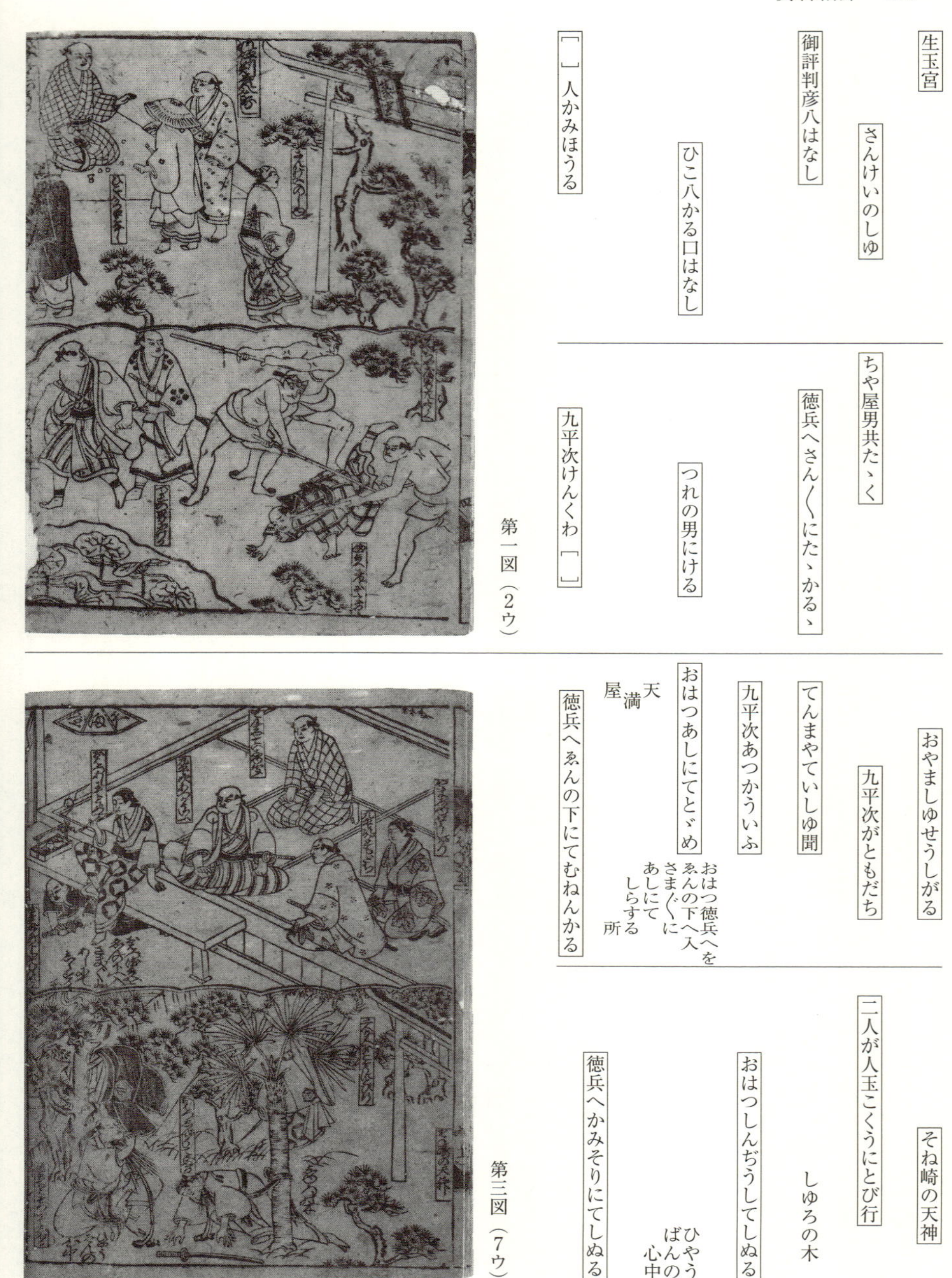
生玉宮
さんけいのしゆ
御評判彦八はなし
ひこ八かる口はなし
［　］人かみほうる
ちや屋男共たゝく
徳兵へさん〳〵にたゝかるゝ
つれの男にける
九平次けんくわ［　］
おやましゆせうしがる
九平次がともだち
てんまやていしゆ聞
九平次あつかういふ
おはつあしにてとゞめ
天満屋
おはつ徳兵へをゑんの下へ入さま〴〵にあしにてしらする所
徳兵へゑんの下にてむねんかる
そね崎の天神
二人が人玉こくうにとび行
しゆろの木
おはつしんぢうしてしぬる
ひやうばんの心中
徳兵へかみそりにてしぬる

第一図（2ウ）

第三図（7ウ）

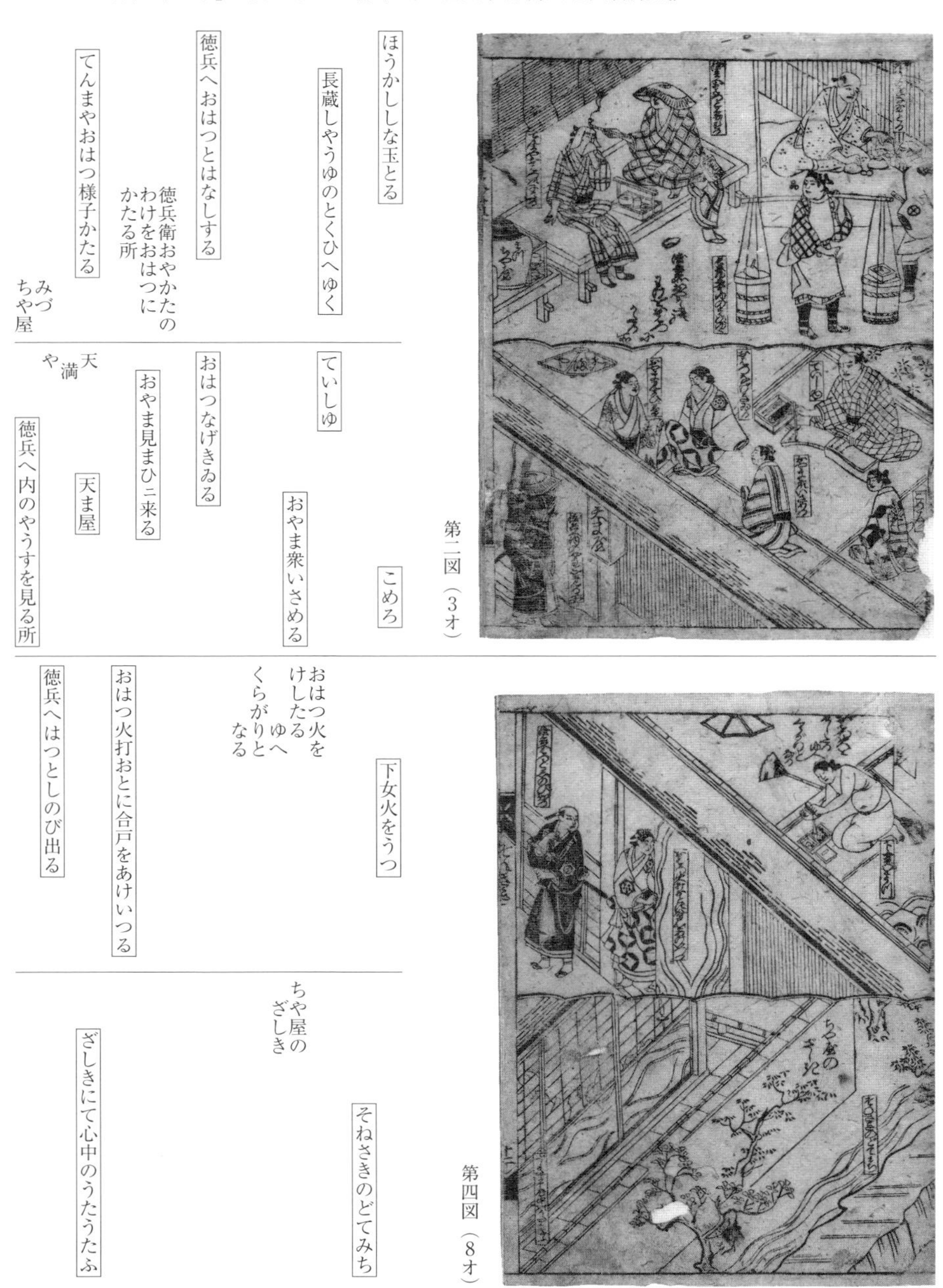
ほうかししな玉とる
長蔵しやうゆのとくひへゆく
徳兵へおはつとはなしする
徳兵衛おやかたのわけをおはつにかたる所
てんまやおはつ様子かたる
みづちや屋
こめろ
ていしゆ
おやま衆いさめる
おはつなげきゐる
おやま見まひニ来る
天満や
天ま屋
徳兵へ内のやうすを見る所
下女火をうつ
おはつ火をけしたるゆへくらがりとなる
おはつ火打おとに合戸をあけいつる
徳兵へはつとしのび出る
そねさきのどてみち
ちや屋のざしき
ざしきにて心中のうたうたふ

第二図（3オ）

第四図（8オ）

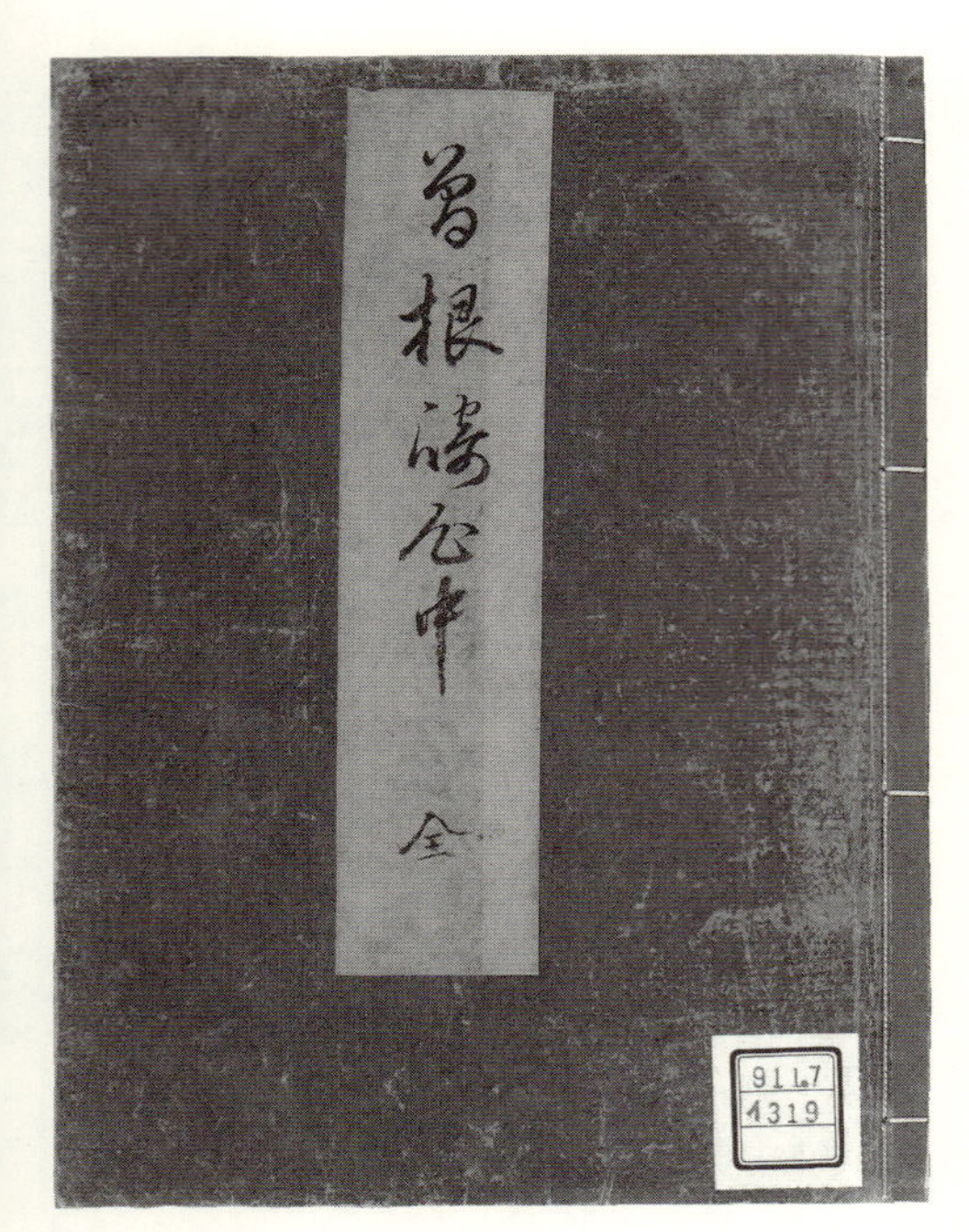

表表紙

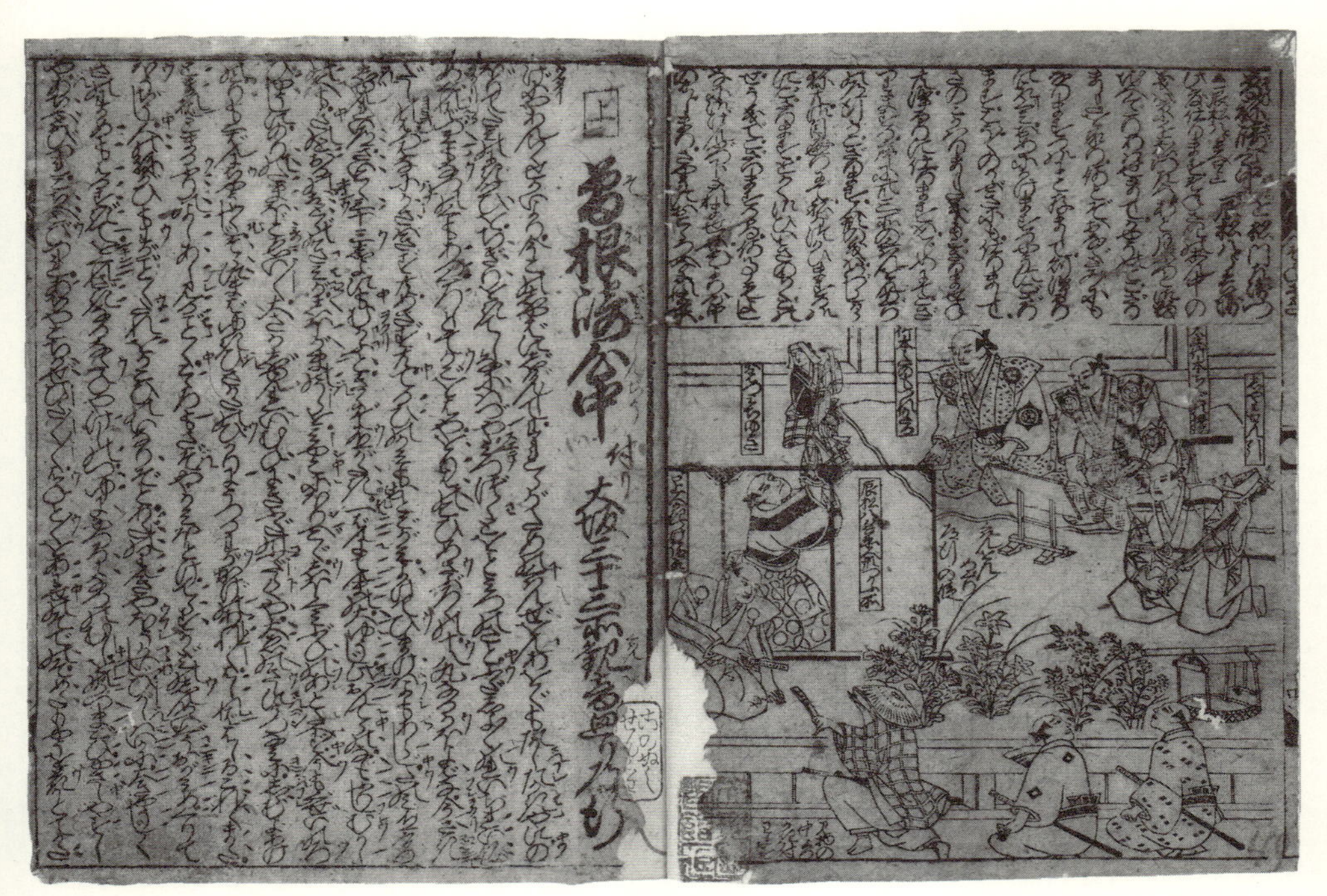

1オ　　見返し

2オ　　1ウ

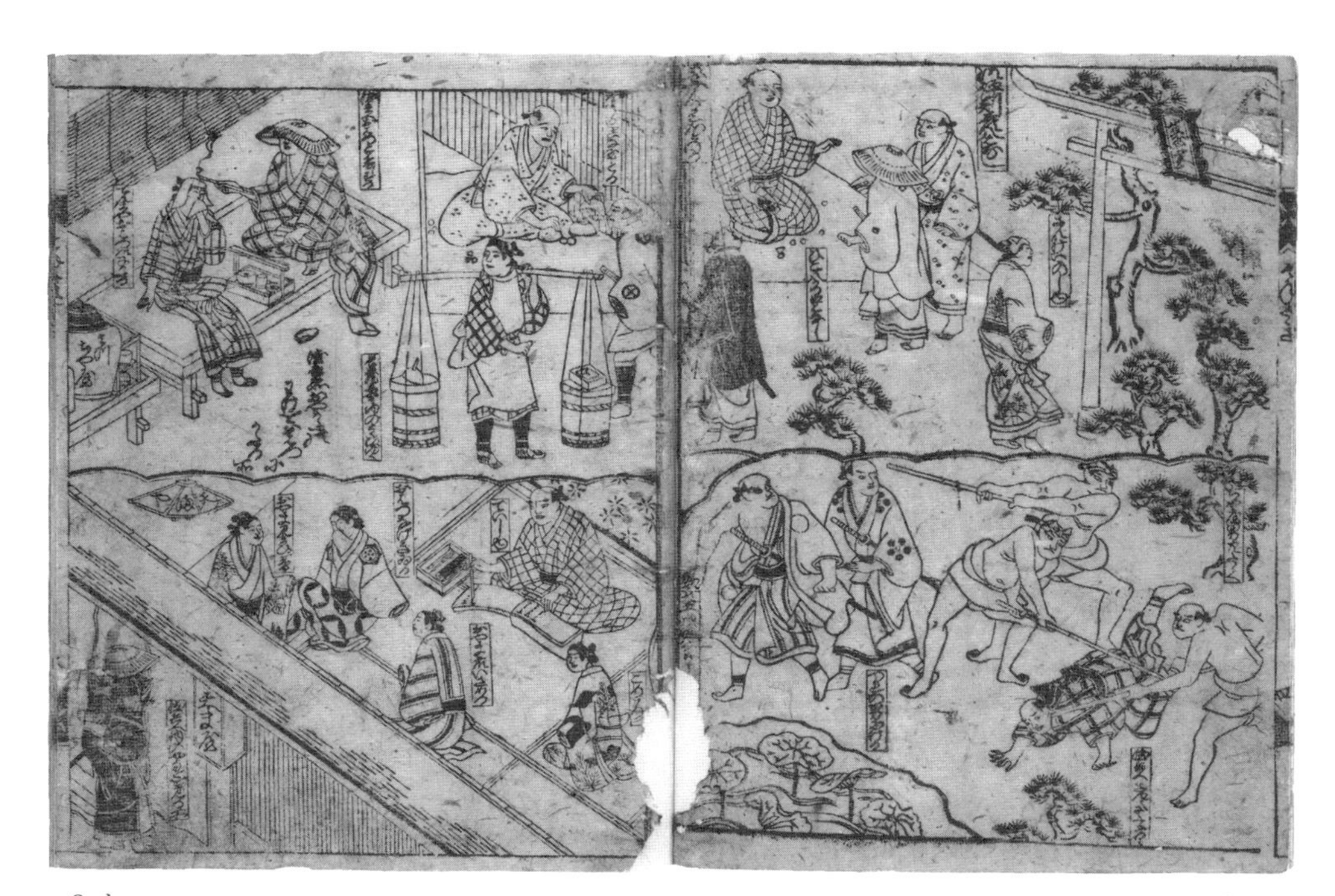

3オ　　2ウ

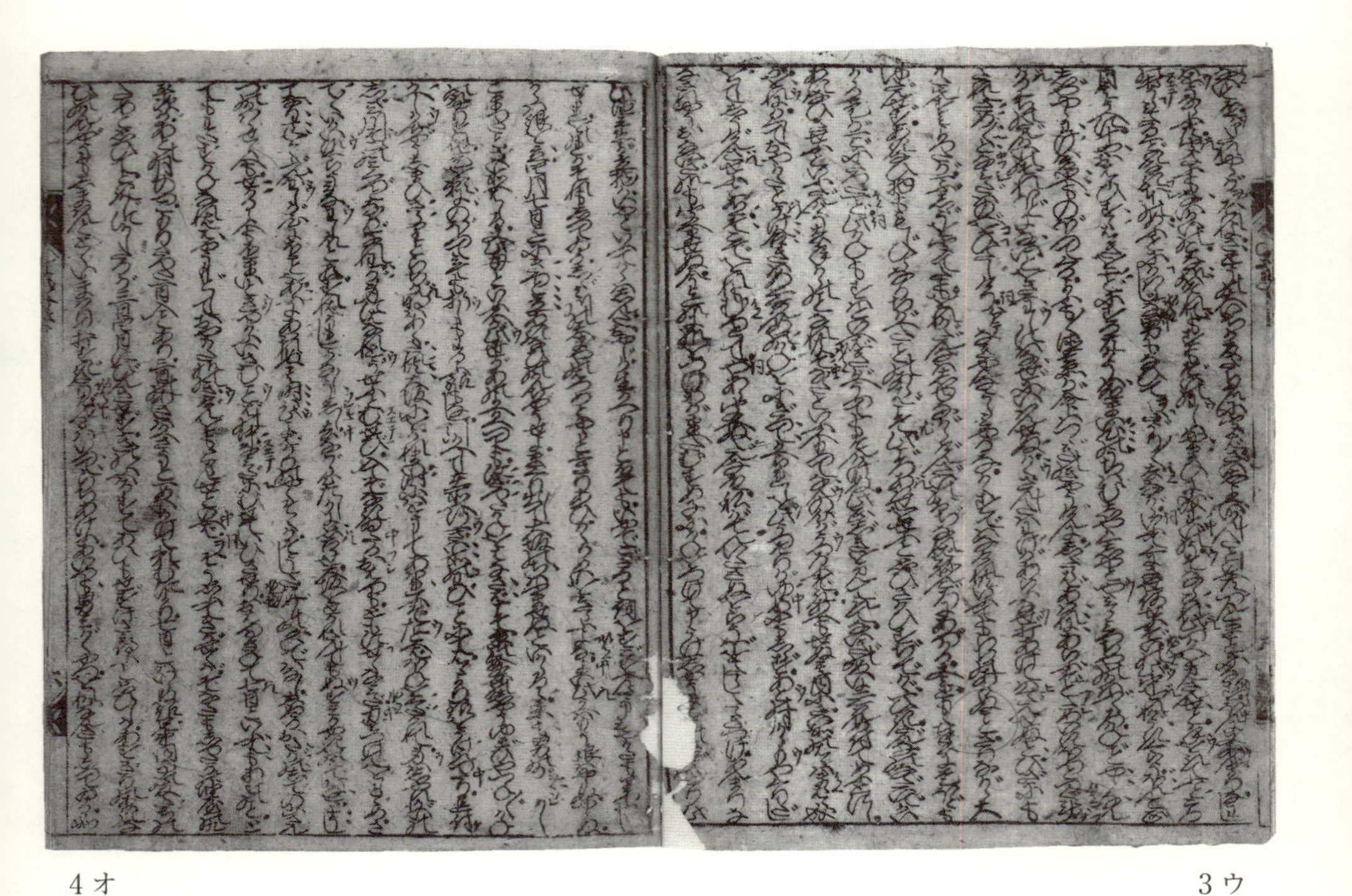

4オ　3ウ

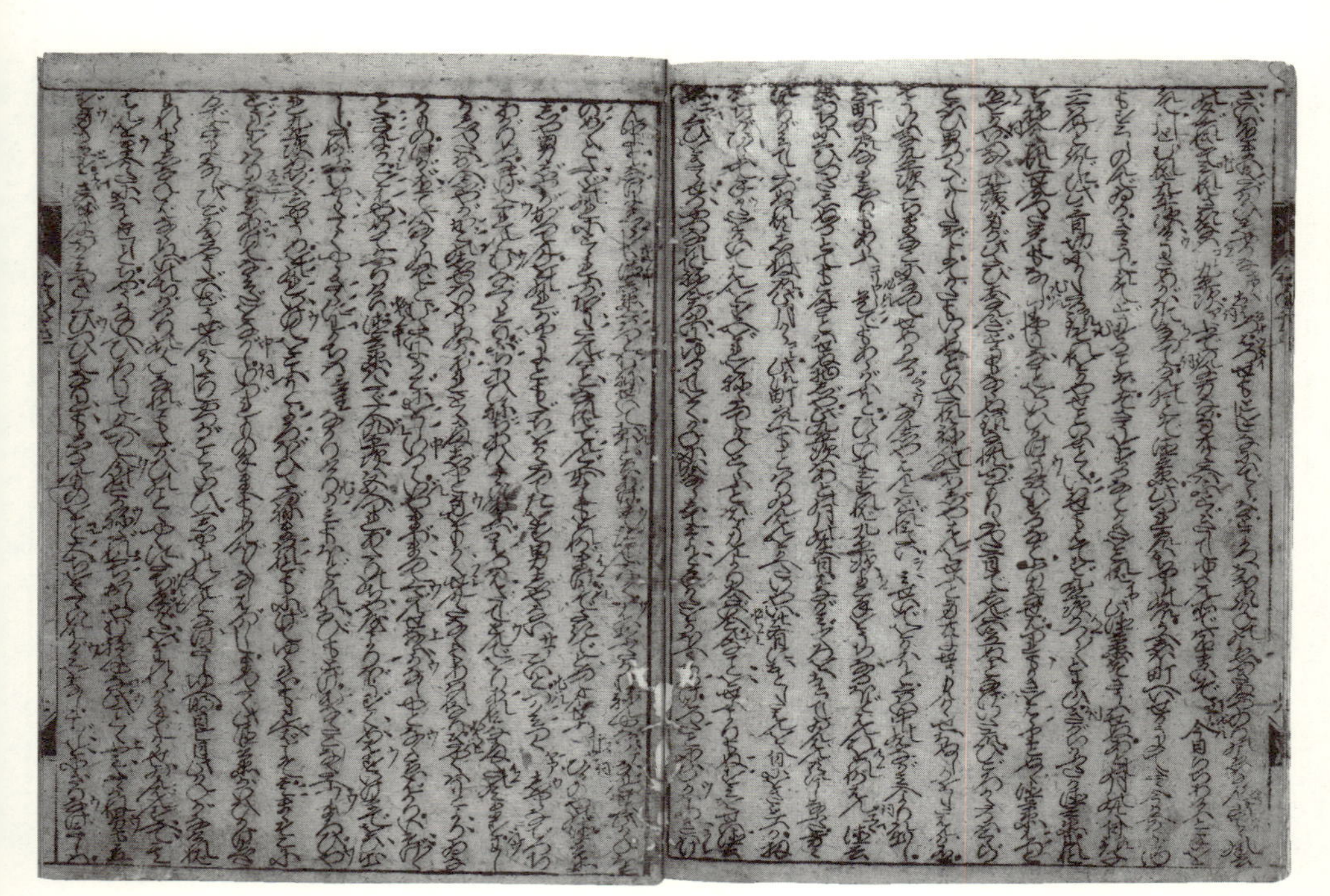

5オ　4ウ

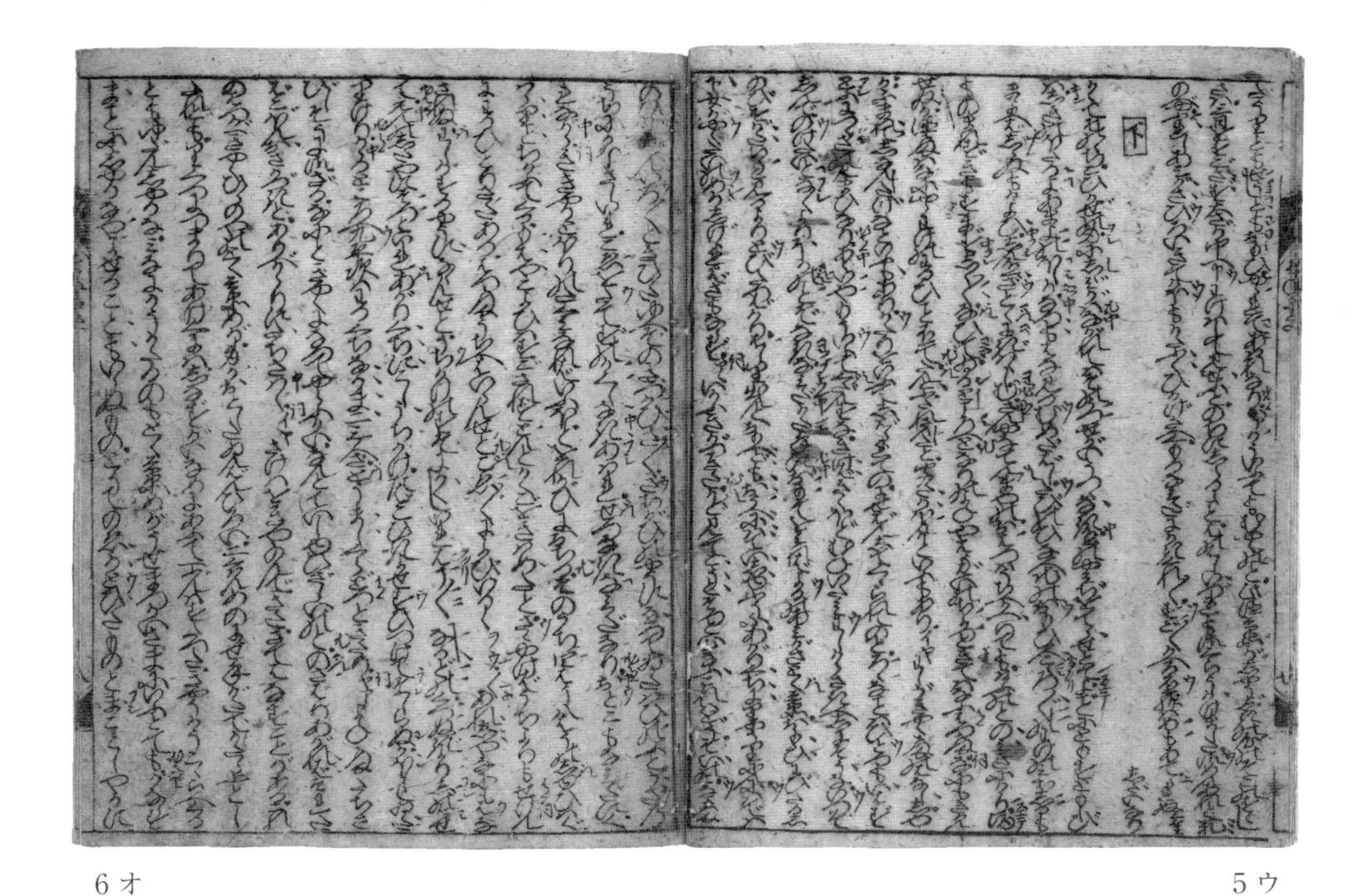

6オ　5ウ

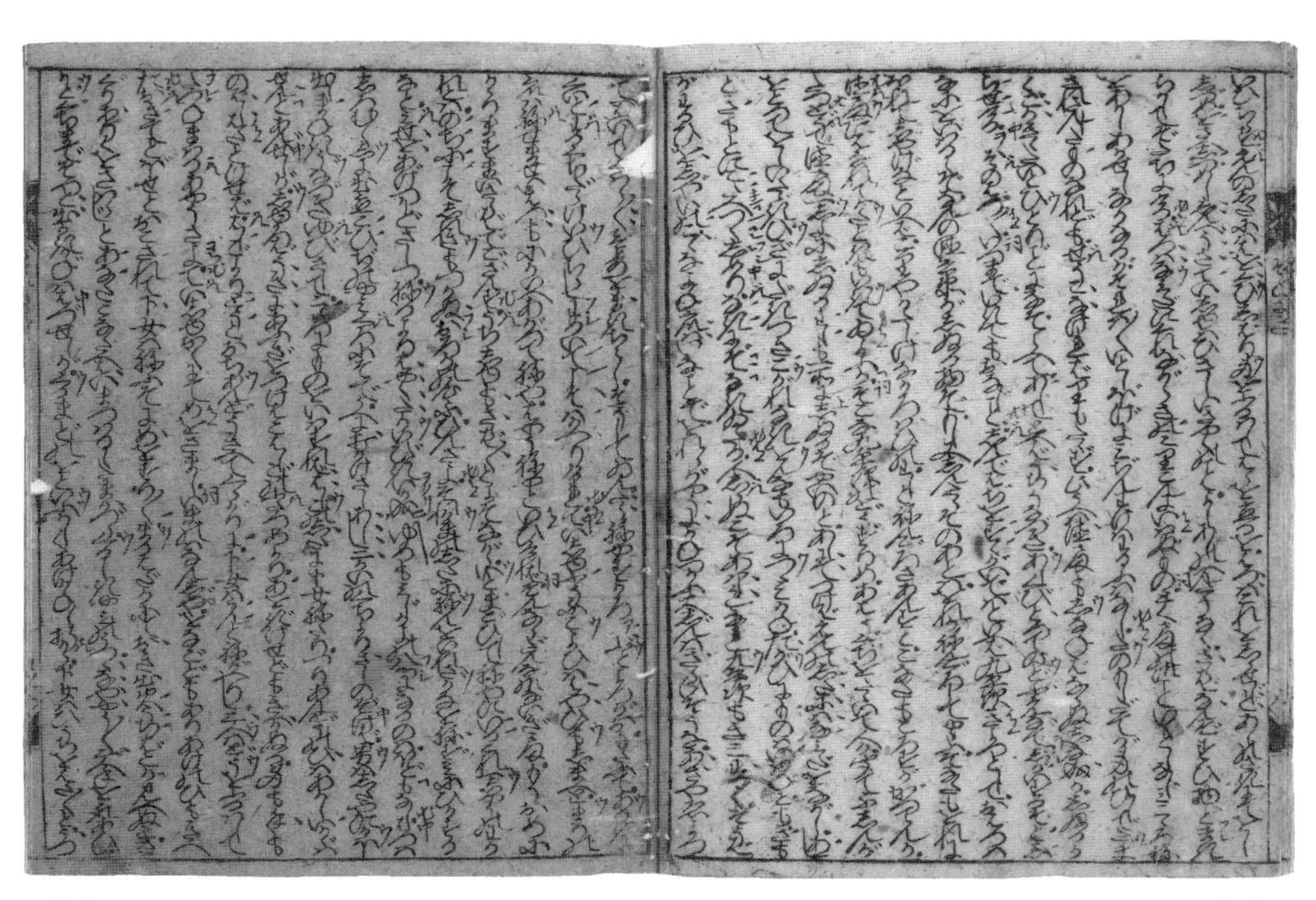

7オ　6ウ

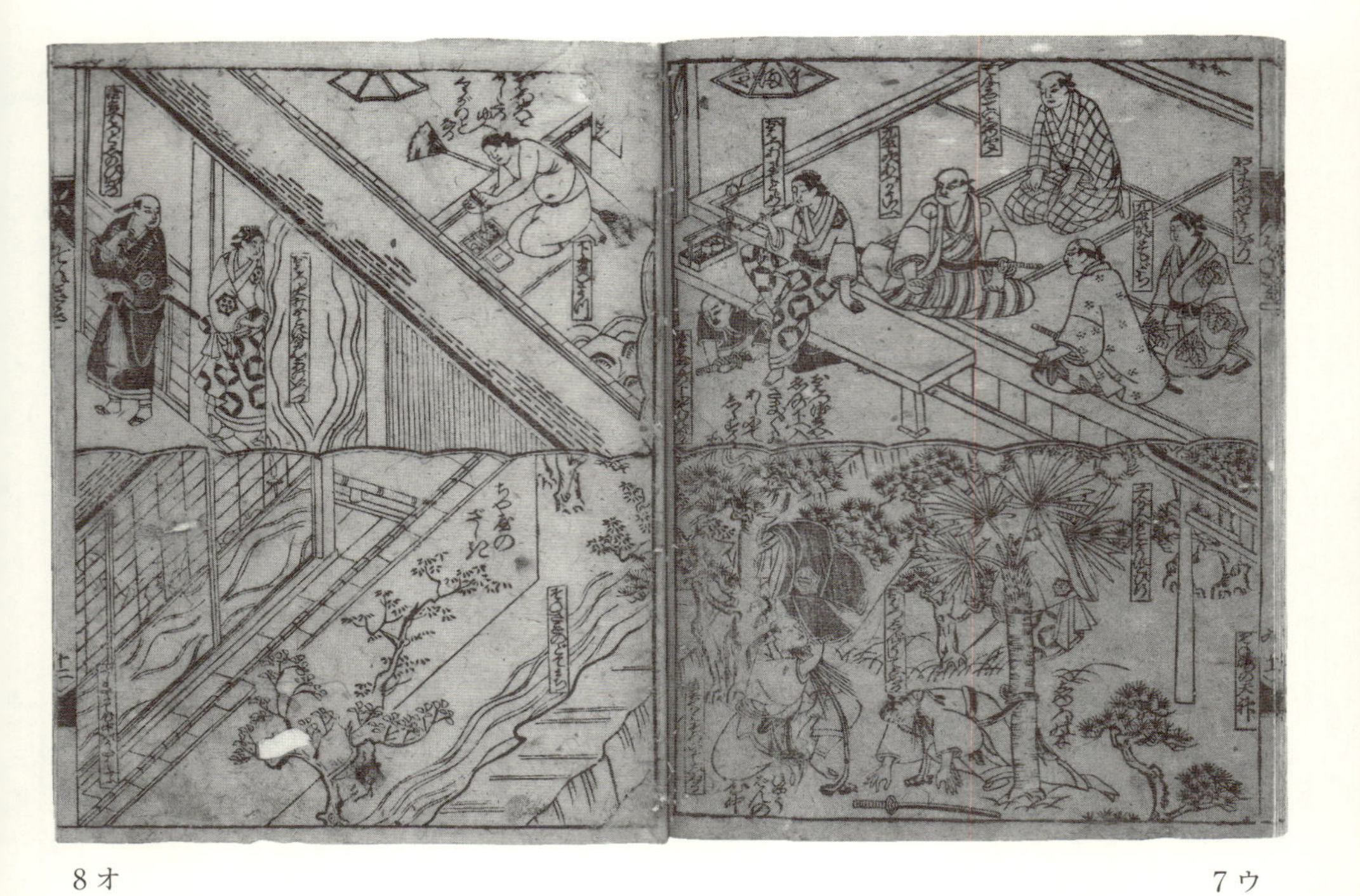

8オ　7ウ

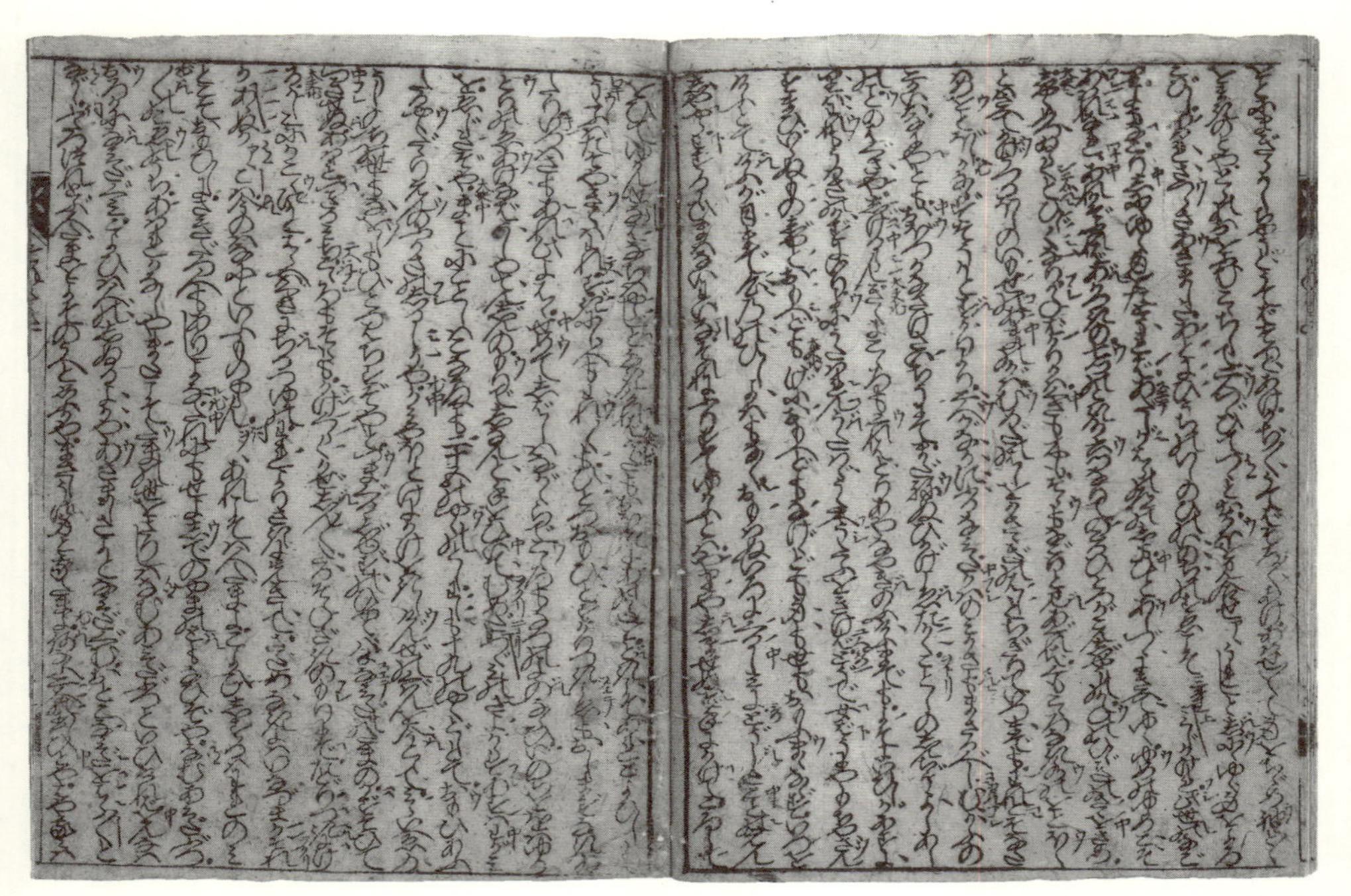

9オ　8ウ

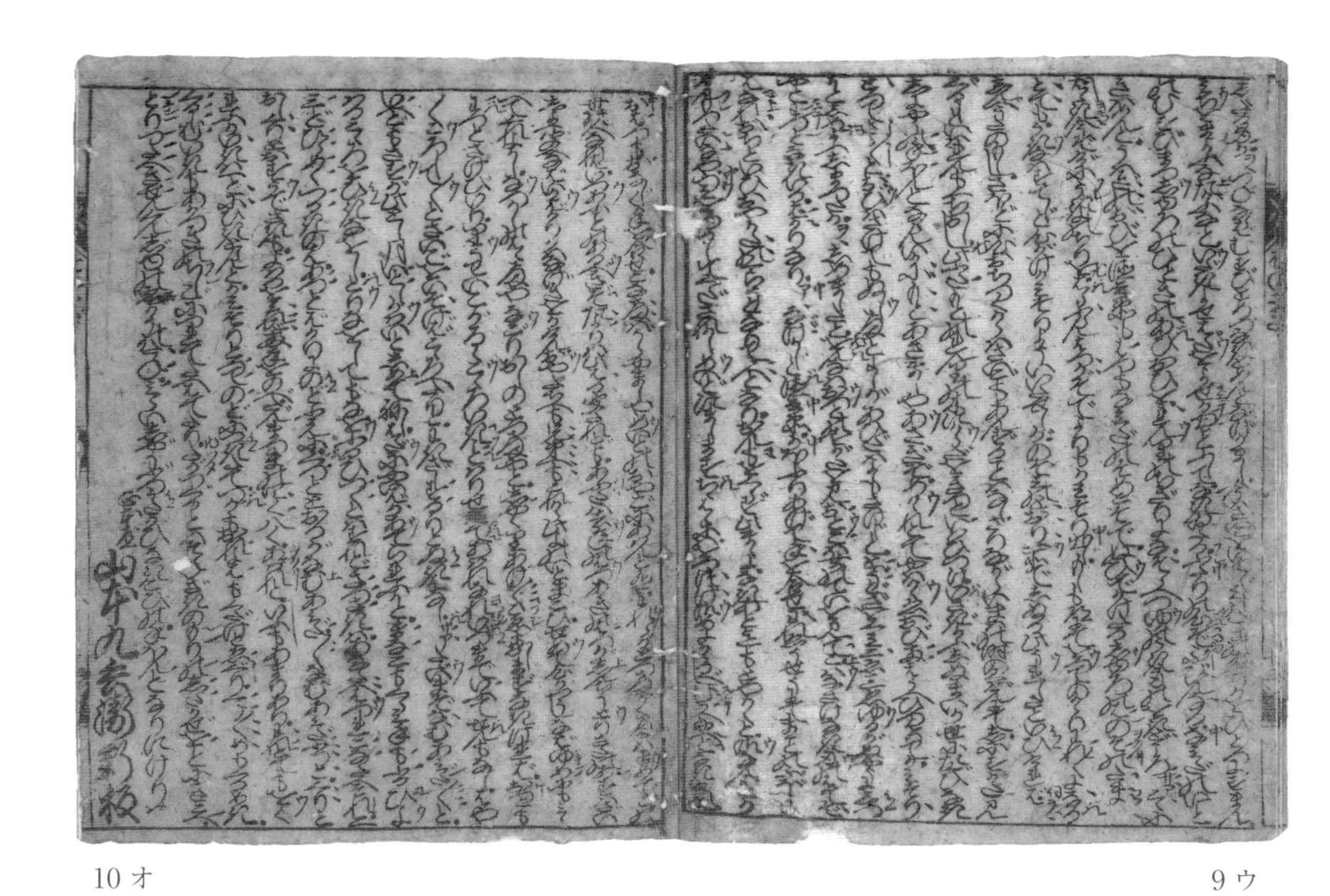

10オ　　9ウ

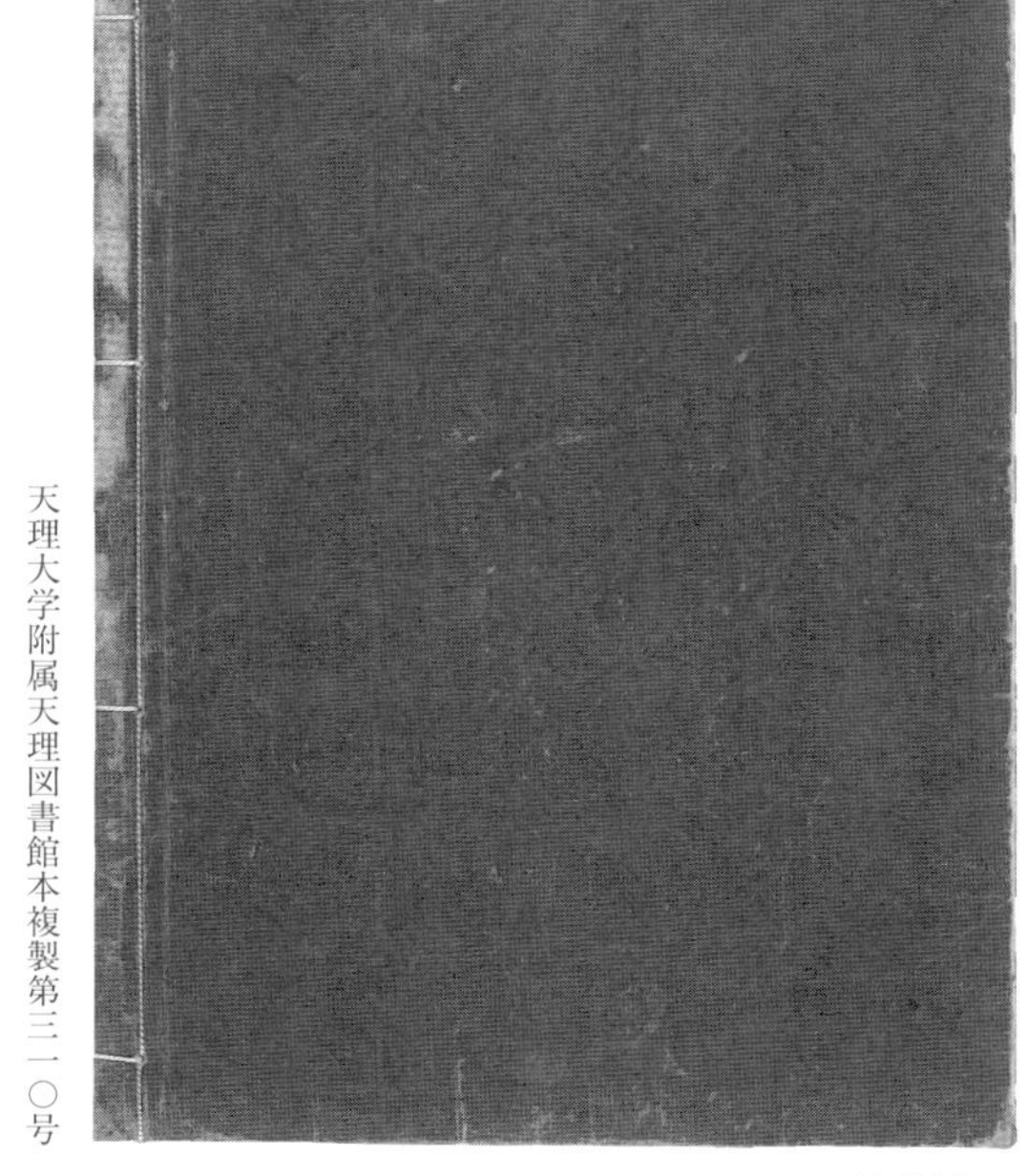

裏表紙

掲載稿初出一覧

第一部　作者近松

○作者近松門左衛門の生涯

『国文学　解釈と教材の研究』（学燈社、平成14年5月）

○芝居作者への歩み

新編日本古典文学全集『近松門左衛門集①～③』解説（小学館、平成9年3月～平成12年10月）

※表題をつけ見出しを変更する

○近松と「三槐九卿」

『近松研究所紀要』第14号（園田学園女子大学近松研究所　平成15年12月）

○「作者 近松門左衛門」推考

『山邊道』第三十号（天理大学国語国文学会、昭和61年3月）

○近松の後悔―一番の瑕今聞くに汗をながす―
『山邊道』第三十七・三十八・四十・四十三・四十七号（平成5年3月～平成15年3月）
※新たに見出しを付け、結語を補筆する

○コラム『曾根崎心中』―大坂へ―
『近松門左衛門三百五十年』（和泉書院、平成15年12月）

第二部　近松浄瑠璃

○茨木幸斎一件と海音・近松―『山桝太夫葭原雀』と『傾城酒呑童子』の上演をめぐって―
『近世文芸』第27・28号（日本近世文学会、昭和52年5月）

○『日本西王母』をめぐる問題―改作と改版―
『山邊道』第二十六・二十七号（昭和57年3月～昭和58年3月）
※新たに見出しをつける

○『信州川中島合戦』―勘介の母の死―
新日本古典文学大系『近松浄瑠璃集　下』解説（岩波書店、平成7年12月）

○近松世話浄瑠璃における改作について
『文学』3・4月号（岩波書店、平成23年3月）

○近松門左衛門と『世界』
『近松研究の今日』（和泉書院、平成7年3月）

○『浄瑠璃文句評註難波土産』成立存疑
　『語文叢誌』（田中裕先生のご退職を記念する会、昭和56年3月）
○コラム『女殺油地獄』をめぐって
　『会報』九号（演劇研究会、昭和45年6月）

資料紹介

○「『国性爺大明丸』近松序」
　『山邊道』第五十号（平成19年2月）
○『曾根崎心中』絵入り十四行本
　『ビブリヤ』第百八号（天理図書館、平成9年11月）
　※「新収歌舞伎狂言本・浄瑠璃本六種について」より抜粋

掲載稿については、初出時から各稿それなりの時間が経過しているため、聞くべき新見もその後発表されているが補足はせず、用字の統一や誤植、また、文意を通りやすくした訂正以外の補筆は避け、できるだけ初出のまま掲載することとした。

あとがき

これまでにいくつかの紙面を借りて発表してきた近松門左衛門に関連する論稿を『近松浄瑠璃の成立』と題して一書にまとめることにした。収載した論稿は近松に関する課題を論じるが、各論が必ずしも密接な繋がりを有するものではない。それでいて一つの書名のもとにまとめるならば、私自身が近松門左衛門研究において何をしてきたのか、改めて自分に問われてくる。

私が近松門左衛門を浄瑠璃作者と知り、原本の独特の文字で作品を読んだのは、横山正先生のもとで開かれていた輪読会であり、最初に出会った近松作品が『女殺油地獄』であった。その題名の異様さ、内容の近代性に魅かれて皆勤で通った。その後、大学院へ進むこととなり、信多純一先生のもとで、関西の演劇研究会を研鑽の場として、私は日本近世文学、特に演劇研究を学び続けることとなった。演劇研究会には大先生、中堅研究者、俊秀な若手と多士済々な人たちが出席されておられ、特に強調されるわけではないが、芸能環境にも注視した幅広い視野から日本近世演劇研究をとの雰囲気が会自体にあり、多くの刺激を私は受けた。近松門左衛門を対象にと思っていた頃、ある人の「近松という人物が良く見えてこない。優れた作品を残しており、作品のテーマや作劇法についての分析は盛んになされ、その技法の評価も高いが、近松自身の人物にとなるとその素顔が表に現われてこない」との言に惹かれ、私自身の関心は、演劇の特性として演者（役者）の背後に位置づけられている、当時の芝居作者近松の立場はどのようなものであったか、近松門左衛門の人物像についても把握したいとの思いにあった。

　近松の現実生活については、後に金子吉左衛門の『金子一高日記』が一部発見され少し様子が窺えるが、また、残存する十通の手紙からも日常の様子がいくぶんか知りうるが隔靴掻痒の感は拭えない。近松が自身について語るものは死の一ヶ月ほど前に書かれた自筆の「画像辞世文」（近松門左衛門性者杉森字者信盛平安堂巣林子之像）以外はなく、『野郎立役舞台大鏡』、『鸚鵡ヶ杣』、『浄瑠璃文句評註難波土産・発端』に書き留められた近松の言説は共に聞書きによるものであり、近松の真意をどう理解するか問題がないわけではない。作品を分析するだけでは表に出てこない、素顔とまではいかなくとも、芝居作者近松がどのような人物であったかを知る手立ては、作品の読解以外に何らかの方法はないのかと考えあぐねていた。天理大学に奉職して附属天理図書館の豊富な蔵書に接する中で、浄瑠璃本出版の過程における作者近松の関わりが窺え、浄瑠璃本との直接的な関係を通じて、作者近松像を私なりに引き出していけるのではないかと思うようになった。座付作者近松の姿に直接に触れることが浄瑠璃本を通してできるのではないかと思えた。そして、先学の研究成果に導かれながら、浄瑠璃本出版の経緯を探ることから、近松との関わりを示すいくつかの論稿を発表することができた。ここに至るには、和本・版本の見方を、また、本自体がいろいろと語っているということを教え導いてくださった木村三四吾先生をはじめ、天理図書館司書の方々のご協力があってのことであった。天理図書館が身近になければ私の本書に掲載された論稿の多くはまとめることはできなかったであろう。加えて、天理図書館へ訪書のため来館された各研究分野の方々と懇意にさせてもらったことも、私には学びであり、視野を広げていただいたことであった。無論、学会やその他の研究会の諸先生、会員の方々からの学び得た恩恵も、天理図書館という場があってこそ、私に与えられるものであった。一人一人のお名前を掲げない非礼をお許しいただき、ここに多くの方々からご啓蒙とご教示を頂戴してきたお礼を申し上げておきたい。ただ、その成果として私の示し得た本書の内容には忸怩たる思いを禁じ得ないが、それは私の限界と思っている。

教育研究の現場から退き、「閑居泰適」と嘯いている身がこのような著書を刊行するのは身に過ぎたことであるが、これも八木書店会長八木壮一氏のご配慮によるものであり、また、病気養生の身を省みず、編集に労を取ってくださった滝口富夫氏のお蔭でもある。滝口氏の慫慂がなければ本書が刊行されることはなかったであろう。感謝をするのみである。また、本書の種々の図版掲載には天理図書館をはじめ多くの所蔵機関や所蔵者のご高配を頂戴しており、ありがたくお礼を申し上げたい。

平成三十一年四月八日

大橋　正叔

主要項目索引

・本索引は、本文に記された主として近世以前に成立した外題・書名や人名を適宜採録した。
・近松門左衛門に関しては、本名の杉森信盛のみを採録し「近松・近松門左衛門」の語は採録しなかった。
・近松の親族には、近松との関係を注記した。
・配列に当たっては、五十音順を基準として、頁数を付した。

【あ】

【い】

【う】

【さ】

【し】

【す】

【せ】

【そ】

【た】

【ち】

【つ】

【て】

【と】

【な】

【に】

【ね】

【の】

【は】

【ひ】

【ふ】

【へ】

【ほ】

【ゆ】

【よ】

【り】

【る】

【わ】

著者　大橋正叔（おおはし　ただよし）
1943年大阪市生まれ
大阪教育大学卒、大阪大学大学院修士課程修了
大阪大学助手（文学部）、大阪樟蔭女子大学専任講師、天理大学文学部専任講師、教授を経て、現在、天理大学名誉教授

編著書に『義太夫年表　近世篇』（八木書店、1979〜1990年、共編）、『紀海音全集　全7巻』（清文堂、1977〜1979年、共編）、『近松全集　全17巻』（岩波書店、1987〜1992年、共編）、『新日本古典文学大系　近松浄瑠璃集上・下』（岩波書店、1993〜1995年、共編）、『赤木文庫古浄瑠璃稀本集―影印と解題―』（八木書店、1995年、共編）、『新編日本古典文学全集　近松門左衛門集①〜③』（小学館、1997〜2000年、共編）、『西沢一風全集　4・5・6』（汲古書院、2004〜2005年、共編）

近松浄瑠璃の成立

2019年6月10日　初版第一刷発行　　定価（本体11,000円＋税）

著者　大橋正叔
発行所　株式会社　八木書店　古書出版部
代表　八木乾二
〒101-0052 東京都千代田区神田小川町3-8
電話 03-3291-2969（編集）-6300（FAX）
発売元　株式会社　八木書店
〒101-0052 東京都千代田区神田小川町3-8
電話 03-3291-2961（営業）-6300（FAX）
http://www.books-yagi.co.jp/pub
E-mail pub@books-yagi.co.jp

印刷　精興社
製本　牧製本印刷
用紙　中性紙使用

ISBN978-4-8406-9768-2